Rendez-vous avec le danger

L'auteure

Née en Angleterre, Julia Chapman a exercé comme professeure d'anglais au Japon, en Australie, aux États-Unis et en France. Elle a même dirigé une auberge dans les Pyrénées avec son mari pendant six ans. Aujourd'hui, elle habite dans les vallons du Yorkshire, au nord de l'Angleterre, dont les paysages si typiques lui ont inspiré sa série de romans : *Les Détectives du Yorkshire*.

Julia Chapman

Rendez-vous
avec le danger

Une enquête de Samson et Delilah,
les détectives du Yorkshire

Traduit de l'anglais par Dominique Haas
et Stéphanie Leigniel

Titre original : DATE WITH DANGER

Éditions de Noyelles,
avec l'autorisation des Éditions Robert Laffont

31, rue du Val de Marne, Paris

© Julia Chapman/Staggland Limited, 2019
Traduction française : © Éditions Robert Laffont, S.A.S., Paris, 2019

ISBN : 978-2-298-16488-6

Pour Peter,
d'une bibliophile à un bibliophile.
Merci pour tous ces échanges littéraires !

1

Harry Furness était l'homme le plus heureux du monde.

Debout sur son estrade, il surveillait la vente aux enchères qui faisait salle comble. Il ne restait plus une place libre sur les gradins qui entouraient les trois quarts du ring, et même la galerie en contrebas était bondée. Dans l'arène, proprement dite, une succession de bestiaux de première qualité ; suffisamment pour que les acheteurs fassent monter les enchères.

Pour un commissaire-priseur dans la fleur de l'âge, c'était un spectacle réjouissant. Ajoutez à cela la victoire inattendue du club de rugby de Bruncliffe, le week-end précédent, et il n'en fallait pas davantage pour faire de lui un homme comblé.

Il jeta un coup d'œil sur sa droite, vers la silhouette menue assise au dernier rang des gradins. À côté de tous ces fermiers baraqués, elle avait l'air minuscule. On aurait dit un agneau Swaledale au milieu d'un troupeau d'âpres béliers Texels. Se sentant observée, elle leva les yeux du livre qu'elle avait sur les genoux et eut un sourire qui creusa des fossettes dans ses joues. Elle soutint brièvement son regard avant de se détourner, les joues en feu, ses cheveux blonds retombant sur son visage.

Sarah Mitchell. La femme qui avait conquis le cœur d'Harry. Et qui, d'ici la fin de la journée, aurait accepté de devenir sa femme, du moins l'espérait-il.

— Tu t'offres un entracte, Harry, ou tu fais entrer le lot suivant ? interpella une voix sèche depuis les gradins. C'est juste que j'aimerais bien acheter des agneaux tant qu'ils sont encore techniquement des agneaux, tu vois ?

Harry ramena son attention sur son boulot et répondit d'un grand sourire au chahuteur.

— Ça vient, John. Pas de quoi s'arracher les cheveux. De toute façon, vu ce qu'il te reste…

Un hurlement de rire s'éleva du public. Harry fit un signe de tête à l'intention du collègue qui s'occupait de la barrière, et un petit nuage de brebis Beltex et d'agneaux dodus se précipita dans le ring.

Le marteau à la main, Harry Furness, commissaire-priseur en chef et homme le plus heureux du monde, se remit à la tâche.

Ce n'était pas normal. Il faisait ce métier depuis assez longtemps pour savoir quand quelque chose ne tournait pas rond. Dissimulé derrière un mur en parpaings, il tira discrètement son smartphone de sa poche et braqua l'objectif aussi fermement que possible vers l'enclos et la silhouette penchée sur les moutons. Mais ses mains n'étaient plus aussi assurées qu'autrefois et la surface glissante du téléphone échappait à ses doigts agités de légers tremblements. Il devrait faire avec. Quoi qu'il photographie, si flou que ce soit, ce serait toujours mieux que rien. Au moins il aurait quelque chose à montrer à Harry, après la vente aux enchères.

Le pauvre, il serait dévasté. Après s'être donné tant de mal, être récompensé comme ça…

En fond sonore, il entendit la voix forte d'Harry lancer la vente d'un nouveau lot, poussant les enchères avec sa gouaille et sa bonne humeur habituelles.

Ici, dans la zone de parcage, c'était plus calme. Plus sombre. Les lots déjà vendus attendaient qu'on vienne les chercher. Les travées qui séparaient les enclos étaient désertes, les visiteurs étant plus attirés par l'animation de la vente aux enchères. Il était donc seul, avec quelques autres employés, à ouvrir l'œil. À repérer des choses de ce genre : des gens qui se trouvaient là où ils n'auraient pas dû être, en train de faire des choses qu'ils n'auraient pas dû faire.

Quelqu'un se déplaçait dans l'enclos. Il se recroquevilla derrière le mur tandis que l'autre se retournait, la preuve de son méfait en main, et se faufilait dans le passage avant de s'éloigner précipitamment.

Il attendit un moment et se dirigea vers l'enclos, souleva le loquet du portillon et entra à l'intérieur. Les moutons mâchouillaient passivement et rien n'indiquait qu'ils avaient été dérangés. Pas étonnant, compte tenu de ce qu'il avait vu. Bon sang, que se passait-il ?

Parce que ce n'était vraiment pas normal.

Préoccupé, il fit demi-tour, prêt à partir.

— Y a un problème ?

Ces mots avaient été articulés par un homme mal embouché, à la mine patibulaire et aux yeux gris durs

11

comme la pierre, sous des sourcils noirs et froncés. Un homme qui le regardait, planté dans l'allée.

Tout à coup, le sanctuaire du ring lui parut très, très loin.

— Cent quatre-vingt-dix, deux cents, deux cent dix, c'est à vous, deux cent quinze, là-bas…

Harry leva la main vers le côté gauche de l'arène tout en parcourant la foule du regard, à la recherche de ceux qui avaient enchéri puis laissé tomber.

Une tête s'inclina, un bref mouvement de casquette. Le discret signal lui suffit.

— Deux cent vingt, fit-il en se tournant d'un bond vers le premier enchérisseur. Deux cent vingt, deux cent vingt-cinq, deux cent trente, ce n'est plus à vous…

Les lèvres pincées et un « non » de la tête, définitif. Encore un qui renonçait. Il ne restait qu'un seul enchérisseur. Harry sentit que la conclusion approchait.

— Deux cent trente-cinq ? C'est votre dernière chance…, fit-il en regardant à nouveau les rangées de visages. Deux cent trente… deux cent trente, adjugé !

Harry abattit son marteau et jeta machinalement un coup d'œil vers la droite et le portillon de sortie, qui devait s'ouvrir…

— Megan !

— J'y vais !

L'apprentie, Megan, le visage écarlate et une grosse tresse blonde ballottant sur son épaule, se précipita pour ouvrir le portillon en grand et poussa le mouton vendu vers la zone de parcage. La porte ne s'était pas refermée derrière eux qu'Harry lançait déjà la vente du lot suivant.

— Bien, maintenant, ce que vous attendez tous…

Un frémissement d'anticipation parcourut l'assemblée. C'est là que les acheteurs allaient casser leur tirelire. C'était le genre de vente qui attirait les curieux aussi bien que les clients sérieux, le genre de vente qu'Harry adorait.

— Et voilà ! fit-il d'une voix tonitruante tandis que le premier des agneaux de concours entrait dans l'arène. Ce sont de superbes spécimens, alors ne vous retenez pas. J'ouvre les enchères à cent vingt…

Marmonnant une vague excuse, il referma le portillon derrière lui et prit instinctivement vers la droite, tournant le dos à l'homme et au ring. Il dut se retenir pour ne pas courir, les barricades d'acier qui délimitaient les enclos semblant l'encercler. Des moutons blasés suivaient sa progression d'un œil atone.

Sa main était toujours crispée sur son téléphone. Devait-il appeler quelqu'un ? Ou était-il complètement parano ?

Il entendit des pas dans son dos et jeta un coup d'œil par-dessus son épaule. L'homme le suivait. Sans doute se dirigeait-il vers la sortie principale. Pas de quoi s'en faire.

Oui, mais… Et si ce qu'il avait vu était bel et bien ce qu'il pensait ? Alors il y aurait de quoi s'inquiéter – sans compter qu'il ne pourrait faire confiance à personne.

Il leva son téléphone vers son visage et, marchant

toujours d'un pas pressé, regarda l'écran. Il voyait flou sans ses lunettes, mais il distingua une masse de cheveux blonds et appuya sur l'icône du profil. C'était la seule personne vers qui il savait pouvoir se tourner.

Plus loin devant, les ovins laissaient la place aux bovins. Les corrals qui accueillaient ces bêtes plus agitées étaient renforcés. Derrière lui, le bruit de pas s'accéléra.

Un nouveau lot vendu pour un prix record. Le ring crépitait d'une intense excitation. Pâques approchait, et ces agneaux se vendaient comme des petits pains. Harry hocha la tête et la barrière de gauche s'ouvrit sur le lot suivant qui bondit dans l'arène en bêlant à tue-tête.

— Et voici des spécimens remarquables. Des croisés Suffolks de premier choix. Première enchère à cent trente sur ma droite...

Inquiet à présent, il oublia son téléphone et se mit à trottiner. Il était hors de question de courir pour de bon. Depuis une prothèse de hanche qui n'avait jamais tout à fait réussi, il boitait bas. Et c'était pire quand il essayait d'aller vite. Clopin-clopant, il passa rapidement devant les enclos, le sang battant à ses oreilles.

Plus que quelques mètres avant d'atteindre le croisement qui menait aux quais de chargement.

Une fois à l'air libre, il y aurait des fermiers venus chercher leurs bêtes, et d'autres qui vaquaient à leurs occupations. Il serait en sûreté.

Sauf que non. Parce que droit devant lui, un autre

personnage s'était matérialisé. Plus grand que le premier, encore plus menaçant. L'individu se tenait debout dans l'allée et bloquait l'accès aux quais de chargement, l'empêchant de passer.

Un rapide coup d'œil en arrière. Son poursuivant s'était remis au pas, souriant maintenant qu'il le savait coincé ; il tenait un couteau dans la main droite, à la lame affûtée.

Il n'avait pas le choix. Il allait être obligé de traverser les enclos.

Il ouvrit le premier portillon, se glissa dans le corral, faisant reculer les bêtes devant lui.

C'est seulement quand la barrière se referma qu'il comprit son erreur.

Des taureaux. Qui déjà le regardaient. Ils étaient enfermés depuis trop longtemps et ne tenaient plus en place. Mais il avait travaillé toute sa vie avec ces bestiaux, et il savait ce qu'il faisait.

— Du calme, les gars, marmonna-t-il en s'approchant d'eux. Tout doux.

Ils se déplacèrent nerveusement et l'un d'eux baissa la tête. Renâcla.

Il jeta un nouveau coup d'œil derrière lui. Les deux hommes s'étaient arrêtés à la porte du corral. Il n'avait rien à craindre. Ils n'oseraient pas le suivre. S'il arrivait à atteindre l'autre côté, il pourrait enjamber la barrière et atterrir dans l'autre travée où il n'aurait plus affaire qu'à un troupeau d'agneaux dociles avant de retrouver la sécurité.

— Du calme.

Deux des taureaux se poussèrent sur le côté. Passèrent

derrière lui. Ce n'était pas idéal, mais au moins ils faisaient barrage entre les hommes et lui.

Ou pas.

Le mugissement rageur de l'un des animaux qui se trouvaient dans son dos le fit se retourner d'un bloc. Il perçut le changement dans l'air. Le danger. Un coup sur son flanc, et il tomba à terre au milieu d'un tonnerre de sabots furieux tandis que les taureaux apeurés s'agitaient violemment dans leur enclos.

En quelques instants, il perdit connaissance.

Megan Gifford adorait son boulot. Ils avaient été nombreux, à l'école, à penser qu'elle était folle quand elle disait vouloir travailler au marché aux enchères et devenir commissaire-priseur, comme l'incroyable Harry Furness. Quand beaucoup de ses amis n'avaient qu'une hâte, laisser derrière eux les limites étouffantes de la vie à la campagne pour faire leur chemin dans le vaste monde, Megan ne désirait qu'une chose : vendre du bétail. Aucune grande ville n'aurait été en mesure de lui délivrer la même décharge d'adrénaline qu'un ring plein à craquer, où les prix crevaient le plafond tandis que les ventes s'enchaînaient.

Comme aujourd'hui.

Le marteau tomba avec un bruit retentissant, Harry Furness tendit le doigt vers l'acheteur et ce fut le tintamarre dans la salle.

Megan ne se laissa pas dérouter. Elle savait ce qu'elle avait à faire : dégager l'arène dès l'adjudication afin de permettre l'arrivée du lot suivant et le lancement de nouvelles enchères.

Le temps était de l'argent. Surtout quand ils avaient

près de mille têtes d'ovins reproducteurs à écouler. Et trois fois plus d'agneaux, la folie de la période pascale faisant monter les cours.

Et donc, quand Harry Furness abattit son marteau sur son pupitre, Megan était déjà en train d'ouvrir la barrière qui conduisait vers la sortie, s'apprêtant à cornaquer les moutons vendus dans le parc à bestiaux. Mais alors qu'elle tirait la porte vers elle, quelque chose attira son regard.

Elle tourna la tête, sa tresse blonde volant par-dessus son épaule, et perçut un mouvement confus qui remontait au galop la travée des enclos.

— Taureaux ! s'écria-t-elle en refermant brusquement la barrière tandis que deux bêtes furieuses se ruaient vers elle.

Elle recula contre la barrière de métal en se faisant la réflexion que rester du même côté que ces monstres n'avait peut-être pas été la chose la plus intelligente à faire…

— Megan !

Harry n'avait pas attendu une seconde. Il vola en bas de l'estrade et atterrit lourdement dans le ring, faisant s'éparpiller les moutons. Voyant le problème, d'autres membres du personnel avaient eux aussi bondi et accouraient pour prêter main-forte.

Elle était tellement frêle. Un petit brin de fille qui arrivait à peine à la poitrine d'Harry, ce qui l'avait d'ailleurs fait hésiter à l'embaucher. Elle n'avait aucune chance contre les deux énormes taureaux qui fonçaient sur elle.

— Reviens à l'intérieur, Megan ! hurla-t-il en repoussant le portillon vers l'allée.

Mais elle n'écoutait pas. Elle s'efforçait d'ouvrir l'enclos vide sur la droite, tirant la barrière de métal en travers du chemin des bêtes paniquées.

— Allez ! rugit-elle, les bras écartés, chassant les animaux vers l'enclos. Allez, plus vite !

Le taureau de tête s'arrêta en dérapage, celui qui se trouvait derrière lui rentra dedans, et ils tournèrent tous les deux sur leur gauche, vers le corral.

La barrière se referma en claquant sur leurs ébrouements, et Megan la verrouilla rapidement avant de reculer, toute tremblante.

— Sacré nom… ! s'exclama Harry en flanquant une claque sur l'épaule de son apprentie. C'était moins une. Mais où diable est passé Ron ?

Megan secoua la tête, les yeux écarquillés et la gorge nouée.

— Aucune idée.

— Que se passe-t-il ? demanda Adam, l'un des bouviers qui arrivait en courant du parc à bestiaux.

— À toi de me le dire ! répliqua Harry. Deux taureaux déchaînés dans les allées ! Tu n'es pas censé t'occuper de cette section ?

L'homme se rembrunit, accusant le coup.

— J'étais près des quais de chargement. C'est Ron qui surveillait le parcage.

— Ron ! hurla Harry en direction des enclos, une zone censée être sous la responsabilité de Ron Watson.

Harry le connaissait depuis des années et ne l'avait jamais vu commettre d'impair, une caractéristique essentielle dans un secteur d'activité où régnait le danger. Malgré cela, deux taureaux terrifiés avaient déboulé en toute liberté vers le ring.

— Ron ! cria-t-il à nouveau en prenant son portable dans sa poche pour l'appeler.

Pas de réponse.

— Si j'allais le chercher ? proposa Megan, qui reprenait des couleurs.

— Ouais, fit Harry. Et toi aussi, Adam. Assure-toi au passage que toutes les barrières sont bien fermées. Et Megan…, fit-il en hochant la tête, impressionné par sa vitesse de réaction. Bien joué, mon petit.

Elle eut un grand sourire.

— Merci, patron.

Tandis qu'Harry regagnait le ring, Megan et Adam remontèrent la travée en regardant dans tous les enclos en quête de ce satané Ron, la silhouette de l'apprentie minuscule en comparaison de celle, très haute, du bouvier qui l'accompagnait. D'autres employés étaient accourus, alertés par la panique dont les haut-parleurs s'étaient fait les échos, et même le directeur de la salle des ventes, Martin Butler, était arrivé en courant de son bureau situé à l'autre bout du site. Il avait l'air soucieux.

— Des victimes ? demanda-t-il.

— Non, répondit Harry. Grâce à Megan. Elle a du cran, cette petite !

— Alors, comment diable se sont-ils échappés ?

— Aucune idée.

— Bon sang ! fit Martin, maintenant furieux, le

soulagement laissant place à la colère. Ça n'aurait jamais dû arriver. Il aurait pu y avoir mort d'homme.

Harry regarda les deux taureaux, des bêtes gigantesques qu'il avait vendues parmi d'autres un peu plus tôt, pour une somme conséquente. Ils étaient encore agités, et l'un d'eux, en particulier, allait et venait en balançant de grands coups de tête vers sa croupe. Comme l'animal passait sous un projecteur, Harry remarqua une trace brillante sur son flanc. Il tendit une main entre les barreaux et effleura le pelage chaud.

— Mais c'est… ?
— Ron… !

Le cri de Megan leur parvint de très loin, dans l'allée.
— Ron… À l'aide !

Harry et le reste de l'équipe s'élançaient déjà.

2

Pour Pete Ferris, tous ses rêves étaient sur le point de devenir réalité... Une petite conversation, et il toucherait le gros lot.

Il sourit en regardant la double vitrine de l'Agence immobilière Taylor, de l'autre côté de la place. C'était une belle journée de printemps. Bruncliffe était baignée de soleil, les collines qui enserraient la ville verdoyaient au-dessus des pierres grises des maisons. C'était le genre de journée qui amenait les gens à laisser leurs gros manteaux chez eux, comme s'ils se dépouillaient enfin de l'hiver.

Mais on était au début du mois d'avril, et dans le nord du Yorkshire. Une minute de trop passée à l'ombre, et le froid s'insinuait entre les minces couches de vêtements, balayant l'illusion que les enivrantes journées d'été approchaient à grands pas. De son poste d'observation, dissimulé dans l'étroite ruelle qui partait de la place du marché, Pete était indifférent à la morsure de l'air ambiant. L'écharpe qu'il s'était passée autour du cou servait une autre finalité que celle de tenir le froid en respect. Braconnier de toujours, il avait l'habitude de poireauter au grand air, par tous les temps, en attendant que sa proie se montre.

Ce qu'elle venait de faire. De l'autre côté de la

place pavée, l'homme qu'il espérait voir avançait à pas confiants. Ses cheveux blonds étincelant au soleil, répondant chaleureusement aux personnes qui le saluaient, le séduisant promoteur immobilier donnait l'impression de ne pas avoir un souci au monde.

Mais Pete savait à quoi s'en tenir. L'univers de cet individu venait de basculer.

Le promoteur poussa la porte de l'agence immobilière et fut salué par la réceptionniste qui lui indiqua le bureau du fond.

Depuis l'autre côté de la place du marché, Pete ne pouvait plus voir ce qui se passait. Il aurait fallu des jumelles, et ça aurait attiré l'attention. Et puis la porte du bureau devait être close, et les hommes qui l'intéressaient enfermés dedans, à l'abri des regards. La conversation que le coup de fil de Pete avait provoquée ne pouvait absolument pas avoir lieu au vu et au su de tous. Et même pas au téléphone. Alors, il avait attendu son heure, comme toujours quand il était à l'affût, en écoutant, en observant, ne se laissant jamais distraire par quoi que ce soit. Parce que c'était la proie la plus dangereuse qu'il ait jamais traquée, et que l'enjeu était d'une extrême importance. Le jackpot du siècle. Ou une mort brutale.

Pete aurait besoin de tous ses talents de chasseur pour rafler la mise.

— Du nouveau – *han* – avec le toutou fantôme – *han* – de Mme Hargreaves ?

Question entrecoupée de halètements rauques.

22

Samson O'Brien était plié en deux, les mains sur les genoux, le visage violacé.

Delilah Metcalfe ne put retenir un sourire. Il essayait de gagner du temps : il l'interrogeait sur une affaire en cours pour gratter quelques secondes de répit supplémentaires avant qu'ils repartent vers Bruncliffe.

Non qu'ils aient besoin de se presser, par une journée pareille. Le ciel, au-dessus de leur tête, était d'un bleu délicat semé de nuages cotonneux, le soleil brillait de tous ses feux, changeant le Malham Tarn en contrebas en un miroir étincelant. Plus haut, les collines qui surplombaient le lac étaient une oasis de tranquillité. Le calme était seulement troublé par les criaillements des vanneaux qui tournoyaient dans le soleil de printemps.

Ça, et les halètements de Samson.

— Rien pour l'instant, répondit Delilah, pas sûre qu'il puisse seulement l'entendre par-dessus sa respiration sifflante. Le chien n'est pas revenu depuis qu'on a installé la caméra de surveillance. Je ne sais pas si Mme Hargreaves est soulagée ou si au contraire elle regrette que le coupable lui échappe.

C'était la première affaire sur laquelle ils collaboraient depuis qu'ils avaient intégré à l'Agence de Recherche des Vallons de Samson une partie des compétences techniques de Delilah. Certes, installer une caméra au-dessus de la porte de la boucherie de Bruncliffe pour surprendre le chien qui en souillait le perron n'était pas précisément le travail de détective sous adrénaline que Delilah avait imaginé, mais c'était un début. Même si le coupable se révélait difficile à pincer.

— Peut-être – *han* – qu'il ne se trouve pas – *han* – photogénique, hoqueta Samson en riant, rire qui s'acheva dans une quinte de toux.

À côté de lui, la grande ombre grise qu'était le braque de Weimar de Delilah le regardait, la tête inclinée, une oreille dressée, à peine essoufflé après l'exercice. Entre ses deux partenaires de course, la différence n'aurait pas pu être plus marquée.

— Ça va ? demanda Delilah en élargissant son sourire alors que Samson se redressait, les joues à présent moins violacées, juste rouge vif.

Il hocha la tête.

— Presque.

Leur collaboration officielle dans l'agence de détective était toute récente, de même que leurs séances d'entraînement à deux. Depuis que Samson était officiellement locataire du dernier étage de la maison qui appartenait à Delilah et hébergeait leurs deux sociétés, la jeune femme avait trouvé tout naturel de l'inviter à l'accompagner pour sa course matinale dans les collines. Mais Samson retrouvait rapidement la forme, et Delilah constatait qu'elle devait augmenter la longueur de leurs circuits et la vitesse à laquelle ils couraient pour continuer à le faire souffrir. D'ici peu, il la devancerait, comme quand elle était adolescente et qu'un brillant avenir de coureuse de montagnes l'attendait. Elle avait hâte qu'il y parvienne. Parce que, après une absence de quatorze ans, Samson O'Brien était de retour à Bruncliffe et dans sa vie, et qu'elle reprenait enfin plaisir à courir.

— Alors, tu es prêt ? demanda-t-elle.

— Je crois, marmonna-t-il.

Il regarda le chien qui faisait déjà des allers et retours entre eux, avide de repartir.

— Maintenant, j'en suis sûr, Calimero, elle veut me tuer.

Le chien poussa un bref jappement, surprenant les vanneaux et les faisant rire tous les deux.

— J'imagine qu'on devrait rentrer, dit Delilah, soudain réticente, ensorcelée par la chaleur du soleil et la bonne compagnie. On a des affaires à résoudre.

Samson haussa les épaules.

— Quelques minutes de plus ne nous tueront pas.

La sonnerie de son téléphone portable rompit le charme. Il le pêcha dans sa poche arrière et le porta à son oreille en se détournant légèrement pour le protéger du vent. Quelques mots à peine, et la conversation était terminée. Il se retourna vers Delilah, tout sourire effacé.

— C'était Harry, dit-il en rangeant son téléphone. Il est arrivé quelque chose à la vente aux enchères. Il n'a pas voulu m'en dire davantage, mais il veut qu'on y aille tout de suite.

Et c'est ainsi qu'ils repartirent au pas de course, trois silhouettes traversant les hautes montagnes en direction de la ville, au loin.

Même si Pete s'était assoupi à son poste d'observation, le bruit de la porte de l'agence immobilière aurait suffi à le réveiller. Mais Pete ne dormait pas. Il n'avait pas détourné son attention des vitres étincelantes de l'agence de Taylor, et il put donc voir l'homme aux cheveux blonds passer devant la réceptionniste comme une tornade, la porte s'ouvrir à la volée, et le froncement de sourcils contrarié sur le visage habituellement affable du promoteur immobilier qui passait à présent sur la place du marché.

Pete ne bougea pas d'un poil ; parce que cette chasse était inhabituelle, en ce sens qu'il traquait une bête féroce. Mieux valait la pister à distance, sans se faire repérer. Et utiliser un leurre pour la piéger.

Un leurre qui, pour l'instant, traversait précipitamment la pièce principale de l'agence immobilière, en bataillant avec son manteau pour l'enfiler sur sa silhouette replète. Quelques secondes plus tard, il déboulait sur la place à son tour, les joues marbrées de colère, les lèvres pincées, l'air à cran.

Sans cesse de se débattre avec son manteau, il partit dans la direction opposée à celle qu'avait empruntée le premier homme et se dirigea vers l'hôtel de ville. Alors seulement, Pete Ferris bougea, se glissant hors de la ruelle pour suivre sa proie, laquelle faisait le tour par l'arrière du bâtiment gothique qui était le cœur administratif de Bruncliffe.

Pete laissa l'homme rejoindre sa place de stationnement attitrée et fila vers le *Spar* récupérer son pick-up, un tas de ferraille qui ne détonnait pas avec les poubelles à côté desquelles il était garé. Une minute plus tard, il emprunta la chaussée à la suite d'une BMW noire qui venait de passer à sa hauteur. Une voiture facile à prendre en filature, parce qu'elle tranchait au milieu des Land Rover et des tracteurs qui hantaient principalement la région. Restant à distance raisonnable, Pete la suivit sur la place, puis dans Church

Street jusqu'au rond-point et enfin sur la route de Horton. En un clin d'œil, la bourgade était derrière eux, les maisons et les boutiques abandonnant le terrain aux champs et aux collines qui entouraient le vallon.

Pete ralentit, laissant sa proie prendre un peu d'avance. Il n'avait pas besoin de la serrer de trop près sur une route aussi peu fréquentée. En outre, il savait parfaitement où elle se rendait. Comme de bien entendu, après avoir traversé quelques hameaux, la BMW prit sur la droite une petite route qui grimpait vers Silverdale. Une côte raide, et ils furent bientôt sur la crête, le braconnier laissant augmenter la distance qui les séparait, maintenant qu'ils étaient les deux seuls véhicules à la ronde. De part et d'autre de la route étroite et des murets de pierre qui la bordaient, les collines partaient à l'assaut de l'horizon, peuplées de moutons et de vieilles granges déglinguées.

C'était un endroit isolé – exactement ce que voulait Pete.

Il laissa l'embranchement pour Henside Road sur sa droite – une route sinueuse qui retournait vers Bruncliffe –, et ralentit encore alors que la petite route remontait sur un autre versant. Arrivé au sommet, Pete profita d'une entrée de champ pour s'arrêter. Il prit ses jumelles dans la boîte à gants et sortit, refermant sans bruit la portière du pick-up.

Il braqua les jumelles sur les virages goudronnés qui descendaient de l'autre côté et suivit la route jusqu'à un petit bâtiment planté sur la droite. Une grange désaffectée, assez vaste pour dissimuler une ou deux voitures, et dont l'entrée était tournée vers les collines. À l'abri des regards.

Il regarda avec satisfaction la BMW quitter le chemin et se diriger vers la grange, conformément à ses instructions. Un instant plus tard, le conducteur descendait de voiture et regardait autour de lui. Alors Pete remonta son écharpe sur sa bouche et passa le coup de fil.

Il entendit au loin la faible tonalité d'une sonnerie de téléphone. Puis l'homme répondit.

— C'est ridicule ! aboya-t-il sans préambule. Complètement ridicule ! Vous savez qui je suis ?!

— Rapprochez-vous de la grange, coupa Pete d'une voix étouffée par l'écharpe. Vous voyez le seau ? Regardez à l'intérieur.

Avec ses jumelles, il regarda l'homme ramasser le baquet jaune placé sur le seuil de la porte. Le vit soulever le couvercle. Et éprouva un frisson d'aise en le voyant sortir le contenu et afficher un air de désespoir puis tourner éperdument sur lui-même, pour vérifier qu'il n'y avait personne aux alentours.

Il y eut une longue pause, que Pete laissa durer, accroissant la pression alors que l'homme calculait tout ce qu'il risquait de perdre.

Puis la cible parla.

— Qu'est-ce que vous voulez ?

— Je vous recontacterai.

D'un balayage du doigt, Pete coupa la communication, remonta dans son pick-up et s'éloigna, laissant le maire de Bruncliffe contempler, debout dans un champ, la fin du monde tel qu'il le connaissait.

La petite Nissan Micra rouge couvrit en un temps record la distance séparant la ville du marché aux enchères. En partie parce que les routes étaient désertes, malgré la proximité des vacances de Pâques, mais aussi parce que c'était Delilah qui était au volant.

— Tu as eu ton permis à la combientième fois ? marmonna Samson tandis que la voiture prenait un nouveau virage, les murets de pierre se rapprochant dangereusement de sa vitre.

— Je l'ai eu du premier coup. Et toi ?

Samson n'eut pas l'occasion de répondre. Le virage suivant le projeta contre la portière qu'il heurta de son bras dans une tentative désespérée pour se raccrocher à quelque chose.

Avec un bruit sourd, la vitre disparut à la vue.

Un courant d'air âpre s'engouffra dans la voiture.

— Qu'est-ce que… ? fit Samson en se tournant vers Delilah.

Celle-ci jeta un coup d'œil à la vitre absente et fronça les sourcils.

— Pourquoi tu as appuyé sur le bouton ?

— Qu'est-ce que tu racontes ? C'est toi qui m'as précipité dessus.

Il appuya sur le bouton. Il ne se passa rien. Il rappuya dessus. Un petit bourdonnement monta de l'intérieur du panneau, mais pas la vitre.

— Laisse tomber. Elle est cassée, murmura Delilah. Je n'ai pas eu le temps de la faire réparer.

— Tu veux dire que ça va rester comme ça ?

— Jusqu'à ce qu'on descende de voiture, acquiesça-t-elle. Quand je verrouille la portière, la vitre remonte.

— Tu veux rire ? s'exclama Samson. Et ça fait long-temps que c'est comme ça ?

— Ça a commencé la semaine dernière. Calimero a sauté sur la portière et la vitre s'est baissée toute seule. Heureusement, je venais de mettre le contact, on n'avait pas encore démarré.

Samson se tourna vers Delilah avec un sourire.

— Rappelle-moi juste… combien tu as payé cette voiture ?

Elle le foudroya du regard. Le fait qu'elle ait hérité la Micra de Barry Dawson, de *Plastic Fantastic*, en paiement de la construction de son site, l'amusait tou-jours autant. La fenêtre défaillante ne faisait qu'ajouter à sa jubilation.

— Je la ferai arranger quand j'aurai été payée. En attendant, si tu pouvais éviter de toucher au bouton…

Samson releva la capuche de sa parka sur sa tête et essaya de se recroqueviller pour échapper au vent, ce qui n'était pas une tâche aisée dans cette voiture de poche. Il fut soulagé lorsqu'ils prirent un autre virage et que le complexe de bâtiments du marché aux enchères de Bruncliffe apparut.

— Mon Dieu, il y a des années que je ne suis pas venue ici, dit Delilah.

— Pareil, marmonna Samson, les souvenirs affluant à son esprit.

Si les autres fermiers attendaient le marché hebdo-madaire avec impatience, il en avait une expérience dif-férente. Pendant les premiers mois qui ont suivi la mort de sa mère, il avait considéré comme une aubaine de manquer l'école et d'accompagner son père au marché aux enchères pour vendre leurs moutons et parfois en acheter. Mais au fur et à mesure que le temps passait et que son père cherchait le réconfort dans l'alcool, cette visite nécessaire était devenue traumatisante pour le jeune Samson. À neuf ans, il assumait déjà la responsabilité de préparer les bêtes les veilles de marché. À dix ans, il allait les chercher tout seul dans les collines. Pour s'apercevoir que lorsque le moment était venu de partir, son père était souvent dans l'incapacité de prendre le volant. Il le retrouvait comateux à la table de la cuisine, entouré de bouteilles de bière vides.

Quand Samson avait enfin eu l'âge de passer son permis et qu'il avait pu prendre le transport en charge, comme tout le reste, la vente aux enchères n'avait été qu'un moyen comme un autre d'empêcher la ferme Twistleton dépérissante de tomber entre les griffes du directeur de la banque.

— Ça s'est un peu agrandi depuis la dernière fois que je suis venu, dit-il pour essayer de chasser ces douloureux souvenirs.

Il mesurait l'ampleur du changement. À l'époque, c'était un petit local de vente aux enchères qui frisait la ruine à cause d'une épidémie dévastatrice de fièvre aphteuse.

Aujourd'hui les lieux ne paraissaient plus du tout au bord de la banqueroute. Toujours situé au même endroit, près de l'A65, et donc facilement accessible pour les fermiers de l'autre côté des Vallons comme pour ceux du Lancashire et de Cumbria, le marché était maintenant entouré par un gigantesque parking paysager. Et à la place du simple édifice vétuste s'élevaient maintenant quatre bâtiments reliés entre eux, et l'entrée principale consistait en un portail de verre et d'acier au design sophistiqué. Mais bien que l'ensemble ait l'air moderne et très high-tech, les champs verts et les collines qui l'entouraient maintenaient le lien avec la terre dont ses clients tiraient tous leur argent.

— Harry y est pour beaucoup, dit Delilah en entrant dans le parking.

Sa petite Micra rouge paraissait saugrenue à côté de tous les 4 × 4 et de leurs remorques. Elle se gara à côté de la seule autre anomalie dans le paysage : un élégant coupé Audi gris qui faisait figure de pur-sang au milieu d'un troupeau de percherons.

— Il a vraiment transformé l'endroit, poursuivit-elle. On se demande ce qui a pu provoquer son coup de fil. Il n'a pas dit pourquoi il voulait qu'on vienne ?

— Pas un mot. Mais j'imagine que ça a quelque chose à voir avec ça.

Par sa vitre ouverte, Samson indiquait les véhicules garés le long de l'un des bâtiments, et plus précisément une ambulance au gyrophare clignotant, entourée par une foule dense. Derrière, une voiture de police. Et à côté, en grande conversation avec le sergent Gavin Clayton, un Harry Furness visiblement sur les nerfs.

3

— Il est *mort* ? Ron Watson ? fit Samson en secouant la tête, incrédule.

— Je ne peux pas le croire, moi non plus, grommela Harry en se passant la main sur le visage.

Son expression joviale habituelle avait laissé place à une mine soucieuse. Chagrinée.

Ils étaient assis dans son bureau, Delilah et Samson sur le canapé élimé et Harry en face d'eux, dans un fauteuil. Ils étaient là depuis un moment, l'équipe de l'Agence de Recherche des Vallons ayant dû attendre que les formalités aient été expédiées avant que le commissaire-priseur soit libre de leur parler. Il les avait alors entraînés loin de la stupeur qui figeait le ring – empli de fermiers trop choqués pour penser à rentrer chez eux alors même que les dernières ventes du jour avaient été annulées – et les avait fait monter dans son bureau, au-dessus du hall de réception.

— Enfin, qu'est-ce qui s'est passé ? demanda Samson.

— Il s'est retrouvé piégé dans un enclos avec deux taureaux furieux. Ils l'ont renversé. Il n'avait pas la moindre chance.

— Ron ? fit Delilah, dubitative. Ça ne lui ressemble pas, il n'était pas assez bête pour faire un truc pareil.

Samson hocha la tête. Il se rappelait le contremaître du parc à bestiaux, qui était une des chevilles ouvrières du marché quand Samson était client. Il avait passé sa vie au milieu des bêtes et était tout sauf imprudent. C'était aussi l'un des rares hommes qui s'étaient efforcés d'aider le jeune O'Brien quand il en avait eu besoin.

— Je suis d'accord avec Delilah. Le Ron dont je me souviens n'aurait jamais été assez idiot pour se faire piétiner à mort. À moins que tu suggères que l'âge l'avait finalement rattrapé ?

Harry eut un grommellement.

— Pas du tout. Il était plus affûté que jamais et toujours aussi précautionneux.

— Alors, comme je disais, comment est-ce que ça a pu arriver ?

— On n'en sait rien. La vente battait son plein, tout allait bien. Et d'un coup, deux taureaux se sont rués dans l'allée en direction du ring. Sans la présence d'esprit de Megan, notre apprentie, ils auraient fait de sacrés dégâts. Mais elle les a fait entrer dans un enclos latéral. C'est à ce moment-là que je l'ai envoyée chercher Ron.

Le commissaire-priseur baissa la tête, les épaules affaissées. Il lutta pour se maîtriser, revoyant la stupeur de Megan quand il s'était précipité vers elle. Et le cadavre qui gisait, brisé, sur le sol de l'enclos.

— Il est mort avant l'arrivée de l'ambulance.

— Je suppose que les investigations ont commencé ? demanda Samson.

— Évidemment. Nous allons être obligés de fournir

un rapport complet. Prouver que c'était un accident isolé et que les règles d'hygiène et de sécurité n'ont pas été enfreintes. Pas par notre organisation, en tout cas.

Harry fit la grimace.

— Ça peut paraître cynique de couvrir nos arrières de cette manière alors que Ron y a laissé sa vie, mais c'est comme ça. Nous travaillons dans un environnement très dangereux. Le moindre soupçon d'un manque de sérieux de notre part, et ce sera la fin. Ils ont fermé pour moins que ça un autre marché dans le Lancashire pas plus tard que le mois dernier…

— Je suis sûre que Ron aurait compris, dit gentiment Delilah.

— *Aye*. Sûrement. Il était très à cheval sur la sécurité. Et c'est pour ça que toute cette histoire est tellement…

Harry laissa sa phrase en suspens et se frotta les yeux du dos de la main.

— Désolé, murmura-t-il. Ça m'a vraiment secoué, cette affaire.

Delilah posa la main sur son bras.

— Je suis sûre que c'est pareil pour tout le monde. C'est tellement bouleversant.

— Quelqu'un a été témoin de la scène ? demanda Samson.

Harry secoua la tête.

— Non. On était presque tous occupés par la vente aux enchères et donc dans le ring, ou à proximité. Et les deux autres préposés au parcage des bestiaux étaient dehors, où ils aidaient un fermier à charger un gros troupeau de brebis gestantes.

— De sorte que Ron était tout seul dans la zone des enclos.

— *Aye.*

— Et pour une raison inconnue, il est entré dans un corral où il y avait des taureaux.

— *Aye.*

Samson se tut, les yeux rivés sur son ami. Et quand il reprit la parole, ce fut d'un ton très doux.

— Tu veux nous dire ce qui te tracasse, Harry ?

Le commissaire-priseur releva brusquement la tête en ouvrant de grands yeux.

— Je ne vois pas ce que tu veux dire…

— Pourquoi nous as-tu fait venir ? Ce n'est pas que pour nous raconter ça, si ?

— Je ne sais pas très bien pourquoi je vous ai appelés. J'ai eu les jetons, c'est tout. Je ne savais pas quoi faire… Tu es la première personne à qui j'ai pensé.

Samson n'en croyait pas un mot. Harry était le genre d'homme qui affrontait les vicissitudes de la vie avec intelligence et sang-froid. Même quand on avait tenté de le tuer, en novembre dernier, pas un instant il n'avait dramatisé. L'idée que Harry Furness ait pu appeler à l'aide sous le coup de la panique quand il avait découvert son collègue mort ne tenait pas la route.

— C'est nous, Harry. Tu peux tout nous dire, ça restera entre nous. Tu le sais.

L'espace d'une seconde, Samson crut qu'Harry allait continuer à louvoyer, mais son visage se crispa et une larme roula sur sa joue.

— Le truc, articula-t-il péniblement en s'essuyant les yeux avec la manche de sa blouse verte de commissaire-priseur, c'est que je ne sais pas très bien ce qui me tracasse, comme tu dis.

Il prit une profonde inspiration, jeta un coup d'œil vers la porte fermée de son bureau, se pencha en avant et dit d'une voix réduite à un murmure :

— Vous allez me traiter de cinglé, mais je ne crois pas que la mort de Ron soit un accident.

— Comment ça ? demanda Delilah. Tu as dit toi-même qu'il était entré dans l'enclos. Comment quelqu'un d'autre pourrait-il être impliqué ?

— Oui, c'est à ça que ça ressemble. Mais alors, comment expliquez-vous ça ?

Le commissaire-priseur sortit la main gauche de sa poche et la tendit vers eux.

Sur sa paume se trouvait une large traînée de quelque chose qui ressemblait à du sang.

— Vous ne comprenez pas. Nous pourrions tout perdre !

Rick Procter réprima le mouvement d'impatience qui le gagnait alors qu'il écoutait la voix paniquée de son compagnon.

— Je vous le dis, ce type, quel qu'il soit, ne bluffe pas.

Bernard Taylor, maire de Bruncliffe et propriétaire de l'Agence immobilière Taylor, arrivait à peine à se contenir, la conversation à voix basse frisant l'hystérie.

— Il va nous détruire.

Finalement, l'endroit était peut-être mal choisi pour cette réunion de debriefing, songea Rick. Il s'était dit que personne ne se poserait de questions en voyant les deux hommes d'affaires les plus importants de la ville déjeuner à la brasserie sélecte de son programme immobilier de Low Mill. Que ce serait moins risqué que d'organiser une rencontre clandestine dans une ville qui grouillait de commères. Mais il aurait dû savoir à quoi s'en tenir. Déjà au cours de leur bref entretien dans le bureau de Taylor, un peu plus tôt dans la journée, le maire avait commencé à se décomposer. À présent, le front luisant de sueur, l'homme menaçait de s'effondrer complètement.

Nul besoin d'être un génie pour deviner qu'il était arrivé quelque chose de grave.

— Vous avez les photos ? demanda Rick en découpant son foie gras de canard, redoutant que son exquise saveur ne soit gâtée par la présence de son vis-à-vis.

Ils n'étaient même pas arrivés à la fin de l'entrée que Taylor avait commencé à bredouiller. L'agent immobilier regardait frénétiquement autour de lui pour s'assurer que personne ne les espionnait, attirant davantage l'attention que s'il s'était comporté normalement. Il glissa une enveloppe sur la table.

— Tenez.

Rick posa ses couverts, se tamponna les lèvres avec sa serviette et prit calmement l'enveloppe. Veillant à ne pas en exposer le contenu aux regards indiscrets, il sortit les photos, les regarda et les remit en place, hors de vue.

— Intéressant.

Il reprit son couteau et sa fourchette et poursuivit son repas. Mais il avait raison : la colère avait donné une amertume à la saveur délicate du foie gras.

Quelqu'un les faisait chanter. Quand il avait reçu

l'appel paniqué de Taylor, ce matin-là, il avait espéré que c'était un canular. Mais le contenu de l'enveloppe posée à côté de son assiette n'avait rien d'une blague. Cela suffirait à faire voler en éclats le monde de Rick Procter. Et celui qui était derrière ça avait été assez malin pour prendre pour cible le maillon le plus faible de la chaîne.

Que faire ?

Il tendit la main vers son verre et prit une gorgée de bourgogne, faisant mine de le savourer tout en réfléchissant à l'étape suivante. Pendant tout ce temps, la face rondouillarde de son convive le regardait par-dessus la table, crispée par l'inquiétude.

— Bon, dit enfin Rick en reposant son verre. Avez-vous eu, au cours de l'échange, une idée plus précise de qui il pourrait s'agir ? À sa façon de s'exprimer, par exemple ?

L'autre secoua la tête d'un air navré, faisant trembloter son triple menton.

— C'était comme la première fois. Sa voix était étouffée.

— Un gars d'ici ?

— Il me semble que oui.

— Il vous *semble* ? Vous ne pouvez pas être plus affirmatif ?

— Je vous l'ai déjà dit, il n'est pas très loquace. Quand il m'a appelé, au bureau, il a juste dit que j'avais une heure pour aller à la baraque sur la route de Silverdale, ou il m'anéantirait. C'est là qu'il a parlé de la grange.

Bernard Taylor se tamponna le front avec son

mouchoir. Son carpaccio de gibier était encore intact dans son assiette. Il avait perdu l'appétit, et il était facile de comprendre pourquoi.

Quelqu'un les avait pris en photo à la ferme, sur la lointaine route de Henside. Un lieu de rendez-vous discret, dans des circonstances normales. Mais depuis que la propriété était devenue une exploitation de cannabis, ces circonstances deviendraient fatales si elles étaient découvertes. Le maire de Bruncliffe de mèche avec l'homme d'affaires le plus important de la ville, se faisant des à-côtés dans une entreprise illicite…

Sauf que ce n'était pas *une* entreprise illicite. La ferme n'était qu'une opération parmi d'autres, et Rick et son compagnon, deux rouages d'un engrenage qui les dépassait largement. Et risquait de les broyer.

Celui qui les faisait chanter jouait à une table où les mises étaient bien plus élevées qu'il ne l'imaginait.

— Et cette fois ? Qu'a-t-il dit ?

— Il m'a simplement orienté vers un baquet qui se trouvait à l'entrée de la baraque, et c'est dedans que j'ai trouvé ça.

Le maire tendit un index tremblant vers l'enveloppe posée sur la table.

— Et puis il a dit qu'il me recontacterait, et il a raccroché. Alors, comme je vous le disais, on n'a pas grand-chose à se mettre sous la dent, d'autant que tout du long, il m'a donné l'impression de parler sous l'eau.

Rick se découpa une autre bouchée de foie gras, en réfléchissant intensément. Leur maître-chanteur n'était visiblement pas un amateur ; rien n'avait été laissé au hasard, pas un détail qui permette de l'identifier. Mais c'était peut-être là qu'il avait commis une erreur...

— Et il a laissé passer combien de temps avant de vous rappeler à la baraque ?

Taylor haussa les épaules.

— Je venais d'arriver. Pourquoi ?

— Comment savait-il que vous étiez sur place ?

Un silence. Le maire ouvrit la bouche mais pas un mot n'en sortit. Et puis il rougit.

— Il m'observait, siffla-t-il. Ce salaud m'observait !

— En effet.

Rick prit une autre gorgée de vin, surtout pour se retenir de sermonner son complice. Ce bouffon avait laissé quelqu'un le suivre jusqu'à Silverdale, un putain d'endroit tellement reculé qu'à moins d'avoir une toison blanche et quatre pattes, tout ce qui circulait dans le coin était suspect. Et pourtant Taylor n'avait rien remarqué.

Si Rick n'avait pas eu tellement besoin de ses services – l'agence immobilière de Taylor assurait un financement vital pour leurs entreprises illégales –, il aurait été tenté de le livrer à ceux qui dirigeaient leur business. Mais connaissant les hommes avec qui ils étaient en cheville, la moindre allusion à ce dernier plantage signerait leur arrêt de mort à tous les deux. Donc, c'était à Rick de régler le problème.

— Laissez-moi faire, dit-il, finissant sa dernière bouchée de foie gras et reposant ses couverts sur son assiette vide.

— Et s'il me recontacte ?

— Prévenez-moi tout de suite. Mais en attendant, ne

41

vous laissez pas impressionner. Nous ne pouvons pas nous permettre de perdre notre sang-froid à ce stade.

Bernard Taylor hocha misérablement la tête, prit congé et quitta le restaurant.

— Avez-vous terminé, monsieur ? demanda le serveur, debout près de la table, le sourcil haussé devant le carpaccio de gibier abandonné. Tout était-il à votre goût ?

— Oui. Désolé, mon convive n'avait pas faim, dit Rick.

Le serveur hocha la tête avec un sourire, débarrassa les assiettes et se dirigea vers les cuisines, où il ne manquerait assurément pas de raconter que le maire de Bruncliffe, réputé grand amateur de bonne chère, avait manqué d'appétit. Et il n'en faudrait pas davantage dans cette petite ville pour faire marcher les langues.

Rick devait trouver le maître-chanteur, et vite.

Il réfléchit à ce que Bernard lui avait dit. La façon dont les appels avaient été passés. Quand le garçon revint avec le plat principal, ça lui apparut. Le timing. Pourquoi l'extorqueur avait-il laissé une heure à Bernard pour arriver à la baraque ? S'il en connaissait l'existence, il savait nécessairement qu'elle n'était qu'à une demi-heure de voiture. Et pourtant il avait laissé le temps à Bernard d'appeler Rick avant de se mettre en route.

Parce qu'il savait ce que Bernard allait faire.

Rick eut un sourire. Il avait affaire à un gars du coin. Un crétin qui était tombé sur la ferme de cannabis et avait décidé de tirer parti de cette découverte. Ça remontait considérablement les chances du promoteur.

Un peu rassuré, il s'apprêta à savourer son filet de bœuf comme il convenait.

Un peu de sang étalé sur une main. Samson ne voyait pas ce que ça avait d'étonnant, compte tenu du fait qu'un homme venait d'être piétiné à mort.

— Et alors ? demanda-t-il en haussant les épaules.

Mais Delilah, une main sur la bouche, regardait la large paume d'Harry.

— C'est celui de Ron... ?

— Non, pas celui de Ron. Celui de l'un des deux taureaux qui se sont emballés.

Samson n'arrivait toujours pas à comprendre ce qui turlupinait le commissaire-priseur.

— C'est sûrement pour ça qu'ils se sont déchaînés. Ils ont dû se blesser sur quelque chose.

— *Aye*, c'est ce que j'ai tout d'abord pensé. Mais j'ai inspecté les enclos où nous avons retrouvé Ron. Il ne s'y trouvait absolument rien qui explique une quelconque blessure. Et pas trace de sang non plus, en dehors de celui qui était par terre...

Harry n'alla pas plus loin. Il s'affala sur le dossier de son fauteuil et se frotta le visage comme s'il voulait en effacer le souvenir des pénibles événements de la journée.

— Alors, d'où venait-il ? demanda Samson, sentant sa curiosité s'éveiller.

— C'est beaucoup plus sinistre, j'en ai peur. Regardez ça.

Il sortit son portable de la poche de sa blouse verte et le lui tendit.

Emplissant l'écran, une photo du taureau de profil laissait voir son flanc barré d'une ligne rouge. Nette. Pas de bords déchiquetés comme si l'animal s'était éraflé sur quelque chose. L'entaille était chirurgicale. Il n'en fallait pas davantage pour que le détective s'avance sur son siège.

— Hé, mais on dirait…

— Une estafilade ! l'interrompit Delilah qui regardait le téléphone par-dessus son épaule.

Elle fit glisser ses doigts sur l'écran pour agrandir la photo.

— Je suis content de voir que je ne suis pas seul à le penser, marmonna Harry, le visage grave.

— Mais alors, quelqu'un aurait délibérément entaillé le taureau ? Pourquoi faire une chose pareille ?

Harry haussa les épaules.

— J'en sais fichtre rien ! En tout cas, ce pauvre Ron a payé le prix fort.

— Et si c'était lui ? Il aurait pu commettre une bévue…

En formulant cette hypothèse, Samson sut qu'elle était ridicule. Ron Watson était l'un des meilleurs bouviers qu'il ait jamais rencontrés. Il était impensable que cet homme puisse être à l'origine de la blessure. Et quand bien même, il n'aurait pas été assez stupide pour se mettre en travers du chemin des bêtes paniquées.

— Aucun risque, répondit fermement Harry. Ce vieux Ron savait y faire avec le bétail.

— Donc, c'est quelqu'un d'autre qui a fait ça, dit Delilah. Mais pourquoi ?

— C'est pour ça que j'ai fait appel à vous.

Harry se leva et se dirigea vers la porte. Il l'ouvrit et après un bref coup d'œil dans le couloir, la referma.

— Désolé, dit-il. Je deviens parano. Mais si ce n'est pas Ron qui est responsable, alors c'est quelqu'un d'ici. Et pour le moment, je n'ai plus confiance en personne en dehors de vous.

— Et la vidéosurveillance ? Elle permettra sûrement de comprendre ce qui a pu se passer, non ?

Le commissaire-priseur secouait déjà la tête.

— Si seulement... Le problème, c'est qu'il n'y a pas de vidéosurveillance.

— Il n'y a pas de caméras dans le bâtiment ? s'étonna Samson.

— Si, si. Des tas, même. Mais pour une raison inexpliquée, celle de la zone de parcage ne fonctionnait pas. Et ça, continua Harry en arpentant nerveusement la pièce, ça suffit à m'inquiéter. Et même beaucoup. Suffisamment pour que j'aie envie de vous embaucher, tous les deux, pour aller au fond de cette histoire.

Samson regarda la photo toujours affichée sur l'écran, la balafre d'un rouge vif sur le flanc du taureau. Et il eut l'horrible intuition que c'était une nouvelle affaire sérieuse qui venait de tomber entre les mains de l'Agence de Recherche des Vallons.

4

Le printemps avait fini par arriver dans les Vallons du Yorkshire. Depuis plusieurs jours, un ciel bleu poudré drapait les collines, un chaud soleil souriait avec bienveillance aux agneaux qui gambadaient dans les champs verdoyants, et la lumière adoucissait les lignes sévères des murets de pierre grise qui s'entrecroisaient sur les coteaux. La danse des jonquilles et des crocus fléchait de jaune le bord des routes étroites, les bourgeons s'alanguissaient sur les arbres en fleurs. Et le chant poignant des courlis, le long de la rivière, s'entrelaçait avec l'ensemble.

C'était un printemps parfait. Une saison pour une nouvelle vie. Un temps pour de nouvelles amours.

À une douzaine de kilomètres au nord de la petite ville de Bruncliffe, sur les versants de Pen-y-ghent, nul n'était plus sensible à l'exaltation de la saison que le propriétaire de la ferme de Mire End.

— Je suis foutu !

Clive Knowles était appuyé à la barrière qui menait au champ voisin de la ferme, et lançait ces paroles au ciel pour le seul bénéfice des moutons devant lui et du vieux border collie à ses pieds.

— Je suis dévasté ! Sabordé !

Il secoua la tête, déconcerté par le tour que venait

de prendre sa vie, et il se frotta la poitrine, qui l'élança aussitôt comme l'aurait fait une vraie blessure.

— Si c'est ça l'amour, marmonna-t-il douloureusement, je pensais pas que ça faisait aussi mal.

Ni que ça lui coûterait une blinde.

Il regarda les nouveaux arrivants dans le champ, devant lui. Un beau troupeau de brebis et leurs agneaux qu'il avait achetés sous l'impulsion du moment, à la vente aux enchères de la semaine passée.

Il ne comprenait pas ce qui lui avait pris. La dernière fois qu'il s'était lâché ainsi, c'était à l'automne dernier, pour Ralph, son bélier Swaledale multimédaillé. Mais c'était différent. Un bélier justifiait pleinement la dépense – et à en juger par le nombre de brebis près de mettre bas, dans le champ de l'autre côté de la ferme, Ralph s'était plus qu'acquitté de sa tâche.

Mais acheter des brebis et leurs agneaux… ce n'était pas son genre. En temps normal. Et pourtant, planté au bord du ring, la semaine précédente, il s'était mis à fantasmer sur la façon dont la ferme de Mire End pourrait changer. À quoi sa vie pourrait ressembler dans l'avenir si seulement il avait le courage de saisir sa chance. Et avant même d'y penser, il avait hoché la tête à l'intention de ce démon de commissaire-priseur, Harry Furness, qui s'était empressé d'abattre son marteau en le pointant du doigt. C'est ainsi qu'il s'était retrouvé l'heureux propriétaire d'un troupeau de moutons qu'il n'avait pas vraiment eu l'intention d'acheter.

Il était trop fier pour se dédire. Alors il s'était persuadé que ce serait un bel atout pour sa ferme promise à des jours meilleurs.

Mais des Texels, quand même… Il ne prisait guère cette race. Trop chère à son goût, pas vraiment adaptée à sa terre. Et pas les plus plaisants des animaux non plus, avec leur allure de videurs de boîte de nuit interlope. Et donc, ayant retenu la leçon, il avait évité la vente du jour, pour la première fois depuis plus d'une décennie. Aucun doute que son absence ferait jaser, mais il ne pouvait pas se permettre de rêvasser sur les gradins du ring, la tête dans les nuages, pendant que Harry Furness était au marteau.

— Ça va me ruiner, marmonna-t-il au chien. Si je ne mets pas fin tout de suite à cette folie amoureuse, je suis un homme perdu.

— Clive !

Il se tourna vers la femme plantée sur le seuil de sa maison, et dont l'appel strident était une douce symphonie à ses oreilles.

— Le dîner est sur la table ! hurla-t-elle. Et ça va refroidir.

La porte de derrière se referma en claquant.

Le fermier leva à nouveau les yeux vers le ciel et envoya une prière silencieuse de remerciement au dieu, quel qu'il soit, qui avait envoyé l'ange qui habitait présentement la ferme de Mire End. Et la fit suivre aussitôt d'un appel à l'aide. Parce que Clive Knowles était amoureux et n'avait pas la moindre idée de la façon de conquérir l'objet de son cœur.

Un homme y avait trouvé la mort, et pourtant, l'enclos vide n'avait l'air de rien. Abstraction faite de la sciure imprégnée de sang, par terre.

Samson et Delilah laissèrent Harry s'occuper des procédures consécutives à la mort de Ron Watson et passèrent devant quelques portes de bureau fermées avant de descendre à la réception. En contournant par l'extérieur l'arène désertée, ils ne virent pas une âme. L'annulation subite du programme de la journée avait métamorphosé en une ville fantôme la ruche bourdonnante d'activité qu'était habituellement le marché.

Dans la zone de parcage, les choses n'étaient pas très différentes. Les fermiers avaient eu tout le temps de rassembler les bêtes qu'ils avaient achetées ce matin-là, ou de faire remonter dans les camions celles qu'ils n'avaient pas réussi à vendre, et maintenant le vaste espace était d'un calme surnaturel. Pas de barrières qui claquaient, pas de cris d'impatience au moment de charger des agneaux récalcitrants dans les remorques qui les attendaient.

Après être passés devant quelques stalles encore occupées par des bêtes paisibles, Samson et Delilah étaient arrivés sur les lieux de l'accident de Ron.

— C'est là, fit Delilah en consultant le plan que Harry leur avait donné, où l'emplacement était marqué par une croix tracée à la hâte. Pas moyen de se tromper de toute façon, ajouta-t-elle en indiquant le sol maculé de sang.

Appuyé sur la barrière en métal, Samson examina l'intérieur de l'enclos. Il était difficile d'imaginer les sabots furieux des taureaux emballés. Le mouvement soudain de ces masses de muscles et d'os dans un espace relativement restreint. Un homme piégé à l'intérieur. Ron n'avait eu aucune chance.

— Bon sang, qu'est-ce qui a pu le pousser à entrer là-dedans s'ils étaient énervés ? demanda-t-il.

Delilah haussa les épaules.

— Peut-être qu'ils ne l'étaient pas. Peut-être que Ron avait une autre raison d'y aller, et qu'ils ont été surpris.

— Quand même. C'était un vieux de la vieille, il connaissait la musique. Il serait ressorti à la seconde où les bêtes auraient commencé à s'agiter. Il n'a jamais été du genre à prendre des risques.

— Peut-être que la barrière a refusé de s'ouvrir ?

D'un simple doigt, Samson tira le loquet de la porte et l'ouvrit, un sourcil haussé à l'intention de Delilah.

— Je ne pense pas que ce soit ça.

— Alors qu'est-ce qui s'est passé ?

— Dieu seul le sait.

Aussi facilement qu'il l'avait ouvert, Samson referma l'enclos, le loquet se remettant en place avec un déclic particulièrement audible dans le silence environnant.

— Et *quid* de l'éventuelle blessure au couteau ? demanda Delilah en étudiant sur son téléphone la photo qu'Harry avait prise du taureau blessé. Est-ce que ça ne change pas un peu la donne ?

— Carrément. Si c'est ce qu'on pense, alors la situation change du tout au tout. Surtout si on part du principe que Ron n'est pas à l'origine de la blessure.

Delilah le regarda, échafaudant mentalement un scénario.

— Tu penses que Ron était dans l'enclos et le possesseur du couteau à l'extérieur ?

— Ça paraît vraisemblable.

Avec un bref soupir, Delilah tourna sur elle-même pour regarder la zone de parcage d'un œil neuf. La pénombre. Les rangées de stalles séparées par des travées. Et personne aux alentours. C'était vaguement inquiétant. Ça devait l'être encore plus un jour de vente, avec le haut-parleur qui braillait au loin, la foule massée dans le ring à l'extrême bout de l'allée, ou dehors, sur les quais de chargement. Sauf Ron, qui était là, et qui était entré dans le corral pour une raison inconnue. Et puis…

— Il a eu peur de sortir, dit-elle.

Samson hocha la tête.

— Tu as peut-être raison. Le pauvre Ron n'a pas eu d'autre solution que de tenter sa chance avec les taureaux.

— Et celui qui était posté de ce côté-ci de la rambarde le savait. Il a utilisé le couteau pour entailler un des taureaux, provoquant une panique mortelle.

Delilah se retourna pour regarder l'enclos et la sciure tachée de sang.

— Quelle mort épouvantable. Ron devait avoir vraiment peur de ce qui l'attendait dehors.

— Je suis d'accord, confirma Samson. Mais ça ne répond pas à ma question de départ : qu'est-ce qui l'a poussé à y entrer ?

— J'ai l'horrible pressentiment que ce n'était pas une question de bien-être animal, marmonna Delilah en frissonnant.

Résistant à l'impulsion de prendre sa collègue par les épaules, Samson s'écarta de la rambarde et se retourna, prêt à repartir.

— Allez, dit-il. On a appris tout ce qu'on pouvait ici, pour le moment. Allons inspecter le bureau qu'Harry a mis à notre disposition.

Enfonçant les mains dans ses poches pour cacher le tremblement qui s'était emparé d'elles, Delilah suivit Samson dans l'allée en direction du ring.

Le bureau se révéla conforme au reste de leur environnement. En se dirigeant vers la série de locaux commerciaux qui tangentaient l'arène principale, Samson et Delilah passèrent devant les installations extérieures réservées aux divers métiers liés au monde rural : des avocats spécialisés dans les problèmes agricoles, des vétérinaires, des agents d'assurances, des détaillants en matériel équestre. Toutes les échoppes étaient éteintes, les portes fermées, sans doute à cause de la tragédie qui s'était abattue sur la communauté. Tout au bout de la rangée, dans un coin sombre du site, ils trouvèrent leur nouvel espace de travail – une boutique récemment libérée par une boîte de fournitures agricoles. Delilah tourna la clé dans la serrure, ouvrit la porte et alluma la lumière.

L'un des murs était couvert de rayonnages vides, et dans un coin, des sacs d'aliments pour bétail abandonnés s'empilaient à côté d'un yucca agonisant dans un pot en terre cuite. Sur le mur opposé, d'autres étagères, presque toutes vides en dehors de quelques boîtes de marqueurs pour ovins et d'un pot esseulé de gel pour les sabots. Sur la gauche, deux canapés avachis encadraient une table basse couverte de poussière.

Samson renifla. L'odeur de son enfance. De la

réserve, à la ferme Twistleton, où il avait passé des heures à jouer quand il était petit, puis à travailler, après la mort de sa mère. Saisi par une soudaine nostalgie, il traversa la pièce et alla s'asseoir sur l'un des accoudoirs du canapé.

— J'hésite à demander à Harry l'autorisation de m'installer ici définitivement, dit-il en souriant à Delilah. C'est un cran au-dessus de ce que j'ai actuellement.

Elle le foudroya du regard.

— Mais ne te gêne pas, surtout. Voyons si ses conditions sont aussi avantageuses que les miennes.

Il se mit à rire, se régalant de voir comme il était facile de la faire marcher. Cela dit, elle marquait un point. Le décor de son bureau, au rez-de-chaussée de la maison à trois niveaux de Delilah, était peut-être unique en son genre, avec son papier peint floqué rouge, souvenir du temps où c'était un salon de coiffure, son lino pelé et sa table qui en avait vu de toutes les couleurs, mais le loyer était modeste. Et puis il était tout près de la femme plantée sur le pas de la porte.

— Exact, dit-il. Et les visites de Calimero me manqueraient trop.

Sa mine boudeuse fit place à un large sourire, comme Samson l'aurait parié en faisant allusion à son chien.

— Alors, qu'est-ce que tu en penses ? demanda-t-elle en venant poser sur la table les documents qu'Harry lui avait confiés. Qu'est-ce qu'on fait maintenant ?

Samson se pencha sur les pages – un registre du personnel, un plan des lieux et quelques tickets-repas pour le café du marché. Ils avaient obtenu d'Harry l'assurance qu'ils auraient libre accès à toutes les zones ; le commissaire-priseur avait cependant ajouté une condition : pour toutes les personnes concernées, le duo de l'Agence de Recherche des Vallons se contentait de mener des investigations sous l'angle de l'hygiène et de la sécurité, en tant que préalable à l'enquête officielle qui ne manquerait pas de suivre. C'était ce que Harry avait raconté à ses patrons. Jusqu'à ce que sa théorie soit confirmée – ou, avec un peu de chance, infirmée –, il n'était pas disposé à révéler ses soupçons au grand public. Suggérer que Ron avait été victime d'un acte de malveillance et non d'un tragique accident aurait un effet préjudiciable sur le marché. Afin de s'en prémunir, le commissaire-priseur voulait des éléments plus substantiels qu'une simple traînée de sang sur sa main, et une possible blessure à l'arme blanche sur un taureau. C'est pourquoi il n'était pas disposé à partager ses craintes avec la police. Pas tout de suite.

Pour le moment, Samson et Delilah n'avaient donc à se mettre sous la dent qu'une liste de noms et un vague soupçon. Ce n'était pas beaucoup.

— Et si on commençait par interroger les gens qui étaient les plus proches de l'allée où on a trouvé Ron ? suggéra Samson en montrant le plan du marché sur lequel Harry avait essayé d'indiquer le plus précisément possible l'emplacement de chacun des bouviers en service avant la mort de leur chef.

Deux paires d'initiales étaient inscrites près de la croix figurant l'emplacement du corps.

— Adam Slater et Megan Gifford, reprit Samson en se référant au registre du personnel.

— Megan Gifford ? releva Delilah en se penchant par-dessus son épaule pour vérifier la liste de noms. Je n'avais pas réalisé que c'était d'elle dont parlait Henry tout à l'heure.

— Tu la connais ?

— On est plus ou moins cousines. Je ne me rappelle jamais à quel degré exactement, ajouta-t-elle avec un haussement d'épaules.

— Il y a quelqu'un avec qui tu n'es pas apparentée, dans le coin ? susurra Samson.

Delilah eut un petit rire.

— Je ne t'entends pas te plaindre quand ça nous aide à résoudre une affaire.

Ce à quoi Samson n'avait pas grand-chose à répliquer, sachant que les liens étroits de Delilah avec la communauté brunclifienne avaient fréquemment contribué à dénouer certaines enquêtes de l'Agence de Recherche ces six derniers mois. Considéré comme un *offcumden*, flanqué qu'il était d'un père irlandais et d'une mère d'un vallon éloigné, Samson n'avait pas le même réseau de relations à solliciter. Qui plus est, Bruncliffe s'était ostensiblement réjoui de le voir quitter la ville il y avait presque quinze ans de cela, et les rares liens qu'il y avait tissés étaient rompus depuis long-temps. En revenant, à l'automne précédent, il s'était trouvé obligé de tout reprendre de zéro, et les contacts de Delilah avaient été un atout non négligeable.

— Va pour cousine Megan. Mais d'abord, fit Samson, l'estomac grondant très fort, lui rappelant que l'heure du déjeuner était passée depuis longtemps, si j'allais nous chercher des cafés et des sandwichs au bacon frit gracieusement offerts par Harry ? proposa-t-il en agitant les tickets du café. Si tu es prête à prendre le risque ? Je crois me souvenir que les collations proposées par l'établissement étaient d'une qualité douteuse.

— Tu oublies qu'Harry travaille ici, maintenant, fit Delilah avec un sourire. Connaissant son goût des bonnes choses, tu pourrais bien être surpris.

Espérant qu'elle avait raison, Samson retourna dans le couloir et mit le cap sur les odeurs appétissantes qui émanaient de la façade du bâtiment.

Si l'atmosphère dans le reste du marché aux enchères faisait penser à un vaisseau fantôme, le café débordait de vie. Depuis l'entrée, Samson prenait la mesure du changement, qui était substantiel. L'endroit n'avait plus rien à voir avec le rade qui sentait le graillon d'autrefois ; c'était maintenant un restau fort accueillant. Il en était là de ses réflexions lorsqu'une voix l'interpella :

— O'Brien ?

Il parcourut du regard les tables bondées du bistrot, refuge des fermiers après l'incident choquant qui avait perturbé le déroulement de la vente, et aperçut un visage familier qui le regardait, le sourcil froncé. L'uniforme tendu sur son imposante bedaine, une grosse tranche de cake dans une main et un mug dans l'autre, le sergent Gavin Clayton avait l'air carrément comme chez lui.

— Sergent ! fit Samson en s'approchant de la table.

Il serra la main tendue, ignorant le ketchup qui ornait l'une des phalanges. La nourriture de l'endroit répondait apparemment aux exigences élevées des forces de police de Bruncliffe.

— Comment ça va ? demanda-t-il en s'asseyant.

Le sergent Clayton secoua la tête.

— Quel drame, grommela-t-il. Ron était un type formidable. Et quelle horrible façon de mourir.

— Je n'ose même pas y penser. J'imagine que c'est ce qui vous amène ici ?

— *Aye*. On a été appelés par Harry, et on est venus aussitôt. Danny termine le dernier entretien.

Le constable Danny Bradley. Samson dressa l'oreille en entendant que le jeune homme était sur les lieux et posait des questions sur l'accident. Le sergent Clayton était plus futé qu'il n'en avait l'air, certes, mais son approche relevait davantage de la méthode que du génie. En revanche, pour son protégé, ce n'était pas la même limonade. Samson avait travaillé avec lui plusieurs fois au cours des six derniers mois, et il n'avait que de l'estime pour le gamin. Il avait tout ce qu'il fallait pour faire un inspecteur de première bourre.

Il fallait qu'il ait une petite conversation avec Danny sur la mort de Ron Watson.

— Tu as cette drôle de lueur dans le regard, O'Brien, nota le sergent Clayton qui le dévisageait, rappelant à Samson de le prendre un peu plus souvent au sérieux. Il y a quelque chose que je devrais savoir ? Comme ce que tu fais ici, pour commencer ?

— Harry, répondit Samson, offrant une demi-vérité.

Il veut qu'on commence les enquêtes d'hygiène et de sécurité avant le lancement des investigations officielles.

— Ce n'est pas une mauvaise idée, acquiesça le sergent en hochant la tête, mais il continuait à river sur Samson le même regard scrutateur, puis il fit un geste en direction du comptoir. Tu ferais mieux de commander ce que tu es venu chercher avant qu'ils n'en aient plus. C'est la folie ici depuis que les ventes sont suspendues. Et Delilah ne sera pas ravie-ravie que tu reviennes les mains vides.

— Delilah ? demanda Samson, sincèrement surpris par l'intuition du sergent. Comment savez-vous qu'elle est avec moi ?

— Tu perds la forme, O'Brien. On se trahit facilement par un usage négligent des pronoms. Pas sûr que l'Agence de lutte contre la grande criminalité te reprenne, aujourd'hui.

Sur un éclat de rire, il se remit à manger son gâteau, laissant Samson se diriger vers le comptoir et méditer sur la vitesse avec laquelle il perdait les réflexes qui lui avaient permis de rester en vie quand il était sous couverture. En réponse à la question sur sa présence au marché il avait dit *on*, pas *je*. Révélant sans ambiguïté qu'il n'était pas venu seul.

Enfin, qu'est-ce qui était le pire ? se demandait-il. S'être trahi sans le vouloir ou s'être maintenant tellement habitué à travailler avec Delilah Metcalfe qu'il utilisait le *on* collectif sans même s'en rendre compte ? En tout cas, le sergent n'avait pas tort. Si Samson restait plus longtemps à Bruncliffe, il lui serait quasiment impossible de reprendre la vie d'agent infiltré qu'il avait menée si longtemps.

Alors qu'il rejoignait dans la file d'attente les fermiers qui commentaient la tragédie du jour avec le franc-parler typique de la région, le détective se surprit à penser que ce ne serait peut-être pas si mal de finir par s'installer à Bruncliffe pour de bon.

Les sandwichs au bacon frit étaient exceptionnels, mais le thé était l'habituelle décoction servie dans le Yorkshire, sur laquelle on aurait fait flotter une enclume et si amère que l'estomac de Samson ne pouvait pas en ingurgiter plus d'une demi-tasse. Quand Delilah partit en quête de sa cousine, direction le service du personnel, il en profita pour verser le reste du breuvage dans le pot du yucca moribond. Puis il s'intéressa aux brèves notes qu'Harry lui avait fournies sur chacun de ses collaborateurs.

Megan Gifford était jeune. À peine sortie de l'école, elle était déjà en contrat d'apprentissage, ce qui lui permettrait peut-être de décrocher plus tard un diplôme universitaire, et elle avait tout pour réussir. D'après Harry, c'était une employée modèle qui justifiait la confiance que le directeur, Martin Butler, plaçait en elle.

La porte s'ouvrit devant Delilah, le bras passé autour d'un petit brin de fille. S'il n'avait pas déjà su son âge, Samson ne lui aurait pas donné plus de quinze ans. Elle était si petite qu'à côté d'elle, Delilah, avec son mètre soixante et le teint de celle qui passait beaucoup de temps au grand air, avait l'air plus robuste que d'habitude. Megan avait des traits enfantins et des cheveux blonds retenus en une tresse qui révélait un visage pâle, délicat, bouffi par les larmes. On ne l'aurait pas crue capable d'arrêter la fuite éperdue de deux taureaux déchaînés.

Mais Samson avait appris, quand il travaillait sous couverture, que les apparences étaient souvent trompeuses. Il se leva et tendit la main à la jeune femme qui la serra en rougissant. Elle avait la poigne plus ferme que ne le laissait supposer sa modeste stature.

— Samson O'Brien, murmura-t-elle avec une étincelle dans le regard, offrant à Samson un aperçu de la détermination qui devait l'habiter quand elle n'était pas étouffée par le chagrin. J'ai beaucoup entendu parler de vous.

— Tout est vrai, Megan, soupira Delilah en lui indiquant le canapé le plus proche. Surtout le pire.

Megan réussit à lui répondre d'un bref sourire avant de s'asseoir, visiblement inquiète.

— Vous travaillez avec la police ? Parce qu'ils m'ont déjà interrogée, et j'ai dit à Danny tout ce que je savais. Sauf que je n'ai rien vu…

Son regard tomba sur le sol, une larme roula sur sa joue, qu'elle essuya du dos de la main.

— Désolée. C'est juste que je n'arrive pas à m'y faire. Pauvre Ron.

— Nous comprenons, dit Delilah. Ça a été un choc pour tout le monde. Mais nous ne travaillons pas avec la police. Harry nous a demandé d'enquêter sur l'accident – sous l'angle hygiène et sécurité. Tu te sens d'attaque pour nous parler ?

— Oui. Je ferais n'importe quoi pour aider Harry. Il est super avec moi.

Le ton était ferme, mais l'inquiétude toujours visible dans les plis qui barraient son front et le regard circonspect qu'elle riva sur Samson quand il s'assit en face d'elle.

— Alors… Je n'ai que quelques questions, bégaya Samson avant de s'interrompre, déstabilisé par la jeune fille au visage encore trempé de larmes, au corps tendu comme si elle s'attendait à se faire agresser.

Il était plus habitué à interroger des criminels endurcis, le genre d'hommes qu'on n'aurait pas aimé rencontrer dans une ruelle sombre. Et qu'il ne risquait pas de bouleverser.

— Bon… alors…

— Si tu nous parlais un peu de ton travail, Megan ? intervint Delilah. Il y a longtemps que tu es ici ?

Pour quelqu'un qui n'avait pas été formé aux techniques d'interrogatoire, elle avait posé la question idéale, celle qui permettait d'entrer dans le vif du sujet en douceur et mettait en confiance la personne interrogée. Impressionné, une fois de plus, par le don naturel de sa collègue pour parler aux gens, Samson se cala à son dossier tandis que Megan relâchait ses épaules et se tournait vers sa cousine.

— Depuis le mois de septembre, répondit-elle. On m'a mis beaucoup de pression pour que j'aille directement à la fac après mon bac, l'été dernier, mais j'ai rêvé toute ma vie de faire ça.

— De vendre des bestiaux aux enchères ?

— De devenir commissaire-priseur, comme Harry.

— Tu as eu du mal à obtenir ta place d'apprentie ?

Une expression lasse passa sur le visage de la jeune fille.

— Je suis une femme, je fais un mètre cinquante-deux à tout casser, alors oui. J'ai envoyé des lettres de candidature à dix maisons d'enchères différentes, et c'est la seule qui m'ait proposé un entretien. Et je suis certaine que c'était seulement parce qu'on me connais-sait – on savait que les travaux de la ferme n'avaient pas de secret pour moi. Mais quand même, il a fallu que je fasse mes preuves. Ce n'est pas vraiment un monde de femmes. Enfin, j'ai l'intention de changer ça, conclut-elle en redressant la tête, le menton levé d'une façon qui rappela Delilah à Samson.

— Je suis sûre que tu y arriveras, répondit Delilah avec un sourire. Alors, comment tu te sens, ici ? Tu es contente ?

Un sourire éclaira le visage attristé de Megan.

— J'adore. Tout. Le travail. Les gens. C'est exac-tement comme j'espérais que ce serait.

— Et l'apprentissage ? Combien de temps dure-t-il ?

— Un an. Après, je pourrai postuler au programme de parrainage du marché aux enchères, qui subvention-nera mon cursus universitaire. Je serai à mi-temps ici, à mi-temps à la fac.

— Cet endroit a un programme de parrainage ? demanda Samson, surpris.

Megan hocha la tête.

— C'est Harry qui l'a lancé. Mais ils ont beaucoup de candidats, alors…

Elle haussa les épaules, et son sourire s'effaça.

— Après aujourd'hui… je ne suis pas sûre…

— Parle-nous d'aujourd'hui, relança gentiment Delilah. Raconte-nous ce qui s'est passé.

— Justement – je ne sais pas ce qui s'est passé. Tout se déroulait normalement, et tout à coup, deux taureaux furieux fonçaient dans la travée, droit vers le ring de présentation.

— Qu'est-ce que vous avez fait ? demanda Samson, qui connaissait déjà la réponse mais voulait l'entendre de la bouche de la jeune fille.

— J'ai ouvert l'enclos juste à côté de moi et j'ai réussi à les faire entrer dedans.

Une réponse sans fioritures. Sans insister sur la bravoure dont elle avait fait preuve. Les faits, rien que les faits.

— Mais tu devais être terrifiée, reprit Delilah.

— Je n'ai pas eu le temps d'avoir peur. C'est arrivé si vite. Ensuite, Adam s'est précipité, et Harry est arrivé. Il essayait de comprendre ce qui se passait et c'est là qu'il nous a envoyés, Adam et moi, chercher Ron…

Megan cligna des yeux en portant une main tremblante à ses lèvres.

— Mon Dieu. Je crois que je n'oublierai jamais le moment où je l'ai vu…

La contenance que la jeune apprentie affichait jusque-là s'effrita, et ses larmes jaillirent tandis qu'elle baissait la tête, sa tresse retombant sur son épaule.

— Ça va aller, dit Delilah en caressant le dos de sa cousine. C'est bien normal.

Samson remua sur sa chaise, mal à l'aise face à la détresse qu'il lisait sur le visage de la jeune femme.

— Vous voulez que j'aille vous chercher une tasse de thé ? proposa-t-il, se rabattant sur l'échappatoire traditionnelle à Bruncliffe dans les moments de crise.

Mais Megan secoua la tête et se redressa en se tamponnant les yeux avec un mouchoir en papier.

— Non merci, ça va. Désolée, fit-elle avec un pauvre sourire. Mais continuez, je vous en prie. Je vous promets de ne plus craquer.

Il s'éclaircit la voix, jeta un coup d'œil aux notes qu'Harry lui avait données et s'escrima à trouver une autre question.

— Et aujourd'hui, avant le drame, dit-il, quand avez-vous vu Ron pour la dernière fois ?

— On a pris notre petit déjeuner ensemble, au café. Et puis je l'ai vu de loin, pendant la première vacation de vente de bestiaux. Mais ensuite, pas avant que…

— Et c'est habituel ? demanda très vite Samson, sentant que les pensées de la jeune fille dérivaient à nouveau vers les horribles événements. De ne pas recroiser ses collègues pendant un long laps de temps ?

— Ça dépend. Je m'occupais de la barrière de sortie du ring, alors on ne peut pas vraiment quitter son poste. Pas quand Harry est aux manettes. Il va si vite qu'il faut être archiconcentré pour que les lots ne se mélangent pas. Et Ron était responsable de la partie la plus éloignée du parc à bestiaux. Il devait faire en sorte que les lots vendus soient parqués dans les bonnes zones, et que les bêtes soient convenablement étiquetées. Alors ce n'est pas tellement surprenant que je ne l'aie pas vu. Je l'ai juste aperçu quelques fois, de loin.

— Vous l'avez vu, même de loin, avant que les taureaux s'emballent ?

— Non, comme je vous ai dit, la travée était déserte, et l'instant d'après, il y avait deux bêtes qui me fonçaient dessus.

— Et Adam ? Tu l'as vu ? demanda Delilah.

— Adam ? Pas vraiment. Il était… Le truc, c'est que…

Elle s'interrompit et contempla ses mains.

— Tu peux tout nous dire, Megan.

— Je ne voudrais attirer d'ennuis à personne, souffla-t-elle d'une voix réduite à un murmure, son regard gêné passant de l'un à l'autre.

— On enquête sur un accident qui s'est conclu par un décès, dit Samson. Il faut que nous sachions tout ce qui s'est passé. Par égard pour Ron. Alors si vous détenez une information sur Adam qui nous permettrait de comprendre ce qui s'est passé, il faut nous le dire.

L'apprentie eut un bref hochement de tête.

— D'accord. C'est juste qu'Adam n'était pas là où il aurait dû être. Il était censé assister Ron, mais il était dehors, la plupart du temps. Je n'arrêtais pas de le voir de l'autre côté des enclos, près des quais de chargement, comme s'il aidait à parquer les bêtes. Mais il n'y avait pas beaucoup de chargements en vue, parce que la plupart des acheteurs étaient encore dans le ring de présentation, à regarder les grosses ventes. Ils n'étaient pas pressés de rentrer chez eux.

— Et que pensez-vous qu'il faisait là-bas ?

— Je ne sais pas. Peut-être qu'il en grillait une en douce ? Tout ce que je sais, dit-elle avec un haussement d'épaules, c'est qu'il n'était pas là où il aurait dû être. Mais ne dites à personne que je vous ai dit ça ! ajouta-t-elle précipitamment.

— Vous l'avez signalé à la police ?

— Non, admit-elle avec un mouvement de tête coupable. J'ai pensé… Je n'étais pas sûre que ça ait un rapport…

Samson n'avait pas besoin que Megan s'explique. Son avenir était en jeu. Il était compréhensible qu'elle ne veuille pas faire de vagues.

— Il s'est passé autre chose, ce matin, qui mériterait à votre avis d'être signalé ? demanda-t-il.

Elle lui jeta un coup d'œil comme si elle pesait sa réponse et sortit son mobile de sa poche.

— Ça.

L'écran montrait un poing bleu avec le pouce levé.

— Qu'est-ce que c'est ? demanda Samson, intrigué.

— Messenger, sur Facebook, dit Delilah. Quelqu'un a envoyé un *like* à Megan.

Samson se renfrogna. Il n'avait pas idée de ce que ça signifiait. Ses compétences en matière de réseaux sociaux étaient équivalentes à zéro, et il n'avait aucune intention de les développer.

— Et alors ?

Delilah indiqua le haut de l'écran. À côté d'une forme grise représentant une tête masculine se trouvait un nom – *Ron Watson*.

— C'est Ron qui vous l'a envoyé ? demanda Samson à Megan, qui hocha la tête. Quand ça ?

— Juste avant de mourir.

La lèvre de la jeune femme se mit à trembler, ses yeux s'emplirent à nouveau de larmes et elle éclata en sanglots, les épaules secouées, le visage ruisselant.

— C'est de ma faute, sanglota-t-elle. Sans moi, Ron serait encore en vie.

5

— Attendez un peu, que je comprenne, dit Samson. Ron Watson était sur Facebook quand il est mort ?

Delilah hocha la tête, un bras passé autour des épaules de sa cousine qui pleurait encore.

— Vu l'heure de son message, il semble que oui.

Samson regarda le pouce bleu sur le téléphone de Megan en essayant de mesurer l'impact de cette révélation. Cet homme, qui exerçait depuis toujours un métier dans un environnement notoirement dangereux, se baladait sur les réseaux sociaux tout en cornaquant des taureaux caractériels. C'était courir à la catastrophe.

— Alors, qu'est-ce que ça veut dire ? demanda Samson en indiquant l'image.

Megan secoua la tête, ses sanglots diminuant à présent.

— Je ne sais pas.

— Il vous a envoyé autre chose ?

— Non, que ça.

Elle fit dérouler la page pour montrer que c'était bien le dernier message reçu.

— Avez-vous évoqué, au petit déjeuner, un sujet qui pourrait expliquer ceci ?

— Non, pas du tout.

Elle baissa les yeux et ses joues pâles prirent une nuance rosée. Déconcerté, Samson regarda Delilah.

— Ça t'inspire quelque chose ?

— Une erreur, peut-être ? De frappe ?

Se sentant dépassé, Samson jeta un nouveau coup d'œil à l'écran.

— Il y aurait moyen d'avoir une copie de ce... de ça ?

Delilah prenait déjà son propre téléphone.

— Je vais faire une photo de l'écran et te l'envoyer.

— D'accord.

Le sourire qu'elle lui adressa montrait clairement qu'elle n'était pas dupe de sa réponse désinvolte. Elle savait pertinemment qu'il n'avait pas la moindre idée de ce qu'elle faisait.

— Ça y est, fit Delilah en rendant son téléphone à Megan.

— C'est tout ? Je peux y aller ?

La jeune fille regarda Samson, les yeux rouges, son teint blême marbré de plaques cramoisies.

— Une dernière petite question. Vous venez de dire que c'était votre faute si Ron était mort. Que vouliez-vous dire par là ?

Megan cilla, ses lèvres se remirent à trembler.

— Vous m'avez demandé de quoi nous avions parlé au petit déjeuner... J'ai montré à Ron comment utiliser Messenger. Ses petits-enfants le tannaient pour qu'il s'y mette, alors il m'avait demandé de l'aider.

— Vous voulez dire que c'était son premier message ?

Elle acquiesça, l'air misérable.

— Alors, vous voyez, sans moi, il n'aurait pas été

distrait en entrant dans l'enclos. Et il ne se serait pas fait tuer.

Ils n'auraient pu imaginer un contraste plus frappant qu'entre la petite apprentie chagrinée qui sortit du bureau improvisé des détectives et la hargne d'Adam Slater lorsqu'il se traîna sur le seuil de la porte.

— C'est à quel sujet ? demanda le bouvier, les poings noués sur les hanches, en regardant Samson. J'ai déjà parlé aux flics.

— C'est une enquête de conformité aux exigences d'hygiène et de sécurité, commença à expliquer Delilah. Nous avons juste quelques questions…

— C'est à lui que je parle, pas à vous, lança Adam. Et je n'ai pas de temps à perdre avec vos questions. Il y a des gens qui bossent, ici.

— Peut-être M. Furness saura-t-il vous convaincre de coopérer ? Vous voulez que je l'appelle ? demanda Delilah d'un ton suave tout en braquant un regard d'acier sur le bouvier qui la dominait de toute sa hauteur.

Adam Slater soutint son regard pendant quelques secondes, comme s'il était sur le point de lui dire « chiche », puis il replia sa grande carcasse sur le canapé.

— Alors, faites vite, marmonna-t-il, le regard glissant vers le sol, les mâchoires plus crispées encore.

— Ça va même aller très vite, fit Samson en se penchant sur la table basse pour poser sa première question. Entrons tout de suite dans le vif du sujet :

pourquoi n'étiez-vous pas là où vous auriez dû être aujourd'hui ?

— Qu'est-ce que vous voulez dire ? renvoya le bouvier avec une agressivité renouvelée, son menton osseux pointé en avant, ses longs doigts crispés formant des poings.

— Quand Ron a été tué, vous étiez censé travailler au parcage avec lui, mais nous savons de source sûre que vous n'y étiez pas. Alors pourriez-vous nous expliquer pourquoi ?

Il y eut un moment de silence, les yeux d'Adam filant de Samson à Delilah comme s'il essayait de déterminer celui qui lui opposerait la moindre résistance. Puis il haussa les épaules.

— J'étais dans le fond, et je chargeais les bêtes. Il y avait une livraison en retard et il fallait que je m'en occupe.

— Il n'y avait personne pour le faire ? s'étonna Delilah.

— Si, mais le gars était trop lent.

— Alors vous vous êtes dit que vous alliez l'aider ?

— *Aye*. Et alors ?

— C'était normal, alors que vous étiez censé travailler aux enclos ? Normal que vous quittiez votre poste pour vaquer à d'autres occupations ?

Les questions de Samson ramenèrent le regard de défi du bouvier vers lui.

— Ça s'appelle de l'initiative. C'était une qualité appréciée par ici. Mais pas ces temps-ci, apparemment.

— Initiative, ou imprudence ? Vous avez laissé

71

Ron Watson tout seul. On pourrait dire que vous avez contribué, indirectement, à l'accident qui l'a tué.

Un éclair de peur brilla dans les yeux de l'homme.

— Vous me collerez pas ça sur le dos. Ce vieux crétin avait dépassé la date de péremption. C'était un vrai boulet.

— Comment ça ?

Adam se tapota la tempe.

— Il perdait la boule. Il oubliait toujours des trucs. Je ne serais pas étonné qu'il se soit aventuré dans cet enclos sans faire attention, en croyant qu'il était dans son jardin ou je ne sais quoi.

— Et d'autres que vous partageaient vos craintes ?

Un rire âpre salua la question de Delilah.

— Personne n'avait le cran de le dire.

— Je suppose que vous avez abordé le sujet avec la direction ?

Un autre aboiement de rire.

— *Aye*. Pour le bien que ça m'a fait. Ils m'ont mis dans la même équipe que lui. Et vous vous demandez pourquoi j'arrêtais pas de filer prendre l'air. C'était soit ça, soit je l'étranglais, cet emmerdeur.

Ses paroles furent ponctuées par un silence. Réalisant ce qu'il venait de dire, il eut un sursaut. Puis il se frotta le poing sur la cuisse, la mine tendue, le regard oscillant entre ses deux interrogateurs.

— C'est qu'une façon de parler... J'ai rien à voir avec ça... Je sais de quoi vous êtes capables, vous aut'.

— Comment ça, nous autres ? releva Samson.

Adam lui jeta un regard noir.

— Les flics. Je sais de quoi vous êtes capables. Surtout les tordus.

Il se leva et retourna à grandes enjambées vers la porte.

— J'en ai marre de tout ça. Si vous avez besoin d'autre chose, adressez-vous à John. Il a travaillé avec moi toute la journée.

Sur un claquement de porte, le grand gaillard disparut, laissant un silence gêné dans la pièce.

— J'imagine que ce n'était pas à toi qu'il faisait allusion quand il a parlé de flics tordus, dit sèchement Samson.

Près d'un mois avait passé depuis les révélations sur son passé trouble et la menace de procès qui pesait sur lui, pourtant, Delilah n'avait pas donné l'impression de souhaiter que Samson lui en parle. Tacitement, ils préféraient éviter le sujet.

Elle réussit à émettre un petit rire. Puis elle se leva.

— Bon, je vais nous chercher une bonne tasse de thé avant le prochain entretien, dit-elle avec une gaieté forcée.

La porte se referma et Samson resta seul. En dehors de l'énorme éléphant au milieu de la pièce qu'Adam Slater avait laissé derrière lui en partant.

Les photos étaient étalées sur le comptoir de granit poli. Trois en tout. Des tirages sur papier glacé qui ne montraient rien de particulier. Mais Rick Procter en était malade.

Il y avait à peine jeté un coup d'œil dans la brasserie de Low Mill, ne voulant pas effrayer davantage son coconspirateur. Mais ce bref coup d'œil avait suffi à lui faire comprendre qu'il avait de gros ennuis. Maintenant, dans l'intimité de son domicile, il leur accordait toute son attention, essayant de trouver une faille dans l'armure de celui qui avait été assez idiot pour tenter de le faire chanter.

Le premier cliché représentait l'intérieur d'une grange, dont le contenu n'avait rien à voir avec l'agriculture traditionnelle. Soulignées avec crudité par l'éclair d'un flash, de grandes piles de sacs d'engrais étaient dressées devant un mur de pierre. Parfaitement incongrues dans une région connue pour l'élevage des moutons, et en trop grande quantité pour un carré de tomates ou de rhubarbe. Une quantité industrielle, en réalité.

Mais c'étaient les deux autres photos qui étaient les plus dévastatrices. La présence des sacs d'engrais ne prouvait rien et n'avait rien d'incriminant en soi. En revanche, les autres clichés étaient potentiellement fatals. Pris de l'intérieur du bâtiment à travers des vitres crasseuses, ils montraient Rick et Bernard Taylor dans une cour de ferme, en compagnie de deux hommes.

Les deux individus étaient des gardes. La ferme, une usine. Et Rick et Bernard, les individus qui la dirigeaient. Qui cultivaient du cannabis à grande échelle, sur plusieurs sites. La combine était tellement simple que ses chances d'être découverte étaient pratiquement de zéro.

Sauf que si, elle l'avait été.

Rick prit l'une des photos le représentant avec ses complices et l'examina. Qui l'avait prise ? Et comment quelqu'un avait-il réussi à s'introduire dans les dépendances de l'exploitation sans se faire repérer ? Elle se trouvait à l'emplacement d'une ancienne ferme isolée, sans rien ni personne dans un rayon de plusieurs kilomètres. Et pourtant deux gardes et un rottweiler féroce n'avaient pas réussi à détecter le mystérieux intrus qui était parvenu à en voir suffisamment pour mettre toute l'opération en péril.

Remettant à plus tard la question de la négligence des gardes incompétents, il se concentra sur le problème autrement important du chantage. La réaction qui s'imposait aurait dû être de tout fermer et de transférer le business ailleurs. Sauf qu'ils venaient d'y être obligés, grâce à ce fouineur de Samson O'Brien. Le peu reluisant détective privé de Bruncliffe était tombé sur une exploitation de cannabis que Rick avait montée dans une propriété qu'il rénovait dans le quartier de Roundhay, à Leeds. C'était l'endroit parfait. Une maison imposante à l'écart de la rue, masquée aux regards malgré sa situation en ville. Et la rénovation fournissait un prétexte pour entourer le chantier d'une haute palissade, interdisant toute velléité de visite non autorisée. Sauf de ce satané O'Brien.

Sous prétexte que la propriété était plus ou moins liée à une affaire sur laquelle il enquêtait, le détective avait escaladé l'enceinte et s'était baladé dans le parc. D'après ce que Rick avait appris du malheureux garde en service ce soir-là, O'Brien ne s'était pas introduit dans la maison et n'avait rien vu qui lui permette de deviner la véritable finalité de la propriété avant d'être mis en fuite par le rottweiler, perdant son blouson dans la bataille. Mais Rick n'avait pris aucun risque. Il avait donné l'ordre d'arrêter l'opération et l'avait relocalisée dans la ferme plus isolée de Henside Road. Il avait aussi informé ceux pour qui il travaillait qu'il fallait mettre fin au contrat du malheureux garde. Définitivement.

L'homme avait été repêché dans le canal de Leeds à Liverpool – sinistre rappel du fait que les « associés » de Rick ne plaisantaient pas, ce qui le mettait d'autant plus mal à l'aise dans la situation actuelle. Mais, après tout, se disait-il, son plan avait fonctionné. Le corps de l'homme avait été retrouvé le blouson de Samson O'Brien noué autour du cou. D'une pierre deux coups. L'ennui, c'était que la pierre semblait avoir loupé les deux cibles : O'Brien n'avait pas été accusé du meurtre et son business était de nouveau menacé.

Se pouvait-il que ce soit O'Brien ? Peut-être qu'il en avait vu davantage que ce que le garde avait cru ? Que, de son regard averti, il avait deviné ce qui se passait en réalité derrière le prétendu projet de rénovation immobilière ? Cette possibilité était inquiétante.

Mais du chantage ? Ça ne ressemblait pas à O'Brien. Ce type était une tête brûlée. S'il avait flairé ce que dissimulait l'Immobilière Procter, il aurait joué son coup ouvertement. Pas en tentant d'extorquer de l'argent à une organisation criminelle.

Le chantage n'était pas la caractéristique principale d'un homme de principes.

Donc, ce n'était pas O'Brien, mais un individu doté d'une morale plus élastique. Un individu qui ne se gênait pas pour enfreindre la loi, du moment qu'il en tirait profit. Quelqu'un qu'il fallait trouver, et dont il fallait s'occuper, Rick ne pouvant pas se permettre de déménager à nouveau l'installation. Il n'avait pas envie d'expliquer à ses employeurs pourquoi il devait déplacer à nouveau une unité de production, aussi vite après la dernière.

Ces gens-là ne toléraient pas les erreurs.

Se sentant toujours nauséeux, il allait jeter la photo sur le comptoir quand il repéra quelque chose dans le coin gauche. Dans la vitre sale, un soupçon d'ombre se dessinait. Un reflet, peut-être ? Était-ce possible ? Il scruta l'image, ignorant les quatre hommes au centre pour se concentrer sur cette ébauche de possibilité qui pouvait lui sauver la vie. Mais il ne put rien en tirer.

Il avait besoin de l'aide d'un expert.

Reposant la photo sur le comptoir, il prit son téléphone. Il savait exactement qui appeler.

Delilah décida de ne pas tirer parti de l'ouverture fournie par le commentaire d'Adam Slater. Le passé mouvementé de Samson et les accusations qui pesaient actuellement sur lui resteraient rigoureusement dans les limbes. Au lieu de cela, elle regagna leur bureau improvisé, non seulement avec les mugs de thé promis mais aussi avec une femme assez trapue, aux cheveux gris coupés très court qui encadraient une face revêche. Malgré les inévitables outrages du temps et l'adjonction d'une paire de lunettes, Samson reconnut la Ruth Knowles de son passé. Et il sut que l'entretien avec la responsable administrative du marché aux enchères de Bruncliffe ne serait pas une partie de plaisir.

— Monsieur O'Brien, articula-t-elle, les mâchoires

serrées, se gardant de tendre la main pour bien manifester sa réprobation.

Une réprobation qu'elle cultivait depuis le premier jour où elle avait commencé à travailler au marché, quand elle avait eu affaire à un Joseph O'Brien furieux, exigeant grossièrement le paiement immédiat des moutons que son fils venait de vendre – son besoin impérieux d'alcool ayant annihilé son affabilité naturelle. Cette première impression avait à jamais pollué l'opinion que la directrice administrative avait du père et du fils, et elle n'en avait pas changé pendant les dix années où elle avait commercé avec eux. Et même si le départ de Samson pour Leeds puis Londres l'avait radoucie, la révélation récente de la suspension de l'inspecteur Samson O'Brien sous le coup d'une accusation de corruption l'avait sans nul doute convaincue que son verdict initial sur la famille O'Brien était justifié.

— Je n'aurais jamais cru que vous reviendriez salir notre paillasson un jour.

Samson se fendit d'un sourire malgré la froideur de la réception qui lui était réservée, et lui indiqua le canapé d'en face.

— Ravi de vous revoir, madame Knowles.

La femme se posa au bord du canapé sur la pointe des fesses, les mains sur ses genoux bien serrés, et raide comme la justice. Comme une altesse assise sur un trône, et non dans un canapé effondré, dans un petit magasin de fournitures agricoles désaffecté. Cela dit, au marché aux enchères, elle était traitée en souveraine. Elle supervisait toutes les procédures administratives qui faisaient tourner la boutique, ce qui lui conférait un pouvoir fantastique. Celui d'interdire une vente parce que le bon formulaire n'avait pas été rempli, par exemple. Ou de retarder un paiement pour cause d'irrégularités. En bref, elle avait le pouvoir de vous pourrir la vie, et elle en usait avec jubilation.

— En quoi puis-je vous aider ?

La question était ostensiblement adressée à Delilah.

— Comme je vous l'ai expliqué en chemin, nous menons une enquête sur l'hygiène et la sécurité du marché à la lumière de l'accident d'aujourd'hui. Une enquête préliminaire, si vous voulez.

— Hmph. Je doute que le drame soit imputable à des problèmes d'hygiène ou de sécurité.

— Qu'est-ce qui vous permet de l'affirmer ? demanda Samson.

Mme Knowles se tourna vers lui avec raideur.

— Je le sais, c'est tout. Ron Watson était un excellent contremaître. Pendant toutes les années où il a été responsable du parcage, il n'y a pas eu un accident. Je ne vois pas pourquoi ça aurait subitement changé.

— Vous ne pensez pas qu'il était trop âgé pour ce travail ? Qu'il aurait pu commettre une erreur ?

Un reniflement indigné précéda la réponse.

— *Aye*, allez-y. Mettez ça sur le compte de l'âge alors que ça n'a rien à voir. Ron était toujours aussi compétent.

— Quelqu'un nous a tenu un autre langage…

— Laissez-moi deviner – Adam Slater ! fit Mme Knowles en secouant la tête. Il n'a pas attendu longtemps pour planter son couteau, celui-là.

— Il y avait de l'animosité entre eux ?

Mais aussi soudainement qu'elle avait livré cette information, la responsable administrative se ferma, les lèvres pincées, les mains crispées sur les cuisses.

— Ce n'est pas à moi de le dire, marmonna-t-elle.

— Nous ne vous demandons pas de commettre une indiscrétion, intervint Delilah. Nous cherchons simplement à comprendre ce qui aurait pu provoquer la mort de Ron. C'est le moins que nous puissions faire pour lui.

Ce fut l'emploi du « nous » qui frappa Samson. Delilah avait fait appel au sens de la responsabilité collective bruncliffien. Ron était un gars d'ici, un des leurs ; et en tant que tel, la population avait l'obligation de s'occuper de lui, même dans la mort. Samson avait beau être né ici, il était resté un fils d'*offcumdens* et n'avait jamais bénéficié de cette générosité. Selon lui, il n'avait pas fallu grand-chose pour que Bruncliffe le désavoue. Mais tandis qu'il observait l'impact des paroles de Delilah sur la directrice administrative collet monté – ses épaules se détendirent, son expression s'adoucit, se teintant de chagrin –, il se demanda ce qu'il éprouverait s'il était un jour accepté dans le cœur des résidents de ce bourg des Vallons.

— Je sais, jeune fille, soupira-t-elle. Et je ne veux pas vous mettre de bâtons dans les roues. C'est juste que, eh bien, Ron et Adam ne voyaient pas tout à fait les choses du même œil.

— Comment ça ?

— Une histoire classique. Adam estimait qu'on aurait dû lui donner le poste de responsable et envoyer

Ron à la retraite. Mais M. Butler et Harry n'étaient pas de cet avis et, depuis, Adam ne fait que ressasser.

— Est-ce qu'il exprimait souvent sa frustration ? demanda Samson.

— Pas devant les patrons – il est trop malin pour ça. Mais dans la zone de parcage, il passe son temps à asticoter Ron...

Elle s'interrompit et Samson entrevit une lueur de chagrin sincère derrière la façade professionnelle.

— Il *passait* son temps à l'asticoter, je veux dire. Des broutilles, comme de contester ses directives, ou de refuser tout net de faire ce qu'il lui demandait.

— Ron s'en était plaint à M. Butler ?

— Non. Il n'était pas du genre à faire des histoires non plus. Il avait beaucoup de classe, dit-elle, un demi-sourire effleurant ses lèvres. Un homme de la vieille école qui traitait les gens avec respect et dignité.

— Alors la direction ignorait ce qui se passait entre les employés des enclos ?

— Oh, je pense qu'ils étaient au courant, mais que ça les arrangeait de laisser Ron s'en occuper à sa façon. Et puis d'ailleurs, Adam... bref, c'est un peu compliqué.

— Que voulez-vous dire ?

Mais Mme Knowles secouait à nouveau la tête.

— Il faudra que vous demandiez à M. Butler. Je ne suis pas libre d'en parler.

Samson jugea qu'elle n'en dirait pas plus, compte tenu de l'expression déterminée qui s'était inscrite sur son visage, et il s'apprêtait à poser sa dernière question quand elle reprit la parole.

— Ils se sont disputés, dit-elle tout à coup, et elle lui jeta un coup d'œil coupable. Ce matin.

Samson se rappuya au dossier du canapé, dissimulant l'intérêt que ces mots avaient provoqué chez lui.

— Ron et Adam ? Vous avez entendu de quoi il s'agissait ?

— Pas tout. J'étais sur la passerelle qui enjambe la zone des enclos, derrière les bureaux de l'étage, et ils étaient dans l'une des allées, hors de portée de voix. Au début, on aurait dit qu'ils discutaient normalement. Ron avait l'air de demander quelque chose quand Adam a explosé et brandi les poings, visiblement furieux. C'est là que je l'ai entendu dire que si Ron ne faisait pas attention, il n'aurait que ce qu'il méritait.

— Dans ces termes exacts ?

— Oui. Mais, fit Mme Knowles en levant une main pour prévenir la question suivante, ne me demandez pas ce que ça peut bien vouloir dire. Je n'en ai aucune idée. Et je ne suis même pas sûre que ça ait un rapport avec votre enquête. Ni que j'aie bien fait de vous en parler. Tout ce que je sais, c'est que je me sens soulagée de l'avoir fait.

Samson gardait le regard rivé sur la femme, mais du coin de l'œil, il avait vu la réaction de Delilah. Elle s'était redressée d'un coup, les sourcils haussés, ses émotions aussi déchiffrables qu'un livre ouvert, comme toujours.

— Nous le garderons en mémoire pendant nos investigations, répondit Samson, revenant au jargon du métier. Pour finir, madame Knowles, je voudrais vous parler des caméras de vidéosurveillance du marché.

J'ai cru comprendre que celle de la zone de parcage ne fonctionnait pas aujourd'hui. Est-ce habituel ?

— Ces derniers temps, en tout cas, oui, répondit-elle en fronçant les sourcils. Elle tombe tout le temps en panne. On a fait venir un électricien, et il a dit que c'était un problème de câblage, quelque chose qui provoquait un court-circuit. Mais pour réparer, il faudrait recâbler toute la zone. Donc, à votre place, je n'en attendrais pas grand-chose, dit-elle d'un ton sec.

— Il n'est pas prévu d'y remédier ?

— Non, répondit Mme Knowles en croisant les mains sur ses cuisses, les épaules à nouveau rigides.

— Depuis combien de temps la caméra est-elle capricieuse ? demanda Delilah.

— Oh, ça fait un bon bout de temps. Au moins un an.

— Pourtant, vous ne comptez pas régler le problème ?

La directrice administrative se contenta de hausser un sourcil en réponse.

— Vous avez un état des jours où elle était en panne ? demanda Samson.

— Non. J'ai bien trop à faire. Mais vous le saurez en regardant les jours où elle a fonctionné. Nous gardons les enregistrements numériques de toutes les caméras pendant trois mois. J'imagine que ça vous donnera une idée de la fréquence des pannes. Venez au bureau, quand vous aurez fini ici. Je vous laisserai y jeter un œil.

— Merci, fit Samson en se levant, tandis que la femme en faisait autant. Vous nous avez été d'une grande aide. Je regrette seulement que l'entretien se soit déroulé dans ces conditions tragiques.

Il tendit la main, et cette fois, Mme Knowles la serra, d'une poigne ferme.

— Déterminez l'origine de l'accident, et vous m'aurez importunée pour la bonne cause. Quant à vous, dit-elle en se tournant vers Delilah avec un sourire, dépêchez-vous de régler le problème de notre Clive ou il nous rendra tous fous.

Delilah gémit :

— Ne m'en parlez pas ! Je n'ai plus que deux semaines devant moi, et je suis à court d'idées.

— Notre Clive ? répéta Samson, en soupçonnant déjà connaître la réponse.

— Clive Knowles, répondit la directrice administrative.

Elle faisait allusion au fermier qui avait chargé Delilah de lui trouver une femme. Il lui avait proposé une jolie somme, mais l'avait assortie d'une stricte limite de temps.

— C'est mon beau-frère.

Samson réussit à masquer sa surprise. Ce n'était pas la première fois qu'il était déconcerté par un lien de parenté inattendu entre des citoyens de Bruncliffe. Et il doutait que ce soit la dernière, compte tenu du réseau arachnéen qui semblait tous les relier.

Il pensait encore à ce maillage invisible tandis que Mme Knowles quittait le bureau, et il prit soudain conscience que Delilah était à côté de lui.

— Alors ? demanda-t-elle. Tu veux que je fasse entrer les autres bouviers ?

— Pas tout de suite, dit Samson en reprenant sa parka. Je crois qu'on devrait retourner voir Adam Slater et avoir une autre conversation avec lui. J'aimerais en savoir davantage sur les raisons de sa dispute avec Ron. Pas toi ?

6

Cet après-midi-là, Clive Knowles n'était toujours pas mieux armé pour gérer les changements intervenus dans sa vie au cours des trois dernières semaines. Son vieux chien de berger sur les talons, il se promenait au milieu de son troupeau de brebis Swaledales pleines, prétendument à la recherche de signes de mises bas précoces. Mais ses pensées gambadaient comme de jeunes agneaux au crépuscule, incapables de se fixer sur quelque chose de concret. Comme le travail.

Il n'y avait pas un mois que Carol Kirby était entrée dans sa vie. La femme de ménage récemment veuve lui avait été recommandée par Delilah Metcalfe dans le but de l'aider à se trouver une épouse. D'après la directrice de l'Agence de Rencontre des Vallons, ce n'était pas seulement le fermier qui serait soumis à l'examen attentif d'une conjointe potentielle, la ferme de Mire End y aurait droit aussi. Personnellement, Clive ne voyait pas le problème. Dans la cuisine, il y avait un fourneau, un évier et une table. Dans la salle de bains, il y avait des toilettes et une baignoire, et les deux se trouvaient à l'intérieur. Et il y avait quatre chambres, avec des lits. Que pouvait-on demander de plus à une maison ? Elle lui convenait depuis les cinquante années et quelques qu'il était sur cette planète, et elle avait convenu à ses parents et à ses grands-parents avant lui. Il ne voyait vraiment pas ce qui pouvait manquer.

Mais Delilah l'avait convaincu du contraire. Tout comme l'expression de dégoût qui s'était inscrite sur les traits de l'unique postulante avec qui elle avait réussi à lui goupiller un rendez-vous. Quand il avait ramené la femme chez lui après une journée à la foire aux bestiaux de Hawes, contrairement à ses attentes, elle était restée insensible aux charmes de Mire End. Elle n'avait pas fait de commentaires sur le terrain qui s'étendait de part et d'autre de la ferme et sur les pentes de Pen-Y-ghent. Elle ne s'était pas intéressée aux brebis déjà grosses qui paissaient dans les champs, ni à Ralph, le spectaculaire bélier qu'il avait pris la peine de lui présenter. Elle était même passée devant son Deere – le tracteur qu'il avait nettoyé pour l'occasion, aux roues jaunes étincelantes – sans lui accorder un regard.

Non. Au lieu de ça, la femme était entrée dans la maison, elle avait tourné la tête à gauche, puis à droite, pour prendre la mesure de la chose. Tout à coup, il avait pris conscience du chien couché devant le feu sur une couverture crasseuse et légèrement malodorante. De la pierre d'évier fêlée, jamais réparée, des assiettes sales empilées dedans, et des reliefs de son repas froid qui étaient encore sur la table…

Elle avait prétexté avoir quelque chose à faire et était partie sans même accepter une tasse de thé. Il n'avait plus jamais eu de nouvelles d'elle.

Et donc, Delilah avait peut-être soulevé un point. S'il voulait mettre le grappin sur une femme, il fallait qu'il fasse en sorte que tout le package soit au top. C'est pour cela qu'il avait accepté la dépense d'engager une gouvernante à demeure.

— Juste pour donner un petit coup de frais à l'endroit, avait expliqué Delilah quand elle l'avait appelé pour lui exposer son plan. Deux semaines, tout au plus.

Ça en faisait déjà trois. Et il avait l'impression que c'était hier. C'en était au point où il avait du mal à se rappeler à quoi sa vie ressemblait avant que Carol Kirby franchisse la porte de la ferme de Mire End et mette tout sens dessus dessous, volant son cœur en cours de route.

Le coup de foudre. Le large visage qui avait froncé le sourcil quand il avait osé poser sa botte sur le sol de la cuisine. Les bras forts qu'elle avait révélés quand elle avait ôté son cardigan pour attaquer la vaisselle. La façon dont elle maniait la serpillière, les mouvements souples de son poignet quand elle traquait la moindre tache, la moindre poussière. Le bruit de ses pas dans l'escalier. Sa voix grave quand elle l'appelait pour le thé. À la fin de la première journée, il était amoureux.

Et c'était avant qu'il goûte sa cuisine. Son ragoût de bœuf avec ses beignets. Sa purée de pommes de terre et de choux. Sa tourte au bœuf et aux rognons. Ses yorkshire puddings aussi délicieux que ceux de sa chère défunte mère…

— On va devenir aussi grassouillets que ces fillettes, marmonna Clive à l'intention de son chien, en regardant ses brebis sur le point de mettre bas et en se tapotant l'estomac sous une chemise dépourvue des taches habituelles.

Parce que les efforts de Carol ne se bornaient pas

à la maison. Elle avait pris Clive en main aussi. Elle avait fait de la lessive son domaine, et les vêtements du fermier étaient pimpants comme jamais, les boutons en place, les trous de ses chaussettes reprisés. Dans la salle de bains, il avait trouvé des serviettes propres, des savons parfumés, tout neufs, et même un miroir qui se languissait dans la grange d'agnelage, débarrassé de sa crasse et fixé au-dessus du lavabo.

Il était un homme neuf. La ferme de Mire End était une nouvelle maison. Il n'y manquait plus qu'une nouvelle femme.

L'ennui, c'était que Clive ne voulait pas de nouvelle femme. Il voulait que sa gouvernante reste à demeure. Pour toujours.

— Clive !

Il se retourna vers la ferme, vers la robuste silhouette qui traversait la cour et venait vers lui, et il éprouva une sensation maintenant familière : son cœur se mettait à papillonner.

— Il y a des Gipsys sur la route.

Carol tendit un bras solide en direction de la piste étroite qui passait derrière Mire End et tournicotait vers le haut du vallon avant de rejoindre un chemin de terre qui desservait la vallée de Langstrothdale. Dans l'autre direction, elle retournait vers la civilisation, autrement dit Horton.

— Des Gipsys ? Qu'est-ce qu'ils font par ici ?

Le perpétuel froncement de sourcils de sa gouvernante s'accentua.

— Rien de bon, je dirais. M'est avis que vous feriez mieux d'aller voir ce qu'ils fabriquent.

Il hocha la tête et obtempéra aussitôt. Les Gipsys étaient une malédiction, tout le monde savait ça. Tout ce qui n'était pas chauffé au rouge ou cloué au sol disparaîtrait dans leur sillage. C'était une vérité que les gens de Bruncliffe apprenaient au berceau. La dernière chose dont il avait besoin était qu'ils établissent leur campement plus haut dans le vallon. Il ne pourrait pas fermer l'œil de la nuit.

Flanqué de Carol, il se précipita vers la route, et là, en effet, deux roulottes tirées par des chevaux venaient vers eux au pas. Conscient de la femme qui se trouvait à côté de lui, et de l'impression qu'il voulait lui donner, Clive bomba le torse et se planta devant la première roulotte, la main levée comme un policier à un carrefour.

— Stop ! intima-t-il.

Avec un juron sonore, l'homme assis derrière le cheval tira sur les rênes, arrêtant l'animal si près de Clive qu'il sentit son souffle chaud sur son visage.

— Espèce de crétin ! marmonna le Gipsy en sautant à bas de la roulotte.

Debout, le personnage était immense. Ses manches de chemise roulées révélaient des avant-bras musclés, ses épaules larges tiraient le tissu sur sa poitrine. Les traits sombres crispés en une expression hargneuse, il s'approcha du fermier planté au milieu de la route.

— Bon sang, qu'est-ce qui vous prend de surgir comme ça ? J'aurais pu vous renverser.

Clive éprouva un sursaut de panique rien qu'à cause de la taille du type. Il aurait pu envoyer quelqu'un à l'hôpital d'une seule main et sans effort. Ou à la morgue. Puis il pensa à Carol, postée à l'entrée du chemin de la ferme, et qui l'observait. Le comparait à ce dieu Gipsy.

— Où allez-vous ? lança Clive, drapant son appréhension d'agressivité.

Le sourire de l'homme dévoila des dents blanches qui contrastaient avec sa peau tannée, ses sourcils noirs couronnant un regard moqueur.

— Alors c'est ça ? Un comité d'accueil rien que pour nous ?

Un éclat de rire monta de la seconde roulotte. Une jeune femme les regardait avec ravissement, tenant les rênes dans sa main légère alors que son cheval picorait les herbes hautes sur le bas-côté du chemin.

— Je vous ai demandé où vous alliez, répéta Clive.

— Qu'est-ce que ça peut vous foutre ?

— On veut pas de gens comme vous dans le coin.

Ce fut comme si un rideau tombait sur le visage de l'homme. Et quand il reprit la parole, le ton avait changé.

— Des gens comme nous ? Qu'est-ce que ça veut dire ?

Clive s'efforça de rester concentré sur les traits burinés qui lui faisaient face, mais il ne pouvait s'empêcher de lorgner les énormes mains – qui venaient de former des poings. Il releva les yeux, essaya de conserver une voix ferme.

— Rien de spécial. Juste que c'est un cul-de-sac. Il n'y a rien par-là, que Langstrothdale, et vous ne pourrez pas passer avec vos charrettes. Alors je vous suggère de faire demi-tour.

— Un cul-de-sac, hein ?

Le Gipsy se rapprocha encore d'un pas, si près qu'il aurait pu le toucher, à présent.

Il y eut un long moment pendant lequel aucun des deux ne bougea, Clive tendu par l'appréhension. Puis un cri monta de la deuxième roulotte.

— Laisse tomber, Manfri. Il n'en vaut pas la peine.

C'était la jeune femme, qui agitait ses cheveux noirs dans une attitude dédaigneuse en direction de Clive. Elle faisait déjà faire demi-tour à son cheval, réorientant sa roulotte vers Horton.

— Allez, viens. On va prendre une autre direction.

Le Gipsy haussa les épaules, cracha par terre et, après un dernier coup d'œil par-dessus son épaule, regagna sa roulotte en marmonnant quelque chose tout bas. Il remonta sur le siège avec aisance, reprit les rênes, les claqua sur la croupe du cheval et fit demi-tour.

Comme les deux roulottes s'éloignaient, Clive laissa échapper un lent soupir de soulagement, résistant à l'impulsion de tirer son mouchoir et d'essuyer son front ruisselant.

— Ça leur apprendra. Bravo.

Ces paroles étaient un baume pour le cœur desséché de Clive Knowles. Il se retourna et vit Carol hocher la tête, les lèvres presque retroussées en un sourire alors qu'elle encensait sa bravoure. Mais tout en la suivant vers la ferme, plus heureux qu'il ne l'avait été depuis des semaines, il se demanda s'il n'avait pas donné un coup de pied dans un nid de frelons. Parce que tout le monde savait qu'il ne fallait jamais se mettre les Gipsys à dos. Et s'il ne se trompait pas, les mots que l'homme avait prononcés en repartant ressemblaient étrangement à une malédiction lancée sur Mire End.

Et la ferme de Mire End n'avait pas besoin de malédictions.

Samson et Delilah trouvèrent Adam Slater au bout de la zone de parcage, près des quais de chargement, occupé à arroser des enclos. Il les regarda brièvement approcher mais ne fit pas mine d'interrompre son travail avant que Delilah lui adresse la parole.

— Vous auriez une minute ?

Le bouvier replaça l'embout sur le tuyau d'arrosage, coupant le jet d'eau, et la regarda.

— J'en ai l'air ? J'ai du pain sur la planche. Et même deux fois plus depuis que Ron n'est plus là.

— Nous avons juste quelques questions à vous poser.

— *Aye*, eh bien vous les poserez demain quand j'aurai remis de l'ordre ici.

Il allait rallumer le jet quand une deuxième voix l'arrêta dans son élan.

— Faites ce qu'ils vous demandent, Adam.

Un homme en complet-veston venait vers eux.

— Ils sont là pour nous aider, ajouta-t-il.

Il serra la main de Delilah avec un sourire chaleureux.

— Comment ça va, à la ferme Ellershaw ? Votre frère va nous apporter ses agneaux à vendre ?

Delilah éclata de rire.

— Il se laisserait volontiers corrompre.

— Comme tous les fermiers, à cette époque de l'année, rétorqua l'homme avec un sourire avant de se tourner vers Samson. Martin Butler. Directeur général du marché. Merci d'avoir accepté cette mission.

— Ravi de vous rencontrer, monsieur Butler. Désolé que ce soit dans de telles circonstances, répondit Samson.

— Appelez-moi Martin, je vous en prie. Eh oui, nous avons connu des jours meilleurs. (Une ride soucieuse creusa son front.) Je n'ai pas encore bien réalisé, je crois. Ron était un excellent contremaître – il ne comptait pas ses heures et s'en sortait magnifiquement avec le personnel. Avec lui, cet endroit marchait comme sur des roulettes. Je ne sais pas comment nous pourrons le remplacer.

Delilah jeta un coup d'œil à Adam Slater en se demandant ce qu'il pensait de ce déversement d'éloges sur un homme dont il contestait les compétences. Le grand bouvier regardait le sol, les mains crispées sur son tuyau et le visage renfrogné selon son habitude.

— Mais je ne veux pas vous retenir. Vous avez une enquête à mener.

Le directeur du marché se tourna vers son employé et mit la main sur son épaule.

— Merci, Adam, de prendre la relève. Comment ferions-nous sans vous ?

Sur un hochement de tête adressé aux trois autres, Martin Butler remonta entre les enclos vides vers la partie principale du bâtiment, laissant un silence tendu dans son sillage. Ce fut Delilah qui le rompit.

— Ça vous va si on discute ici ? demanda-t-elle.

— J'ai le choix ? rétorqua Adam en regardant ostensiblement sa montre.

— Ne vous en faites pas, ce ne sera pas long. Nous voulons simplement savoir pourquoi vous vous êtes disputés, ce matin, Ron et vous.

La technique d'entretien à la hussarde inspirée de Samson obtint l'effet requis. Adam cilla, ses doigts tripotèrent le tuyau qu'il tenait et pendant un moment, il tenta de garder son attitude bravache. Finalement, il eut un rictus amer et secoua la tête d'un air dégoûté.

— Alors c'est comme ça, lança-t-il en lâchant le tuyau et offrant ses poignets. Allez-y, mettez-moi les menottes et qu'on en finisse. Oh, j'oubliais. Vous n'êtes même pas des vrais flics, tous les deux. Parce que des vrais flics feraient un vrai boulot d'enquête avant de montrer du doigt le premier bouc émissaire venu.

— Personne ne montre personne du doigt, rétorqua Samson. Nous ne vous accusons pas d'avoir quelque chose à voir avec l'accident de Ron. Nous tâchons simplement d'avoir une idée plus précise des événements qui l'ont provoqué.

— Et quelqu'un vous a aimablement raconté qu'on s'était pris le bec, fit Adam avec un rire amer. Comme c'est pratique.

— Donc vous vous êtes bien disputés.

— Oui, comme tous les putains de jours, parce que ce type était un dinosaure et qu'il me rendait fou avec sa façon de bosser à l'ancienne.

— Et cette fois, sur quoi portait votre dispute ? demanda Delilah.

— Le planning du personnel.

Adam passa une main sur son visage, poussa un soupir exaspéré.

— Ron l'avait établi de telle sorte que Megan n'avait pas un samedi libre de tout le mois. Je pensais que ce n'était pas juste, et je lui en ai parlé.

Il remarqua la surprise de Delilah et la foudroya du regard.

— Ce n'est pas à ça que vous vous attendiez, hein ?

— Qu'a répondu Ron ? intervint Samson.

— Il a fait sa tête de cochon, comme d'habitude. Il a dit qu'il bossait tous les samedis quand il était gamin et que ça ne l'avait pas tué. Je me suis énervé, fit Adam en levant les yeux au ciel, et je me suis cassé. C'est comme ça que se terminaient toutes nos engueulades.

— Vous ne l'avez pas menacé ?

— Non.

Samson hocha la tête, et tendit la main.

— Merci. Nous vous laissons travailler, maintenant.

L'espace d'une seconde, Delilah pensa que le bouvier allait ignorer le geste. Puis son long bras se projeta en avant et sa main serra celle de Samson. La manche de son sweat-shirt d'uniforme vert découvrit un dessin à l'encre bleue passée, tatoué à l'intérieur du poignet.

Une hirondelle en vol.

Conscient du regard scrutateur de Delilah, il retira vivement sa main et se pencha pour ramasser le tuyau et remettre l'eau. Samson et Delilah bondirent sur le côté pour éviter d'être éclaboussés par le jet qui inondait l'enclos. Ils le laissèrent à son arrosage et remontèrent l'allée vers les bureaux.

— Tu crois qu'il dit la vérité ? demanda Delilah lorsqu'ils furent hors de portée de voix.

— Difficile à dire. Une dispute pour une histoire de

planning… Tu crois vraiment que ça aurait pu provoquer la forte engueulade que Ruth Knowles dit avoir surprise ? Quels étaient les termes qu'elle a employés, déjà ?

— Adam aurait dit à Ron qu'il n'aurait que ce qu'il méritait. Ce qu'Adam n'a pas mentionné dans sa version des événements.

— Adam n'a pas mentionné grand-chose, remarqua sèchement Samson en ouvrant la porte du bâtiment principal.

— Tu penses à quoi, précisément ?

— Qu'il a fait de la prison, par exemple.

— Pourquoi a-t-il été condamné ?

Samson était assis en face de Martin Butler, dans son bureau, au-dessus de la zone de réception. Ils y étaient allés tout droit après l'entretien avec Adam Slater, Samson ayant souhaité corroborer son intuition concernant le passé suspect du bouvier.

Le directeur se tortilla un peu sur son siège.

— Je ne suis pas autorisé à divulguer des informations confidentielles sur les membres du personnel.

— Mais il a fait de la prison ?

— Qu'est-ce qui vous fait dire ça ?

— Ruth Knowles a fait allusion à des complications le concernant. Et puis tout le monde faisait semblant de ne pas voir les constantes prises de bec entre Ron et lui. Enfin, il y a le tatouage.

Martin hocha la tête.

— Ce satané tatouage. Je lui ai dit de le faire effacer,

mais il m'a répondu que ça l'aidait à se concentrer pour ne pas y retourner, en prison.

Samson avait entraperçu l'encre bleue lors de leur premier entretien, mais pas assez clairement pour avoir une certitude. En tendant la main au bouvier, dans la zone d'enclos, il avait reconnu le dessin.

Une hirondelle.

Quand il était agent infiltré, il l'avait vue sur plus d'un ex-prisonnier, un écusson tracé dans le style amateur typique des tatouages de prison, et un symbole pour les taulards. Ça expliquait en partie l'accusation qu'Adam avait portée à son encontre, lors de leur précédent entretien. Pour un prisonnier, un flic était déjà mauvais en soi ; un flic condamné pour corruption était encore pire.

— Comment les autres membres de l'équipe prenaient-ils sa présence parmi eux ? demanda Delilah.

— Je ne vous mentirai pas, il y avait certaines réserves…

— De la part de qui ?

Martin haussa les épaules.

— Harry n'était pas très chaud, au début. Il pensait que ce serait un élément perturbateur. Quant à Ruth… Il a fallu la convaincre un peu. Mais Adam a fait la preuve qu'il était bon travailleur. Et la plupart des membres de l'équipe ont fini par l'accepter.

— La plupart ? releva Samson en haussant le sourcil. Je suppose que Ron ne faisait pas partie du lot.

Le directeur laissa échapper un long soupir.

— Il était de la vieille école, notre Ron. Il ne pouvait pas dépasser le fait qu'Adam avait eu des ennuis et il refusait de lui donner une seconde chance. Ça commençait à devenir un problème.

— Comment cela ?

— Ron ne voulait pas écouter Adam même quand il faisait des suggestions valables. Et Adam avait de plus en plus de mal à se contenir vis-à-vis de lui. C'en était arrivé au point où nous étions… (Il s'interrompit, et ses joues s'empourprèrent.) Nous commencions à envisager de mettre fin au contrat d'Adam.

— À cause de leurs disputes ?

— Parce que l'atmosphère devenait toxique. Ce que nous ne pouvions pas accepter.

— Et les clients ? Les fermiers ? Comment ça se passe avec eux ? demanda Delilah.

— C'est le plus triste. Les clients l'adorent. Il connaît son boulot, il vient d'un milieu agricole, et ceux qui connaissent son passé s'en fichent parce qu'il est sacrément bon dans son rayon.

— Et pourtant vous envisagiez de le laisser partir.

— Oui. Vous voyez à quel point la situation était devenue critique.

Delilah jeta un coup d'œil à Samson. Il sut qu'elle pensait la même chose que lui, et donc, il l'exprima à haute voix.

— Dites-moi… Adam savait-il que vous pensiez à vous séparer de lui ?

L'expression du directeur devint misérable, et il acquiesça.

— Oui. Il était au courant. Il nous avait surpris, Harry et moi, en train d'en parler…

La porte derrière eux s'ouvrit à la volée et Harry Furness fit irruption dans la pièce.

— Pardon, Martin, mais il faut que je parle à Samson et Delilah. Je peux te les emprunter une minute ?

— Mais bien sûr.

L'air plus amusé que contrarié par la soudaine apparition de son commissaire-priseur, Martin indiqua la porte.

— Si vous avez besoin d'autre chose, vous savez où me trouver, dit-il au duo de détectives qui suivaient Harry hors de la pièce.

Dans le couloir, Harry prit Samson par le bras et le guida vers son propre bureau, Delilah à la remorque.

— Qu'est-ce qui se passe, Harry ? protesta Samson. Nous étions en plein entretien…

— Je sais. Désolé. Mais ça ne peut pas attendre.

Il les fit entrer dans la pièce, referma la porte derrière eux et se faufila derrière son bureau pour ouvrir l'un des tiroirs.

— Je viens de trouver ça dans le parc à bestiaux, à l'instant même. Je me suis dit qu'il fallait que je vous le montre tout de suite.

Il leur tendit un sac en plastique fermé par une glissière. À l'intérieur, un couteau à la lame tachée de quelque chose qui ressemblait à du sang. Et sur le manche, des initiales gravées, nettement lisibles : AS.

7

— Où as-tu trouvé ça ?

Samson tenait le sachet en plastique et examinait le couteau qu'il contenait. C'était une marque qu'il connaissait : Victorinox. Sur le manche noir, près des initiales compromettantes, l'emblématique drapeau suisse. Mais ce n'était pas un canif de boy-scout conçu pour tailler des bouts de bois autour d'un feu de camp. C'était un objet brutal à l'unique lame épaisse, fait pour dépecer le gibier et plus que susceptible d'infliger une blessure grave. Mortelle, même. De plus, la longueur de sa lame rendait illégal le fait de se trimballer avec sans une bonne raison. Et pourtant Adam Slater, si on en croyait les initiales, l'avait apporté à la vente aux enchères.

— Dehors, juste après les quais de chargement, répondit Harry. C'est là que les employés vont se planquer pour en griller une. Je cherchais John, pour revoir le planning de la semaine, maintenant que Ron… enfin, vous savez. Mon Dieu, fit-il avec une grimace. C'est tellement irréel, tout ça. Je conduisais des enchères qui explosaient les compteurs et soudain, l'un de mes amis meurt et je retrouve des couteaux de ce genre dans nos locaux. Bon sang, qu'est-ce qui se passe ici ?

Samson secoua la tête.

— Je ne sais pas. Mais on dirait bien du sang, sur la lame.

— Tu penses que c'est le couteau qui a été utilisé pour blesser le taureau ?

Delilah lui avait pris le sachet des mains et regardait l'arme avec horreur.

— C'est possible. Difficile d'être sûr avant de l'avoir fait analyser.

— Bon, et maintenant ? demanda Harry. On appelle Adam ?

— Parce qu'on est sûr que c'est le sien ? demanda Delilah en reposant le sachet sur le bureau.

Harry la regarda fixement.

— Tu veux rire ? Son nom est quasiment écrit dessus.

— Il n'y a personne d'autre, ici, qui a les mêmes initiales ? insista-t-elle.

— Personne. Alors, comme je disais, est-ce qu'on le fait venir pour lui demander de s'expliquer ? Ou on le remet directement à la police ? Le sergent Clayton et Danny Bradley sont encore là.

— Attendons un peu avant de les prévenir. Je voudrais d'abord voir où tu l'as trouvé, dit Samson en tapotant le couteau. Et entendre la version d'Adam sur la question avant qu'on le colle entre les pattes du sergent Clayton. D'autant que vu son passé, il pourrait avoir de sérieux ennuis, rien que pour avoir eu cette arme en sa possession.

Harry poussa un gémissement et se frappa le front.

— Bon sang ! Je n'y pensais plus. Il est encore en liberté conditionnelle.

— Eh bien, allons lui toucher deux mots, proposa Delilah en se dirigeant vers la porte. Laissons-lui une chance d'expliquer pourquoi il a apporté un truc pareil au boulot.

— Et pourquoi le truc en question est couvert de sang, soupira Harry.

Ils se hâtèrent vers la zone des enclos, Delilah et Samson suivant la solide carcasse d'Harry Furness dans l'une des travées du parcage, plus désert que jamais. Ils arrivèrent aux quais de chargement et sortirent dans la cour où régnait un silence de mort. Il n'y avait pas un véhicule en vue.

— Par ici.

Harry prit sur la gauche, passa devant les places de parking vides et s'approcha d'un ensemble de poubelles dissimulées derrière une haute palissade. Il indiqua le sol entre l'un des containers et le mur.

— Il était là. Je n'y ai pas touché tout de suite, je suis allé en courant chercher un sachet pour le mettre dedans. Au cas où vous en auriez besoin comme preuve…

Samson s'accroupit et, fronçant les sourcils, effleura le sol sec à l'endroit où avait été trouvé le couteau, puis il sortit son portable et prit une série de photos.

— Tu dis que c'est ici que le personnel vient fumer en douce ?

Harry acquiesça.

— C'est pour ça que je suis venu là. Je savais qu'ils fumeraient un peu plus aujourd'hui que d'habitude, compte tenu des circonstances. J'étais venu ramasser les mégots. Et me vider la tête, parce que je ne pouvais plus supporter de rester à mon bureau.

Delilah regardait vers les quais de déchargement et les enclos, derrière.

— Quelle distance tu dirais que ça fait, d'ici jusqu'à la barrière du ring ? demanda-t-elle.

— Disons deux fois la longueur d'un terrain de rugby. Deux cents mètres, par là ? répondit Harry en plissant les paupières.

— Et l'enclos où Ron a été découvert se trouve à mi-chemin ?

— À peu près, oui.

— Pourquoi ? À quoi penses-tu ? demanda Samson en se relevant.

Delilah fronça les sourcils.

— Ça fait une sacrée distance. Si c'est Adam qui a blessé le taureau, et si c'est bien le couteau qu'il a utilisé, alors il a d'abord couru jusqu'ici pour le jeter, et il était de retour à la barrière du ring juste après que Megan a repoussé les bestiaux affolés dans un enclos. (Elle secoua la tête.) Il aura dû courir très, très vite, non ?

— Sans doute, mais ça reste possible.

À son expression, Samson vit que Delilah n'était pas convaincue.

— Allons demander à l'intéressé ce qu'il a à nous dire à ce sujet, reprit-il.

Ils retraversèrent la cour et tombèrent sur un homme entre deux âges portant le sweat-shirt vert qui était l'uniforme du marché, et qui poussait une grosse brouette de sciure hors de la zone des enclos.

— John ! appela Harry. Tu as vu Adam ?

L'homme ne s'arrêta même pas, il se contenta d'indiquer d'un coup de menton la direction de la route qui sortait du complexe.

— Il est rentré chez lui.

— Il y a longtemps ?

Un haussement d'épaules, une moue.

— Peut-être une demi-heure. Il a dit que vous étiez au courant.

— Et merde, marmonna Harry en sortant son téléphone de sa poche. Je me demande bien à quoi il joue. Nous n'avons que quarante-huit heures pour nettoyer le marché et tout remettre en ordre, ou nous allons être obligés d'annuler les ventes suivantes. Or nous avons un homme de moins.

— Ça ne se présente pas très bien, murmura Samson à l'oreille de Delilah alors que le commissaire-priseur attendait vainement une réponse à son coup de fil. D'abord, Martin nous dit qu'il a été question de licencier Adam, ensuite, le couteau, et maintenant ça…

— Tu penses qu'il a pris la poudre d'escampette ? demanda Delilah en fronçant les sourcils.

Samson hocha la tête en voyant Harry remettre son mobile dans la poche de sa tunique.

— Pas de réponse, grommela le commissaire-priseur. Bon sang, là, je ne sais plus quoi faire.

L'inquiétude qu'il affichait le matin s'était encore accentuée en cette fin d'après-midi.

— Maintenant qu'Adam a pris la fuite, nous n'avons plus le choix, dit Samson. Il va falloir qu'on leur parle.

105

Il indiqua deux silhouettes qui émergeaient du bâtiment principal.

Delilah se retourna et vit le sergent Clayton et le constable Danny Bradley qui venaient dans leur direction.

Il ne leur fallut pas longtemps pour mettre les policiers de Bruncliffe au courant des rebondissements de la journée. La plaie sur le flanc de l'un des taureaux qui avaient foncé dans la travée ; la découverte du couteau ensanglanté ; le témoignage d'Adam selon lequel il s'était disputé le matin même avec le contremaître décédé ; et le fait que le bouvier avait maintenant disparu.

Cela suffit pour que le sergent Clayton prenne son calepin et se mette à écrire avec lassitude.

— Je connais Slater, dit-il. Il s'est acoquiné avec les gars qu'il ne fallait pas et il a fini par tirer trois ans pour récidive de vol de voitures pour le compte d'un gang de Leeds.

— Et ensuite ?

Le sergent corpulent secoua la tête.

— Il n'a plus fait parler de lui. Il a obtenu ce boulot, ici, peu après sa sortie de taule et, depuis, il se tient à carreau. Je pensais vraiment qu'on nous l'avait changé. Et voilà… (Il regarda le couteau, dans les mains de son constable, d'un air déçu.) Le léopard ne peut pas modifier ses taches ; il y a des gens comme ça, qui ne changent pas.

— On ne peut pas être sûrs que ce soit lui qui l'ait jeté là, intervint le constable Danny Bradley en

106

retournant le sachet en plastique pour voir les initiales de l'autre côté de la poignée. Quelqu'un aurait pu le lui voler.

— Ou bien il pourrait appartenir à quelqu'un d'autre qui aurait les mêmes initiales. Peut-être pas un membre du personnel mais quelqu'un qui serait venu à la vente aux enchères aujourd'hui, suggéra Delilah.

Le sergent Clayton les gratifia tous les deux d'un regard de pitié et de mépris mêlés.

— C'est ça. Et moi je suis Roger Rabbit…

Il remit son calepin dans sa poche et remonta son pantalon sur son ample bedaine.

— Allez viens, Danny. On va rendre une petite visite à Slater – voyons si on peut lui toucher deux mots et aller au fond de cette histoire. J'espère seulement que votre optimisme juvénile se révélera justifié, parce qu'on pourrait vraiment se passer d'une enquête pour homicide involontaire. Voire pour assassinat.

Ce mot fit passer une ombre sur le soleil de fin d'après-midi qui inondait la cour.

— Tenez-nous au courant, dit Samson alors que les deux policiers regagnaient leur voiture.

— Et réciproquement, lança le sergent Clayton en se retournant pour jeter un regard sévère vers Samson et Delilah. Et tâchez de ne pas vous attirer d'ennuis, comme vous avez le don de le faire généralement.

Sans attendre leurs protestations, il remonta dans sa voiture, claqua la portière, et le véhicule s'éloigna.

— Bon sang ! fit Harry en se prenant la tête à deux mains. Je n'arrive pas à croire ce qui se passe. Et voilà que la police est impliquée maintenant, exactement ce que j'espérais éviter.

Samson lui tapota le dos.

— Tu as fait ce qu'il fallait, Harry. Tu as tenté l'approche douce, mais c'est trop grave pour qu'on garde ça pour nous. Il faut que tu mettes Martin Butler au courant.

— Et le comité de direction, ajouta Harry en jurant à nouveau. Pour une journée inoubliable, c'est réussi.

Delilah inclina la tête et le regarda d'un air interrogateur. Le commissaire-priseur mit la main dans sa poche et en sortit une petite boîte, la mine lamentable.

— Ce n'est pas… ?

Delilah porta sa main à sa bouche. Elle avait déjà deviné le contenu avant qu'il ouvre le couvercle, révélant un anneau d'argent et l'éclair de lumière d'un diamant brillant dans le soleil.

— Tu vas demander Sarah en mariage ? demanda-t-elle avec un enthousiasme qui tranchait sur les événements dramatiques de la journée.

— Ce soir. J'avais prévu le grand jeu – un dîner à Low Mill, l'endroit chicos de Procter, des roses, du champagne, la totale. Maintenant, ça me paraît déplacé. Je n'ai plus le cœur à ça. Ce serait irrespectueux, je trouve.

— Mince alors…, fit Samson en regardant fixement la bague, puis son ami. Alors, qu'est-ce que tu vas faire ?

Harry haussa les épaules.

— Remettre à plus tard. Sarah est dévastée pour Ron. Il l'avait vraiment mise à l'aise ici, il prenait toujours le temps de lui parler. Ils étaient devenus très copains. Ce qui n'est pas peu dire, parce que Sarah est plutôt du genre réservé.

Réservée était un euphémisme. Samson, qui avait pris part à l'une des soirées de *speed dating* organisées par l'Agence de Rencontre de Delilah dans le cadre de sa première enquête à Bruncliffe, avait rencontré Sarah Mitchell en octobre. Le même soir qu'Harry. Mais alors que Samson envisageait de placer la timide écologiste sur sa liste des suspects pour meurtre, Harry Furness en était tombé follement amoureux. Le contraste entre les deux tourtereaux était spectaculaire : d'un côté, le commissaire-priseur sûr de lui, à la personnalité affirmée, et de l'autre, la femme introvertie qui arrivait à peine à croiser le regard d'autrui. Mais il fallait croire que cela avait fonctionné. Puisque, à peine six mois plus tard, Harry s'apprêtait à la demander en mariage.

Sauf que le destin s'en était mêlé.

— Harry ? fit une voix de femme, depuis l'intérieur de la zone de parcage.

Ils se retournèrent d'un même mouvement et Harry rempocha rapidement son écrin. Sarah Mitchell, sa promise, arrivait vers eux.

— Oh, salut, fit-elle en voyant Samson et Delilah dans la cour.

Ses grands yeux s'écarquillèrent et ses joues s'empourprèrent.

— Pardon, je ne savais pas que tu étais occupé. Je reviendrai.

— Non, non, tout va bien, fit Samson en tendant la

main pour retenir la jeune femme décontenancée. Nous avions presque fini.

— Je suis contente de vous revoir, ajouta Delilah avec un sourire chaleureux. Malgré ces bien tristes circonstances...

Sarah hocha la tête, en se mordant la lèvre, essayant de contrôler ses émotions.

— C'est terrible. Pauvre Ron...

— Harry nous disait que vous étiez très proches, tous les deux, enchaîna Samson.

Un autre hochement de tête, qui renvoya ses cheveux blonds masquer en partie son visage.

— C'était un vrai gentleman. Si gentil. Je ne peux pas croire... je n'arrive pas à me faire à l'idée que...

Harry tendit son bras puissant pour l'attirer contre lui alors qu'elle essuyait ses larmes avec un mouchoir en papier.

— Nous non plus. Personne, mon amour. C'est affreux.

— Et tellement injuste, marmonna-t-elle. Lui qui pensait prendre sa retraite...

— Première nouvelle, s'étonna Harry, surpris. Quand l'as-tu appris ?

— Ce matin. J'ai pris un café avec lui en arrivant, et il était tout excité, comme un gamin la veille de Noël. J'ai compris qu'il se passait quelque chose, alors je lui ai posé la question et c'est là qu'il me l'a dit. Ils avaient même acheté un camping-car, Joan et lui, en prévision. Mais il m'a fait promettre de garder le silence tant qu'il ne t'en aurait pas parlé, après la vente. Il voulait te mettre au courant avant de l'annoncer à l'équipe.

110

— Mon Dieu…

Les épaules d'Harry s'affaissèrent, et ce fut au tour de Sarah de le réconforter.

— Moi qui croyais que ça ne pouvait pas aller plus mal aujourd'hui…

— Et vous n'en avez parlé à personne, Sarah ? demanda Samson. Avant maintenant, je veux dire.

— Non. Pas un mot. Je suis allée à la vente, pour regarder Harry officier, et puis tout est parti en vrille. Après ça, je suis rentrée à la maison. Je ne pouvais être d'aucune utilité ici, et je n'étais pas en état d'aller travailler.

— Vous n'avez plus reparlé à Ron, ce matin, après votre conversation ?

— Non.

— Vous n'avez pas reçu de message Facebook de sa part ? demanda Delilah.

Sarah fronça les sourcils.

— Non. Ron ne savait pas utiliser Messenger. Pourquoi ? Quel est le problème ? C'était bien un accident, n'est-ce pas ?

Samson jeta un coup d'œil à Harry, qui se tourna vers sa petite amie.

— Le problème, mon amour, c'est que nous n'en sommes pas sûrs.

— Que veux-tu dire ?

Harry se focalisa sur les poubelles, comme s'il pouvait encore voir le couteau ensanglanté par terre.

— Il se pourrait que ce ne soit pas aussi évident que nous ne le pensions. Mais je ne peux pas être plus spécifique tant que je n'aurai pas parlé à Martin.

111

— Mais si ce n'était pas un accident, alors, quoi ?

Le regard de Sarah passa d'Harry à Samson, et revint sur Harry. Puis elle porta la main à sa bouche.

— Vous pensez qu'il a été assassiné ? chuchota-t-elle en secouant la tête, horrifiée. Mais qui aurait bien pu vouloir tuer Ron ?

Un silence tendu s'abattit sur le reste du groupe, personne ne voulant articuler le nom du seul suspect à ce jour. En même temps, Samson ne pouvait s'empêcher de penser que Sarah aurait plutôt dû demander *pourquoi* ? Tout cela paraissait tellement excessif, la réaction supposée d'Adam à un différend avec son contremaître, quand bien même l'animosité entre les deux hommes n'aurait fait que s'attiser. Tuer quelqu'un, ce n'était pas du tout la même chose que de se disputer avec lui.

— Il faut qu'on y aille, dit enfin Delilah, éludant la question.

Elle jeta un coup d'œil à sa montre et s'adressa à Samson :

— Calimero a dû rendre ton père chèvre depuis le temps.

Samson eut un sourire. La pensée de l'irrésistible braque de Weimar était une étincelle de joie dans une journée bien sombre.

— Oui, tu as raison. Nous ne pouvons pas faire grand-chose de plus ici, tant que nous n'aurons pas de nouvelles du sergent Clayton. Alors, si ça te va, Harry…

Le commissaire-priseur hochait déjà la tête.

— Absolument. Et merci. Vous m'avez beaucoup aidé. Dès que j'aurai du nouveau, je vous préviendrai, ajouta-t-il en serrant la main de Samson puis en se penchant pour déposer un baiser sur la joue de Delilah.

Ils retournèrent vers le parking et la Micra de Delilah, laissant Harry Furness répondre aux questions de Sarah sur les événements du jour et mettre son patron et le comité de direction au courant de l'accusation qui pesait sur l'un de leurs employés. Samson ne lui enviait pas sa tâche.

— Alors tu crois que c'est ça ? demanda Delilah tout en démarrant et en engageant la voiture sur la route qui contournait le complexe du marché aux enchères, Samson assis le plus loin possible de la vitre défectueuse à présent remontée. Adam serait notre homme ?

— On dirait bien. Ce sera intéressant d'entendre sa version des événements, maintenant que nous avons découvert son couteau. Ça mérite quelques explications.

— Ce serait dingue que l'affaire soit résolue aussi vite, n'empêche. On devient franchement bons, hein ? fit-elle en lui lançant un sourire.

— Ne t'emballe pas, répondit Samson en riant. Tu sais ce qu'on dit : l'orgueil précède la chute…

Le sourire de Delilah s'élargit et tandis qu'ils retournaient vers les maisons de pierre blotties sous la falaise de craie que le soleil déclinant embrasait comme de l'or bruni, Samson se rendit compte qu'il enviait sincèrement son ami Harry. Non seulement le commissaire-priseur avait trouvé l'amour de sa vie, mais il avait aussi trouvé le courage de se déclarer.

Pendant que Samson méditait sur la nature de l'amour, dans l'imposante maison de maître géorgienne située en retrait de la place de marché de Bruncliffe, Nancy Taylor faisait la même chose. Sauf que ses pensées étaient plus sombres. Parce qu'elle était de plus en plus convaincue que son mari avait une liaison.

— Comment ça, tu ne dînes pas ici ce soir ? demanda-t-elle en se retenant de balancer à travers la cuisine le téléphone qu'elle tenait à son oreille.

— Je suis désolé, j'ai un imprévu. Je rentrerai tard.

La voix de Bernard crépita et s'interrompit. La liaison était très mauvaise. Pas comme quand il l'appelait du bureau, qu'elle pouvait voir de l'autre côté de la place, ou de la mairie, juste au coin de la rue. Où était-il ?

— Et tu ne peux pas te libérer ?

— Non. Désolé. Je me ferai pardonner, je te le promets. On ira quelque part. On se fera une petite virée à Paris, ou Barcelone…

— C'est ça, fit-elle sur un ton sec, incapable de réfréner sa colère. À plus tard.

Elle raccrocha. Posa son portable sur le plan de travail, à côté du filet de bœuf Wellington qu'elle avait passé l'après-midi à cuisiner. Un cheesecake aux fraises fait maison attendait sagement dans le réfrigérateur, en compagnie d'une bouteille de Moët. Un dîner soigneusement concocté pour fêter trente ans de mariage. Trois décennies, qui avaient vu Bernard faire de son agence immobilière la plus importante de la région. Le petit agent immobilier s'était mué en un puissant homme d'affaires qui était de tous les coups, et de surcroît maire de la ville.

Il était très occupé. Elle le comprenait, et ne s'était

jamais plainte que l'éducation de leurs deux garçons retombe essentiellement sur ses épaules, Bernard travaillant à l'agence ou à la mairie, soignant sa carrière politique. Mais depuis quelque temps, il avait changé. Il rentrait de plus en plus tard, de façon imprévisible et sans raison valable.

Au départ, elle avait cru que c'était parce que les garçons avaient quitté le nid : les absences de Bernard étaient plus flagrantes maintenant que ses fils ne vivaient plus sous leur toit. Quand elle tournait en rond, désœuvrée, dans l'immense propriété, une lumière crue faisait ressortir les vides que son mari aurait dû occuper. Sa chaise à la table du dîner. Son fauteuil inclinable, dans le salon. Et même sa place dans le lit *king-size* qui restait parfois froide et vide jusqu'aux petites heures du matin. Quand il lui arrivait de rester à la maison, il y avait des coups de fil à toute heure, qu'il prenait dans une autre pièce avant de revenir avec un sourire penaud, murmurant « le boulot » en guise d'excuse.

Ne s'agissait-il *vraiment* que de travail ? Elle commençait à en douter. Elle connaissait bien Bernard Taylor – elle avait grandi derrière la gare, dans un logement social voisin du sien, et elle avait assisté à la transformation du petit garçon rondouillard en un homme d'affaires non moins rondouillard. Elle connaissait tout de ses humeurs et de ses manies. Et ces temps-ci, il n'était pas lui-même. Il était de plus en plus nerveux quand il était avec elle. Comme s'il était constamment sur ses gardes, s'attendant à ce qu'elle découvre quelque chose qui ferait s'écrouler le monde tel qu'il le connaissait.

Et c'est ce qui lui faisait penser qu'il avait une maîtresse.

L'idée d'une telle trahison lui soulevait le cœur. Nancy Taylor alla ouvrir le robinet de l'évier et laissa l'eau froide couler sur ses poignets avant de s'en asperger le visage. Que pouvait-elle faire ? Le mettre au pied du mur ? Il se contenterait de nier.

Elle se tamponna le visage avec le torchon de cuisine et regarda par la fenêtre la place du marché. Le soleil avait quitté les pavés gris et caressait le sommet des pignons gothiques de l'hôtel de ville. Un éclair rouge traversa la scène. La Nissan Micra de Delilah Metcalfe.

Pour une femme engluée dans une situation qu'elle se sentait incapable de gérer, c'était un signe.

L'Agence de Recherche des Vallons. Si quelqu'un pouvait découvrir ce que son mari mijotait vraiment, c'étaient bien Samson O'Brien et Delilah Metcalfe. Aucun des deux n'avait de liens avec l'Agence immobilière Taylor. Ni l'un ni l'autre ne se mêlait de politique locale. Ils étaient extérieurs à la sphère d'influence de Bernard, les pressions éventuelles seraient donc sans prise sur eux. Et Nancy savait d'expérience que son ex-belle-fille ne colportait pas de ragots. Quand le mariage mouvementé de Delilah avec le benjamin des Taylor était parti en eau de boudin, Neil ayant trompé sa femme avec une étudiante du cours qu'il donnait à l'université, Delilah n'avait rien laissé transpirer sur le sujet. Les plus talentueux cancaniers de Bruncliffe avaient bien tenté de lui tirer les vers du nez, elle était restée bouche cousue. Étant donné que Neil avait multiplié les infidélités – Nancy en était encore confuse –, la discrétion de Delilah témoignait de sa rectitude.

De la même façon, Samson O'Brien n'était pas du genre à divulguer les secrets des uns et des autres. Pas avec son passé équivoque. En réalité, le duo de l'Agence de Recherche des Vallons était l'équipe idéale pour l'aider à résoudre son problème…

Cette pensée – l'idée de faire espionner son mari – aurait dû la choquer. Mais ce n'était pas le cas. Se promettant d'y réfléchir plus tard, Nancy Taylor se retourna vers le plan de travail, prit le bœuf Wellington, le rangea au réfrigérateur puis commença à mettre de l'ordre dans la cuisine.

Le crépuscule trouva Pete Ferris dans la caravane vétuste qu'il considérait comme son chez-lui. Installée dans un champ, desservie par un mauvais chemin de terre sur la rive de la Ribble, à un kilomètre et demi de Selside, elle avait connu des jours meilleurs. La carrosserie était tachée de rouille du côté exposé aux intempéries, le toit jadis blanc était envahi par la moisissure et des rideaux en filet crasseux pendaient mollement aux vitres jamais nettoyées. L'adjonction d'un porche déglingué, fait de bouts de bois de récupération, n'avait guère contribué à l'amélioration de cet habitat.

L'ensemble était bon à brûler, voilà tout.

Et c'était peut-être ce qu'il allait faire. Quand il aurait récupéré l'argent, il n'aurait qu'à asperger cette vieillerie d'essence, craquer une allumette, et la regarder disparaître en fumée.

Il eut un sourire, tira une taffe de son joint et s'installa plus confortablement dans son canapé en L, ses deux lurchers vautrés à l'autre bout. Une vague de bonheur le submergea.

Ce n'était pas seulement l'effet du cannabis. C'était l'idée de mettre enfin la main sur une somme qui lui offrirait un nouveau départ dans la vie. Il s'achèterait une caravane décente. Peut-être même un chenil pour les chiens. Et un vrai lit, aussi. Plus de nuits sur les coussins raides qui étaient aussi ses seuls sièges dans la journée.

Tous ses rêves étaient sur le point de se réaliser.

Un grognement sourd perturba le cours de ses pensées – l'un de ses « gars » levant sa tête gris et beige au-dessus de la table, les oreilles dressées.

— Tu as entendu quelque chose ? demanda Pete en allant écarter le tissu grisâtre qui masquait la vitre.

Mais il n'y avait rien à voir, le champ au-delà de la caravane était vide dans la lumière déclinante.

Se fiant aux sens de son chien plus qu'aux siens, il ouvrit la porte et passa la tête au-dehors. Il entendit des chevaux, un bruit de sabots régulier, venir dans sa direction. Il se rapatria à l'intérieur, alla chercher la carabine posée à côté de l'évier et, les chiens sur ses talons, sortit dans le soir, traversant le champ boueux en direction du bruit.

Il tomba dessus à l'endroit où finissait son terrain et où s'incurvait la piste de Selside qui en marquait la limite. Deux roulottes traditionnelles tirées par des chevaux, chacune conduite par un Gipsy – un homme et une femme. Les chiens de Pete grognaient doucement, lui faisant savoir qu'ils étaient là, prêts à défendre leur territoire.

— Du calme, les gars, murmura-t-il alors que le convoi de Gipsys arrivait à son niveau et s'arrêtait.

— Bonsoir.

Le salut émanait de l'homme assis sur le siège de la première roulotte, ses bras musclés tenant les rênes, ses traits sombres observant attentivement Pete.

La présence d'un fusil avait tendance à provoquer cette réaction.

— Bonsoir, répondit Pete, le fusil encore en travers de la poitrine.

— On cherche un endroit où passer la nuit. On s'est dit qu'on pourrait peut-être se poser quelque part le long de la rivière, dit l'homme en indiquant la Ribble, qu'on entendait glouglouter. Ça poserait un problème ?

— Pas à moi.

— Et à vos chiens ?

La question fut accompagnée d'un sourire et l'homme descendit de son chariot pour tendre une main vers les lurchers.

— À votre place, je ne…

L'avertissement de Pete mourut dans sa gorge. L'un de ses deux chiens – considérés dans toute la région comme de dangereux molosses – s'approchait de l'homme, la truffe allongée vers la main offerte.

— C'est une merveille, murmura le Gipsy en caressant les dessins marbrés du museau du chien. Une vraie beauté. Et celui-ci aussi.

Le second chien avait rejoint le premier, tous deux

appréciant visiblement les caresses de l'homme qui leur gratouillait la tête et leur flattait les flancs.

Troublé, Pete émit un sifflement bas et d'un bond, les lurchers s'écartèrent du Gipsy et revinrent à ses pieds.

— Ils sont bien dressés, dit l'homme avec un regard admiratif.

Il remonta sur son chariot, attrapa les rênes, inclina la tête en direction de Pete et dit :

— On ne vous embête pas plus longtemps.

Il claqua les rênes sur la croupe du cheval et la petite procession s'éloigna.

Pete regarda ses chiens en grommelant sa réprobation, et regagna son domaine, qui avait l'air plus minable encore à côté des splendides roulottes. Peut-être, songea-t-il en gravissant les marches du porche dont les planches pourries craquaient dangereusement sous ses pieds, peut-être qu'il s'achèterait une roulotte comme ça, avec un cheval, et qu'il prendrait la route.

Il se mit à rire. Il allait passer le coup de fil le lendemain, et après ça, le monde serait à ses pieds. Il retourna sur son canapé, se roula un autre joint, et lorsqu'un camion passa sur la piste, dans la même direction que les Gipsys et faisant aboyer ses chiens, il était trop défoncé pour s'en soucier.

Toute la journée, le soleil avait baigné le vallon au nord de Bruncliffe, mais la nuit était venue avec son habituelle couverture de velours noir. Vraiment noir. Pas de réverbères pour crever l'obscurité. Pas de maisons aux fenêtres éclairées, éclaboussant les rues de lumière. Même le ciel n'offrait pas d'éclaircie, l'éclat de ses étoiles étouffé par une épaisse couche nuageuse.

C'était une nuit faite pour les brigands.

À la ferme de Mire End, tout était calme. Clive Knowles n'avait jamais été un couche-tard, avant même l'arrivée de Carol Kirby dans sa vie, les travaux de ferme ne se prêtant ni à des grasses matinées ni à des couchers tardifs. Mais à présent qu'il partageait le confort douillet de sa cuisine avec une présence féminine, il était sensible au romantisme du décor : le feu qui crépitait dans l'âtre ; le chien qui ronflait gentiment devant ; les arômes persistants d'un savoureux repas ; et le furieux cliquetis des aiguilles à tricoter de Carol. C'en était trop pour un mâle au sang chaud dans la fleur de l'âge. C'est pourquoi, au fur et à mesure que les jours passaient, Clive se retirait de plus en plus tôt dans les confins solitaires de sa chambre.

En cette soirée particulière, encore en effervescence après sa confrontation avec les Gipsys et les éloges que Carol avait déversés sur lui, il était resté dans le grand lit double sans pouvoir dormir. Il entendait le vent faire trembler les vitres, agiter les vantaux dans les châssis. Il était encore éveillé quand la chouette passa, son cri lugubre faisant écho au désespoir qui alourdissait son cœur. Et quand les phares d'un véhicule éclairèrent les minces rideaux qui masquaient déjà la fenêtre de la chambre alors que son propre père était un bambin, Clive Knowles, agité et insomniaque, se leva.

Est-ce qu'il pressentait des ennuis ? Peut-être. Carol avait semé la graine en l'incitant à affronter les Gipsys. Puis il y avait eu la malédiction que l'homme avait murmurée lorsque Clive les avait chassés. Tout cela avait fermenté dans sa conscience, lui faisant craindre le pire pour ses moutons, sa propriété.

Par conséquent, il se leva et alla pieds nus vers la fenêtre. Il écarta le rideau et vit les phares, statiques devant la barrière du champ le plus proche. Ensuite ils s'éteignirent et le noir revint.

Bon sang ! Quelqu'un venait de se garer sur la route, près de l'endroit où se trouvait son nouveau, et coûteux, troupeau de Texels. Il tendit la main vers la robe de chambre élimée accrochée derrière la porte.

— Clive ?

Le murmure impérieux, lancé depuis le palier qui desservait sa chambre, fut suivi d'un coup sec frappé sur la porte.

— Vous dormez ?

Il était déjà en train d'ouvrir à l'apparition fantomatique d'une Carol Kirby vêtue d'une longue chemise de nuit blanche.

— Il y a quelqu'un dans le champ, chuchota-t-elle, comme si le bruit pouvait traverser la cour, l'étendue d'herbe, et parvenir jusqu'au véhicule en question. Et si c'étaient les Gipsys ? Revenus faire des histoires ?

Clive était déjà parvenu à la même conclusion, mais il n'avait pas vraiment décidé ce qu'il allait faire. Pourtant, devant le visage adouci par le sommeil de sa bien-aimée, le courage lui revint.

— Justement, j'allais m'en occuper, dit-il en passant devant elle pour emprunter l'escalier.

Soudain, il s'arrêta et se tourna vers la chambre d'amis et l'armoire grise fixée au mur, juste à côté de la porte. Les clés étaient déjà dans sa main, comme s'il avait su d'avance qu'il en aurait besoin.

Quand il ressortit sur le palier, seulement éclairé par la lampe de chevet de la chambre de Carol, il avait son fusil dans les mains. Il était chargé, et des cartouches supplémentaires déformaient les poches de sa robe de chambre. Malgré le faible éclairage, il lut l'approbation dans les yeux de la femme blême qui l'observait.

— Soyez prudent, dit-elle en posant la main sur son bras, et son contact lui embrasa le cœur.

Il fit de son mieux pour avoir l'air farouche et, d'un pas décidé, descendit l'escalier, traversa la cuisine où le chien releva la tête en cillant devant cette activité inattendue, et sortit par la porte de derrière, dans la nuit.

Il faisait noir. Mais il connaissait son domaine. Il connaissait la terre qu'il allait fouler. Il savait aussi que, quelles que soient les intentions des occupants du véhicule arrêté sur la route, ils auraient un mal de chien à ouvrir la barrière. Elle n'avait pas été déplacée depuis plus de cinq mois et devait être coincée par la boue.

Le pas sûr et silencieux, il s'approcha prudemment de la barrière la plus proche, fit coulisser le loquet et entra dans le champ. Il longea le mur pour ne pas être démasqué si les nuages s'écartaient et que la lune se montrait.

Droit devant lui, un dégradé de noirs, du plus sombre, le sol, au plus clair, les murs. Même les moutons se fondaient dans leur environnement, seulement trahis par l'agitation due à sa présence. Le cœur battant la chamade, Clive longea le périmètre du champ, le fusil collé contre la poitrine. Puis il entendit un coup de sifflet, bas et doux, sur sa droite, vers le haut de la pâture.

Quelqu'un était dans le champ avec lui. Que pouvaient-ils bien faire à la ferme de Mire End, au cœur de la nuit, sinon ce qu'il soupçonnait ? Ces salopards en voulaient à ses Texels !

Son instinct lui disait d'épauler son fusil. Mais il ne pouvait pas prendre le risque de tirer à l'aveuglette. Il n'y voyait rien, or les moutons se tenaient entre lui et l'intrus, quel qu'il soit, et il ne pouvait pas se permettre de toucher une de ses bêtes. Surtout vu la somme indécente qu'Harry Furness lui avait extorquée.

Un autre coup de sifflet, suivi par un bruit de bois et de métal entrechoqués. Ainsi que le raclement de quelque chose qu'on poussait sur le sol.

La barrière du fond. Ils avaient réussi à l'ouvrir !

Toujours aveugle, Clive continua à avancer, conscient que les moutons commençaient à se dresser sur leurs pattes, les agneaux se mettaient à bêler. S'il n'agissait pas, et très vite, les voleurs allaient les emporter. L'ennui c'était qu'il faisait tellement noir…

— Merde !

Le cri rauque s'éleva du portail alors que le champ s'éclairait comme en plein jour. Un puissant rayon lumineux chassait la nuit, révélant les moutons, les agneaux et les murs. Et deux hommes, les mains levées devant leur visage, l'un se tenant près de la barrière du haut à présent ouverte et d'un camion qui attendait, le hayon arrière abaissé en vue du chargement. L'autre homme courait déjà vers le véhicule.

— Attrapez-les ! fit un cri dans son dos.

Cillant furieusement alors que ses yeux essayaient de s'adapter au soudain changement de lumière, Clive jeta un coup d'œil par-dessus son épaule et vit la merveilleuse Carol Kirby debout au bord du champ, derrière lui, tenant la torche la plus puissante qu'il ait vue de sa vie.

— Vite ! l'exhorta-t-elle, montrant du doigt le gros camion dont le moteur ronflait déjà. Ils s'enfuient !

Il se retourna juste à temps pour voir une silhouette quitter le champ, un grand gaillard, tout de noir vêtu, un drôle de truc sur la tête. Clive leva son fusil, bloqua sa respiration. Et tira.

8

— Je croyais que vous aviez dit qu'on vous les avait volés.

Mal réveillé, le constable Danny Bradley se tenait dans un champ en compagnie de Clive Knowles, dans l'aube naissante qui éclairait à peine le domaine, le soleil n'ayant pas encore franchi le sommet plat de Pen-y-ghent et chassé la froidure du matin. Le constable, qui consignait d'une main tremblante l'incident dans son calepin, avait le plus grand mal à écrire lisiblement.

Il aurait donné n'importe quoi pour un bon café et un petit déjeuner.

Il avait accueilli avec scepticisme l'appel arrivé aux premières heures du matin, Clive Knowles étant connu pour crier au loup dès qu'il était question de ses bêtes. Pas plus tard qu'au mois de décembre, Ralph, son bélier moult fois primé, avait prétendument été kidnappé avant d'être retrouvé indemne dans un champ du côté de Langstrothdale par Samson O'Brien. Danny soupçonnait qu'il n'avait pas la version complète de l'histoire – qui comportait possiblement une composante illégale –, mais il avait gardé le secret.

Et donc, compte tenu de la réputation du plaignant et du fait qu'il craignait de perdre son temps alors qu'ils avaient des cas sérieux de vol de bétail sur les bras, le policier n'était pas pressé de se rendre à la ferme de Mire End. L'heure matinale n'avait rien d'enthousiasmant non plus, et il était beaucoup plus intéressé par les événements troublants qui s'étaient produits la veille, à la vente aux enchères. Ils n'avaient pas retrouvé la trace d'Adam Slater, ni chez lui ni en ville, ce qui avait amené le sergent Clayton à sonner l'alarme auprès de toutes les forces de la région. Le bouvier, témoin privilégié dans une possible affaire d'homicide involontaire, voire de meurtre, faisait maintenant l'objet d'une chasse à l'homme.

Le jeune constable aurait donc préféré rester au commissariat à s'informer des derniers développements de l'affaire plutôt que de s'occuper d'un fermier à l'imagination débordante. D'autant que, planté dans l'air glacé, il contemplait le troupeau de Texels que Clive prétendait s'être fait embarquer, les brebis paissant joyeusement pendant que leurs agneaux bondissaient dans le champ.

— J'ai dit que quelqu'un avait *essayé* de les voler ! Mais je les ai surpris sur le fait, et je les en ai empêchés, s'exclama le fermier.

— D'accord. Et c'est arrivé cette nuit, donc ? À quelle heure ?

— Vers minuit. Ça doit être ça, parce qu'il était presque une heure du matin quand on a fini par aller se recoucher.

— On ? releva Danny, surpris, sachant que le gaillard était un célibataire endurci.

Les joues de Clive rosirent légèrement.

— Moi et Carol Kirby, la cousine d'Ida Capstick.

Elle est venue habiter ici en tant que gouvernante. Elle m'aide à remettre les choses au carré.

— D'accord, fit le jeune policier, pas très sûr de ce qu'il devait faire de cette information.

Sinon qu'elle était stupéfiante – quel genre de femme accepterait de vivre dans la porcherie qu'était la ferme de Mire End ? Même si elle était payée pour ça ? Il réorienta rapidement la conversation sur un terrain moins glissant :

— Alors, vous pourriez me raconter ce qui s'est passé ?

Le fermier indiqua l'extrémité du champ dans lequel ils se trouvaient.

— Un camion s'est arrêté là-haut, devant le portail, au milieu de la nuit, alors je me suis levé pour aller voir de quoi il retournait. Il n'y a aucune raison que quelqu'un vienne jusqu'ici en camion, à une heure pareille. Quand ils ont éteint les phares, j'étais assez inquiet pour décider de m'aventurer dans le noir et aller voir ce qui se passait.

— Et vous avez pu les voir, même un peu ?

— *Aye*, répondit Clive. Deux hommes, qui portaient des cagoules. C'étaient les Gipsys.

Danny releva les yeux de son calepin.

— Vous les avez reconnus ?

— J'en ai reconnu un. C'est le gars qui était venu un peu plus tôt dans la journée – pour faire de la reconnaissance, je suppose. Il était perdu, qu'il disait, mais je voyais bien qu'il zyeutait mes Texels. Et il est revenu en pleine nuit pour me les piquer.

— Vous êtes sûr que c'était lui ?

— Certain.

— Mais je croyais que vous aviez dit qu'il faisait nuit ?

— En effet. Nuit noire. Je ne voyais pas ma main devant ma figure. Et pourtant ces deux gars s'apprêtaient à voler mes moutons. Je veux bien être pendu si je sais comment ils comptaient s'y prendre.

Le jeune policier eut un regard confus.

— Alors, comment avez-vous réussi à les identifier ? S'il faisait aussi noir ?

— C'est grâce à Carol, fit Clive donnant un coup de menton en direction de la maison, le regard embué. Elle est sortie avec une de ces lampes torches, je n'avais jamais rien vu de pareil. Ça a éclairé le champ comme si elle était branchée sur le secteur. Et ça a fait fuir ces salopards.

— Pour que ce soit bien clair : vous avez entendu du bruit et vous vous êtes levé. Vous êtes sorti pour voir ce qui se passait, mais vous n'avez pas pu voir grand-chose. Là-dessus, Carol a allumé sa torche et vous avez réussi à identifier l'un des deux hommes tandis qu'ils s'enfuyaient. Alors qu'ils portaient des cagoules. C'est bien ça ?

— Oui.

— Vous ne vous êtes pas opposé à eux de quelque manière que ce soit ?

— Non.

Le regard de Clive glissa sur le côté et il plissa les yeux.

— Vous n'aviez pas pris votre fusil ?

— Absolument pas !

Danny hocha la tête, tout en sachant pertinemment qu'on lui mentait.

— D'accord. Alors, à quoi ressemblait-il – celui que vous avez reconnu ?

— Il était grand. La peau sombre, basanée. Il avait des bras énormes. Et des tas de cheveux…

— Vous avez dit qu'ils étaient cagoulés.

— *Aye*. Dans la nuit, ils l'étaient. Mais quand il est passé, pendant la journée, il était tête nue.

Le policier étouffa un soupir.

— Je vous demande de décrire ce que vous avez vu cette nuit. À quoi ressemblait l'homme, à ce moment-là ?

— Comme pendant la journée ! À part cette satanée cagoule. Oh, et il avait un truc bizarre sur la tête. Ils en avaient chacun un.

— Quel genre de truc ?

— Comme des jumelles, mais fixées sur le front. Il l'a arraché quand il s'est enfui, alors j'ai pas bien vu, mais c'était bizarre.

Danny se renfrogna, remit son stylo dans sa poche et prit son téléphone portable, les doigts volant sur l'écran avant de le tendre au fermier.

— Ça ressemblait à ça ?

Le fermier scruta l'image qu'on lui montrait et hocha la tête.

— *Aye*. C'est ça. C'est quoi ?

Le constable Danny Bradley n'avait plus froid, tout à coup ; au contraire, il était envahi par une excitation fébrile. C'était énorme. Une percée, enfin, dans l'affaire des vols de moutons qui frappaient la région depuis plus d'un an. Et pas seulement ici, dans les Vallons, mais dans toute la Cumbrie et le Lancashire aussi. Les coupables étaient de plus en plus audacieux, ils s'emparaient de troupeaux chaque fois plus conséquents, et ne laissaient aucun indice derrière eux. Les forces de police de tout le nord se grattaient la tête et les fermiers se désolaient.

Mais quelqu'un avait vu les coupables. Et un détail, qui contribuait à expliquer comment les voleurs s'y prenaient pour embarquer les moutons au cœur de la nuit.

— Des lunettes à vision nocturne, marmonna Danny, réfléchissant déjà aux implications de cette découverte.

Des gadgets coûteux. Ce qui laissait penser que les voleurs n'étaient pas des amateurs qui se contentaient de tomber sur un champ isolé plein de moutons, se jouaient des portails non verrouillés et de l'absence de témoins. Ces hommes arrivaient avec un matériel qui portait la signature de professionnels.

— Je suppose que vous n'avez pas relevé la plaque minéralogique du camion ? demanda-t-il.

— J'étais trop occupé à viser…

Clive Knowles s'interrompit, ses joues ridées s'empourprant devant ce lapsus.

— Non. Je n'ai pas vu cette putain de plaque.

Six mois plus tôt, Danny Bradley n'aurait fait qu'appliquer la loi et aurait délivré un avertissement formel au fermier, stipulant qu'il était interdit de se balader avec un fusil chargé et de tirer au petit bonheur sur les gens. Mais c'était avant que Samson O'Brien entre dans sa vie et lui prouve qu'il fallait parfois transgresser les règles. Quand le fermier d'une exploitation isolée entendait qu'on essayait de lui voler son troupeau, il était assez naturel d'éprouver de la compréhension s'il attrapait son fusil avant de s'aventurer dehors. S'il le déchargeait, évidemment, c'était une autre histoire.

— Je suppose que vous ne les avez pas touchés ? demanda Danny d'un ton narquois.

Clive grommela et essaya d'avoir en même temps l'air penaud.

— Je l'ai raté d'un putain de kilomètre. Je voyais encore des étoiles à cause de la lumière subite.

— C'est peut-être aussi bien, parce que sinon, c'est vous et pas eux qui vous retrouveriez au tribunal.

Il n'en fallait pas davantage pour déclencher la colère du fermier.

— Il est là, le problème ! explosa-t-il. Je sors pour défendre ma propriété et mes moutons, et c'est moi qui risque de finir en prison ! C'est complètement dingue. Pendant ce temps-là, vous autres, vous êtes incapables d'attraper ces brigands ! Eh bien, ajouta-t-il en pointant le doigt vers le jeune policier, je vous en ai assez dit pour que vous leur mettiez le grappin dessus. Trouvez les Gipsys et vous tiendrez les coupables…

— Et le camion ? coupa Danny, inquiet pour la santé du fermier, dont le visage était devenu violacé.

— Un seize pieds. Double pont.

Clive s'interrompit, frappé de constater tout ce qu'il avait enregistré sans s'en rendre compte.

— Je ne peux pas vous dire la marque, parce que je n'ai vu que l'arrière et que le hayon était baissé, mais il était en bon état. Comme ceux qu'on voit le long des quais de chargement des grands centres commerciaux.

— Alors ce n'était pas une remorque fixée à un 4 × 4 ?

— Oh pas du tout. C'était professionnel, voilà ce que c'était.

Professionnel. Encore ce mot, songea Danny. Les gars se pointaient avec le genre de véhicule utilisé par les transporteurs de bestiaux et non pas avec une petite remorque Ifor Williams tractée par une Land Rover. Ces types ne rigolaient pas.

— Et vous êtes sûr que c'était après vos moutons qu'ils en avaient ? demanda Danny, soucieux d'avoir la confirmation du fermier.

Clive Knowles croisa les bras sur sa poitrine et toisa le jeune homme en face de lui.

— Ils étaient dans mon champ au milieu de la nuit, ma putain de barrière repoussée et le hayon de leur camion grand ouvert. Sûr qu'ils n'étaient pas venus admirer les étoiles !

— Un café, constable ? Et un petit quelque chose à manger ? J'ai lancé des saucisses.

Danny se retourna. Carol Kirby se tenait à l'orée du champ. Ses paroles étaient de la musique à ses oreilles.

Delilah Metcalfe avait mal dormi. Tandis qu'elle descendait les marches raides dominées par la forme majestueuse du Crag, en direction de la ruelle qui passait derrière son bureau, elle regretta de ne pas avoir l'énergie de Calimero. Tirant sur sa laisse, il trottait devant elle, impatient d'arriver au boulot. Impatient de voir Samson.

Alors que Delilah était seulement impatiente de prendre un café. Et du chocolat. Ou un gâteau de la *Pâtisserie des Monts*. Une décharge de sucre en tout cas, pour chasser la léthargie qui l'accablait à cause du manque de sommeil.

Satané Facebook. Qui l'avait réveillée à l'aube et empêchée de se rendormir, l'adrénaline courant dans ses veines alors qu'elle se repassait les événements de la veille. Plus elle y réfléchissait, moins cela avait de sens. Elle y avait tellement réfléchi qu'elle avait été surprise par la sonnerie du réveil sur sa table de nuit. Et c'était reparti pour une nouvelle journée de travail.

Journée de travail qu'elle devait consacrer à son agence de rencontre et à sa boîte de conception de sites Internet. Pas à une affaire déjà résolue, Harry leur ayant fait comprendre la veille qu'il n'avait plus besoin d'eux. Le mois d'avril était déjà bien engagé, et Delilah était affreusement consciente que le rendez-vous avec son banquier approchait à pas de géant. Le jour J pour son affaire. En octobre dernier, elle avait fait la promesse irréfléchie qu'en six mois, elle aurait redressé la situation ; qu'elle aurait un revenu régulier et que ses comptes sortiraient du rouge.

Un rapide coup d'œil à son relevé bancaire montrait que si la situation s'était un peu améliorée, les progrès étaient lents. Et même carrément pénibles. Le loyer de Samson, versé six mois plus tôt sous forme d'un montant forfaitaire – ce qui, sur le coup, avait eu raison de sa réticence à l'héberger –, avait contribué à faire passer la situation pour plus rose qu'elle n'était en réalité. Mais à présent, plusieurs mois plus tard, sa seule source régulière de revenus venait des membres de l'agence de rencontre et de la poignée de clients dont elle entretenait les sites Internet.

Évidemment, Delilah savait qu'il y avait des choses dans les tuyaux. Bernard Taylor lui avait demandé de procéder à une refonte complète du site Web de son agence immobilière. Le chantier était bien avancé, et elle n'avait pas encore été payée. Et les inscriptions à l'agence de rencontre avaient sensiblement augmenté, mais encore une fois, l'argent ne faisait que commencer à rentrer. Pour finir, il y avait Clive Knowles et le gros chèque qu'il lui avait promis si elle arrivait à lui dégoter une femme. Ça ferait une sacrée différence sur son compte en banque. Le seul ennui, c'était que lui trouver une épouse se révélait ardu, comme elle l'avait anticipé. D'autant plus que le temps filait – l'échéance imposée par le fermier approchait à la vitesse de l'éclair.

Bon sang, où allait-elle bien pouvoir dénicher une épouse à Clive Knowles en dix jours ?

Voilà à quoi elle aurait dû réfléchir à l'aube. À résoudre un problème qui contribuerait à régler sa situation financière, qui encouragerait oncle Wooly, le directeur de la banque – un grand ami de la famille, mais très à cheval sur les questions de finances –, à lui laisser un peu plus de temps pour rembourser les traites monstrueuses qu'elle devait encore payer pour son cottage et ses bureaux. À lui lâcher un peu la bride.

Parce que Delilah regardait l'avenir avec optimisme.

L'Agence de Recherche des Vallons aux compétences nouvellement élargies avait un formidable potentiel. C'était peut-être le point de départ d'une entreprise profitable, pour elle comme pour Samson. Tant qu'il s'arrangeait pour ne pas s'attirer de nouveaux ennuis…

— N'y pense pas, s'admonesta-t-elle en ouvrant le portail de la cour de derrière, Calimero fonçant devant elle. N'y pense pas, c'est tout.

C'était le seul moyen qu'elle avait de surmonter les événements du mois précédent. La révélation que Samson n'était pas un agent infiltré qui faisait un break, comme il l'avait prétendu, mais suspendu, et sous le coup d'une enquête. Les allégations selon lesquelles il avait volé des pièces à conviction – de la drogue ! – pour les revendre par l'intermédiaire d'un réseau criminel. Le fait qu'il risquait de se retrouver en prison. Et aussi qu'il avait vécu clandestinement au-dessus du bureau, dans l'une des chambres libres, au dernier étage, alors qu'il racontait à tout le monde qu'il avait trouvé à se loger à Hellifield.

Si elle cessait de penser à tout cela, elle écouterait la voix dans sa tête – qui rappelait étrangement celle de son frère aîné Will –, laquelle l'avertissait de ne pas se fier au paria de Bruncliffe. De ne plus avoir affaire à lui. Évidemment, la seule chose logique à faire serait de lui laisser une chance de présenter sa version. Mais elle ne pouvait pas. Parce que la confiance qu'elle avait en Samson O'Brien était réduite à une flammèche, celle qu'il avait alimentée en renonçant à prendre son train pour Londres afin de sauver Nathan, tirant volontairement un trait sur son avenir et ses chances de se disculper.

Cette petite flammèche de foi était la seule chose qui permettait à Delilah de le croire. Une énième révélation pourrait l'éteindre tout à fait, et Delilah ne voulait pas prendre ce risque. Parce que peu importait le tumulte des six derniers mois, sa vie était bien plus lumineuse avec Samson O'Brien dedans. Alors, elle préférait rester dans l'ignorance. Pour le moment. Bref, elle en était là, à tout miser sur lui.

C'était peut-être pour ça qu'elle s'était réveillée en pensant à Facebook. Il était beaucoup plus facile de se concentrer là-dessus que sur le bordel que sa vie était devenue.

Préoccupée par les pensées tournant autour de son locataire, elle passa devant la corde à linge tendue dans la cour, et la vue de son jean et de ses tee-shirts familiers voletant sous le soleil du matin en compagnie de boxers moins familiers fit suivre à ses pensées un cours différent…

— Je donnerais cher pour savoir à quoi tu penses !

La porte de derrière s'était ouverte à la volée, révélant un Samson souriant, et la faisant sursauter.

— À Facebook, bredouilla-t-elle, le visage écarlate.

— D'une manière générale ? demanda-t-il, son sourire se muant en rire. Parce que, aux dernières nouvelles, c'est devenu mondial, alors on pourrait en avoir pour un moment.

— Ron Watson, dit-elle sur un ton assez sérieux pour qu'il cesse de la taquiner. Je pense qu'on devrait aller rendre visite à sa veuve.

*

L'estomac plein, grâce au fabuleux petit déjeuner de Carol Kirby, le constable Danny Bradley se lança sur la piste des Gipsys de Clive Knowles. Il n'avait pas au sujet des gens du voyage les mêmes idées reçues que la plupart de ses concitoyens, mais il aurait été un peu léger de sa part de négliger le témoignage du fermier. Au moins, s'il les retrouvait, il pourrait leur donner une chance de se dédouaner.

Il commença ses recherches en procédant par déduction. Connaissant l'heure approximative à laquelle les deux roulottes avaient quitté les environs de la ferme de Mire End l'après-midi précédent, et sachant que lorsque Clive Knowles les en avait chassés ils n'avaient pas d'autre solution que de repasser par Horton, le jeune constable avait remonté leur trace jusqu'au village, près du pub. Un excellent point de départ.

— Bien sûr, avait dit le patron, deux roulottes sont passées dans l'après-midi, en direction du nord. Pourquoi ? Y a eu des vols ?

Danny esquiva la question, marmonnant quelque chose au sujet d'une enquête en cours, et poursuivit sa route, laissant Horton derrière lui. Il prit la route du nord, vers le village suivant qui se trouvait à quelques kilomètres, les rares bifurcations sur le chemin ne desservant que des voies privées. Sans cesser de scruter les environs à la recherche de roulottes arrêtées dans un champ ou au bord de la route, il arriva bientôt au petit groupe de maisons qui était Selside.

Il le traversa en un éclair. Un virage, une montée, et il quittait le hameau sans avoir vu signe des Gipsys.

Mince… L'étape suivante était Ribblehead, où la route s'arrêtait à un carrefour en forme de T, la branche est allant vers Hawes, la branche ouest vers Ingleton. S'il ne les trouvait pas avant, sa tâche deviendrait compliquée. Il commençait à perdre espoir quand il eut un coup de chance. Juste à la sortie de Selside, il avisa un homme qui réparait un long muret de pierre au bord de la route. Reconnaissant la silhouette pesante d'Oscar Hardacre – le fils de Tom Hardacre, un fermier de Bruncliffe –, Danny s'arrêta.

— Alors, Tom vous a collé aux travaux forcés ? plaisanta Danny en s'approchant du robuste gaillard.

Oscar se contenta de grommeler. Il prit une autre pierre sur le monticule qui avait jadis été le mur, et la plaça soigneusement sur la bordure du champ qu'il était en train de reconstituer. Il n'était pas connu pour ses prouesses oratoires, et n'avait pas l'air de vouloir interrompre son travail pour bavasser. Danny entra donc tout de suite dans le vif du sujet.

— Vous étiez là hier ?

— *Aye.*

Une autre pierre trouva sa place.

— Vous avez vu passer deux roulottes de Gipsys ?

— Nan.

— Vous êtes sûr ?

Un regard acéré se releva du muret.

— Sûr.

— Vous êtes resté là toute la journée ?

Oscar indiqua, d'un mouvement de tête, la longueur de muret déjà réparé.

— À votre avis ?

— D'accord. Merci.

Danny le laissa à ses occupations et remonta en voiture pour évaluer les possibilités. Oscar n'avait pas vu passer les Gipsys. Mais ils avaient pris cette route pour sortir de Horton. Alors, où étaient-ils passés ? Avaient-ils emprunté l'une des pistes privées qui desservaient des exploitations ? Danny connaissait la région, et les gens qui y vivaient. Si des Gipsys avaient établi leur campement dans l'une des fermes des alentours, le téléphone du poste de police aurait sonné à s'en décrocher du mur, tout le monde appelant pour se plaindre. Pourtant, ils n'étaient pas non plus sur la route.

Il n'avait pas le choix. Il allait être obligé de vérifier tous les sentiers privés entre ici et Horton. Le premier apparut alors qu'il rebroussait chemin et rentrait dans Selside – une piste caillouteuse qui partait vers la gauche.

En soupirant à la pensée de la tâche fastidieuse qui l'attendait, il quitta la route et suivit le chemin de terre battue jusque sous un pont de chemin de fer, où il s'arrêta. De là, il avait le choix entre plusieurs routes. Encore à gauche en direction d'une ferme, ou à droite, vers la rivière. Suivant la logique selon laquelle les fermiers auraient aussitôt prévenu la police si quelqu'un avait eu le malheur d'approcher de leur domaine, Danny décida de prendre à droite. La voiture rebondissait sur la route criblée de spectaculaires nids-de-poule, au point que le policier craignit de la bousiller. Il hésitait à faire demi-tour avant de tomber en carafe quand il aperçut la caravane de Pete Ferris devant lui.

Danny se rangea sur le côté. Pete était la personne idéale à qui demander. Il traversa le terrain en direction du porche de guingois qui constituait l'entrée de la propriété du braconnier. Il n'avait pas parcouru la moitié du chemin quand la porte s'ouvrit brusquement, pendant de travers sur ses gonds. Deux lurchers en jaillirent comme des boulets de canon.

— Et merde !

Danny s'immobilisa, les mains en l'air, comme si on braquait un fusil sur lui, tout en se maudissant d'avoir eu la bêtise d'approcher de la caravane à pied. Tout le monde savait à quel accueil on avait droit quand on s'approchait de Pete Ferris.

— Couché !

L'ordre marmonné émanait du porche où la silhouette émaciée du braconnier était apparue. Les chiens s'aplatirent par terre, le regard concentré sur le constable.

— Le mordez pas, les gars. C'est pas très bon, le flic.

Il accompagna ses moqueries d'un sourire affreux qui dévoilait des dents mal plantées et tachées.

— Je peux vous aider ?

— J'ai juste une petite question. Est-ce que vous avez vu des Gipsys passer par ici, hier ?

Il y eut une pause, qui laissa à Danny le temps de reconsidérer la sagesse de sa démarche. Non seulement il était dans une situation périlleuse, les deux chiens, qui grognaient sourdement, ne le quittant pas du regard, mais il avait aussi eu la stupidité de penser que le braconnier allait l'aider, du fait de sa détestation de la loi et de ses représentants bien ancrée en lui.

Tel était le fil de ses pensées, planté là, les bras toujours levés, quand tout à coup Pete Ferris hocha la tête.

— *Aye*. J'pense que oui.

Surpris, Danny fit un pas en avant et s'arrêta aussitôt, les deux chiens s'étant relevés d'un bond.

— Désolé, piaula-t-il. Vous pouvez me dire par où ils sont allés ?

— Y a pas beaucoup le choix, par ici.

Il leva la main et indiqua la rivière.

— Ils campent en bas. Maintenant, foutez le camp.

Il poussa un coup de sifflet strident et les lurchers retournèrent près du porche en trottinant, laissant Danny regagner sa voiture d'un pas vif, et en regardant sans cesse derrière son dos.

C'est seulement alors qu'il s'éloignait sur le sentier de moins en moins praticable qu'il se demanda si Pete ne l'avait pas envoyé délibérément sur une mauvaise piste. Mais alors que le chemin s'étrécissait, il déboucha sur une petite clairière au bord de la rivière. Au milieu se trouvaient deux roulottes de Gipsys. Et garée derrière, une bétaillère.

9

Le salon de la maison de Ron Watson ressemblait à une boutique de fleuriste. Il y avait des bouquets partout et l'odeur entêtante des lis saturait l'air. Malgré le soleil qui entrait par les fenêtres, les radiateurs avaient été poussés à fond et la chaleur étouffante ne contribuait pas à alléger l'atmosphère. Pour ne rien arranger, ils étaient venus interroger la veuve d'un homme qui avait péri la veille dans un terrible accident, et Samson n'était pas franchement détendu quand il prit place sur le canapé à fleurs à côté de Delilah, devant une table basse couverte de cartes de condoléances. Couché devant la cheminée, Calimero avait l'air beaucoup plus à son aise. La tête sur les pattes, il avait une oreille dressée en direction de la cuisine d'où provenaient d'intéressants bruits de bouilloire et autres cliquetis de porcelaine.

Ils avaient parcouru à pied la brève distance jusqu'au pavillon adossé au terrain de sport de l'école. C'était encore une matinée agréable, malgré l'âpreté du vent qui dévalait vers le fond du vallon. Quand ils étaient arrivés, Delilah avait prévu d'attacher Calimero dehors, mais Joan Watson n'avait pas voulu en entendre parler. Elle lui avait fait un tas de câlins avant de les introduire tous au salon, où le chien s'était aussitôt avachi devant le feu électrique. À présent, entendant des pas approcher, il relevait la tête, rempli d'un espoir avide.

— J'ai préparé du thé, dit Joan en entrant dans la pièce armée d'un lourd plateau.

Samson s'empressa de se lever pour le lui prendre des mains tandis que Delilah dégageait un peu les cartes de la table basse afin qu'il puisse le poser.

— Mettez-les là-dessus, pour le moment, indiqua Joan en montrant à Delilah, sur le plateau inférieur de la table basse, un dossier plein à craquer d'où dépassaient des articles de journaux découpés dans la rubrique « Élevage » du *Craven Herald*.

— C'était à Ron ? demanda gentiment Delilah.

Joan acquiesça.

— Il adorait son travail. Il n'arrêtait pas de découper des articles dans le journal, toujours en rapport avec les ventes aux enchères de bétail. Il disait qu'il s'informait des cours.

Elle eut un sourire attristé, puis se tourna vers Calimero, le chien lui offrant sa plus belle expression de martyr, le regard rivé sur la main qui tenait un biscuit pour chien.

— Il a droit à une friandise ? demanda-t-elle.

— Bien sûr, répondit Delilah avec un petit rire.

Joan s'approcha de la cheminée, caressa les oreilles de Calimero et posa le biscuit sur le tapis. Lorsqu'elle se rassit, il l'engloutissait déjà.

— On a toujours eu des chiens, dit-elle. Ron les adorait littéralement. Mais on a perdu le dernier au début de l'année, et on avait décidé de ne pas en reprendre un tout de suite. Pas avec nos projets de voyage...

Elle jeta un coup d'œil par la fenêtre au camping-car garé dans l'allée, et la réalité de sa situation sembla recouvrir la pièce d'un linceul. Elle cilla, et dans la lumière du soleil, sa peau d'une pâleur presque translucide prit l'aspect du papier de riz. Deux touches de rose sur ses joues et un trait de couleur sur ses paupières suggéraient qu'elle avait fait un effort. Elle avait également revêtu sa meilleure tenue, un pantalon noir élégant assorti d'un pull en cachemire couleur feuille d'automne, et un foulard souplement drapé autour de son cou. Mais cela ne suffisait pas à dissimuler la souffrance qui l'accablait. Des cernes noirs ombraient ses yeux, et elle paraissait désorientée comme si elle émergeait à peine d'un rêve et ne savait plus où elle était.

— Du lait ? Du sucre ? demanda-t-elle en commençant à servir le thé.

Thé dont la couleur fit penser à Samson qu'elle en avait lancé la préparation à la minute où elle avait raccroché après leur coup de fil, soit une demi-heure auparavant.

Quand Delilah était arrivée au bureau, ce matin-là, elle n'avait pas mis longtemps à le convaincre d'aller rendre visite à Joan Watson, quitte à faire intrusion dans son chagrin. Adam Slater étant encore dans la nature, et le doigt du soupçon toujours fermement pointé dans sa direction, Samson avait d'abord pensé qu'il n'y avait rien à gagner à interroger la veuve de Ron sur ce qui avait pu mener à la mort de son mari. Mais après les arguments que Delilah avait avancés, ne pas le faire aurait relevé de la négligence. Parce que

145

Delilah avait posé une question à laquelle lui-même n'aurait jamais songé.

Pourquoi Ron était-il sur Facebook au moment de sa mort ?

En tout cas, c'était ce qu'ils imaginaient depuis que Megan Gifford leur avait parlé de l'énigmatique pouce levé que Ron lui avait envoyé. Le contremaître surfait sur les réseaux sociaux quand il était entré dans le corral avec les taureaux. Un accident stupide, qui aurait pu être évité si l'homme était resté concentré à cent pour cent sur sa tâche.

Mais cette version du drame était mise à mal quand on y ajoutait la balafre infligée à l'une des bêtes, ainsi que la découverte du couteau dans la cour du marché aux enchères, la lame couverte de ce qui ressemblait à du sang. Des indices et des témoignages recueillis, il ressortait à présent que Ron s'était engueulé avec Adam Slater et que la dispute avait dégénéré. Adam avait sorti son couteau, et la scène avait rapidement viré à la tragédie.

Mais si tel était bien le cas, pourquoi Ron avait-il envoyé un émoji à Megan sur Messenger alors qu'il faisait face à un homme en colère qui le menaçait d'une arme ?

Ça n'avait pas de sens. Ce qui voulait dire que quelque chose leur échappait. Et Delilah était convaincue que ça avait un rapport avec le post énigmatique.

— Et si, avait-elle commencé en s'asseyant dans le bureau de Samson, si Ron essayait d'envoyer autre chose à Megan ?

— Comme quoi ?

— Je ne sais pas. Il a des ennuis. Il a besoin d'aide. Il prend son téléphone et il envoie quoi... un pouce bleu ? Je n'arrive pas à croire que ce soit ce qu'il avait l'intention de faire, dit-elle, son visage trahissant son scepticisme.

— Tu veux dire qu'il essayait d'envoyer autre chose et qu'il a pressé la mauvaise touche ?

— Et pourquoi pas ? Il découvrait tout juste cette appli. Et si Adam est devenu agressif, comme on le pense, Ron devait être paniqué. Il se sentait peut-être même sérieusement en danger.

— Alors pourquoi ne pas appeler quelqu'un ? Pourquoi se rabattre sur Facebook ?

Delilah avait soupiré et secoué la tête.

— Je me suis posé la même question toute la nuit, et je n'ai pas encore la réponse. Mais je pense que si on pouvait jeter un coup d'œil au téléphone de Ron, ça pourrait éclairer la question. Il se pourrait qu'on trouve quelque chose, comme un brouillon de message, ou... je ne sais pas ; quelque chose qui donnerait un sens à ce pouce en l'air.

Samson avait tout de suite pigé la logique. Et c'est pourquoi ils avaient appelé Joan, sous le prétexte qu'Harry leur avait suggéré de lui rendre visite. Ravie de contribuer à les aider dans leur enquête, la veuve de Ron les avait tout de suite invités à passer la voir.

— Comment vont vos parents ? demanda Joan en prenant une tasse et une soucoupe, la porcelaine cliquetant dans ses mains alors qu'elle la tendait à Delilah.

— Ils vont bien, merci. Papa fait de son mieux pour être à la retraite, mais il travaille encore tous les jours à la ferme, et maman a l'air d'être plus occupée que jamais. Ils vous présentent leurs condoléances.

— Comme la plupart des gens à Bruncliffe, fit-elle avec un sourire à la fois attristé et incrédule, désignant d'un geste la pièce envahie par les fleurs. La réaction a été stupéfiante.

— Ron était très apprécié.

— Oui, en effet, acquiesça la veuve.

Elle inspira profondément et prit une deuxième tasse qu'elle tendit à Samson.

— Puis-je vous convaincre d'accepter une tranche de cake ? lui demanda-t-elle. Le Women's Institute de Bruncliffe est entré en action, et j'ai suffisamment de petits plats, de cakes et de génoises pour tenir le coup jusqu'à la fin de mes jours.

Le Women's Institute. La mère de Samson en était membre, et il se rappelait les groupes de femmes qui s'étaient déplacées en corps constitué, à sa mort, jusqu'à la ferme Twistleton isolée et qui avaient fait tout ce qu'elles pouvaient pour aider son père à supporter le traumatisme de son veuvage. Il fallait le leur accorder, elles avaient essayé. Mais quand Joseph O'Brien s'était mis à boire, le flux de cakes et de petits plats s'était tari.

— Avec plaisir, dit-il en la regardant couper une bonne tranche de cake aux fruits confits, tandis que son estomac émettait un grondement irrespectueux dans le silence du salon. Désolé, murmura-t-il.

Les yeux de Joan pétillèrent d'humour.

— Ne vous excusez pas. Ron avait un faible pour

vous. « Ce jeune O'Brien a l'étoffe d'un bon fermier »,
il me disait souvent.

Samson ne savait pas quoi répondre, déconcerté que
quelqu'un ait pensé du bien de lui à un moment où le
monde entier semblait lui être hostile.

— Il était heureux que vous soyez rentré au bercail après toutes ces années, poursuivit-elle. Il voulait
passer vous saluer à votre bureau, mais il n'a jamais
trouvé le temps…

Elle laissa sa phrase en suspens et tendit une assiette,
un beau morceau de fromage de Wensleydale à côté
du cake. L'hospitalité à la Bruncliffe, à laquelle rien
ne ferait déroger, même pas un deuil.

Le silence s'installa, uniquement rompu par le cliquetis des couverts sur la porcelaine alors que Delilah
et Samson se régalaient. Samson avait oublié l'exquise
association du gâteau et du fromage pendant son exil
londonien.

— Alors, fit Joan en reposant sa tasse sur sa soucoupe avant de renvoyer ses épaules en arrière, comme
si elle prenait son élan en vue de ce qui allait suivre.
Vous avancez dans vos investigations ?

Delilah regarda Samson, et il sentit qu'elle n'était
pas très chaude pour répondre. Quand il était question de finasser, même pour la bonne cause, Delilah
Metcalfe était au-dessous de tout. Son visage trahissait
le moindre de ses louvoiements. Or la situation exigeait
qu'ils louvoient plus ou moins.

— Nous en sommes encore au premier stade, dit-il
en détestant l'aisance avec laquelle il arrivait à mentir.

Nous tentons de comprendre ce qui a pu conduire à la mort de Ron.

Joan hocha la tête et posa un doigt sur ses lèvres comme si cela pouvait l'aider à contenir ses émotions. Quand elle reprit la parole, ce fut dans un murmure :

— Comment puis-je vous aider ?

— Le téléphone de Ron, dit Delilah. Me permettriez-vous d'y jeter un coup d'œil ?

— Ce qu'il en reste, plutôt, répondit la veuve, le visage crispé par le chagrin.

Elle se leva et se dirigea vers un grand buffet au fond de la pièce, ouvrit un tiroir et revint s'asseoir avec un sachet en plastique transparent. Il contenait un téléphone portable dont l'écran était étoilé de fissures.

— Apparemment, il l'avait dans la main quand on l'a retrouvé, dit-elle en passant le sachet à Delilah. Les taureaux…

Une main passa sur l'écran endommagé, et elle secoua la tête.

— Je doute qu'il fonctionne encore.

— Vous me permettez d'essayer ?

— Je vous en prie.

Delilah sortit le téléphone du sachet et Joan reprit la théière. Elle avait visiblement besoin d'occuper ses pensées maintenant qu'elle était confrontée à ce rappel brutal de la mort de son mari. Sans laisser à Samson le temps de protester, elle remplit sa tasse avec une nouvelle rasade du thé en fusion, arrosée d'une bonne dose de lait.

— Jusqu'ici, tout va bien, murmura Delilah alors que le téléphone s'allumait, une photo de Ron et Joan sur un bateau de croisière apparaissant derrière le verre fracassé. Mais c'est maintenant que ça risque de se compliquer.

Elle passa le doigt sur la surface, faisant apparaître un clavier, et leva les yeux vers Joan.

— J'imagine que vous ne connaissez pas le mot de passe de Ron ?

La veuve eut un petit rire et posa la théière sur le plateau.

— Bien sûr que si. Ron avait mauvaise mémoire et il avait opté pour la simplicité. C'est 1-2-3-4.

Samson regarda Delilah avec amusement. La jeune femme devait bouillir face à ce qu'elle considérait certainement comme une négligence coupable en matière de sécurité informatique. Elle haussa un sourcil, pinça les lèvres, mais resta coite. Elle se contenta d'entrer les chiffres et regarda l'écran prendre vie.

— Vous cherchez quelque chose en particulier ? demanda Joan alors que Delilah se penchait sur l'appareil, le front plissé par la concentration.

— Elle vérifie seulement s'il n'y a rien dedans qui pourrait nous aider, répondit Samson en s'efforçant de fournir une réponse plausible malgré ses connaissances limitées en téléphonie mobile.

Joan Watson se contenta de hocher la tête.

— Ron utilisait beaucoup son téléphone ? Il était sur les réseaux sociaux, des choses comme ça ?

— Comme Facebook, vous voulez dire ?

— Oui.

— Pas vraiment, répondit Joan avec un haussement d'épaules. Il avait un portable pour son travail, pour que les fermiers puissent le contacter s'ils avaient des questions à lui poser ou s'ils avaient besoin de quelque chose avant une vente aux enchères. Mais à Noël il s'est créé un compte Facebook pour rester en contact avec nos petits-enfants. Cela dit, il ne s'est jamais vraiment familiarisé avec la technologie. Quand il essayait, il avait l'impression d'avoir deux mains gauches. Disons que ça donnait lieu à pas mal de jurons et d'imprécations, fit-elle avec un petit rire.

Samson était conscient que Delilah, assise près de lui, naviguait dans les applis, ses doigts volant sur l'écran. Un calendrier défila. Puis ce furent des messages Facebook.

— Encore un peu de cake ? demanda Joan.

— Non, merci, répondit Samson. Mais il est délicieux. Et c'est une bonne idée de le servir avec du fromage.

Joan s'apprêtait à répondre quand Delilah sursauta. Suffisamment pour alerter la femme assise en face d'elle.

— Qu'y a-t-il ? demanda Joan. Vous avez trouvé quelque chose ?

— Euh… non, non… Rien d'important, bégaya Delilah, ses joues commençant à s'empourprer.

Elle jeta un coup d'œil désespéré à Samson. Qui tendit la main pour prendre le mobile des doigts figés de Delilah.

— Juste un rappel du calendrier, dit-il.

Il cliqua sur une icône et un planning apparut.

— Vous occupiez toutes les pensées de Ron, dit-il gentiment en présentant l'appareil à la veuve.

Joan regarda le planning du mois. Et l'entrée pour le lendemain. Son anniversaire. Ron avait noté son nom, ajouté des cœurs ainsi que les mots : « Ne pas oublier de la gâter ! »

— Oh, Ron…, murmura-t-elle, et ses yeux s'emplirent de larmes.

Ses épaules commencèrent à se secouer, une main se porta à son visage. Delilah se leva, s'approcha d'elle et passa un bras autour de ses épaules.

Samson se sentait vraiment mal. Quoi que Delilah ait découvert, ce n'était pas la note romantique qu'il avait entraperçue quand elle parcourait les applis. En tout cas, c'était quelque chose qu'elle ne voulait pas révéler à la veuve inconsolable de Ron.

C'était un camion Daf. Un seize pieds. Double pont. Exactement comme celui que Clive Knowles avait vu cette nuit-là, à la ferme de Mire End.

Danny sentit les battements de son cœur s'accélérer tandis qu'il descendait de voiture et se dirigeait vers le petit campement. Une jeune femme était assise devant la plus proche roulotte. Des boucles noires tombaient sur ses épaules, elle tenait un mug de café à deux mains et la vapeur qui en montait tournoyait dans la fraîcheur du matin d'avril. Avec, en arrière-plan, la roulotte mythique et les décorations sophistiquées qui l'ornaient, elle incarnait une beauté d'un autre âge. Elle le regarda approcher par-dessus son mug, et son regard intense fit rougir le constable.

— Bonjour, dit-il, troublé de s'entendre parler d'une voix de fausset, comme si ses cordes vocales s'étaient soudainement tétanisées. (Il toussota pour s'éclaircir la voix et répéta :) Bonjour.

— Vous l'avez déjà dit.

La réponse laconique s'accompagna d'un discret haussement de sourcils délicatement arqués au-dessus d'un regard… Ah, ces yeux… Noirs. C'était la seule couleur qui pouvait décrire les gemmes qui le transperçaient.

— Euh… Je voudrais vous poser quelques questions concernant le véhicule de transport de bétail, fit Danny en tendant le doigt vers le camion, dans le fond, et il se sentit aussitôt complètement idiot.

Il n'avait vraiment pas besoin de lui montrer ce qu'il voulait dire. Mais c'était comme si ses membres avaient soudain pris leur indépendance.

— Le véhicule de transport de bétail ? répéta-t-elle de sa voix rauque, avec une pointe de moquerie. C'est une façon très chic de parler. Nous, on dit juste le camion.

— Le camion, oui, euh… Ça vous ennuierait que je jette un coup d'œil à l'intérieur ?

Elle prit une gorgée de café, ses lèvres rouges sur le mug, sans le quitter des yeux. Il sentit une chaleur brûlante remonter le long de sa colonne vertébrale et colorer ses joues. Puis elle se détourna, affichant un profil tout aussi éblouissant, et reprit la parole.

— Manfri ?

— Quoi ?

De la deuxième roulotte émergea un visage, hâlé lui aussi, mais qui surmontait cette fois la silhouette imposante d'un individu tout en muscles et en jambes.

En voyant Danny, l'homme sauta dans l'herbe, souple malgré sa stature.

— Comment pouvons-nous vous aider, constable ?

Les mots étaient assez amicaux, alors même qu'ils étaient prononcés sans chaleur.

— Il veut jeter un coup d'œil dans le véhicule de transport de bétail, dit la femme en lançant à Danny un sourire qui le foudroya corps et âme.

— Le camion ? Pourquoi ?

— C'est juste dans le cadre d'une enquête en cours, dit Danny d'une voix fluette, soulagé de transférer son attention de la sirène ensorcelante à l'homme appelé Manfri.

— Et vous vous êtes dit que vous alliez commencer par les Gipsys, répondit Manfri avec un haussement d'épaules résigné. Pourquoi est-ce que je ne suis pas étonné ?

Il conduisit Danny au camion et appliqua une bonne claque sur l'avant de la cabine au passage.

— Qu'est-ce que… ?

Un cri de surprise se fit entendre depuis l'intérieur, et une troisième tête noire apparut, réveillée en sursaut par le contact du poing de Manfri avec le métal. La porte du camion s'ouvrit à la volée et un homme grognon, de petite taille quoique costaud, en sortit.

— Putain de merde, Manfri ! Tu avais besoin de… ?

Il repéra Danny, vit son uniforme. Et sa lèvre s'incurva.

— Qu'est-ce qu'il y a encore ?

— Du calme, Leon. Il fait son boulot, c'est tout, murmura Manfri en faisant signe au jeune constable

155

de le rejoindre à l'arrière du camion dont il abaissa le hayon. Je vous en prie, fit-il en s'effaçant pour le laisser inspecter l'intérieur.

La bétaillère était vide. Mais Danny s'y attendait. Parce que s'il y avait eu un troupeau de moutons volés caché à l'intérieur, on les aurait entendus à un kilomètre à la ronde. La plateforme horizontale était placée de façon à permettre le chargement des animaux sur deux niveaux, mais il ne semblait pas avoir été récemment utilisé. Il n'y avait même pas un flocon de laine dans un coin.

— Merci, dit-il.

Manfri releva le hayon, et Danny le suivit vers les roulottes tout en notant mentalement l'immatriculation du véhicule.

— Vous avez trouvé quelque chose ? demanda la beauté qui les regardait de haut, toujours perchée sur son siège.

— Juste son reflet sur le métal luisant, répondit Manfri en rigolant.

Il flanqua une bonne claque dans le dos de Leon.

— Tu l'as vraiment bien nettoyé, petit frère.

Leon fronça les sourcils. Il n'appréciait visiblement pas la présence du policier.

— Une dernière question, dit Danny. Vous pourriez me dire à quelle heure vous êtes arrivés ici, hier ?

Manfri haussa les épaules et regarda la femme.

— Kezia ? Une idée ?

Kezia. Le nom germa comme une fleur dans l'esprit de Danny.

— En fin d'après-midi ? risqua-t-elle. Avant le coucher du soleil.

— Vous pensez rester longtemps ? demanda-t-il avant de se demander, l'esprit embrumé par la sirène, comment la question serait perçue. Je veux dire, vous allez bientôt quelque part ?

La seconde tentative ne sonnait pas mieux.

— Bien assez tôt, grommela Leon.

— On va à Appleby, répondit Manfri. Pour la foire.

La foire aux chevaux, qui se tenait tous les ans dans une bourgade du nord des Vallons. Elle attirait des gens du voyage venus de tous les coins du pays et d'au-delà pour faire des affaires et s'amuser. Beaucoup profitaient de l'occasion pour sortir leurs roulottes traditionnelles. Mais elle n'aurait pas lieu avant deux mois. Et même les verdines, ces vieilles roulottes en bois, n'auraient pas besoin de tout ce temps pour s'y rendre.

— Vous vous y prenez tôt, fit Danny.

Manfri eut un sourire et indiqua Kezia du pouce, par-dessus son épaule.

— On espère la marier. Ça prendra un moment.

Un rire argentin émana de l'objet de sa moquerie. Danny sentit ses organes se liquéfier.

— D'accord, marmonna-t-il, vaguement conscient qu'il n'avait peut-être pas mené cette enquête de la manière la plus professionnelle qui soit. Je vous laisse, alors.

Sous le regard des trois Gipsys, il retourna vers sa voiture en essayant d'avoir l'air officiel. L'air de contrôler la situation. L'air de tout, sauf du crétin composté qu'il se faisait l'impression d'être. Le visage brûlant, il fit demi-tour et engagea son véhicule sur la piste caillouteuse. Il lui fallut un moment pour cesser de penser à Kezia et se concentrer sur la bétaillère à l'intérieur rutilant.

Posté derrière le rideau en filet gris de sa caravane, Pete Ferris repéra la voiture de police qui refaisait son apparition sur le chemin de terre. Enfin. Il attendait qu'elle quitte les lieux, peu désireux de passer à l'étape suivante de son plan tant qu'un flic traînait dans les parages. Quand le jeunot s'était pointé sur sa propriété, il en avait d'abord eu un coup au cœur. Il avait cru que son entreprise de chantage avait tourné court, ce qui ne l'aurait pas surpris vu que Rick Procter connaissait plein de gens dans les hautes sphères.

Mais non. Le jeune policier cherchait les Gipsys.

L'espace d'une seconde, Pete avait hésité à prétendre qu'il ne savait rien des deux roulottes qu'il avait vues passer. Après toutes ces années consacrées à titiller les limites de la loi – un trait de famille, qui avait expédié son père en prison –, Pete n'était pas un grand fan des garçons en bleu, et les aider était contre ses principes les plus arrêtés. Mais le risque était trop important pour un enjeu qui l'était plus encore. La dernière chose qu'il voulait, c'était qu'une fois la présence des Gipsys découverte, quelqu'un se rende compte qu'il avait menti quant à leurs allées et venues et revienne lui demander des comptes.

Et donc Pete les avait livrés en pâture. S'ils avaient des ennuis, ce n'était pas son problème. Surtout qu'il était sur le point de faire la plus grosse prise de sa vie.

Il attendit que le bruit du moteur de la voiture s'estompe dans le lointain et tendit la main vers le portable prépayé qu'il avait acheté spécialement pour l'opération. Il appuya sur « rappeler », mit une écharpe devant sa bouche et écouta le doux bruit de la tonalité. Doux comme des pièces de monnaie tombant du ciel.

— Allô ? répondit une voix essoufflée, et Pete imagina le maire rondouillard assis à son bureau, le front perlé de sueur.

— C'est moi, marmonna Pete à travers le tissu qu'il pressait contre ses lèvres. Écoutez-moi bien parce que je ne le redirai pas. Si vous foirez, les photos deviendront virales.

— Je vous écoute !

La peur ruisselait de chaque syllabe.

Pete eut un grand sourire. Plus facile que de faucher des bonbons à un gamin.

10

Assis chez lui, au bord du luxueux canapé dont les lignes sobres trouvaient un écho dans le décor raffiné du salon, Bernard Taylor mit fin à l'appel. Il se sentait très éloigné de cet élégant environnement. Très éloigné de son attitude débonnaire habituelle. Il remit son portable dans sa poche et regarda sa main droite. Elle tremblait. Ses doigts frémissaient, aussi incontrôlables que la vie qui était devenue la sienne, désormais.

— Qui était-ce ? demanda sa femme depuis le seuil de la porte, le regard acéré, une ride barrant son front.

— Personne, répondit-il, étonné de pouvoir prononcer ne serait-ce qu'un mot alors qu'il avait l'estomac noué de peur et qu'un hurlement silencieux lui emplissait la tête. Un démarcheur.

Il plaqua un sourire sur ses lèvres glacées dans l'espoir d'abuser la femme avec qui il avait passé toute sa vie d'adulte.

— Bernard, dit-elle doucement. Que se passe-t-il ?

Soudain, il fut tenté de tout lui raconter. Les propriétés à louer dont ils faisaient un usage illégal. Les affaires dans lesquelles il était embarqué. Et même la façon dont le jeune Nathan Metcalfe avait été mouillé malgré lui dans l'histoire. Tenté de vider son sac, de libérer les toxines qu'il trimballait en lui. De raconter à Nancy la vérité sur l'entreprise meurtrière qui faisait sa fortune. *Leur* fortune.

Et puis il pensa aux retombées destructrices si la moindre information venait à fuiter. Il perdrait tout – son business, son statut de maire, sa maison. Et quand on saurait qu'il avait parlé, il y laisserait même sa vie – les gens avec qui il était de mèche n'étant pas du genre à transiger avec les traîtres.

— Rien, répondit-il en se levant, élargissant encore son sourire – l'effort lui faisait mal aux mâchoires. Rien du tout.

Il passa devant elle, lui plantant un baiser sur la joue, et se dirigea vers l'entrée où il prit les clés de sa BMW dans la coupe de verre, sur la table.

— Je sors. Et je ne sais pas à quelle heure je rentrerai. Ne m'attends pas pour dîner.

La porte se referma derrière lui. Il prit l'allée menant au garage et sentit la nausée qu'il réprimait remonter et lui brûler l'arrière-gorge. Peu importait qu'il mette sa femme au courant ou non. Parce que le maître-chanteur allait le ruiner de toute façon.

— *Combien ?* fit Rick Procter en se levant d'un bond, abattant ses deux poings sur son bureau.

— Deux cent cinquante mille, répondit Bernard en toussant.

Il tira sur un fil lâche de son veston tout en se demandant comment il s'était retrouvé dans le piège mortel qu'il s'était tendu à lui-même.

— Et quand sommes-nous censés tirer cette somme de notre chapeau ?

— Il a dit qu'il nous laissait quarante-huit heures.

— Et après ?

— Il me rappellera pour me dire où laisser l'argent.

Rick secoua la tête et se renfonça dans son siège, regardant par la fenêtre le parking rempli de voitures. C'était l'heure du déjeuner, un jour de semaine, et pourtant les affaires marchaient bien dans le complexe sélect de Low Mill, où se trouvait son bureau. Des bijoutiers créateurs, des boutiques de vêtements chics, des artisans chocolatiers, des traiteurs raffinés… Depuis qu'il avait transformé la minoterie désaffectée en un ensemble d'appartements haut de gamme, de maisons de ville et de boutiques de luxe, l'endroit marchait mieux que les prévisions ne l'avaient laissé espérer. C'était un joyau précieux sur la couronne de la très officielle Immobilière Procter.

Ajoutez à ça les projets qu'il avait en cours à Leeds et Skipton, et qui consistaient à changer de vieux bâtiments en or commercial, vu de l'extérieur, Rick était un homme fortuné. Et sous la surface, grâce au monde interlope dont il faisait aujourd'hui partie, il était encore plus riche.

Mais tout cela reposait sur une base aussi instable que les sables de la baie de Morecambe. Un impair, et tout serait aspiré dans les profondeurs, lui compris. C'était ce que menaçait de faire le maître-chanteur, avec ses exigences scandaleuses. Détruire en un claquement de doigts tout ce pour quoi Rick avait lutté avec tant d'acharnement. En publiant une photo sur Internet.

— Deux cent cinquante mille, marmonna-t-il sentant

monter la colère. Comment sommes-nous censés réunir cette somme en cash en deux jours ?

Bernard secoua la tête, ce qui fit trembloter ses bajoues. Il avait le regard vitreux d'un homme en état de choc. Un homme capable de sauter d'une falaise – en entraînant Rick avec lui. Le maître-chanteur n'était pas son seul souci.

— Bon, fit Rick en s'obligeant à parler avec un calme qu'il était loin d'éprouver. J'ai des coups de fil à passer. Je vais voir ce que je peux faire.

— On va le payer ?

— Est-ce qu'on a le choix ?

— Mais… est-ce qu'il ne risque pas de devenir de plus en plus gourmand ?

— Faites-moi confiance, il n'osera pas.

Bernard quitta Rick des yeux, le maire préférant ignorer ce qui allait se passer. Ça avait été lent, le changement dans leur relation. Le leader dynamique de Bruncliffe n'en était plus la force motrice maintenant qu'il fallait se salir les mains, composer avec le côté obscur des richesses qu'ils pillaient. Il était devenu un suiveur. Un pétochard. Un homme qui devenait vite un poids mort.

— Je vous ferai savoir quand les choses seront en place, continua Rick. Et on verra ce qu'on fait ensuite.

Bernard Taylor hocha la tête, un peu apaisé maintenant que le problème n'était plus le sien, et Rick se demanda si le maire croyait vraiment que le versement de la somme réglerait le problème. Ou si lui aussi savait qu'il y avait une autre solution. La seule solution.

Le maître-chanteur ne mettrait jamais ses mains

avides sur le pactole qu'il espérait. Il serait mort bien avant ; dès que Rick aurait découvert de qui il s'agissait.

Samson dut attendre qu'ils aient quitté le pavillon de Joan Watson pour savoir ce que Delilah avait découvert sur le téléphone de Ron. Ils avaient tenu compagnie à la veuve le temps qu'elle reprenne le dessus, puis avant de ressortir dans le soleil éclatant, ils lui avaient demandé l'autorisation de garder le mobile. L'air frais et le soulagement d'échapper à la tristesse qui imprégnait le salon plein de fleurs les avaient rendus silencieux tandis qu'ils suivaient Calimero dans la rue qui menait vers High Street.

— Pauvre femme, murmura enfin Delilah. Ce satané camping-car sera un rappel permanent de ce qu'elle a perdu. Quelle mouche a bien pu piquer Adam Slater ? Si c'est bien lui qui a fait le coup.

— Tu doutes encore de sa culpabilité ? En dépit de ce que tu as vu sur le mobile de Ron ? Ou à cause de ça ?

Delilah regarda Samson, quelque peu impressionnée.

— Rien ne t'échappe, hein ?

— Tu as réagi comme si tu avais vu un fantôme. La dissimulation n'est pas vraiment ta spécialité.

Elle s'apprêtait à lui balancer une réplique bien sentie, mais elle préféra prendre une profonde inspiration, plongea la main dans sa poche et tendit à Samson le téléphone endommagé de Ron.

— Va dans « Photos ».

Samson cliqua sur l'icône en question. Des images commencèrent à apparaître. Beaucoup de moutons au marché. Un selfie de Ron avec Sarah Mitchell, tous les deux en train de rire. Plusieurs photos d'enfants, des tout petits, des moyens et des ados. Des petits-enfants, sans doute.

— Qu'est-ce que je dois chercher ? demanda-t-il.

— La plus récente.

Il remonta en haut de la page, cliqua sur la première image et ouvrit une vignette qui emplit l'écran fêlé.

C'était flou. Très flou. Et les fissures qui étoilaient l'image n'aidaient pas. Il distinguait des moutons dans un enclos et une ombre noire dans le coin en bas à droite. Il zooma dessus, mais ce n'était pas plus parlant. Un objet métallique ? Long et mince. Une sorte de baguette magique ?

— Qu'est-ce que c'est ? demanda Samson en scrutant l'image.

— Je ne sais pas. Mais regarde quand ça a été pris.

Elle se pencha et cliqua sur l'une des icônes en bas de l'écran. La date et l'heure apparurent.

— Hier matin, à dix heures trente-quatre.

Samson fronça le sourcil.

— Ça a été pris pendant la vente aux enchères. Donc, logiquement, dans l'un des enclos.

— Maintenant, regarde à quel moment Ron a contacté Megan.

Il ouvrit Messenger. Il ne lui fallut pas longtemps pour trouver ce qu'il voulait parce qu'il n'y avait qu'un message esseulé. Le gros pouce bleu levé.

— Dix heures trente-six. Presque immédiatement après.

— Mais pas tout à fait. Donc, il prend la photo, et

deux minutes plus tard, il décide d'envoyer un message à Megan.

— Et moins de dix minutes après, on trouve son corps dans l'enclos avec les taureaux.

Samson rendit le mobile à Delilah ; ses neurones fonctionnant à plein régime pour traiter cette nouvelle information.

— Et pourtant, selon notre hypothèse actuelle, Ron s'engueulait avec Adam, ce qui a poussé Ron à entrer dans l'enclos où on l'a retrouvé. Ensuite, Adam a vraisemblablement blessé l'un des taureaux, provoquant la mort de Ron. Et pendant ce temps-là, Ron prenait une photo et envoyait un message à Megan. Ça paraît un peu tarabiscoté.

— Je suis d'accord. Et ce n'est pas la seule étrangeté.

Delilah tapota le pouce bleu encore affiché sur l'écran.

— Et si on faisait complètement fausse route ?

— Dans quel sens ?

— Peut-être que ce n'était pas un pouce qu'il voulait envoyer à Megan. Peut-être que c'était plutôt ça.

Elle revint sur la photo floue.

— Il n'avait pas l'habitude de Facebook. Il voulait envoyer une photo, et il a envoyé un pouce en l'air à la place.

— Ou bien, autre possibilité, reprit Samson en regardant l'image distordue. Et si cette photo n'avait pas été prise intentionnellement ? Megan et la femme de Ron ont dit qu'il n'était pas doué pour les nouvelles technologies, et tu viens de dire toi-même que le message envoyé à Megan était probablement le résultat

166

d'une fausse manip. Peut-être que c'était pareil. Peut-être que Ron a déclenché l'appareil photo dans le feu de la dispute, et voilà le résultat.

— On peut te faire confiance pour tout compliquer, soupira Delilah.

— Ce n'est pas mon intention. Mais ce dont nous avons vraiment besoin, c'est de mieux voir ce que montre cette photo. Sans cela, on ne pourra jamais savoir si Ron l'avait prise volontairement ou non.

— Eh bien, de ce côté-là, fit Delilah, je devrais pouvoir t'aider.

— Et que dis-tu de ça ? demanda Samson alors qu'ils émergeaient dans la petite rue, juste en face de la maison qui hébergeait leurs bureaux.

Il indiquait la silhouette qui les attendait impatiemment sur le pas de la porte.

— Tu pourras régler ça aussi ?

Delilah poussa un gémissement. Clive Knowles les avait repérés et s'approchait d'eux, l'air pressé.

— Je sais, je sais, dit-elle en essayant de prévenir les récriminations du fermier. Je n'ai plus qu'une semaine pour vous trouver une femme. Mais je fais tout ce que je peux…

— Mais j'ai trouvé une femme, bredouilla le fermier. J'ai juste besoin de votre aide pour la convaincre. Et j'ai besoin d'aide pour mes moutons aussi, tant que vous y êtes.

Delilah en resta sans voix. Elle fit signe au fermier d'entrer dans le bâtiment, passant devant Samson qui leur tenait la porte ouverte et faisait de son mieux pour ne pas éclater de rire.

11

— *Carol Kirby ?*

Delilah ne put s'empêcher de laisser percer l'incrédulité dans sa voix. La femme n'était pas vraiment une bimbo. Quand Ida Capstick, la femme de ménage de la maison, avait avec sa brusquerie habituelle demandé à Samson d'embaucher quelqu'un pour ficher la trouille à sa cousine récemment devenue veuve – laquelle cousine habitait chez Ida et son frère George dans leur petit cottage de Thorpdale, et les rendait fous –, pas un seul instant Delilah n'avait considéré l'également brusque (et tout aussi maniaque) Carol comme une partenaire possible pour Clive Knowles. En lui suggérant de l'embaucher comme gouvernante, Delilah n'avait fait que venir à l'aide de Samson avant qu'Ida ne décide de régler son problème à sa façon. Et avec un peu de chance, elle rendrait un peu plus attrayant le package constitué par la ferme de Mire End et son propriétaire, dans le cadre de la quête d'épouse dudit propriétaire.

C'était du gagnant-gagnant pour Samson et Delilah. Mais ça… ça dépassait toutes leurs espérances. Clive Knowles voulait épouser sa nouvelle gouvernante. Au bout de trois petites semaines seulement.

— *Aye.*

Assis en face de Delilah, dans son bureau du premier étage, le fermier baissa les yeux sur ses mains occupées à réduire sa casquette en une corde de tweed bien serrée, et un sourire timide illumina son visage.

— C'est une grande dame. Elle fait des petits déj d'enfer.

Delilah regarda, stupéfaite, une rougeur éclatante embraser le visage du fermier, se communiquant même à son crâne dégarni. Le bonhomme était amoureux.

— Bon, dit-elle en s'efforçant de contenir le fou rire qui montait dans sa poitrine. Carol Kirby. D'accord. Mais je ne comprends toujours pas pourquoi vous avez besoin de mon aide.

Clive Knowles leva la tête et la regarda.

— Eh bien, pour la faire tomber amoureuse de moi, évidemment ! Je suis novice en la matière, ma fille. J'ai besoin d'aide. Et vite.

— De l'aide ? demanda Delilah, presque terrifiée de la réponse qui allait venir.

— Avec cette douce colombe. Ça m'a déjà coûté un paquet, un champ plein de Texels que les Gipsys ont essayé de me voler, pour commencer...

— Holà ! une seconde, fit Delilah en levant la main. De quels Texels parlez-vous, et qu'est-ce que c'est que cette tentative de vol ?

Elle attendit en silence pendant que Clive lui expliquait. Les moutons qu'il avait achetés sous l'emprise de l'amour. Le drame au milieu de la nuit, il y avait quelques heures à peine, au cours duquel Carol était venue à son secours.

— J'étais déjà en vrac avant, continua le fermier.

Tout secoué d'être amoureux d'elle comme cela. Mais la nuit dernière, elle… elle a franchi un cran. La façon dont elle a allumé cette torche, éclairant tout le champ et ne laissant pas d'autre possibilité à ces Gipsys voleurs que de ficher le camp. C'est une sacrée fumelle en vérité ! Et je suis à la torture.

Une expression attristée s'était inscrite sur la face burinée du fermier, et Delilah fut surprise de se sentir désolée pour lui. Et tout aussi surprise de noter qu'après un quart d'heure en sa compagnie, les effluves de ferme qui l'avaient accompagné toute sa vie ne flottaient pas dans la pièce. Il était clair que Carol Kirby n'avait pas seulement pris son cœur en charge ; sa lessive et son hygiène personnelle avaient aussi rejoint le champ de ses attributions.

— Mais je ne vois toujours pas ce que je peux faire pour vous aider, admit Delilah. Je veux dire, ce n'est pas ce que nous faisons à l'Agence de Rencontre des Vallons. Nous faisons se rencontrer les gens, et après ça…

— Je double mon offre, contra Clive.

Il tira une enveloppe kraft de la poche de sa veste et la déposa sur le bureau, faisant jaillir des billets de vingt livres.

— Donnez-moi des conseils pour la conquérir et tout ça est à vous.

Il était difficile de ne pas loucher sur l'enveloppe. Deux fois la somme qu'il lui avait proposée quand elle avait accepté la mission impossible de lui trouver une épouse… Elle pensa à son compte en banque, aux chiffres qui passeraient du rouge au noir. Puis elle regarda Clive

Knowles. Même avec des vêtements propres et débarrassé de son odeur distinctive, l'homme n'était pas précisément de l'étoffe dont on fait les Roméo. D'un autre côté, Carol n'était pas exactement une Juliette non plus…

— Je pensais à un bouquet de fleurs, peut-être, dit Clive. Ou une boîte de chocolats, pour commencer ? Qu'est-ce que vous en dites ?

Des fleurs. Des chocolats. Ce n'étaient pas des choses auxquelles Delilah imaginait que la femme de ménage pragmatique attachait beaucoup d'importance. Pas si elle ressemblait un tant soit peu à sa cousine Ida. Le pauvre fermier risquait fort de les récupérer en pleine poire, accompagnés d'un aboiement méprisant.

— Faites-moi confiance, dit-elle. Je vais bien avoir une idée, et je reviendrai vers vous.

— Tout à fait d'accord, acquiesça Clive. Mais ne traînez pas. J'ai besoin de frapper le fer pendant qu'il est chaud, avant qu'un autre petit veinard ne me pique cet ange tombé du ciel…

Delilah mobilisa toute sa volonté pour conserver une expression neutre. Elle n'aurait pas spontanément attaché des attributs angéliques à la femme revêche qu'était Carol Kirby.

— Et si vous mettez dans le mille, je reviendrai vous payer, conclut le fermier en tendant la main pour récupérer l'enveloppe de billets et l'agiter sous le nez de Delilah avant de la remettre dans sa poche.

Il se leva, s'apprêtant à partir.

— Et vos moutons ? demanda Delilah. Vous avez dit que vous aviez besoin d'aide pour eux aussi ?

Clive se flanqua une claque sur le front et se laissa retomber sur sa chaise.

— Bon sang, j'allais oublier. Cette colombe d'amour m'a complètement embrouillé la cervelle. Je voudrais protéger mes moutons, dit-il en se rembrunissant. Au cas où ces Gipsys reviendraient. Je me suis dit que vous pourriez me suggérer quelque chose. Des caméras ou des trucs comme ça.

Des vols de bétail. C'était un problème de plus en plus sérieux dans le pays. Les exploitations agricoles étaient ciblées, les voleurs s'enfuyant avec des troupeaux entiers. Et voilà que les Vallons étaient frappés aussi, à présent. Pas plus tard que le mois précédent, Jimmy Thornton s'était fait enlever des moutons dans sa propriété isolée, à l'ouest de Bruncliffe. On n'avait pas retrouvé la trace des bêtes disparues, et il était peu vraisemblable qu'on n'en trouve jamais. Ayant vécu l'épisode tragique de la fièvre aphteuse qui avait provoqué l'abattage de nombreux troupeaux dans l'espoir d'éradiquer la progression de la maladie, Delilah ne connaissait que trop le crève-cœur que représentait la perte de ses moutons. Mais les perdre du fait de criminels était plus brutal encore.

— Je ne suis pas sûre que la vidéosurveillance soit la solution, dit-elle. Il y a trop de terrain à couvrir. Il faudrait beaucoup de caméras pour éviter les angles morts.

— Alors, quoi ? demanda le fermier, exaspéré.

— Peut-être réfléchir à placer le système de surveillance sur les moutons, répondit Delilah, les doigts volant déjà sur son clavier. Quelque chose comme ça.

Elle tourna l'écran de son ordinateur pour montrer à son visiteur le site auquel elle s'était connectée.

— Un traceur ? Comment ça marche ?

— Ce sont des étiquettes d'oreille spéciales, équipées d'un GPS, ce qui vous informe en continu de l'endroit où se trouvent vos moutons. On les monitore grâce à une appli…

— Une appli ? fit le fermier, l'air déjà dubitatif. Je ne suis pas très branché technologie.

Puis il regarda l'écran et ouvrit de grands yeux choqués.

— Et je ne suis pas du genre à mettre la putain de ferme en faillite non plus, marmonna-t-il. Je ne peux pas me permettre ça. Et puis, qu'est-ce qui empêcherait les bandits d'enlever les étiquettes ? Je me retrouverais à tracer mon champ pendant qu'ils se carapateraient avec mon troupeau !

Là, il avait mis le doigt sur un argument valable. Les étiquettes offraient un certain niveau de protection, mais elles n'étaient pas inviolables. En réalité, il n'y avait pas beaucoup de moyens fiables à cent pour cent quand il s'agissait de protéger des moutons dans des champs isolés.

— Je suis désolée, mais je n'ai pas grand-chose d'autre à proposer, répondit Delilah. À part vous conseiller de mettre de bonnes serrures sur vos portails, et peut-être d'installer un système d'alarme dessus, qui vous alerterait si on les ouvre.

— Et combien ça coûterait, ça ?

— Beaucoup moins que de mettre des étiquettes aux moutons.

— Ce serait toujours un début, acquiesça Clive.

— Désolée, dit-elle à nouveau, consciente de la frustration des fermiers qui se sentaient vraiment vulnérables. Je vais voir ce que je peux trouver d'autre, en termes de technologie, quelque chose de moins cher qui pourrait vous aider. Évidemment, vous pourriez essayer de les teindre, ajouta-t-elle avec un sourire.

— Qu'est-ce que vous voulez dire ?

— Juste ce que je viens de dire. Les teindre. Il y a eu un cas en Cumbria – un fermier qui en avait marre de se faire voler ses Cheviots. Il les a teints. En orange vif.

— Et ça a marché ? demanda le fermier en se penchant en avant, maintenant intéressé.

— Il faut croire que oui. En tout cas, on ne les lui a plus volés. Mais j'imagine que ça dépend de la raison pour laquelle ils sont ciblés, au départ. Si c'est pour les revendre vivants, alors oui, j'imagine qu'il serait beaucoup plus difficile de s'en débarrasser s'ils étaient d'une couleur vive. Les gens se poseraient des questions. Mais s'ils sont destinés à l'abattoir…

Elle haussa les épaules.

Clive se colla la casquette sur le crâne et se leva en tendant la main par-dessus le bureau.

— Mettons que ça ne peut pas faire de mal d'essayer, conclut-il. Ça pourrait sauver mon troupeau, et ça ne me viderait pas les poches par-dessus le marché.

— En effet…, acquiesça Delilah, comprenant que le fermier prenait sa suggestion au sérieux. Euh… Bien sûr. Mais comme je vous ai dit, ce n'est pas garanti.

— Je ne vois pas ce qui pourrait l'être, marmonna

le fermier. À part monter la garde toute la nuit avec mon fusil.

Il partait vers la porte lorsqu'il se retourna, les joues écarlates une fois de plus.

— Et n'oubliez pas l'autre chose que je vous ai demandée. Si vous ne m'aidez pas, je suis un homme brisé.

Il descendit l'escalier à grand bruit, laissant Delilah contempler le fauteuil qu'il venait de quitter et se demandant comment sa vie professionnelle avait pu prendre un tour aussi bizarre.

Le sergent Clayton était épuisé, et ce n'était que le milieu de la matinée. Il entra dans le commissariat d'un pas lourd, deux cafés dans une main et un sachet en papier dans l'autre. Une gourmandise de la *Pâtisserie des Monts*, pour se remonter un peu le moral. Et celui de son constable.

Il traversa la réception et entra dans le bureau exigu du fond, où il tomba sur Danny Bradley penché sur un ordinateur portable, l'air concentré. L'écran affichait la photo d'une roulotte de Gipsys traditionnelle.

— Tu as trouvé quelque chose d'intéressant ? demanda-t-il.

Le jeune homme sursauta, surpris, et referma le portable avec un claquement.

— Rien du tout, répondit-il. Je procédais juste à quelques vérifications.

Gavin Clayton n'était pas idiot, même s'il était au courant que certaines personnes de son entourage le considéraient comme tel. Mais il décida de ne pas insister. Quoi que son constable mijote, il le lui dirait assez vite. En outre, il avait d'autres priorités. Il posa les cafés sur le bureau, devant Danny, ouvrit le sachet, et déposa deux énormes muffins aux fruits confits sur une assiette. Les viennoiseries géantes étaient encore toutes chaudes ; elles sortaient du four. Et leur odeur appétissante envahit la pièce.

— C'est l'heure de la pause, dit-il en laissant tomber sa masse sur une chaise.

— Des nouvelles d'Adam Slater ? demanda Danny en tendant la main vers un muffin.

— Que dalle. Il n'est pas rentré chez lui. Il n'y est pas repassé depuis qu'il a quitté la vente aux enchères, *dixit* une de ses voisines, ce matin. Une curieuse qui passe sa vie derrière ses rideaux à espionner son prochain. Elle dit qu'elle le tient à l'œil parce qu'il a un casier judiciaire.

— Pas très charitable, commenta Danny. Au temps pour les ex-taulards qui veulent prendre un nouveau départ dans la vie.

— *Aye.* Enfin, le comportement de Slater ces dernières quarante-huit heures n'a pas vraiment fait grand-chose pour dissiper les soupçons de sa voisine. Comme je disais hier, à propos du léopard, de ses taches et tout ça.

— Alors quoi, maintenant ? demanda Danny.

Le sergent Clayton soupira.

— On ne peut pas faire grand-chose. Le couteau est au labo pour analyse. Avec un peu de chance, on pourra en tirer quelque chose. En attendant, nous devons nous contenter de faire savoir que Slater nous intéresse et espérer qu'une patrouille de police finira par tomber sur lui.

Danny ne répondit pas. Ils savaient tous les deux que dans la région, avec ses vallées isolées et ses innombrables collines, il était facile de disparaître de la circulation.

— Comment t'en es-tu sorti à Mire End ? demanda le sergent en époussetant les miettes de son uniforme et en prenant une nouvelle gorgée de café.

— Oh, ben... oui... Vol de moutons..., bredouilla le jeunot.

Il reposa son muffin à moitié mangé sur l'assiette, prit son café.

— C'est tout ? Ben oui ? Vol de moutons ?

La brusquerie du sergent Clayton dissimulait l'examen attentif auquel il soumettait son subordonné. Ça ne lui ressemblait pas de perdre ses moyens dans le cadre d'une affaire. Danny Bradley était sec comme un coup de trique, et timide, certainement. Mais c'était l'un des flics les plus doués avec lesquels il avait jamais été donné à Gavin Clayton de travailler, et il avait tout ce qu'il fallait pour devenir un brillant inspecteur. Un peu comme Samson O'Brien avant que tout parte en sucette et que les accusations contre lui se mettent à pleuvoir.

Peut-être que c'était ce qui perturbait le jeunot ? Est-ce qu'il s'était encore laissé embringuer dans une enquête à la O'Brien ? Il était proche du réprouvé de Bruncliffe – peut-être trop proche, compte tenu des soupçons de corruption qui tournaient autour de l'agent suspendu.

— Clive prétend que des Gipsys ont essayé de lui

voler ses moutons au milieu de la nuit, développa Danny. Il dit qu'il leur a fichu la trouille grâce à un fusil et une lampe torche surpuissante.

— Comment sait-il que c'étaient des Gipsys ?

— Il dit qu'ils étaient dans le coin, hier après-midi. Qu'ils étaient venus en repérage. Il les avait envoyés promener.

— Des preuves de tout ça ?

— Pas en tant que telles. Mais j'ai pisté les Gipsys jusqu'aux berges de la rivière, derrière la propriété de Pete Ferris. Deux roulottes traditionnelles, exactement comme Clive les a décrites, mais aussi un camion de transport d'animaux Daf, comme celui qu'il a vu l'autre nuit.

— Et alors ? demanda-t-il.

Danny haussa les épaules.

— On n'a rien dans les dossiers sur le camion, j'ai vérifié l'immat'. Il est bien en règle, assuré et tout ce qui s'ensuit. Et puis j'ai jeté un coup d'œil à l'intérieur, et il était impeccable. S'il avait récemment transporté des moutons, il n'y en avait plus trace.

Le sergent n'était pas surpris. Si des moutons avaient été volés, ils n'étaient plus dans la région. Ils avaient été emmenés au loin et vendus, ou conduits tout droit dans un abattoir louche.

— Et les Gipsys ? Qu'est-ce qu'ils racontent ?

La question ne recelait pas de piège, et pourtant le constable se tortilla sur son siège, visiblement mal à l'aise.

— Pas grand-chose. Ils disent qu'ils sont de passage, qu'ils vont à la foire.

— D'Appleby ? avança le sergent en fronçant le sourcil.

C'était normalement au début du mois de mai que les roulottes aux vives couleurs apparaissaient sur les routes, se dirigeant cahin-caha vers le nord pour ce rendez-vous annuel, rendant la circulation chaotique dans toute la zone.

— Ils ont dit pourquoi ils y allaient aussi tôt ?

Deux taches rouges apparurent sur les joues du constable.

— Une histoire de mariage, marmonna-t-il en se levant pour mettre son mug dans l'évier de la kitchenette aménagée dans le coin de la pièce.

Tiens, tiens, qu'est-ce qui prenait le jeune Danny ? Habituellement, ses comptes rendus étaient concis, professionnels. Là, on aurait plutôt dit un adolescent appelé au tableau.

— Alors, que te dit ton instinct ? demanda le sergent Clayton en tendant la main pour prendre la moitié restante du muffin de Danny, le jeunot n'étant pas dans l'état d'esprit voulu pour apprécier les merveilles sorties du four de Lucy Metcalfe. Se pourrait-il que ces gens soient derrière les récentes affaires de vols de moutons ?

Danny vint se rasseoir, l'air moins troublé.

— Je ne sais pas. Les deux hommes correspondent à la description que Clive nous a faite des deux types qu'il a chassés de son terrain. Et ils avaient un camion comme celui qu'il a vu. Mais…

— Mais quoi ?

Il haussa à nouveau les épaules. Et en resta là.

Le sergent Clayton ne fit qu'une bouchée du reste du muffin, les rouages de son cerveau tournant à plein régime. Il essayait de comprendre ce qui arrivait à son constable. S'il n'avait pas su à quoi s'en tenir, il aurait dit que le gamin était…

— Ces Gipsys, fit-il en se levant et en ramassant l'assiette vide, ils étaient combien en tout ?

— Trois.

— Des frères, à ton avis ?

Danny se tortilla.

— Oui. Et une sœur.

C'était donc ça. Il y avait une sœur. Les joues en feu, le gamin ouvrit un tiroir du bureau, attrapa une agrafeuse et entreprit de la recharger.

Le sergent Clayton se détourna en souriant d'une oreille à l'autre. Danny Bradley était amoureux. Le sourire dura jusqu'à ce qu'il se rappelle que l'objet des ardeurs de Danny était impliqué dans une enquête en cours. Peut-être complice d'un délit qui était devenu le fléau de la région. Il faudrait qu'il le surveille, qu'il s'assure que l'enquête sur les vols de moutons serait conduite sérieusement.

À l'autre bout de la pièce, un téléphone se mit à sonner.

— Je prends, fit précipitamment Danny, ravi de cette diversion.

Les vols de moutons. La mort accidentelle de Ron Watson, qui donnait l'impression de n'être pas si accidentelle que ça. Et Adam Slater en cavale. Le sergent Clayton se rassit en pensant avec nostalgie aux jours où les choses étaient beaucoup plus calmes. Depuis six mois, le poste de police de Bruncliffe, qui fonctionnait en sous-effectif, avait eu plus d'affaires à traiter que jamais. Et coïncidence ou non, le sergent ne pouvait s'empêcher de remarquer que l'augmentation d'activités était survenue depuis que Samson O'Brien avait décidé de rentrer au bercail.

Ce type était un aimant à emmerdes.

— D'accord. Merci. Je l'en informe tout de suite.

C'est le ton de la voix de Danny qui ramena brutalement Gavin Clayton au présent. Le jeunot était tout excité. Il raccrochait le téléphone avec des étoiles dans les yeux.

— C'était le labo, expliqua-t-il. Ils n'ont pas fini d'analyser le couteau à la recherche d'ADN, mais les rapports préliminaires sur le sang sont revenus.

— Et alors ?

— Alors, ce n'est pas du sang de taureau.

— Ils peuvent dire ça après un simple test ? demanda le sergent, étonné.

— Ils peuvent le dire parce que le sang n'est pas d'origine animale, reprit Danny, bouillonnant d'énergie à présent. C'est du sang humain.

Le sergent Clayton étouffa un nouveau soupir.

— Tu devrais prévenir O'Brien, dit-il.

Son constable était déjà au téléphone.

12

Delilah préparait du thé. Comme toujours quand elle réfléchissait. Ou qu'elle était inquiète. Ou à peu près tout le temps. C'était génétique, un trait commun à presque tous les habitants de Bruncliffe. À part Samson. Grâce à ses origines *offcumden*, il semblait avoir échappé à cette manie. En attendant, Delilah lui avait fait du thé à lui aussi et, tout en y versant une généreuse dose de lait, elle ruminait le problème qui se posait à elle.

Clive Knowles était amoureux. Et si elle voulait rafler la mise qu'il lui avait proposée en début d'année – qu'il avait doublée, d'ailleurs –, il fallait qu'elle trouve un moyen de le faire aimer en retour par Carol Kirby. Mais par quel moyen... ?

Elle ne s'était jamais autant fait l'impression d'être une fumiste. Quand elle avait lancé l'Agence de Rencontre des Vallons, trois ans plus tôt, elle avait été motivée par des raisons financières plutôt que par le désir de jouer les Cupidon. L'activité de conception de sites Internet qu'elle avait créée avec son ex-mari, Neil Taylor, marchait bien, sa passion pour les nouvelles technologies de l'information s'alliait parfaitement à l'expertise en design graphique de Neil, et tout aurait dû être pour le mieux dans le meilleur des mondes. Mais son frère Ryan avait été tué en service en Afghanistan, et elle avait découvert que Neil la trompait. Pour la deuxième fois. Et donc, pour surmonter cette avalanche de calamités, elle avait eu l'idée de fonder une agence de rencontre en ligne spécifiquement destinée à la population des Vallons. On avait essayé de l'en dissuader en lui disant qu'elle arrivait trop tard sur le marché, mais elle avait persévéré, et tandis que le monde s'écroulait autour d'elle, elle s'était cramponnée à son projet comme une noyée à une bouée de sauvetage.

Obstination était son deuxième prénom.

Cette obstination commençait seulement à porter ses fruits. Poussés à l'action par le printemps, de nouveaux membres venaient s'inscrire à l'agence de rencontre, qui était sur le point de dégager des bénéfices. Les soirées de *speed dating* qu'elle avait lancées à l'automne rencontraient un vif succès. Elle en organisait maintenant une par mois, et la prochaine était déjà complète. Même les horribles événements du mois d'octobre n'avaient pas réussi à faire capoter son affaire, les morts qui avaient endeuillé l'agence ayant paradoxalement fait de la publicité à sa petite entreprise.

Et donc elle n'était plus loin de pouvoir dire que l'Agence de Rencontre des Vallons était viable. Pourtant, elle ne se sentait toujours pas qualifiée pour la diriger. Déjà naufragée d'un divorce qui avait donné raison aux mises en garde de son frère Will, lui avait laissé le cœur en miettes et une flopée de dettes – sa fameuse obstination l'ayant empêchée de fermer l'une des deux entreprises qui lui restaient, de vendre la maison qui hébergeait ses bureaux et le petit cottage sur la colline, au bout de la ville –, voilà qu'elle concevait un attachement déplacé pour un homme au passé douteux, pourvu d'un don surnaturel pour le mensonge. Comme quand il lui avait laissé croire que la magnifique inspectrice Jess Green était sa petite amie alors qu'en réalité c'était son agent de soutien. Ou quand il refusait toute allusion à la mystérieuse femme qui l'appelait de temps à autre, et à qui Delilah avait parlé une fois. Une Ève des temps modernes, dotée d'une voix à damner un saint ; la séduction à l'état pur.

Bref, Delilah n'était pas l'experte qu'elle aurait voulu être, et de loin. Sa propre vie sentimentale était une accumulation d'erreurs. Et pourtant elle était là, chargée d'initier Clive Knowles à l'art obscur de conter fleurette. Si le versement d'une somme substantielle n'avait pas été en cause, elle lui aurait refusé son aide.

Elle était une imposture sur pattes. Une championne de la supercherie, tout comme Samson O'Brien avec son passé de flic infiltré.

Démoralisée, Delilah touilla le thé, plaça des biscuits sur une assiette et se retourna, prête à quitter la pièce. C'est alors qu'elle eut une inspiration. Peut-être suscitée par l'odeur du thé du Yorkshire ou la routine apaisante de sa préparation. Quelle qu'en soit la cause, c'était du pur génie. Elle remit les mugs sur le plan de travail et prit son téléphone. En se dépêchant, elle arriverait à mettre la main sur Clive Knowles avant qu'il ait quitté la ville. Les doigts dansant sur l'écran, composant un message, elle voyait déjà mentalement son compte en banque renfloué.

— Bon sang, c'est quoi, ça ?

Clive Knowles regarda le texto et se gratta le crâne sous sa casquette. Une rapide visite au magasin de fournitures agricoles près de la gare s'était révélée infructueuse, les gars qui tenaient cet endroit lui ayant ri au nez quand il avait demandé une teinture non toxique pour ses moutons. Ils avaient vite repris leurs esprits quand il leur avait parlé de la tentative de vol de ses Texels, et l'un d'eux lui avait obligeamment suggéré d'aller voir chez *Foodz*, le nouveau magasin bio de High Street.

Pensant qu'ils l'avaient envoyé là-bas en pure perte, il s'était approché de la femme derrière le comptoir de la petite boutique. Des odeurs bizarres – pas désagréables, il devait bien l'admettre – flottaient dans l'air et des nourritures plus bizarres encore s'étalaient sur les rayonnages. Mais ses soupçons n'étaient pas fondés. La femme, qui s'était révélée être la patronne, avait été fantastique. Il était ressorti de là avec un sac débordant de produits qui avaient coûté sensiblement moins cher qu'il ne s'y attendait, et il traversait la place du marché afin de reprendre sa voiture quand son téléphone avait bipé.

— Cette fille est devenue folle, marmonna-t-il en remettant le mobile dans sa poche.

Il resta planté là un moment, adressant machinalement des hochements de tête aux passants, ruminant la suggestion de Delilah.

Il ne pouvait pas faire ça. Il n'aurait jamais le cran. S'aventurer chez *Foodz* avait suffisamment repoussé ses limites pour la journée. Là, ça allait trop loin. Et puis, si on le voyait ?

Secouant la tête, il repartit vers sa voiture. Ça ne marcherait jamais, de toute façon. C'était une idée idiote. Enfin…

C'était Delilah l'experte de ces questions. Et c'était aussi elle qui avait fait entrer Carol Kirby dans sa vie. Peut-être qu'elle savait de quoi elle parlait ?

Il se retourna d'un bloc et, d'un pas résolu, retraversa la place pavée avant de changer d'avis. Sur High Street, il prit à gauche, passa devant le *Coach and Horses* et fila dans la ruelle qui se trouvait derrière le pub. C'était la partie délicate. Il fallait éviter qu'on le voie. Ou il n'y survivrait pas.

Il ralentit en émergeant dans Back Street, jeta un coup d'œil d'un côté puis de l'autre. Personne. Seulement l'étalage de seaux et de cuvettes aux couleurs vibrantes devant chez *Plastic Fantastic*. On était mercredi. Une demi-journée pour beaucoup de commerces : le store du salon de coiffure était baissé, le magasin d'antiquités qui le jouxtait tout aussi fermé. Il n'avait qu'à suivre discrètement la petite rue jusqu'au bout et entrer dans la dernière boutique.

Le fermier respira un bon coup et se lança. Il passa devant les fenêtres de la *Toison*. Puis devant les regards vides des mannequins aux tenues fanées de la boutique de Betty, ses seuls témoins. La librairie d'occasion représentait le dernier obstacle. Il passa furtivement devant, conscient qu'il y avait quelqu'un à l'intérieur, derrière l'étalage de guides Wainwright et de cartes d'état-major. Et puis il fut arrivé. Un endroit où il n'avait jamais mis les pieds, alors qu'il existait depuis des années. Et où il aurait préféré n'avoir jamais besoin d'entrer. Pourtant il était là. Sur le point de repousser ses limites pour la deuxième fois ce jour-là.

Le cœur battant, il tendit la main vers la poignée de la porte, ouvrit et entra avant de changer d'avis.

— Bonjour, monsieur Knowles ! Je n'aurais jamais pensé vous voir dans ce genre de boutique !

Mme Pettiford, la commère de la ville, était debout au fond du magasin, les yeux brillants, savourant par anticipation les histoires qu'elle allait pouvoir raconter aussitôt qu'elle aurait quitté les lieux.

Sentant le courage lui manquer, il faillit faire demi-tour, en prétendant être entré là par erreur. Mais la pensée de Carol Kirby le fit tenir bon. Sans compter que la vendeuse l'accostait déjà.

— Puis-je vous aider ? demanda-t-elle avec un sourire encourageant.

— Je ne sais pas, marmonna-t-il, les yeux parcourant les *choses* exposées sur les étagères, conscient que ses joues le brûlaient. (Il indiqua l'article le plus proche.) Je voudrais quelque chose comme ça.

— Excellent choix, monsieur, dit la femme sur un ton apaisant, comme si elle était habituée à ce que les individus de son espèce soient mal à l'aise lorsqu'ils faisaient irruption dans son monde. Et vous avez une idée de la taille ?

Clive battit des paupières, avala le nœud qu'il avait dans la gorge et essaya d'oublier que Mme Pettiford n'en ratait pas une miette.

— Une tasse de thé ? demanda Delilah en entrant dans le bureau du bas.

Pas effleurée par l'idée que la question était superfétatoire, vu qu'elle tenait deux mugs dans une main et une assiette de biscuits dans l'autre.

Il n'y eut pas de réponse. Samson était penché sur son bureau, son ordinateur portable ouvert devant lui. Il regardait l'écran avec intensité. Elle s'arrêta sur le pas de la porte, observant la scène. La lumière filtrait par la grande fenêtre. La vitre, récemment remplacée, étincelait au soleil, mais elle avait l'air nue sans le logo ARV, les trois lettres d'or n'ayant pas encore été replacées après l'acte de vandalisme qui l'avait fait voler en éclats : après la révélation que Samson avait été suspendu, quelqu'un avait balancé une pierre dans la fenêtre. C'était un miracle qu'il n'ait pas été là à ce moment-là. Il était tout aussi miraculeux que la réparation ait été prise en charge par le frère aîné de Delilah, Will, qui avait clairement et fréquemment exprimé sa réprobation à propos du retour du policier. Mais trois semaines plus tôt, une sorte de trêve avait été déclarée entre les deux hommes, et elle semblait tenir.

Un ronflement se fit entendre de l'autre côté du bureau de Samson, montant d'un grand panier dans lequel une forme grise était roulée en boule. Calimero, qui dormait à pattes fermées. Il passait de plus en plus de temps à cet endroit, aussi à son aise que lorsqu'il était avec Delilah. Pour un braque de Weimar atteint d'un syndrome d'angoisse aigu, le fait qu'il se sente bien avec Samson était une bénédiction.

Sentant son cœur enfler dangereusement, elle entra dans la pièce et fourra le mug sous le nez de Samson.

— J'ai dit « thé » !

— Oh, ah oui, oui.

Il leva sur elle un regard vague. Ce qui incita Delilah à jeter un coup d'œil à l'ordinateur.

— C'est la photo ? demanda-t-elle.

Avec la folie de la visite de Clive Knowles, elle avait complètement oublié l'image qu'elle avait trouvée sur le portable endommagé de Ron Watson. Elle l'avait envoyée à Samson, avec copie à elle-même, mais son attention avait été presque aussitôt captée par le fermier qui se languissait d'amour.

— C'est un peu plus clair sans les fissures de l'écran, dit Samson alors que Delilah approchait une chaise de son côté du bureau et s'asseyait à côté de lui. Mais quand même, je n'ai aucune idée de ce que ça peut être.

— Laisse-moi voir un peu ça.

Elle tira l'ordinateur vers elle et zooma.

Une masse de moutons. Et la ligne floue d'une chose qui ressemblait à une baguette. Elle ouvrit Photoshop et se mit au travail, intensément consciente de la présence de Samson assis juste à côté d'elle et qui regardait avec attention tout ce qu'elle faisait. Elle s'efforça de se concentrer, ignorant superbement que la cuisse droite du détective était dangereusement proche de la sienne. Et qu'il avait passé son bras droit sur le dossier de sa chaise pour se pencher en avant afin de mieux voir l'écran. Et que…

— Tu es géniale ! s'exclama Samson alors que la photo devenait plus nette, et comme si l'éloge ne suffisait pas, il l'attira à lui et lui planta un baiser sur le haut du crâne. C'est stupéfiant ! Je ne sais pas comment tu arrives à faire ça !

— C'est juste un logiciel, marmonna-t-elle, décontenancée. Je n'ai eu qu'à cliquer sur une icône. Et je ne suis pas sûre que ça nous aide.

L'image avait beau être franchement plus nette, le contexte était toujours une énigme. On y voyait les boucles blanches d'une toison de mouton, en gros plan. Et la fine baguette de métal dont ils reconnaissaient maintenant le bout élargi.

— Une idée ? demanda-t-elle en se retournant.

Découvrant le visage de Samson tout près du sien... Elle fut sauvée par la sonnerie de son mobile.

— Salut Danny, dit-il en se détournant pour répondre. Tu as retrouvé Adam Slater ?

Delilah écouta la conversation à sens unique, le murmure presque inaudible de la voix du constable ne lui apprenant rien, l'expression de Samson ne révélant pas grand-chose non plus. Ce n'était pas un homme avec qui on avait intérêt à jouer au poker.

— Bon. Merci de nous avoir tenus au courant, dit Samson.

Il raccrocha et la regarda en haussant le sourcil.

— Ils l'ont retrouvé ? demanda-t-elle.

— Non. Toujours aucun signe de lui. Mais ils ont découvert que le sang sur le couteau n'est pas celui du taureau, comme on le pensait.

— Comment peuvent-ils en être sûrs ?

— Parce que c'est du sang humain.

Delilah sentit ses propres sourcils se hausser, de surprise.

— Eh bien, ça change un peu la donne.

— Pour ça, oui. Ron n'a pas été poignardé, alors à qui appartient ce sang ?

— Dieu seul le sait. Mais on peut en conclure que le couteau d'Adam n'est pas celui qui a été utilisé pour blesser le taureau. Ce qui pourrait signifier que mes doutes étaient justifiés, et qu'Adam n'est pas impliqué du tout. Bon sang, marmotta Delilah. Nous sommes revenus à la case départ.

— Pas tout à fait. S'il n'était pas impliqué, pourquoi a-t-il pris la fuite ? Ce n'est pas vraiment le comportement d'un innocent. Enfin, au moins, on a identifié l'objet, conclut-il en indiquant l'écran.

— Ah bon, tu crois ? demanda Delilah, perplexe.

Samson eut un sourire. Se pencha sur le clavier et tapota dessus avec deux doigts, comme les utilisateurs du dimanche.

— Ça t'aide, ça ?

L'écran s'emplit d'images de baguettes métalliques évasées à un bout, l'autre bout comportant une poignée en plastique en forme de D munie d'une solide gâchette.

— Un pistolet lance-bolus ! Mais bien sûr ! s'exclama Delilah, qui se serait donné des coups de pied pour ne pas avoir reconnu un instrument qu'elle avait elle-même utilisé plus d'une fois en grandissant à la ferme Ellershaw.

Conçu pour administrer des remèdes au bétail, l'appareil se composait d'une baguette qui descendait dans la gorge de l'animal et d'une détente que l'on pressait pour décharger le bolus – une grosse pilule contenant généralement des suppléments vitaminés ou une dose de médicament. Cela dit, ce n'était pas le genre de chose qu'on s'attendait à voir à une vente aux enchères. Et Samson se disait visiblement la même chose.

— Les méthodes d'élevage auraient-elles changé en mon absence ? demanda-t-il en indiquant l'objet. Pourquoi quelqu'un administrerait-il un bolus à du bétail juste avant une vente ?

— Ou juste après. Dans un cas comme dans l'autre, ça n'a aucun sens.

— Ron a dû trouver ça bizarre aussi. Suffisamment pour prendre une photo.

— Si tant est que ce soit ce qu'il voulait prendre, objecta Delilah, ajoutant une note de prudence. On ne peut pas encore être certains que ce soit un acte délibéré et pas une fausse manœuvre. Il se pourrait que cette image n'ait rien à voir avec la mort de Ron.

— Ou qu'elle ait tout à voir, au contraire, soupira Samson en se passant la main dans les cheveux. Il y a quelqu'un qui pourrait nous en donner une meilleure idée.

— Harry ? fit Delilah en se levant déjà. Allons-y !

Elle prit la laisse de Calimero.

13

Ils trouvèrent Harry à son bureau, dans un marché aux enchères vide de clients et de bestiaux.

— La dernière fois que j'ai vu cet endroit comme ça, c'était pendant les heures sombres de la fièvre aphteuse, soupira Harry alors que Samson et Delilah s'asseyaient en face de lui.

Les lieux étant déserts, il avait accordé la permission à Calimero de les accompagner et il l'avait accueilli d'une main tendue et d'un demi-sourire.

— C'est vraiment une triste journée. Quand on pense que le seul animal de tout le bâtiment est ce magnifique chien ! dit-il en lui tapotant le crâne.

Calimero répondit aux attentions du commissaire-priseur en collant sa tête sur ses genoux, et fut récompensé par un supplément de caresses tandis que l'homme poursuivait son monologue.

— Je n'aurais jamais cru que les choses puissent redevenir aussi moches qu'à cette époque, continua-t-il, mais on s'en rapproche. Les membres du personnel sont tous consternés et chacun s'interroge sur la disparition d'Adam. Et mon téléphone pro n'arrête pas de sonner.

Il indiqua d'un geste les deux téléphones portables posés sur son bureau, l'un d'eux clignotant silencieusement pour signaler un appel entrant que le commissaire-priseur ignora.

— Ce sont soit des fermiers qui veulent savoir si les ventes qu'ils ont prévues cette saison auront bien lieu, soit des journalistes qui veulent vérifier que les rumeurs entourant la mort de Ron sont avérées. Si ça continue, cet endroit n'y survivra pas.

— Tu sais quand tu pourras rouvrir ? demanda Delilah.

— La police ne veut pas avancer de date. Ils disent juste que les investigations se poursuivent. J'ai travaillé dur, et longtemps, pour me faire des contacts des deux côtés du ring, et en une journée, voilà que je risque de tout perdre. Parce que j'ai beau avoir de bonnes relations avec tout le monde, s'ils ne peuvent plus acheter et vendre ici, ils iront ailleurs et rien ne garantit qu'ils reviendront. Et Danny vient de me mettre au courant, pour le couteau. Si ça se trouve, nous faisions fausse route en soupçonnant Adam. Alors, je vous en supplie, dites-moi que vous m'apportez de bonnes nouvelles, conclut-il avec une grimace et un regard désespéré à l'intention du duo de détectives.

— Je ne suis pas sûr que ce soient de bonnes nouvelles à proprement parler, mais c'est peut-être intéressant, répondit Samson.

— Ou pas du tout, hein, ajouta franchement Delilah. Tiens. Regarde plutôt.

Harry prit le mobile qu'elle lui tendait et observa l'image affichée sur l'écran.

— Qu'est-ce que c'est ?

— Un lance-bolus. Un pistolet drogueur, quoi. On

a trouvé cette image sur le téléphone de Ron. D'après la date, il l'a prise ici, juste avant de mourir.

Le commissaire-priseur haussa les épaules.

— Je ne vois pas en quoi ça peut nous aider.

— Nous non plus, répondit Samson. Mais je ne me rappelle pas avoir jamais vu quelqu'un administrer un bolus pendant une vente aux enchères.

— Tu as raison.

Harry regarda à nouveau la photo, la laine blanche, floue, et la tige métallique du pistolet lance-bolus.

— Je suppose qu'il n'y en a pas d'autre, un peu plus nette, sur le téléphone de Ron ? Sur laquelle on verrait, par exemple, qui le tient ?

— Désolée. C'est tout ce qu'on a. On se disait que ça vaudrait peut-être la peine de retrouver qui a acheté ce mouton. Juste pour vérifier si la piste du bolus mérite d'être creusée. Parce que pour ce qu'on en sait, c'est peut-être tout simplement un fermier anxieux qui protège son investissement. Et donc, nous espérions que tu pourrais nous aider à identifier le mouton en question, ajouta Delilah.

Harry laissa échapper un petit rire sans joie.

— Vous délirez. On ne voit qu'une touffe de laine. Il n'y a même pas de marqueurs dessus.

— Mais tu vois que c'est probablement un Suffolk, ajouta-t-elle en indiquant le bord de l'écran où la tête de l'animal était en partie visible, sa laine noire correspondant bien à la race qu'elle venait de citer. Et donc, si on croise l'heure où la photo a été prise et ton registre des ventes de la journée, on devrait arriver à le savoir.

— *Aye*. Ça pourrait marcher. Mais ça risque de prendre un petit moment, parce qu'on a vendu beaucoup de Suffolks, hier matin.

Le commissaire-priseur zooma sur la photo.

— Enfin, je le répète, il se peut que ça ne donne rien.

Il tourna le téléphone vers eux et leur indiqua sur une porte, à l'arrière-plan, une petite pancarte où apparaissait le nombre vingt à peine visible.

— C'est le numéro du lot de l'enclos opposé. On attribue les enclos par ordre de vente, en quinconce, le long de la travée. Et donc, ça voudrait dire que le mouton de la photo fait partie de la vente du lot dix-neuf ou du vingt et un.

— Tu pourrais nous dire comment contacter l'acquéreur ? demanda Samson.

— Je ne devrais pas, répondit Harry en secouant la tête. La protection des données et tout ce qui s'ensuit. Mais dans ce cas…

Il pianota sur le clavier et une minute plus tard, l'imprimante placée à côté de l'ordinateur se mit à bourdonner.

— Ça devrait vous faciliter un peu le travail, dit-il en passant le tirage à Delilah. Le lot dix-neuf se composait de douze Cheviots. Des brebis pleines. Pas de faces noires dans cette race, alors vous pouvez les exclure. Le vingt et un, en revanche, était un lot important de Suffolks qui comportait des agneaux. Je dirais que c'est ce que vous cherchez. C'est Graham Sanderson qui les vendait, et ils ont été achetés par Kevin Dinsdale. Ça vaudrait probablement la peine de parler aux deux. Tu sais où les trouver.

Delilah hocha la tête, justifiant la confiance du commissaire-priseur dans sa connaissance de l'environnement local. Quant à Samson, ces noms lui disaient vaguement quelque chose, mais c'est tout.

— Merci, dit-il, avec une conscience aiguë de son statut d'*offcumden*.

Les deux détectives s'apprêtaient à repartir, mais Harry leva la main.

— Faites seulement attention à ce que vous direz, d'accord ? Vous savez que les fermiers adorent colporter les ragots, et je ne veux pas que les clients soient davantage perturbés par ce qui se passe. Et pas un mot à qui que ce soit ici. Tant que la police n'aura pas retrouvé Adam et que nous n'aurons pas le fin mot de cette histoire, je ne saurai pas ce qui se trame. Ce qui veut dire que je ne sais pas à qui je peux me fier.

Sur la promesse de rester absolument discrets, Delilah et Samson quittèrent la pièce, un Calimero à moitié endormi sur les talons.

*

Clive Knowles ne savait pas qu'un cœur humain pouvait battre aussi vite. Debout dans l'arrière-cour de sa maison, il s'interrogeait sur la sagacité de ce qu'il s'apprêtait à faire.

Et s'il avait tout faux ? Il pouvait l'offenser. Le cadeau pouvait être considéré comme trop intime, trop présomptueux, et ses chances de la conquérir étouffées dans l'œuf. Bon sang ! Il aurait dû miser sur une valeur sûre et prendre une boîte de chocolats chez Whitaker, le marchand de journaux, et un bouquet de fleurs au *Spar*. Mais c'était trop tard, maintenant. Il avait investi de l'argent dans le contenu du sachet en papier qu'il tenait crispé dans sa main moite. Ses racines yorkshiriennes lui interdisaient de le jeter.

Convaincu qu'il était sur le point de tomber dans les pommes, il laissa ses bottes sous le porche et s'obligea à entrer dans la cuisine où une odeur de saucisses en train de cuire embaumait l'air. Et elle était là, debout devant le fourneau, la spatule à la main, en train de retourner les saucisses crépitantes dans la poêle, deux assiettes déjà placées sur le plan de travail, dans lesquelles attendaient deux grosses tranches de pain blanc, bien beurrées. Sur la table se trouvait une théière, recouverte de son cosy. Et sur la desserte, à présent débarrassée de son amas de factures, de reçus et de tapettes à souris, était posée une tarte au citron et au lait caillé, spécialité du Yorkshire.

C'était un signe. Pour un esprit craintif, qui redoutait de livrer son âme, c'était un bon présage. Il avait raison de faire ce qu'il s'apprêtait à faire, la perfection de la tarte en témoignait.

— Tenez, dit-il sur un ton bourru en lui tendant le sac en papier alors qu'elle se détournait du four. Je vous ai rapporté un truc de la ville.

Elle fronça les sourcils, s'essuya les mains sur le tablier à rayures qui ceignait son ample silhouette.

— Mais j'ai rien demandé.

Clive haussa les épaules, ne sachant quoi répondre,

la langue collée au palais tandis qu'elle prenait le sachet et l'ouvrait.

Il y eu un moment de flottement, pas plus d'une seconde ou deux, mais dans ce bref laps de temps, le cœur de Clive Knowles lui remonta au bord des lèvres avant de sombrer au fond de ses chaussettes, tout en battant si fort qu'il était sûr que ses palpitations étaient visibles sous sa chemise. Il la vit scruter l'intérieur du sachet et dut se cramponner au bord de la table – suffisamment conscient pour noter qu'elle avait perdu son résidu collant habituel – afin de s'ancrer dans le sol. Parce qu'il n'avait envie que d'une chose : prendre ses jambes à son cou. Parce qu'il était sûr de s'être trompé. Que Delilah Metcalfe et son putain de conseil marqueraient la fin de la béatitude idyllique qu'était sa vie avec Carol Kirby.

Il avait pris un risque. Et si ça se retournait contre lui ?

— Je ne m'attendais pas à ça, dit Carol en relevant les yeux sur lui, le regard encore farouche. Vous êtes sûr pour la taille ?

— Oui, piaula Clive.

Elle regarda à nouveau dans le sac, plongea la main dedans et caressa le contenu.

— Tellement doux… Et la couleur est jolie.

Et puis le miracle qu'il attendait se produisit. Les commissures de ses lèvres se retroussèrent. Carol Kirby souriait.

— Merci, dit-elle en vidant le sachet sur la table.

Plusieurs pelotes de laine en sortirent, suivies par un patron, un mannequin masculin arborant un joli pull.

— Après dîner, je vais chercher mon mètre ruban

et prendre vos mesures, après quoi j'attraperai mes aiguilles et je m'y mettrai dès ce soir.

Puis son sourire s'effaça et elle eut un mouvement de tête en direction de l'escalier.

— Maintenant, allez vous laver les mains. Le dîner est prêt.

Clive quitta la chambre en marchant sur un petit nuage. Il avait fait sourire sa bien-aimée. Finalement, peut-être que Delilah Metcalfe n'était pas complètement ignare concernant les choses de l'amour.

Les doubles portes du marché aux enchères se refermèrent derrière Delilah et elle prit une bonne bouffée d'air printanier. Elle était soulagée d'échapper à l'atmosphère mélancolique qui régnait dans le bâtiment.

— Pauvre Harry, murmura-t-elle. Tu imagines, ne pas pouvoir faire confiance aux gens avec qui tu travailles ?

C'était dit sur un ton innocent, mais alors que les paroles quittaient ses lèvres, Delilah se rendit compte de la critique sous-jacente. À en juger par le regard en coin que Samson lui lança, il en avait conscience, lui aussi. Après tout, son propre partenaire était une énigme, question fiabilité. Elle travaillait avec lui depuis six mois, et elle n'était pas encore sûre de pouvoir tout à fait lui faire confiance.

— Harry a de bonnes raisons de se méfier, dit-il. Tant qu'on ne saura pas à quoi a servi ce lance-bolus, ni si Ron a volontairement pris cette photo, tout le monde est suspect.

— Même alors qu'Adam est en fuite ?

Samson haussa les épaules.

— Jusque-là, la seule chose qui l'incrimine tourne autour de ses mauvaises relations avec Ron, répondit Samson. Mais la mésentente de deux collaborateurs n'est pas un motif suffisant pour porter une accusation. Et le couteau ne nous aide pas beaucoup.

— Du sang humain, lui rappela Delilah. Qu'est-ce que ça vient faire dans l'histoire ?

— Ça, Dieu seul le sait. Cette affaire est bien plus compliquée qu'il n'y paraissait au début. Et pour le moment, notre meilleure piste est cette photo. Creusons dans cette direction, ça nous permettra peut-être d'avancer.

— Et il apparaîtra que soit l'acheteur, soit le vendeur, administrait une dose de compléments minéraux, ou bien...

— Ou bien..., comme tu dis. Je ne sais pas pour toi, mais je ne vois pas quelle autre raison justifierait l'utilisation d'un lance-bolus dans un parc à bestiaux.

— Espérons seulement que ce n'est pas une nouvelle affaire d'empoisonnement, dit Delilah avec un regard sinistre, l'épidémie d'intoxications canines qui avait frappé la ville encore bien présente à sa mémoire. Elle l'avait frôlée de trop près. Elle posa la main sur la tête chaude de son braque de Weimar et fut immédiatement récompensée par un élan d'affection, le chien ayant le cœur aussi tendre qu'elle.

— Monsieur O'Brien ! Attendez !

Quelqu'un les appelait, dans leur dos. Ils se retournèrent et virent Mme Knowles, la responsable administrative, se précipiter vers eux.

— J'avais entendu que vous étiez là, dit-elle, quelque peu hors d'haleine. J'ai pensé que ça pourrait vous être utile…

Elle leur tendait une clé USB.

— Qu'est-ce que c'est ? demanda Samson.

— Les images de vidéosurveillance. Celles de la caméra de la zone des enclos. Vous me les aviez demandées, vous vous souvenez ? Ce sont les trois derniers mois, mais comme je vous ai dit, cette satanée caméra ne marchait pas la moitié du temps. Alors je doute que ça vous soit très utile.

— Merci, dit Delilah en prenant la petite clé USB. Je vais quand même les regarder.

— À propos de la caméra, dit Samson, vous m'avez dit que vous aviez fait venir un électricien pour voir ce qui se passait, mais que sa visite n'avait pas été suivie d'effet. Alors, qui a pris la décision de ne pas procéder à la réparation ?

Mme Knowles pinça les lèvres en réfléchissant à ce qu'elle allait dire. Puis elle jeta un coup d'œil au bâtiment qui se trouvait derrière elle avant de se pencher pour répondre dans un murmure :

— C'était M. Furness. C'est lui qui est responsable des enclos.

— Mais M. Butler, le directeur général, aurait dû avoir le dernier mot, non ?

La directrice administrative haussa les épaules.

— Ce n'est pas mon rôle de commenter qui dit quoi. Tout ce que je sais, c'est que M. Furness a dit que ce n'était pas la peine de la faire réparer. Et si vous aviez vu les comptes, vous comprendriez peut-être pourquoi.

— Comment ça ? Le marché a des problèmes ? demanda Delilah.

— Disons que ce n'est pas comme si les gens faisaient la queue pour reprendre le local que vous utilisez comme bureau. La boîte de fournitures agricoles qui était là a fait faillite et depuis personne d'autre ne veut le louer. Les affaires sont dures.

— Mais de quel niveau de difficulté parlons-nous, là ?

Elle pinça à nouveau les lèvres. Et cette fois, elle ne les rouvrit pas.

— Vous avez notre promesse que nous ne soufflerons pas un mot de ce que vous nous confierez, lui assura Samson.

Mais sa tentative d'en obtenir davantage par la manière douce fit chou blanc.

— J'en ai assez dit. Je n'aurais pas dû vous raconter ça. C'est cet affreux accident qui nous met dans tous nos états. Sans parler de ce satané Adam, quel que soit son rôle dans l'affaire.

Mme Knowles prit un mouchoir en papier dans sa poche et se tamponna les yeux.

— Je ferais mieux de retourner travailler.

— Merci, répéta Delilah. Espérons que nous réussirons à tirer cette affaire au clair, très vite.

— *Aye.* Je l'espère aussi. Cet endroit n'est pas comme il devrait, sans les bêtes et les fermiers qui en sont la sève vitale.

Sur ces mots, la directrice administrative retourna vers l'imposant bâtiment dans lequel régnait un calme surnaturel. Comme elle arrivait auprès des doubles

203

portes, Samson perçut un mouvement au-dessus d'elle, dans la fenêtre du couloir qui passait au-dessus du hall d'entrée. Il ne pouvait l'affirmer, mais il pensa qu'il s'agissait d'Harry. La silhouette recula avant qu'il puisse la reconnaître.

— Je ne savais pas que le marché traversait une passe délicate, dit Delilah en retournant déjà vers la petite voiture rouge qui avait l'air bien solitaire dans le parking désert. Harry n'en a rien dit. Il a évoqué le sujet avec toi ?

Samson la rattrapa au moment où elle ouvrait la portière et abaissait le dossier du siège conducteur pour faire monter Calimero à l'arrière. Il fronçait intensément les sourcils et Delilah s'en étonna.

— Qu'y a-t-il ? demanda-t-elle en le regardant par-dessus le toit de la voiture.

— Harry. Et cette caméra de vidéosurveillance.

Delilah haussa les épaules.

— S'ils ont des problèmes de trésorerie, c'est compréhensible. Tu peux me croire sur parole, quand une affaire est en difficulté, les dépenses sont passées au crible. Je suppose qu'il s'est dit que la vidéosurveillance était moins importante que de payer les salaires du personnel.

Mais Samson semblait encore soucieux.

— Et je le comprendrais. Ce que je ne comprends pas, en revanche, c'est ce qu'il nous a dit hier matin.

Delilah, qui s'apprêtait à monter en voiture, s'arrêta net. Elle s'en souvenait. Un froncement de sourcils qui faisait écho à celui de Samson lui barra le front.

— Il a prétendu ne pas savoir pourquoi la caméra ne fonctionnait pas !

Samson hocha la tête.

— Alors que d'après Mme Knowles, non seulement il était au courant, mais c'est lui qui a pris la décision de ne pas la faire réparer.

— Mais... Harry est un ami. Pourquoi nous mentirait-il ?

— Je n'en ai aucune idée.

Ils s'installèrent dans la voiture sans rien ajouter. Delilah était absorbée dans ses pensées, et Samson se demandait comment sa nouvelle partenaire réagirait quand elle découvrirait que dans le monde du crime, il n'y avait pas d'amitié qui tienne.

14

Une heure plus tard, au volant de sa Micra, Delilah quittait un chemin de ferme et s'engageait sur la route de Bruncliffe.

— Pourquoi est-ce que j'ai l'impression de courir après des ombres ? marmonna Samson en regardant le terrain relativement plat qui s'étendait à l'ouest de Bruncliffe, entre les falaises et la lande de Bowland Knotts.

S'étant laissé persuader par Delilah qu'une visite personnelle à chacun des fermiers concernés par la vente des Suffolks du lot vingt et un donnerait de meilleurs résultats qu'un simple coup de fil, il avait fait fi de ses réserves selon lesquelles ce serait une perte de temps et s'était laissé conduire hors du hameau d'Eldroth, où se trouvait la ferme de Graham Sanderson. Jusque-là, les réticences de Samson s'étaient révélées justifiées. Le fermier s'était montré ravi de bavarder avec eux, mais il ne leur avait pas livré une seule information utile sur la présence d'un lance-bolus au marché aux enchères.

— Il ne peut pas s'agir d'une des bêtes du lot que j'ai vendu, dit-il quand on lui montra la photo du mouton. Je n'avais aucune raison de leur administrer quoi que ce soit, quant à Kevin, l'acheteur, il n'a pas quitté le ring avant la fin des enchères. J'en suis sûr, il est resté assis dans le gradin opposé au mien tout du long.

— Et personne d'autre n'aurait pu le faire ? demanda prudemment Delilah, gardant en tête l'avertissement d'Harry qui ne voulait pas qu'elle effraie ses clients.

Graham Sanderson prit l'air intrigué.

— Et pour quoi faire, bon Dieu ?

Pour un fermier qui travaillait en complète indépendance dans un domaine qui reposait beaucoup sur la confiance, il était carrément inimaginable que l'un de ses frères d'armes ait pu avoir des raisons machiavéliques d'entrer dans un enclos à moutons armé d'un pistolet à bolus. D'autant que ni Delilah ni Samson n'avait de motif, même criminel, à proposer pour expliquer un tel acte.

— Tant qu'on ne saura pas à quoi ce pistolet a servi, on tournera en rond, continua Samson alors que Delilah quittait l'A65 et amorçait la montée vers Gunnerstang Brow. Nous ne savons même pas quelles questions poser.

— On a posé toutes celles qu'on pouvait. Si on avait insisté, on lui aurait mis la puce à l'oreille, et Harry n'a vraiment pas besoin de ça pour le moment. L'avenir du marché aux enchères est assez précaire sans que nous propagions des bruits de couloir inquiétants.

La petite voiture arriva en haut de la colline et Bruncliffe s'offrit à leur vue avec ses toits d'ardoise étincelant au soleil, les grandes cheminées des vieilles manufactures montant la garde aux deux extrémités, majestueuses sur le fond vert des collines environnantes.

— Je ne me lasserai jamais de cette vue, dit Samson.

Quand j'étais à Londres, je m'imaginais que j'étais de retour ici, sur la crête, et que je regardais la ville étinceler dans le soleil.

— Il est toujours plus facile de l'imaginer sous le soleil, fit Delilah avec un petit rire. Je parie que tu ne repensais jamais à cet endroit sous une pluie battante, ou exposé au méchant vent du nord qui dévale les pentes du vallon.

Il la regarda en souriant.

— C'est bien vu. Bon, et maintenant ?

Elle ôta sa main du volant pour indiquer, de l'autre côté du petit groupe d'habitations, l'extrémité opposée de la vallée.

— La ferme de Kevin Dinsdale se trouve sur les pentes, au-dessous d'Ellershaw.

— Tu ne veux pas déjeuner d'abord ?

La question était pleine d'espoir.

— Et si on passait chez Lucy quand on aura fini ? On pourrait déjeuner là-bas ? Nathan est en vacances de Pâques, et Lucy a pris sa journée.

Lucy Metcalfe, belle-sœur de Delilah, veuve de Ryan, le meilleur ami de Samson, et mère de Nathan, filleul de Samson, était aussi une cuisinière hors pair et la patronne de la *Pâtisserie des Monts* dont le succès allait croissant. La proposition était donc alléchante, et Samson ne put que hocher la tête malgré ses grondements d'estomac.

— Ça me va, dit-il.

Il avait très peu vu Lucy ou son filleul au cours des dernières semaines, après que le jeune homme se fut retrouvé embringué dans ce qui ressemblait à

208

un règlement de comptes visant Samson. Au moment où le journal local avait révélé que le détective était soupçonné d'être impliqué dans la revente de drogues saisies à des gangs criminels, on avait retrouvé de la kétamine dans le casier de Nathan, à l'école. Samson et Delilah avaient réussi à prouver qu'il était innocent, mais ils avaient échoué à démasquer l'organisateur du traquenard. Que Samson était déterminé à découvrir.

— Envoie-lui un texto, alors, fit Delilah en lui lançant un sourire. Qu'elle ait le temps de nous impressionner.

Il prit son téléphone et il commençait à tapoter quand il remarqua le bâtiment devant lequel ils passaient, de l'autre côté de la route. Le *Café de la Colline*, l'ancien fief de Titch Harrison, fermé depuis la fin de l'année passée, et sur la vitrine duquel était affichée une pancarte « VENDU », aux couleurs criardes, de l'agence immobilière de Taylor.

— Quelqu'un a racheté le pub, remarqua-t-il, surpris.

L'ancienne ferme de la famille Harrison, qui avait toujours été mal gérée, n'avait pas survécu à la période difficile de la fièvre aphteuse, et pendant l'absence de Samson, c'était devenu un café. Mais c'était un endroit insolite pour un établissement de ce genre, perché sur une colline, desservi par une route de campagne qui menait à Bruncliffe. Et très isolé, surtout. Titch Harrison n'avait pas vraiment eu le choix de l'emplacement, mais Samson ne voyait pas qui d'autre aurait pu vouloir ouvrir un commerce à cet endroit, exposé aux éléments et loin de la route touristique principale.

— Une idée du repreneur ? demanda-t-il en finissant d'envoyer son texto à Lucy.

Chose peu étonnante, Delilah acquiesça.

— D'après les rumeurs, ce serait l'Immobilière Procter qui aurait acheté tous les bâtiments de ferme situés derrière, et le terrain avec. Les spéculations vont bon train quant à ce que Rick prévoit d'en faire. Ça va de cottages de vacances personnalisés jusqu'à un parc de loisirs, selon ceux qu'on veut bien écouter.

Rick Procter. La seule évocation de ce nom avait le chic pour lui hérisser le poil. Tous les efforts que Samson avait fournis pendant son adolescence et même après pour empêcher le directeur de la banque de mettre le grappin sur la ferme Twistleton avaient été réduits à néant par le promoteur immobilier à l'éthique très discutable. Samson ne connaissait pas les détails. Mais ce qu'il savait, c'est que son père ne possédait plus rien dans le magnifique village de Thorpdale, et qu'il louait un petit appartement dans la maison de retraite de Fellside Court, qui était dans l'escarcelle de l'Immobilière Procter. En leur bradant sa ferme, son père avait signé un pacte avec le diable. Le diable qui faisait croire à la population de Bruncliffe qu'il était un saint. La colère de Samson laissa rapidement place à une bouffée de honte. S'il était resté, comme l'aurait fait n'importe quel fils digne de ce nom, la vente n'aurait jamais eu lieu. Au lieu de quoi, s'étant retrouvé nez à nez avec une carabine après une violente querelle, il avait fini par craquer et prendre la fuite sur la moto de son père, une Royal Enfield qu'il utilisait encore. Il n'était pas revenu pendant quatorze ans. Et à son retour, son père avait cessé de boire, mais il avait perdu la ferme familiale en cours de route.

Peut-être était-ce mieux ainsi ? Peut-être avait-il fallu que Samson s'en aille pour que son père se fasse finalement aider ?

Continue à te raconter ça, se dit-il, alors qu'ils arrivaient aux abords de la ville. *Tu dormiras peut-être mieux, la nuit.*

— Alors ? demanda Delilah.

Au même moment, le téléphone de Samson bipa.

Il jeta un coup d'œil à l'écran.

— Lucy veut savoir à quel point on a faim.

— Dis-lui de faire assez à manger pour rassasier un Harry Furness, répondit Delilah en riant, faisant allusion au célèbre appétit du commissaire-priseur, et Samson sentit son moral remonter.

Quoi que le passé recèle, et quels que soient les problèmes que l'avenir lui réservait, en cet instant, à la perspective d'un bon repas en compagnie de la femme exceptionnelle qui se trouvait à côté de lui, la vie lui paraissait sacrément belle.

La ferme devant laquelle ils s'arrêtèrent était bien tenue, à commencer par la cour. Ils descendaient de voiture quand un homme trapu, en salopette, s'approcha depuis l'une des granges situées derrière la maison.

— Salut Delilah, fit l'homme en lui tendant la main.

Il avait quelques années de plus que Samson. Ses cheveux blonds comme les blés se raréfiaient sur le sommet du crâne. Ses joues avaient la tonalité vermeille

211

caractéristique de ceux qui vivent au grand air. Samson ne le reconnut pas.

— O'Brien, ajouta l'homme sans lui tendre la main.

Il est clair que l'amnésie n'était pas réciproque. Samson ne se rappelait pas du fermier, mais de toute évidence, Kevin Dinsdale le connaissait, lui. Ou avait entendu parler de lui, comme bien souvent à Bruncliffe. Et ce qu'il en avait retenu ne lui avait pas laissé une impression flatteuse.

— Comment ça va ? demanda Delilah.

Le fermier détacha son regard méfiant de Samson et se concentra sur elle. D'après la tête qu'il faisait, c'était une perspective autrement agréable.

— Je ne peux pas me plaindre. L'agnelage tire à sa fin.

— Tout se passe bien ?

— *Aye*. Tout plein de beaux petits. Quelle barbe qu'on n'ait plus nulle part où les vendre, fit-il avec un mouvement de tête en direction du marché aux enchères visible dans le lointain, par-delà les champs, à la limite de la ville. Ce sera vraiment un problème si cet endroit disparaît…

— Ça n'en prend pas le chemin. Ce n'est qu'un accident. Harry va remettre les choses en ordre et le marché ne tardera pas à rouvrir.

— C'est pas ce que j'ai entendu dire, marmonna Kevin Dinsdale. Il paraît que la police recherche cet Adam Slater, rapport à ce qui est arrivé au vieux Ron. Vous avez des informations à ce sujet ?

— Pas plus que vous, éluda Delilah en sortant son téléphone. Mais il se trouve que le marché est la raison de notre présence ici. Est-ce que c'est vous, sur cette photo ? Elle a été prise hier matin dans la zone des enclos.

Elle tendit le téléphone au fermier pour lui montrer. Il abrita l'écran de la lumière vive et secoua la tête.

— Non. Je n'ai pas quitté le ring avant toute cette agitation, quand les taureaux se sont mis à foncer dans l'allée.

Son regard se porta vers Samson, planté un peu à l'écart pour laisser agir le charme de Delilah.

— Et pourquoi on aurait utilisé un pistolet à bolus pendant une vente aux enchères ?

— Nous ne savons pas trop, répondit Samson. Mais nous essayons d'identifier le mouton de la photo, aussi. J'imagine que vous ne reconnaissez pas un animal du troupeau que vous avez acheté ?

Kevin éclata de rire.

— À partir de ce petit bout de toison et ces deux centimètres de museau ? C'est un Suffolk, c'est sûr, mais à part ça... Il pourrait s'agir d'un des miens, mais je n'en jurerais pas. Cela dit, si c'était le cas, je serais inquiet, vu le pistolet à bolus.

— Alors vous avez fait de bonnes affaires, hier ? demanda Delilah sans laisser le temps au fermier de s'attarder sur la question. J'ai parlé à Graham Sanderson, et apparemment, il a trouvé qu'il y avait de belles ventes.

Le fermier ne put résister. Un grand sourire fendit son visage.

— Pour sûr. Ça faisait un moment que je pensais à acheter des Suffolks – pour changer un peu des

Swaledales que je faisais jusque-là – mais je n'en avais pas vu qui me plaisaient. Et le troupeau de Graham était superbe. Beaucoup de brebis pleines. J'étais prêt à mettre le paquet pour décrocher le lot.

Un grand rire accompagna le commentaire, suivi par un clin d'œil malicieux.

— Mais ne le répétez pas à cette fripouille de Furness, ou la prochaine fois, il fera monter les enchères quand il verra que je suis intéressé !

— Avec moi, votre secret sera bien gardé, répondit Delilah en se tapotant le nez et en lui rendant son clin d'œil.

Samson la regardait avec admiration. Sans éveiller ne serait-ce qu'une once d'inquiétude chez le fermier, Delilah venait de s'assurer que le mouton photographié par Ron Watson n'était pas tombé malade ; quoi qu'on lui ait administré avec le lance-bolus, ce n'était pas du poison.

Un bêlement sonore provenant du hangar à agnelage attira l'attention du fermier.

— Il vaudrait mieux que j'y retourne, dit-il avec un mouvement de tête en direction de la grange. Donnez le bonjour à vos parents, Delilah. Et dites à votre frère que j'ai quelques agneaux que je lui céderai à la foire de Malham. Il en aura pour son argent !

Kevin Dinsdale repartit en ricanant vers les bâtiments situés derrière la ferme. Le sourire que Delilah lui lança en réponse persista jusqu'à ce qu'elle regagne la voiture avec Samson.

— Par bonheur, on peut éliminer le poison, soupira-t-elle alors qu'ils remontaient dans la Micra. Je ne suis pas sûre que j'aurais supporté d'avoir à nouveau affaire à un empoisonneur en série.

— En attendant, ça n'explique toujours pas ce que quelqu'un faisait dans les enclos avec un pistolet à bolus, répliqua Samson.

Delilah haussa les épaules.

— On prend peut-être les choses par le mauvais bout. N'oublie pas que Ron n'a peut-être jamais eu l'intention de prendre cette photo. Tu l'as dit toi-même, si ça se trouve, on court après du vent.

Trop affamé pour réfléchir, Samson resta silencieux. Mais sous les affres de la faim qui lui tordait l'estomac, il sentait la tension familière qui accompagnait une enquête. Il y avait, dans la mort de Ron Watson, quelque chose qui leur échappait. Et il avait le sentiment épouvantable que lorsqu'ils comprendraient de quoi il s'agissait, il serait peut-être trop tard.

— Sapristi, vous ne plaisantiez pas quand vous disiez que vous aviez faim ! s'exclama Lucy Metcalfe en regardant Samson démolir sa seconde part de tourte.

Elle les avait attendus à la porte de High Laithe, l'arôme délicieux de mets en train de cuire accompagnant ses paroles de bienvenue. Elle était en compagnie du frère aîné de Delilah, Will, qui avait déposé Nathan après une matinée passée à la ferme, et ils étaient restés pour déjeuner.

— Il traîne trop avec Harry, répondit Delilah avec un sourire. Après ça, il va falloir que je l'emmène courir ou il finira avec la même bedaine.

— Désolé, répondit Samson sans conviction, doutant

que l'honneur qu'il faisait aux sublimes saveurs de la tourte au poulet et à l'estragon ait besoin d'être défendu. Mais c'est la conjonction d'un petit déjeuner très matinal et de ta cuisine qui est exceptionnelle.

— Pas besoin de t'excuser. C'est super de vous voir tous les deux. Surtout quand vous n'êtes pas ici dans le cadre d'une enquête.

Le sourire de Lucy recelait plus qu'une pincée de soulagement. Elle jeta un coup d'œil vers son fils, Nathan, assis à côté de son oncle, les deux hommes se régalant de tous les plats disposés sur la table tandis que le soleil entrait par l'immense fenêtre en arcade, baignant la pièce d'une lumière dorée.

Il y avait à peine trois semaines et demie, l'atmosphère dans la grange aménagée de High Laithe était beaucoup plus sombre. L'affaire s'était bien terminée, mais il restait quelque chose des événements tragiques qui avaient ébranlé la famille Metcalfe, une ombre qui planait encore sur la tête du fils. Comme s'il lisait dans ses pensées, Will reposa son couteau et sa fourchette et se tourna vers Samson.

— J'imagine que vous n'avez toujours pas démasqué l'individu qui a placé la drogue dans le casier de Nathan ? demanda-t-il.

Samson secoua la tête.

— Rien de concret encore. Mais j'étudie quelques pistes.

— Comme quoi ? demanda Nathan en levant enfin les yeux de son assiette.

Le gamin, qui n'avait que quatorze ans, avait acquis au cours du mois passé une maturité qui soulignait la

ressemblance avec son père, et Samson en le regardant
était renvoyé à son adolescence.

— Je cours après le fabricant du casier.

Nathan se renfrogna, ses cheveux clairs tombant sur
son front plissé.

— En quoi ça t'aidera ?

— Eh bien, pour commencer, ça nous dira à quel
point il est facile ou pas de faire un double de la clé.
Parce qu'il n'y a que comme ça que la kétamine a pu
atterrir dans le tien. J'essaie aussi de découvrir qui les
a installés. À défaut, on affinera notre liste de suspects.
J'imagine que tu n'as pas plus d'idées sur la question ?

Le gamin haussa les épaules.

— Je ne vois toujours pas qui a pu faire ça.

— Il n'y a personne, au collège, qui soit jaloux de
toi ? demanda Delilah.

Nathan eut un rire plus mature que son âge.

— Jaloux de quoi ? Je ne suis pas vraiment un
crack, niveau études. Je suis dans l'équipe de rugby,
mais il y en a un tas d'autres bien meilleurs que moi.
Oh, et mon père est mort quand j'avais douze ans. Je
crois que personne n'a rien à m'envier.

Delilah se pencha par-dessus la table et lui pressa
la main.

— Ne te dévalorise pas, Nathan.

— Je ne me dévalorise pas. Je suis sincère, c'est
tout, fit-il en haussant les épaules. Mais ce qui me fait
le plus mal dans tout ça, c'est que le coupable a gardé
deux des mouches de pêche de papa. Les dernières
qu'on avait fabriquées ensemble. Tout ce qui m'intéresse, c'est de les récupérer.

Samson n'eut pas le cœur de lui dire que les chances pour que cela arrive étaient plus que minces. S'il avait récupéré la boîte à tabac de son père qui contenait les mouches, c'est parce qu'elle avait été utilisée pour mettre la kétamine à la place, afin de l'incriminer. Il y avait belle lurette que les deux mouches avaient dû finir à la poubelle.

— Tu nous tiendras au courant ? demanda Will. S'il y a du nouveau ?

L'intensité de son regard faisait de la question un ordre plus qu'autre chose, et l'espace d'une brève seconde, Samson plaignit celui qui avait essayé de piéger son neveu. Le caractère de Will Metcalfe était secondé par deux poings redoutables. Et il savait s'en servir – il n'y avait pas si longtemps que le menton de Samson en avait fait l'expérience. La récente trêve conclue entre les deux hommes était encore balbutiante.

— Je te le promets.

— À propos de te mettre au courant, tu savais que quelqu'un avait essayé de voler les moutons de Clive Knowles ?

La question de Delilah attira l'attention de Will qui haussa les sourcils en réponse.

— Quand ça ?

— Cette nuit. Ils se sont pointés avec des lunettes à vision nocturne, et donc ce n'étaient pas de simples opportunistes mais des gens bien organisés. Par bonheur, Clive avait entendu leur camion, il est sorti avec son fusil et les a mis en fuite.

— Putain de merde ! fit Will en secouant la tête. Ça

commence à devenir une sale habitude dans le secteur. Il a pu voir ces salauds ?

— Il jure que c'étaient des Gipsys qui étaient passés à la ferme un peu plus tôt dans la journée. Ils observaient ses Texels…

— Clive Knowles a des Texels ? demanda Nathan, étonné, sachant que le fermier n'était pas du genre à donner dans ce qu'il appelait des races « exotiques ».

— C'est surprenant, mais oui. Il a craqué parce qu'il était sous l'emprise de l'amour…

Will eut un hoquet et faillit s'étouffer avec sa tranche de pain maison.

— Seigneur, fit-il avec un sourire d'une oreille à l'autre. Tu veux ma mort ?

— Je me contente de répéter ce qu'il m'a dit, protesta Delilah. Mais la vraie question, dans tout ça, c'est que tu devrais peut-être penser à revoir le système de surveillance d'Ellershaw. Clive a réussi à mettre les voleurs en fuite uniquement parce que les moutons qui étaient visés se trouvaient dans un champ près de la maison. Tu n'as pas cette chance.

À l'évocation des rapts d'ovins, Will perdit son sourire. C'était une sérieuse préoccupation pour tous les fermiers. Mais quand on avait une terre qui couvrait tout le versant d'une colline, loin de toute habitation, c'était un vrai casse-tête.

— J'ai des caméras sur la propriété, et tous les moutons sont tagués et marqués. Qu'est-ce que je peux faire de plus ?

— Pas grand-chose. À part les équiper de traceurs GPS. Mais ça coûte cher, comme me l'a fait remarquer

Clive Knowles quand je lui ai suggéré la même chose. Au lieu de ça, il a décidé de teindre ses moutons.

— Sérieusement ?

L'incrédulité de Will trouva un écho dans les rires des autres.

— Sérieusement. Il a dit qu'il ne paierait pas pour avoir des gadgets électroniques trop faciles à retirer. Et il n'a pas tort.

— Seigneur…, répéta Will avec un gros soupir. Dans quel monde vivons-nous pour que nos moutons ne soient plus en sécurité dans les champs ?

— Je lui ai dit que je regarderais ce qu'il y avait d'autre au rayon nouvelles technologies, continua Delilah, qui s'en voulait d'avoir ajouté aux soucis de son frère.

L'élevage était déjà un métier suffisamment difficile dans la conjoncture actuelle sans que s'y ajoute la menace de se faire voler son cheptel.

— Si je tombe sur quelque chose d'utilisable qui ne t'obligera pas à vendre un organe, je te le ferai savoir.

— *Aye*, ce serait génial. Merci.

Will se tourna vers Samson avec un demi-sourire.

— J'imagine que tu n'es pas chaud pour monter la garde jusqu'à ce que les voleurs se fassent pincer ?

— Je t'aiderai ! s'exclama Nathan. On pourrait camper sur place et patrouiller à tour de rôle. Calimero pourrait être promu chien de garde.

À la mention de son nom, le braque de Weimar posa sa tête grise sur le bord de la table et poussa un aboiement d'encouragement.

— Ça suffit ! dit Lucy en riant. Personne ne montera

la garde, la police est là pour ça. Je suis sûre que Clive Knowles les a mis au courant et qu'ils attraperont les coupables. Il y a un autre sujet qui m'intéresse beaucoup plus, continua-t-elle avec un coup de coude à sa belle-sœur. Et c'est la mystérieuse femme qui a conquis le cœur de Clive.

— Mes lèvres sont scellées, répondit Delilah.

— Allez, petite sœur, on ne le répétera à personne, insista Will en riant.

— Désolée, je ne peux rien dire.

— Tu n'as pas confiance en nous ? Ta propre famille ! s'exclama Nathan, les yeux écarquillés, en proie à une feinte indignation.

— Moi je dis qu'on devrait l'excommunier, proposa Lucy avec un sourire.

— Mais que Delilah. Pas Calimero.

— Ce n'est vraiment pas juste.

Pendant que les Metcalfe riaient et plaisantaient, Delilah refusant, malgré la pression, de révéler l'objet des ardeurs de son client, Samson admirait la foi que Lucy plaçait dans les forces de police de Bruncliffe. Concernant les vols de bétail, les statistiques nationales étaient consternantes, le nombre de crimes montait en flèche alors que celui des arrestations restait négligeable.

Peut-être, songea-t-il en attaquant une nouvelle part de tourte, Clive Knowles avait-il eu une bonne idée. Teinter la toison des moutons les rendait ainsi instantanément identifiables. Ça pouvait paraître un peu extrême, mais confronté à une menace devant laquelle il était tellement impuissant, au moins, il avait l'impression de ne pas rester sans rien faire.

De l'autre côté de la colline qui se dressait derrière High Laithe, puis plein nord sur les parois de Pen-y-ghent, dans la cour d'une ferme blottie à l'ombre du grand mont, une voix de femme couvrait les bêlements frénétiques des moutons.

— Comment appelez-vous cette couleur ?

Carol Kirby était sortie de la ferme et s'était appuyée sur la rambarde qui délimitait la zone de plonge des moutons. Elle observait les Texels massés dans le coin de l'enclos de séchage. Derrière eux, la dernière brebis s'efforçait de sortir du bac, toute ruisselante.

— Je commence à me demander si je ne me suis pas trompé dans le dosage, marmonna Clive Knowles, le visage aussi rouge que le végétal dont était extraite la teinture.

La vendeuse du *Foodz* avait eu la gentillesse de lui donner toutes les instructions sur la façon d'utiliser la teinture qu'il avait achetée, mais en calculant la dose, il soupçonnait ses connaissances en mathématiques acquises sur les bancs de l'école de l'avoir trahi. Parce que le résultat n'était pas ce qu'il avait en tête.

— C'était censé les teinter légèrement.

Carol laissa échapper un aboiement de rire, surprenant le fermier, et les moutons.

— Les teinter légèrement ? répéta-t-elle. Ce n'est pas une légère coloration. Enfin, il faut voir le bon côté des choses. Personne ne volera ces beautés. Plus maintenant.

Elle avait raison. Les précieux Texels de Clive Knowles étaient maintenant rose pétard. Presque fluo. Non seulement les voleurs n'oseraient jamais les embarquer, mais il n'y aurait pas un fermier de la région qui voudrait en entendre parler non plus.

— La dame a dit que ça partirait, fit Clive d'un ton plein d'espoir. Au bout d'un moment.

Carol souriait toujours. L'inquiétude du fermier se changea en joie. Par deux fois, ce jour-là, il avait vu s'incurver la ligne droite des lèvres de son ange. Et les deux fois, il en avait été la raison.

— Je n'ai jamais rien vu de pareil, dit-elle alors qu'il ouvrait l'enclos et que le troupeau fluorescent fonçait vers la barrière ouverte, attiré par l'herbe verte du champ qui se trouvait de l'autre côté.

— Si ça empêche ces fripouilles de Gipsys de revenir, ça en vaudra la peine.

— Vous pensez qu'ils essaieront à nouveau ? demanda Carol en accordant son pas sur le sien et en chassant les derniers moutons.

— Je les en crois bien capables. Ils ont vu que c'était un troupeau de premier choix.

Clive referma la porte et s'appuya sur la barre du haut, le robuste bras de Carol frôlant le sien au moment où elle faisait de même.

— Ils ont fière allure, dit-elle en souriant tout en observant les Texels flamboyants éparpillés dans le champ. Vous pourriez passer dans *Countryfile*.

Clive ne savait quoi répondre. Il avait la bouche sèche et son cœur battait trop vite dans sa poitrine alors qu'il sentait le bras de la femme si près du sien.

— Ou bien *Look North*. Et dans le *Craven Herald*, à coup sûr ! continuait Carol. Je parie qu'ils feraient tout un article là-dessus. Vous pourriez devenir célèbre…

Elle s'interrompit et tendit le doigt.

— Qu'est-ce que c'est que ça ?

Un coude pointu s'enfonça dans les côtes de Clive, l'arrachant à la stupeur induite par l'amour.

— Hein ? quoi ?

— Ça. Qu'est-ce que c'est ?

Carol ouvrit la barrière et se dirigea vers une tache blanche dans l'herbe verte.

Clive retomba sur terre et suivit Carol. Elle se pencha pour ramasser l'objet qui avait attiré son attention et le lui tendit.

— Qu'est-ce que c'est ? demanda-t-elle à nouveau en le lâchant dans la paume de sa main.

C'était une chose en forme de balle de fusil, au nez arrondi. Clive sut tout de suite de quoi il s'agissait.

— C'est un bolus, dit-il. Pour administrer des remèdes aux animaux.

— Mais qu'est-ce que ça fait là, dans l'herbe ?

Il haussa les épaules.

— L'une des brebis a dû le régurgiter.

Ce qui ne répondait pas à la question. Que faisait un bolus au milieu d'un champ plein de moutons qui n'avaient pas besoin de médicaments ?

Il le retourna dans sa paume et quelque chose cliqueta à l'intérieur. Ça, c'était curieux. Il n'avait jamais entendu un bolus faire ce bruit. Et d'ailleurs, pensa-t-il en regardant la partie maintenant située sur le dessus,

224

il n'en avait jamais vu qui présentait un joint aussi grossier.

Intrigué, il prit son canif, déplia l'une des lames et l'appuya sur le joint qui courait sur toute la longueur du bolus. Une légère torsion de la lame et les deux moitiés se séparèrent, révélant leur contenu.

— Qu'est-ce que c'est ? redemanda Carol en regardant l'objet niché dans l'une des demi-coques.

— Je ne sais pas, marmonna Clive. Mais si c'est un médicament, moi je mange mon chapeau.

15

L'après-midi avançait lentement dans l'immeuble de bureaux de Back Street. Leur enquête de la matinée n'ayant pas donné grand-chose, sinon des estomacs pleins et une énorme envie de faire la sieste, Samson et Delilah passèrent les quelques heures suivantes chacun à son étage. En bas, Samson était penché sur son ordinateur portable, occupé à préparer les factures pour les deux ou trois enquêtes sur antécédents qu'il menait pour Matty Thistlethwaite, le notaire de Bruncliffe, tandis qu'à l'étage au-dessus, Delilah avait rendez-vous avec une tonne d'images de vidéosurveillance.

Le matin, elle avait pris l'habitude de visionner les images des deux caméras que l'Agence de Recherche avait placées en ville. La première filmait les abords de la boucherie, la seconde l'intérieur du *Rice N'Spice*, le restaurant de M. Hussain. Mais après l'accident de Ron, elle avait négligé de le faire. Aussi se retrouvait-elle avec quarante-huit heures de vidéos à regarder, plus les images enregistrées sur la clé USB que leur avait confiée Mme Knowles : trois bons mois de bandes du parc à bestiaux.

Et qu'est-ce qu'elle cherchait ? Un chien qui faisait ses besoins sur le pas d'une porte. Un employé qui tapait dans la caisse. Et dans le cas du marché aux enchères... allez savoir !

Aucune de ces tâches ne la faisait déborder d'enthousiasme.

— Du chocolat et du thé..., murmura-t-elle, dans la cuisine, en ouvrant un sachet de biscuits au chocolat.

Elle en prit deux et regagna son bureau, chope en main. Depuis son panier placé dans un angle de la pièce, Calimero releva la tête et la regarda entrer.

— Tu dormais, souligna-t-elle alors qu'il rivait un regard pitoyable sur les biscuits. Je ne pensais pas que tu en voudrais.

Le chien poussa un gros soupir et laissa retomber sa tête sur ses pattes avec un léger gémissement. Un vrai martyr. Il n'avait pas volé son nom. Mais par la même occasion, il lui rappelait de quoi il était capable : il pouvait faire monter ce gémissement en puissance et le tenir pendant une durée spectaculaire. Au deuxième ululement, Delilah fit demi-tour, direction la cuisine.

— Bon sang, marmonna-t-elle en attrapant la boîte de biscuits pour chiens rangée dans le placard au-dessus de l'évier. Je suis rançonnée par un cabot.

Un quart d'heure plus tard, ayant dévoré sa friandise, Calimero dormait comme un ange et Delilah regardait, les paupières lourdes, les images prises devant la boucherie de Mme Hargreaves. Le petit monde de Bruncliffe défilait en accéléré, une succession de gens traversaient la place du marché – allant chercher le journal chez Whitaker, un café à la *Pâtisserie des Monts* ou un plat à emporter au *Rice N'Spice*, qui fermait tard. Là, aux petites heures du matin, c'était

Ida Capstick, la femme de ménage, qui se rendait à l'Agence immobilière Taylor en poussant sa bicyclette ; et puis Seth Thistlethwaite sortait faire une promenade matinale ; son neveu Matty, le notaire, allait travailler ; Rick Procter marchait à grands pas, l'air suffisant ; et le soir, Lucy verrouillait la porte du salon de thé. On voyait même Pete Ferris traverser furtivement la place de sa façon féline. Mais pas la moindre image d'un chien qui ferait mine de venir souiller le seuil de Mme Hargreaves.

Encore deux jours, sans résultat.

Delilah repoussa son fauteuil et se frotta les yeux. Ce n'était pas ce qu'elle imaginait quand elle avait proposé à Samson de s'associer. Elle aurait préféré, et de loin, être dehors et mener de véritables investigations plutôt que de regarder un écran à en avoir les yeux qui se croisaient.

Elle jeta un coup d'œil à sa montre et décida qu'il était trop tôt pour s'offrir un nouveau réconfort. Elle prit à contrecœur la clé USB du marché aux enchères. Pour changer un peu des petites histoires de ses voisins.

Côté images, le contenu enregistré par la caméra de la zone des enclos était beaucoup moins intéressant. Une succession de bovins et de moutons qui entraient et ressortaient du cadre, accompagnés de fermiers et de bouviers. Delilah les parcourut rapidement pendant une heure et ralentit lorsque la date inscrite dans le coin en haut à gauche se rapprochait de la date fatidique. Arrivée à la veille de l'accident, elle laissa la vidéo défiler plus lentement et regarda le marché aux enchères se préparer à la vente du lendemain. Megan apparaissait et disparaissait, préparant les enclos, avec l'aide d'Adam. Puis c'était Ron Watson, qui supervisait, encourageait, riait avec la jeune apprentie. Delilah éprouva une immense tristesse, sachant qu'elle assistait à la dernière journée de la vie de cet homme. Le *time code* dans le coin passa au jour de la vente. Le petit matin. Il ne se passait rien. Puis l'écran n'afficha plus rien du tout.

Évidemment. Harry les avait prévenus qu'il n'y avait pas d'images de la journée de l'accident de Ron. Ce qui était vraiment regrettable, la caméra étant placée juste en face de l'enclos dans lequel le contremaître avait trouvé la mort.

Pensant qu'elle ne retirerait pas grand-chose de plus des images, Delilah s'apprêtait à éjecter la clé USB quand elle se demanda à quelle fréquence la caméra était tombée en panne à cause du problème de câblage. Simple curiosité. Ça lui prit encore une heure. Méticuleusement, elle refit défiler les bandes, notant au passage les dates où la caméra n'avait pas fonctionné. Lorsqu'elle eut fini, elle avait une sacrée liste.

Elle s'appuya au dossier de sa chaise, s'étira et s'interrogea sur la pertinence des informations qu'elle avait recueillies. Au cours des trois derniers mois, la caméra était tombée six fois en panne, ce qui, à son avis, faisait beaucoup. Et pourtant, selon Mme Knowles, Harry ne voulait pas la faire réparer. Or si l'on en croyait le commissaire-priseur, il n'était pas au courant des pannes électriques.

Tout cela était très curieux.

Sachant qu'elle avait encore les images de

vidéosurveillance du *Rice N'Spice* à visionner, Delilah se leva, s'apprêtant à aller dans la cuisine se faire un café pour se réveiller. Mais en regardant le bloc sur son bureau et ses colonnes de dates, elle repéra un schéma qui ne lui avait pas sauté aux yeux auparavant. Toutes les dates étaient séparées par des multiples de sept. En d'autres termes, les six fois où la caméra était tombée en panne, cela s'était produit le même jour de la semaine. Et la dernière date de la liste était la veille – un mardi.

Le marché aux enchères de Bruncliffe tenait ses principales ventes le mardi.

Coïncidence ? Un rapport avec l'activité électrique accrue ces jours-là ? Se grattant mentalement la tête et se disant qu'elle venait de perdre une heure de son temps, Delilah se rendit dans la cuisine. Cinq minutes plus tard, elle regardait la dernière série d'images de vidéosurveillance, celles du *Rice N'Spice*. Et finalement, elle repéra quelque chose qui retint son attention.

La lumière du jour commençait à décliner lorsque Samson entendit les pas de Delilah dans l'escalier. Il pouvait dire rien qu'à la vitesse à laquelle elle approchait qu'elle était excitée. Quelques instants plus tard, elle faisait irruption dans son bureau.

— J'ai trouvé quelque chose ! s'exclama-t-elle.

Son enthousiasme emplit la pièce, repoussant l'obscurité du soir approchant, et Samson se rendit compte qu'il souriait. Comme la plupart du temps quand il était en compagnie de Delilah Metcalfe.

— Un philtre d'amour pour Carol Kirby ? répliqua-t-il pour la taquiner.

Elle leva les yeux au ciel, approcha une chaise de son côté du bureau, s'assit et tira le portable de Samson vers elle.

— Regarde ça, dit-elle en connectant une clé USB à l'ordinateur.

Les images de vidéosurveillance apparurent à l'écran et Samson se retrouva en train de regarder l'intérieur du restaurant *Rice N'Spice*. C'était un endroit qu'il connaissait bien, pour l'avoir fréquenté plusieurs fois par semaine quand il venait chercher des plats à emporter au cours des mois où il avait occupé clandestinement la chambre du haut. Et pendant qu'il attendait qu'on prépare son curry, il passait généralement le temps en bavardant avec le patron, Kamal Hussain. C'était un homme mince, courtois, toujours tiré à quatre épingles, un *offcumden* comme Samson, et ils riaient souvent du mal qu'ils avaient à s'adapter au réseau d'influences qui constituait le tissu invisible de la ville. Mais malgré cette familiarité informelle avec lui, Samson avait été surpris quand il avait fait appel à l'Agence de Recherche des Vallons.

C'était au mois de mars, quand le journal avait révélé les accusations portées contre Samson. Mais alors que certains balançaient des pierres dans la vitrine de l'agence ou peignaient des messages menaçants sur le seuil en réaction à la nouvelle, M. Hussain ne s'était pas laissé impressionner. Il s'était présenté avec un plein sac de samosas dont la bonne odeur s'était

231

répandue dans le bureau de Samson, et il avait exposé son problème, Calimero assis, plein d'espoir, à ses pieds.

Quelqu'un volait dans la caisse. C'était la seule façon d'expliquer la baisse des recettes. Et bien que M. Hussain ait peine à croire que le coupable puisse être un membre de son personnel, il avait demandé à Samson et Delilah de dissimuler une caméra dans le restaurant pour surprendre le voleur. Samson regardait à présent les images issues de la petite caméra dissimulée derrière la grande photo du Taj Mahal qui ornait le mur juste derrière la caisse, M. Hussain ayant donné sa bénédiction pour qu'ils y percent un petit trou. À la guerre comme à la guerre, n'est-ce pas ?

Trois semaines avaient passé sans que les images révèlent quoi que ce soit.

— Regarde, dit Delilah alors qu'elle lançait la lecture.

Ce que fit Samson. C'étaient les images de la veille, en fin de matinée. On voyait la caisse, la petite zone où les clients attendaient, la vitrine qui donnait sur la place du marché, la banque et la boucherie de l'autre côté de la place. Ça s'activait en ville, les gens allaient et venaient avec des sacs de shopping, mais le restaurant était encore désert. Ce qui n'avait rien d'étonnant, puisqu'il n'ouvrait que le soir.

Se concentrant sur l'écran, Samson se rendit compte que son regard dérivait vers le monde au-delà de la vitrine du *Rice N'Spice*. Il aurait préféré ne pas voir la tête blonde de Rick Procter. Celui-ci marchait d'un bon pas, tournant le dos à la caméra, mais à sa démarche,

Samson devinait qu'il était irrité. Intrigué, il se rapprocha de l'écran, et une minute plus tard, il vit une ombre sortir furtivement de la ruelle qui débouchait entre le magasin d'optique et la pharmacie.

— Pete Ferris, murmura-t-il devant la silhouette émaciée du braconnier qui rôdait de l'autre côté de la place, de biais par rapport à la caméra.

— Ce n'est pas ce que tu es censé regarder, protesta Delilah. Fais attention, ou tu vas le rater.

Elle avait raison. Samson reporta son regard sur l'intérieur désert du *Rice N'Spice*, juste à temps. Il y eut un mouvement subreptice, puis une main apparut et appuya sur l'une des touches de la caisse. Le tiroir s'ouvrit, plein d'argent, et la main avança de quelques centimètres pour attraper des billets tout au fond. Des billets de vingt. Tout cela sans que l'individu montre son visage.

— C'est le voleur ! s'exclama Samson. Il savait qu'il y avait une caméra !

Delilah hocha la tête.

— Attends. Ce n'est pas tout.

La caisse se referma, la main se retira et... Quoi ? Quelque chose avait attiré l'attention de Samson à la périphérie de l'écran.

— Tu peux revenir en arrière ? demanda-t-il en se penchant en avant pour mieux voir.

Cette fois, il l'aperçut. Au moment où la caisse se refermait et alors que le voleur filait incognito, Samson capta un nuage de couleurs au bord de l'image. Un miroir, sur le mur, à droite de la caméra, dont on ne

233

voyait qu'un tiers, avait surpris le reflet de celui qui piquait dans la caisse.

— Dis-moi que tu as utilisé ta magie, dit Samson en se tournant vers Delilah.

Elle pianotait déjà sur le clavier, faisant apparaître une autre vidéo. Dans celle-ci, le fragment de miroir avait été isolé et agrandi. Elle appuya sur « *play* » et figea aussitôt le défilement de la bande.

— Oh bon sang ! Je ne m'attendais pas à ça, marmonna Samson en regardant le coupable.

L'image n'était pas formidable, mais ça suffisait. Les cheveux noirs, le profil. L'uniforme d'école.

Il regardait la fille adolescente de M. Hussain.

Le ciel s'assombrissait, les réverbères s'allumaient. Bruncliffe s'installait dans la nuit. Autour de la place du marché, la plupart des boutiques étaient closes, à part le restaurant du coin, dont l'enseigne au néon attirait les affamés comme un phare. Derrière la vitre, les tables étaient pleines. C'était encore une soirée animée pour le personnel du *Rice N'Spice*, les serveurs allaient et venaient précipitamment avec les assiettes de viande crépitante et les plats de curry odorants, le brouhaha des conversations et les chansons de Bollywood ajoutant à la cordialité de l'atmosphère. Par contraste, dans l'arrière-salle de l'établissement, indifférentes aux délicieuses odeurs de cuisine, trois personnes étaient réunies, le visage grave, autour d'un écran d'ordinateur.

— Je ne peux pas le croire, murmurait M. Hussain en regardant les images qui défilaient, la déception chassant son sourire habituel. Ma petite princesse…

À côté de lui, le duo de détectives était assis dans un silence gêné, malheureux d'avoir dû apporter cette mauvaise nouvelle.

Au même moment, à l'autre bout de la ville, un homme était assis seul dans sa cuisine, la lumière jouant sur le granit poli des plans de travail qui étaient rarement utilisés. Concentré sur les trois photos étalées devant lui, il prenait son repas en solitaire, à même la barquette dans laquelle il l'avait acheté. Comme il contemplait le sombre avenir qui se matérialisait brutalement sous ses yeux, son attention fut attirée par un reflet métallique, au bout du comptoir. Un hameçon acéré, qui dépassait d'un petit bouquet de plumes attachées autour d'une tige jaune. Posé à côté, un autre assemblage de plumes, de fil violet et d'hameçon.

Deux mouches de pêche. Faites main. De toute beauté. Prises dans la boîte à tabac du marmot Metcalfe, afin d'y substituer de la kétamine. Et conservées comme symbole de ce que l'on pouvait accomplir quand on était prêt à faire des entorses à la loi.

Rick Procter regarda à nouveau les photos. Il allait s'occuper de cette menace qui mettait sa vie en péril. Exactement comme il s'était occupé des autres. Quoi qu'il en coûte.

Plaqué contre le mur de pierre du champ le plus proche de la ferme de Mire End, Clive Knowles avait des pensées similaires. Le fusil serré sur la poitrine, il faisait le dos rond pour lutter contre le vent qui soufflait vers le fond du vallon, abaissant la température au-dessous de la moyenne de saison. Il était là pour empêcher toute nouvelle tentative de vol de ses Texels.

Ce n'était pas vraiment une nuit pour être en planque. Mais à côté de lui, il avait un thermos de café, préparé par son ange, et une barre chocolatée. Devant lui, le troupeau qu'il protégeait se déplaçait fébrilement, comme s'il percevait sa tension. Puis il entendit le déclic de l'ouverture du portail. Il se retournait, épaulant son arme, lorsqu'il entendit le murmure familier.

— C'est moi. Je me suis dit que vous aimeriez peut-être avoir de la compagnie.

La forme ombreuse de Carol Kirby approcha et s'assit juste à côté de lui, son corps chaud contre son bras.

— On ne peut pas laisser disparaître ces beautés, murmura-t-elle.

Clive Knowles ne voyait pas son visage, la nuit était trop noire, mais il aurait parié qu'elle souriait.

De l'autre côté de la rivière qui courait en bas du terrain de Clive Knowles, Pete Ferris souriait aussi. Dans sa caravane, il était sur le point de s'endormir, plusieurs joints l'ayant conduit au bord de l'oubli. Alors qu'il était allongé sur son lit improvisé, ses lurchers étalés sur ses jambes, il imaginait son avenir, et combien il serait radieux. Il n'entendit pas le camion qui passait. Ou s'il l'entendit, il ne s'en souviendrait pas quand le jour se lèverait, le lendemain. Sur un dernier soupir de contentement, il glissa dans le monde des rêves.

Un peu plus tard et un peu plus loin, une barrière s'ouvrit en tournant silencieusement sur ses gonds. Elle fut repoussée en grand dans les ténèbres du champ, déclenchant à peine quelques bêlements de ses occupants. Rien qui puisse alerter qui que ce soit, le cri des moutons dans la nuit étant aussi habituel que le ululement de la chouette. Une caractéristique de la campagne.

Le bruit du camion aurait pu susciter plus d'inquiétude. S'il y avait eu quelqu'un pour l'entendre. Ou s'il s'était indûment attardé. Mais c'était une opération de pro, et en un rien de temps, le véhicule eut retrouvé la route, chargé à bloc, laissant derrière lui un champ vide.

16

— Vous les avez teints en rose ?

Delilah, appuyée sur la barrière, regardait le troupeau de Texels qui paissait dans le soleil du matin. Elle n'avait jamais rien vu de tel.

— Non, mais, rose de chez rose ?!

Clive haussa les épaules, sourire aux lèvres.

— *Aye.* J'ai eu la main un peu lourde avec la teinture, et ils en sont sortis d'un ton un poil plus vif que prévu.

« Un poil plus vif » était un euphémisme. Les moutons étaient éclatants, presque fluorescents, d'une couleur que la nature n'avait pas prévue. Sur le fond vert doux du coteau, ces barbes-à-papa bodybuildées offraient un sacré spectacle.

À côté de Delilah, Samson s'efforçait de conserver un visage impassible. Même Calimero avait l'air de se demander ce qu'il voyait, les yeux rivés sur les agneaux rose fluo qui gambadaient dans le champ.

— Enfin, continua le fermier, espérons que ça fera l'affaire et que ça les protégera.

— Il se pourrait que vous ayez raison, murmura Samson, les lèvres frémissantes. Personne n'osera les voler maintenant.

Clive acquiesça avec satisfaction.

— Mission accomplie. Mais je ne vous ai pas appelés pour admirer mes moutons. J'ai besoin de vos neurones.

Il se détourna du portail et s'achemina vers la maison.

Se préparant à devoir fournir de nouveaux conseils amoureux, Delilah le suivit. Elle avait à peine franchi la porte de son bureau, ce matin-là, que le fermier l'avait appelée pour lui demander de venir à Mire End. Il n'avait pas précisé pour quelle raison, se contentant d'expliquer qu'il avait besoin de son expertise. Ravie de ce prétexte pour sortir au grand air par ce qui promettait d'être une merveilleuse journée, un ciel azuréen sans un nuage surplombant les collines et une brise chaude soufflant doucement du sud, élevant la température bien au-dessus de la moyenne pour un mois d'avril, elle avait passé la tête dans le bureau de Samson et lui avait demandé s'il avait envie de l'accompagner.

Il ne s'était pas fait prier. Elle n'avait pas fini de parler qu'il était déjà debout. Après le pénible entretien avec le pauvre M. Hussain la veille au soir, il n'était pas étonnant qu'ils aient tous les deux très envie de prendre un bol d'air. Voir le malheureux découvrir que c'était sa fille qui le volait les avait bouleversés, au point qu'ils avaient refusé de se faire payer pour cette affaire, bien qu'ils l'aient résolue. Mais le patron du restaurant avait insisté. Et leur avait aussi demandé la discrétion, qu'ils avaient promise. Ils l'avaient laissé dans son bureau, en train de regarder encore et encore les images de vidéosurveillance, secouant la tête de désespoir, et ils étaient partis se coucher, aussi déprimés l'un que l'autre. Delilah ne pouvait pas parler pour Samson, mais elle n'avait pas bien dormi.

Et donc, une balade en voiture jusqu'à la ferme de Mire End leur avait paru une bonne façon de commencer cette nouvelle journée, Samson à côté d'elle dans la Micra, Calimero sur la banquette arrière, bloquant la vue dans le rétroviseur. Jusque-là, grâce aux moutons roses, ça paraissait marcher. Delilah avait déjà bien meilleur moral quand elle traversa la cour en direction du corps de ferme.

— Carol n'aime pas beaucoup qu'on garde ses chaussures dans la cuisine, dit Clive avec un sourire d'excuse.

Il s'arrêta sur le seuil de la porte de derrière, se baissa pour enlever ses bottes et indiqua d'un mouvement de tête à Samson et Delilah d'en faire autant.

Quand il ouvrit la porte, Delilah comprit pourquoi. La pièce n'avait plus rien à voir avec le sombre taudis qu'elle avait visité il y avait à peine un mois. Les piles d'assiettes sales avaient disparu, tout comme les restes de nourriture sur la table et la boue de la cour incrustée dans le sol d'ardoise. Au lieu de cela, le soleil brillait par la fenêtre immaculée, les carreaux derrière l'évier étincelaient, et la table… Elle avait été polie et cirée, révélant le grain du bois, et une cruche avec des jonquilles était placée au milieu, le jaune se reflétant sur la surface miroitante. Même le vieux chien de berger qui honorait normalement le foyer de son odeur à nulle autre pareille avait l'air différent. Plus propre. Plus jeune. Et assurément moins puant.

De la femme qui avait opéré ce miracle, il n'y avait pas trace.

— Jour de marché, expliqua Clive en inclinant la tête vers le fourneau où sa gouvernante se tenait normalement. Carol ne le manque jamais.

— A-t-elle apprécié votre cadeau ? demanda Delilah.

À cette question, le fermier se fendit d'un sourire de gamin.

— Faut croire.

Il indiqua le fauteuil à côté de la cheminée, où était posé un sac de toile d'où dépassaient deux aiguilles à tricoter.

— Je dois avouer que je n'étais pas convaincu quand j'ai reçu votre message. Mais c'était bien joué, fillette, vous avez visé juste. Maintenant, voyons si vous pourrez expliquer ça.

Il prit sur le comptoir une soucoupe qu'il posa sur la table, devant Delilah.

— Je n'ai jamais rien vu de pareil, dit-il en indiquant l'objet qu'elle contenait. Et vous, ça vous parle ?

— Qu'est-ce que c'est ? demanda Samson en regardant par-dessus l'épaule de Delilah.

— C'est un module GPS.

— Comme pour la navigation GPS ?

— Pareil. Mais tout petit. Comme ceux qu'on trouve dans les colliers des animaux domestiques.

Elle le retourna. L'objet, bien conçu, était de bonne qualité. Impressionnée, elle regarda Clive Knowles.

— Où avez-vous trouvé ça ?

— Dans le champ d'où l'on vient.

Il retourna près du comptoir et prit un sachet en plastique qu'il tendit à Samson.

— C'était là-dedans.

Le détective retourna le sachet et deux moitiés de ce qui ressemblait à un suppositoire en plastique tombèrent dans le creux de sa main.

Samson le regarda, puis regarda Delilah. Parce qu'il tenait un bolus ouvert.

— Vous pourrez peut-être, continua le fermier, m'expliquer ce qu'un GPS pouvait bien faire au milieu de mon champ de Texels ?

— C'est forcément lié, marmonna Samson avant de mordre dans le gâteau aux dattes et aux noix dont Lucy venait juste de placer une tranche devant lui.

Il s'octroya une gorgée de café et poursuivit.

— Le pistolet lance-bolus sur la photo de Ron, et ça, retrouvé dans le champ de Clive Knowles.

Il tapota le sachet en plastique posé sur la table, qui contenait l'étrange découverte du fermier.

En quittant la ferme de Mire End, Samson, qui avait besoin d'un bon café pour réfléchir à cet étonnant rebondissement, avait suggéré à Delilah de les conduire tout droit à la *Pâtisserie des Monts*. Elle n'avait été que trop contente de s'exécuter. Ils avaient attaché Calimero dehors, étaient entrés dans le salon de thé et avaient pris place à la dernière table disponible. C'était jour de marché, et Lucy Metcalfe et son équipe travaillaient d'arrache-pied pour honorer les commandes de la foultitude de chalands affamés d'avoir sillonné les étals alignés sur la place pavée.

Se protégeant d'éventuelles oreilles indiscrètes, Delilah se pencha sur le dessus de la table et parla à voix basse.

— D'accord. Disons qu'il y a un lien. Donc, on se retrouve avec un bolus trafiqué qui a mystérieusement atterri dans un champ plein de moutons récemment achetés à l'endroit où on a vu le pistolet en premier lieu. Ce que tu suggères, c'est que quelqu'un aurait délibérément fait avaler un système de traçage à un mouton, qui l'aurait régurgité. Mais pourquoi, au nom du ciel, quelqu'un aurait-il pu vouloir faire ça ?

— Pour des recherches ? avança Samson en haussant les épaules.

— Quel genre de recherches ?

Et c'était là qu'était le problème. Samson ne pouvait ignorer le sentiment viscéral qui lui disait que les deux choses – la photo et le bolus qui renfermait le GPS – étaient fondamentales pour la résolution de l'affaire, mais il n'arrivait pas à voir comment les relier.

— Je ne sais pas. Tu ne peux rien nous dire d'autre là-dessus ? demanda-t-il en indiquant le sachet en plastique. Tu pourrais en tirer des données ?

Delilah secoua la tête.

— Ce n'est pas ce genre de dispositif. En gros, c'est juste un émetteur. Conçu pour envoyer un signal de géolocalisation, guère plus.

— On ne peut pas l'utiliser pour retrouver ceux qui l'ont mis en place ? demanda Samson qui avait atteint la limite de ses connaissances techniques.

— Aucune chance.

Il y eut un vacarme soudain sur leur gauche. Un

groupe important quittait la table voisine en bavardant et en rigolant, avant de sortir dans le soleil qui réchauffait la place du marché. Deux d'entre eux s'arrêtèrent pour cajoler Calimero qui attendait patiemment à côté de la porte.

— Pff ! fit Lucy Metcalfe en s'approchant de la table libérée, plateau en main. (Elle s'essuya le front avec exagération et entreprit de débarrasser les assiettes sales.) Espérons que nous aurons un peu de répit avant la prochaine vague.

— Nathan n'est pas là pour t'aider ? demanda Delilah.

Lucy indiqua la cuisine avec un sourire.

— Il est de corvée de vaisselle. Il dit que c'est moins gênant que d'être vu en train de servir du café et des petits fours.

— Il n'y a pas de quoi être gêné quand on sert des régals de cette qualité, dit Samson avec un soupir satisfait, en repoussant son assiette.

Qui accrocha le sachet en plastique et le fit tomber par terre.

— Je l'ai, dit Lucy en se baissant pour le ramasser. (Elle jeta un regard curieux au contenu, tout en le lui rendant.) Qu'est-ce que c'est ?

— Un traceur GPS, répondit Delilah. C'est en rapport avec une enquête.

Sa belle-sœur fit une grimace.

— J'imagine que ça ne marcherait pas sur les animaux ? Ça pourrait soulager ton frère aîné et lui faire oublier sa mauvaise humeur de ce matin.

— Will ? Qu'est-ce qui lui arrive ?

— Il est super stressé. Je suis passée à Ellershaw en allant au travail, et il venait juste d'apprendre, pour Kevin Dinsdale. Il avait peur d'être le suivant.

— Kevin ? releva Samson en se demandant si Delilah entendait le signal d'alarme qui retentissait dans sa tête à lui.

— Tu n'es pas au courant ?

Lucy eut la réponse en regardant les deux visages atones qui lui faisaient face.

— Désolée. Je croyais que le sergent Clayton vous aurait informés. Kevin s'est fait enlever un troupeau de moutons, cette nuit. Les voleurs ont été incroyablement culottés. Ils sont venus en camion et ils ont chargé le troupeau dedans. On n'a aucune trace des bêtes. Dieu sait où elles vont atterrir.

Delilah regardait Samson regarder le sachet en plastique.

— J'imagine que tu ne sais pas de quelle race de mouton il s'agissait ? demanda Delilah en se tournant vers sa belle-sœur et en essayant de contenir l'excitation dans sa voix.

— Des Suffolks, répondit Lucy sans hésitation. Will dit que le pauvre gars venait de les acheter. Mardi. Tu sais, le jour où Ron Watson est mort. Il n'était pas bon de traîner à cette vente, ça c'est sûr.

La porte du salon de thé s'ouvrit, et plusieurs femmes portant des cabas pleins à craquer firent leur entrée. Repérant la seule table libre, elles entreprirent de traverser la salle, en direction de la patronne surmenée.

— Désolée, dit Lucy avec une grimace à l'intention

de Samson et Delilah. Il faut que j'y aille. Je reviens vous voir plus tard.

Elle finit de débarrasser la table tandis que les dames commençaient à s'asseoir, laissant le duo de détectives face à face.

Le pistolet à bolus. Le dispositif GPS. Et maintenant, les moutons de Kevin Dinsdale.

— C'est notre lien, murmura Samson. Ça ne peut être que ça. Nous savons que c'était un des moutons de Dinsdale sur la photo que Ron a prise. Quelqu'un a dû faire avaler un dispositif identique à celui-ci à l'un des Suffolks qu'il avait achetés.

— Et puis il est revenu les voler, sachant pertinemment où les trouver grâce au traceur.

— Ce qui veut dire que la tentative de vol que Clive Knowles a fait échouer n'était pas un hasard. Les voleurs étaient venus pour ça, fit Samson en indiquant le traceur.

— Oh bon sang ! s'exclama Delilah. Je ne peux pas croire que quelqu'un utilise ce genre de technologie pour voler du bétail.

Samson hochait la tête.

— C'est ingénieux. Pas besoin de risquer un repérage avant le vol. Il n'y a qu'à suivre le traceur, et il te conduira directement aux moutons qui valent la peine d'être volés, choisis à l'avance par quelqu'un qui connaît son affaire.

— Mais ça veut dire…

Delilah s'interrompit et porta la main à sa bouche.

— Pauvre Harry !

— Pauvre Harry, comme tu dis. C'est pire que ce

qu'il imaginait. Quelqu'un au marché aux enchères de Bruncliffe est forcément impliqué. Ce pistolet à bolus n'est pas arrivé là tout seul.

— Auquel cas il paraît de plus en plus vraisemblable que Ron savait ce qu'il faisait quand il a pris cette photo. Il avait reconnu celui qui tenait le pistolet à bolus, et il a trouvé ça assez préoccupant pour essayer d'en garder une trace.

— Ça semble logique.

— D'accord, mais *quid* de notre théorie selon laquelle la cause de la mort de Ron serait liée à une engueulade avec Adam Slater ? Est-ce que tu suggères que c'est Adam qui aurait inséré les traceurs ?

— Tout va dans ce sens. Ron repère Adam, le prend en photo et se fait surprendre à son tour. C'est là qu'Adam le prend à partie et la discussion s'envenime...

Ils se turent tous les deux, revoyant l'affaire à la lumière de ces développements inattendus.

— Quelque chose nous échappe, marmonna Samson.

— La photo, fit Delilah. Ron voit Adam brandir un pistolet à bolus, tu ne trouves pas bizarre qu'il ait réagi en le photographiant plutôt qu'en lui demandant ce qu'il fabriquait ? Je veux dire, ce n'est pas un objet tellement inhabituel dans le monde de l'élevage.

— Exact. Et si on part du principe que cette photo a été prise volontairement, alors en ce cas, Ron l'aura prise en douce – il était derrière un mur et n'a même pas pris soin de la cadrer correctement. Ce qui, comme tu disais, est une façon inhabituelle de réagir quand on surprend son collaborateur en train de faire quelque chose d'insolite…

— Tu penses à ce que je crois ? demanda Delilah en s'avançant sur sa chaise, vibrante d'excitation.

Samson se pencha vers elle.

— Ron savait que le bolus n'était qu'un élément d'un plan plus vaste. Assez vaste pour qu'il n'ait pas envie de prendre Adam de front.

— Alors il fait une photo en douce, essaie de l'envoyer à Megan, et…

— Et on le retrouve mort, fit Samson en se calant contre son dossier. Seigneur ! dit-il en passant la main dans ses cheveux. C'est beaucoup plus sérieux qu'une simple engueulade. D'une façon ou d'une autre, Ron savait qu'il se tramait quelque chose à ces ventes aux enchères.

— Maintenant, il faut qu'on découvre ce qu'il savait au juste.

— Comment ? À part cette photo incriminante, nous n'avons rien trouvé d'intéressant dans son téléphone, et Adam Slater a disparu. Décidément, cette affaire se corse, on dirait.

Delilah se figea, sa tasse à mi-chemin de sa bouche. Puis elle la reposa, prit son mobile dans sa poche et s'éloigna de la table.

— Qu'est-ce qu'il y a ? demanda Samson en riant, surpris. J'ai dit quelque chose ?

Delilah ne répondit pas. Elle parlait au téléphone. Quel que soit son interlocuteur, ça ne dura pas longtemps, et quand elle regagna la table, elle attrapa sa veste.

— Toi, tu retournes au bureau avec Calimero, dit-elle, et je t'y retrouve d'ici vingt minutes. Fais-moi confiance ! ajouta-t-elle avec un sourire, en voyant le regard confus de Samson.

Celui-ci la regarda filer vers la porte. Il n'avait pas le choix. Pourtant, faire confiance n'était vraiment pas dans sa nature…

Pete Ferris ne tenait pas en place. Comme un futur papa à la maternité, il faisait les cent pas dans sa caravane, sous le regard de ses lurchers tout aussi fébriles.

— J'aurais dû donner un délai plus court, grommela-t-il.

Quarante-huit heures pour réunir deux cent cinquante mille livres. Pour un homme comme Pete, c'était une fortune. Mais pour Procter et le maire, c'était une goutte d'eau dans un océan de fortune. Ils auraient pu réunir cette somme en vingt-quatre heures.

— Erreur de débutant, se maudit Pete en arrivant au canapé effondré avant de pivoter sur ses talons pour repartir vers l'autre bout de la caravane.

Il se demanda quelles autres erreurs il avait pu commettre. L'angoisse lui nouait l'estomac. Il connaissait l'enjeu de la partie qu'il jouait. Rick n'était pas du genre à tolérer qu'on cherche à profiter de sa réussite, surtout en le faisant chanter. Le promoteur immobilier devait être en train d'essayer de démasquer son maître-chanteur à l'heure qu'il était. Et Pete lui avait laissé le temps de le faire.

Devait-il rappeler le maire ? Avancer le rendez-vous ? Impossible. Ça le ferait passer pour un amateur.

Moins il les contacterait, mieux ça vaudrait. Pour ce qu'il en savait, ils étaient déjà en train d'utiliser ses précédents appels pour remonter jusqu'à lui.

Et donc, quarante-huit heures ce serait. Dont il ne restait que vingt-quatre. Demain, il contacterait Bernard Taylor et lui indiquerait le lieu du dépôt. Au moins, il avait bien réfléchi à ça. Il avait choisi un endroit qui lui offrirait une échappatoire. Un vendredi soir, avec des gens partout en ce début de week-end très proche de Pâques – la ville grouillerait de monde, des gens du coin et des touristes. Suffisamment pour lui fournir la protection dont il avait besoin pour récupérer l'argent sans être identifié. Puis il taillerait la route avec ses chiens et le fric. Parce qu'après ça, il ne serait plus en sécurité à Bruncliffe.

À cette pensée, il s'affala sur le canapé, près de ses chiens.

Fini Bruncliffe. Fini sa vie passée à l'ombre de Pen-y-ghent, à chasser la grouse, le faisan et le lapin dans les collines. Fini les pintes occasionnelles dans le décor douillet de la *Toison*. Il ne frayait pas avec les gens de la ville, mais il avait tout de même l'impression d'en faire partie, ses ancêtres étant nés et ayant grandi dans ce vallon.

Il commençait à devenir sentimental. Il voyait des roses dans une existence qui avait surtout été constituée d'épines. Avec l'argent que sa combine allait lui rapporter, il pourrait se bâtir une nouvelle vie. S'installer sur la côte, peut-être à Whitby, et arrêter la drogue. Ou du moins lever un peu le pied. Sacré nom... Il pourrait même se trouver un petit boulot, gardien d'un parc de caravanes, ou quelque chose dans ce goût-là.

Cette idée lui arracha un petit ricanement. Vingt-quatre heures. Il jeta un coup d'œil par la vitre aux champs verts et aux murets de pierre qui avaient été son environnement pendant les dix dernières années, et il se persuada que le jeu en vaudrait la chandelle. À condition qu'il survive aux prochaines vingt-quatre heures.

Pete Ferris regardait encore par la fenêtre quand la bétaillère passa devant chez lui. Elle se dirigeait vers la clairière où les Gipsys avaient établi leur campement, négociant le chemin de terre avec soin.

17

Delilah avait tenu parole. Vingt minutes après avoir quitté la *Pâtisserie des Monts*, elle franchissait la porte de derrière avec un sac en plastique et un petit air supérieur.

— Je ne peux pas garantir que nous allons trouver quelque chose dans tout ce fatras, dit-elle en entrant dans le bureau de Samson. Mais qui sait ? Nous aurons peut-être de la chance, ajouta-t-elle en posant le sac sur son bureau.

Samson l'ouvrit et en sortit un gros classeur à levier, plein d'articles de journaux.

— Les coupures de presse de Ron, dit-il en reconnaissant le classeur qu'il avait vu chez les Watson. Qu'est-ce qui t'a donné cette idée ? demanda-t-il en regardant Delilah.

Elle haussa les épaules.

— Je ne sais pas. Ça doit être quelque chose que tu as dit quand on était au salon de thé. Tout d'un coup, j'ai pensé que ça valait la peine de retourner le chercher. Si Ron se donnait le mal de conserver des articles découpés dans les journaux, peut-être qu'on y trouvera un indice de ce qu'il avait découvert.

— Excellente idée ! Et qu'est-ce que tu as raconté à Joan pour le récupérer ?

— Je me suis contentée de dire que ça pourrait nous aider dans notre enquête. Pauvre femme – elle a entendu les rumeurs concernant Adam Slater, et elle est tellement avide d'avoir des nouvelles, quelles qu'elles soient, qu'elle était ravie de me le remettre. Espérons que je ne lui aurai pas donné de faux espoirs...

Delilah s'assit en face de Samson et ouvrit le classeur. Des papiers s'en échappèrent et tombèrent sur le bureau. Ils ne provenaient pas tous du *Craven Herald*, il y en avait aussi de la *Westmorland Gazette* de Cumbria et du *Yorkshire Post*. D'autres étaient des tirages issus de sites Web, et notamment un article du *Cotswold Journal*. Il y avait aussi des quantités de pages tirées du *Farmers Guardian* et des comptes rendus de ventes aux enchères.

— Bon sang, ça va nous prendre des années, marmonna Samson. Par où veux-tu commencer ?

Delilah inclina la tête et prit la mesure de la masse de papiers qui se trouvait devant eux.

— D'après Joan, Ron était très organisé. Il rangeait chaque article dans une chemise en plastique et il les classait par ordre chronologique. Mais elle a dit qu'il y avait un peu de laisser-aller ces derniers mois, et qu'il se contentait de les fourrer n'importe comment, là où il y avait de la place. Et donc, je me dis que si la réponse se trouve là-dedans, fit-elle en tapotant les coupures de journaux en vrac, ce sera probablement dans les articles les plus récents.

— Quoi qu'il se trame, je ne peux pas croire que Ron ait été au courant depuis des années et qu'il n'en ait parlé à personne, acquiesça Samson. Je suis d'accord. On va commencer par là.

Prenant chacun un petit paquet de feuilles libres, ils se mirent à parcourir les articles. Pendant dix minutes, aucun des deux ne prononça une parole. Et puis Delilah releva la tête.

— Tu trouves un thème commun ? demanda-t-elle.

Samson hocha la tête.

— Les ventes et les vols de moutons, d'un peu partout dans le pays.

— Pareil pour moi. J'ai des rapports de ventes aux enchères de Carlisle, Kendal, Leyburn, Northallerton… surtout du nord. Mais les articles sur les vols couvrent une zone bien plus vaste – le Lincolnshire, les Cotswolds, Dumfries et Galloway.

— Moi aussi, répondit Samson. Quelles qu'aient été les motivations de Ron pour accumuler ces coupures de presse, il ne se cantonnait pas aux Vallons. Mais du peu que j'ai vu, il ne nous a pas laissé d'indices probants quant à ce qu'il avait en tête. Alors comment est-ce qu'on va bien pouvoir donner un sens à tout ça ? Pour ce qu'on en sait, on regarde simplement les coupures de journaux d'une personne obsédée par l'élevage des moutons, et pas un rapport d'activité criminelle.

— On devrait peut-être commencer par classer les pages par sujet – les ventes et les vols –, et peut-être que ça nous donnerait une meilleure idée de ce à quoi on a affaire ?

Cela leur prit une demi-heure, à la fin de laquelle ils avaient deux piles distinctes.

— Je prends celle-là, fit Delilah en attirant vers elle la pile des informations sur les ventes. Si on les mettait par ordre chronologique maintenant, en plaçant les plus récentes sur le dessus ?

Samson commença par sa pile, en parcourant les articles sur les vols de moutons et en les classant par date de parution.

— Et ensuite ? demanda-t-il en reposant la pile de papiers désormais organisée.

— On essaye de faire coïncider les vols et les ventes, suggéra Delilah en indiquant l'article du dessus de sa pile. Donne-moi la date et la localisation.

— Trente brebis croisées Texels pleines, volées à Market Rasen, dans le Lincolnshire, mardi dernier. Une semaine avant la mort de Ron.

— Des croisées Texel…, murmura Delilah en feuilletant frénétiquement ses pages pour trouver une vente correspondante.

Une minute plus tard, elle relevait les yeux, frustrée.

— C'est impossible. Il y a trop d'informations là-dedans. Autant chercher une aiguille dans une meule de foin. Il faut qu'on trouve un meilleur système.

— Ça nous aiderait peut-être de nous concentrer sur autre chose qu'une aiguille, fit rêveusement Samson. Et si on cherchait un vol impliquant une race d'ovins peu commune ? Ce serait peut-être plus facile à repérer.

— Ou bien… On pourrait examiner les différents types d'articles ? suggéra Delilah, une page de journal dans une main et un tirage d'imprimante dans l'autre.

Deux rapports de ventes, le premier découpé dans les

pages « Élevage » du *Craven Herald*, simple compte rendu de la vente aux enchères ; et l'autre, tiré du site Internet du marché aux enchères de Bruncliffe, qui était beaucoup plus détaillé, et indiquait les noms des vendeurs et dans certains cas ceux des acheteurs.

— Ces deux-là traitent de la même opération, il y a six semaines. Mais tous les articles sur les ventes locales ne sont pas couplés avec un tirage d'imprimante. Ce qui suggère que Ron avait des raisons de chercher des informations supplémentaires sur certaines de ces ventes.

— On devrait se concentrer là-dessus, acquiesça Samson. Commençons par celle-là. Qu'est-ce que tu as ?

Delilah parcourut le rapport détaillé.

— Il s'agit d'une vente de Texels et de Suffolks, que des brebis gestantes. Tu as quelque chose qui correspond, dans les six dernières semaines ?

Samson parcourait déjà sa pile en commençant par le dessus. Il n'eut pas à aller très loin.

— Douze Texels pleines volées dans une ferme de l'autre côté de York, il y a quatre semaines. Ça colle ? demanda-t-il en levant les yeux.

— On va les mettre ensemble pour l'instant. Et celle-ci ? demanda-t-elle en tirant deux autres pages de la pile posée devant elle. Un rapport de Hawes daté d'octobre dernier. D'après le tirage d'imprimante de Ron, un gros troupeau d'agneaux Beltex croisés Store a été vendu. Avec des Suffolks et des Texels...

Elle attendit pendant que Samson cherchait dans sa pile d'articles en secouant la tête. Puis il s'arrêta, revint en arrière de quelques pages et opina du chef.

— Trente agneaux croisés Beltex volés du côté de Lancaster, fin novembre. Ça pourrait être le même troupeau.

— Et ça ? demanda Delilah en lisant un autre rapport. Ron a mis une étoile à côté de celui-ci : la vente de vingt brebis Swaledales pure race pleines, à Leyburn, en janvier.

Il ne fallut que quelques secondes à Samson pour tirer de sa pile un article du *Craven Herald*, et il regarda Delilah, la mine sombre.

— Jimmy Thornton, dit-il en lui passant l'article. Il s'est fait voler des Swaledales gestantes le mois dernier. Là, je pense qu'on tient quelque chose.

Delilah parcourut la page, notant les détails qu'elle tenait de la bouche même du jeune fermier qui vivait à l'ouest de Bruncliffe, dans les collines solitaires de Bowland Knotts. Puis elle regarda les piles de papiers amoncelées sur le bureau.

— Mouais. Sauf qu'avec ce système, on n'a fait qu'effleurer la pointe de l'iceberg.

— C'est l'impression que ça donne. Mais on ne peut pas encore affirmer que ces ventes et ces vols correspondent entre eux. Pour l'instant, nous n'en sommes qu'au stade des spéculations. Il nous faut des preuves plus concrètes.

— Qu'est-ce que tu proposes ?

Samson prit son téléphone.

— On va appeler les fermiers qui se sont fait voler des troupeaux et leur demander si c'était une acquisition récente, et si oui, où ils les avaient achetés. Je vais commencer par Jimmy.

Une heure plus tard, ils avaient établi une liste de sept fermiers qui s'étaient fait voler leur troupeau. Et une deuxième liste des sept mêmes fermiers qui avaient tous acheté leurs moutons aux enchères dans les quatre mois précédant le vol. Tous les vols et toutes les ventes étaient documentés dans le classeur de Ron Watson. Et Ron les avait appelés au cours des dernières semaines.

— Il avait vraiment mis le doigt sur quelque chose, conclut Delilah, choquée par cette découverte. Et nous n'avons contacté qu'une fraction des fermiers concernés, fit-elle en indiquant les articles et les documents imprimés étalés sur le bureau.

Samson était tout aussi stupéfait de ce nouveau développement.

— C'est bien plus grave que je ne le pensais, dit-il en se calant au dossier de sa chaise. On a affaire à des criminels qui sévissent sur tout le territoire, qui programment méticuleusement leurs opérations et qui ont parfois recours à du matériel high-tech. Tout ça porte la marque du crime organisé.

— Mais nous n'avons toujours pas de preuve concrète – en dehors du traceur que Clive Knowles a trouvé et de la collection de documents de Ron. Rien qui puisse conduire à l'identification des coupables.

Elle regarda les deux listes qu'ils avaient dressées, qui recoupaient les dates et les localisations des sept vols de troupeau et celles des ventes correspondantes sur une période de huit mois. Ce n'était pas une lecture très réjouissante. D'autant qu'ils avaient encore tellement de documents à éplucher.

Le claquement de la porte de derrière qui s'ouvrait

et se refermait les fit sursauter tous les deux. Samson se leva d'un bond et sortit dans le couloir avant même que Delilah ait enregistré le bruit.

— Nathan ! murmura-t-il, ses épaules se détendant tandis que l'adrénaline retombait à la vue de son filleul. Qu'est-ce que c'est que cet endroit où les gens débarquent sans prévenir ? Et sans même sonner à la porte principale ?

— C'est Bruncliffe, sourit Nathan en le regardant de sous sa frange. Il faut t'y faire.

Delilah avait déjà vu Samson réagir de façon similaire, et elle se demanda s'il s'y « ferait » jamais. Et s'il serait jamais libéré de ce qui le maintenait sur des charbons ardents.

— Maman vous envoie ça, continua le jeune homme en posant deux sachets de la *Pâtisserie des Monts* sur le bureau. Elle a dit que vous aviez l'air trop occupés pour venir vous ravitailler.

Samson ouvrait déjà un sachet et en sortait un sandwich.

— Ta maman est un ange, dit-il avec un murmure de plaisir en mordant dans le pain.

— Vous êtes toujours débordés ? demanda Delilah.

— Nan, ça se calme. Mais qu'est-ce que c'est que tout ça ? demanda Nathan en parcourant du regard les coupures de journaux. Vous enquêtez sur les vols de moutons ? ajouta-t-il, sa voix trahissant son excitation.

Delilah jeta un coup d'œil à Samson. Avant l'escapade de son neveu, le mois précédent, son instinct lui aurait dit de le tenir à l'écart de l'Agence de Recherche des Vallons. Mais l'adolescent avait fait preuve d'une telle maturité au cours du mois écoulé qu'ils ne voyaient pas l'intérêt de continuer à le traiter comme un enfant.

— On enquête sur plusieurs choses, répondit-elle. Peut-être en rapport avec des vols de moutons.

— Qui pourrait faire une chose pareille ? demanda Nathan.

Il prit les comptes rendus de police et les parcourut en secouant la tête d'un air incrédule.

— Prendre tout son troupeau à un fermier… Ça revient à tirer un trait sur des lignées entières et des décennies d'élevage. Un type capable de faire ça mériterait qu'on le descende à coups de fusil.

— J'ai l'impression d'entendre ton oncle Will, dit Samson avec un sourire.

— Tu aurais dû l'entendre ce matin, s'esclaffa Nathan. Quand on a appris que Kevin Dinsdale s'était fait voler ses Suffolks, il a employé un vocabulaire que je préfère ne pas répéter.

Delilah l'imaginait sans peine. Son frère avait le même caractère qu'elle. Il s'échauffait vite, mais ça ne durait pas. La vague de vols et la menace qui planait sur sa propre ferme devaient le rendre fou.

— Alors, vous avez des pistes ?

— Rien de concluant pour l'instant, répondit Delilah.

— Vous en avez parlé au sergent Clayton ?

Samson finit sa dernière bouchée de sandwich et secoua la tête.

— Pas encore. On voudrait creuser encore un peu avant.

— Je pourrais vous aider ! suggéra le jeune homme,

le visage s'illuminant à cette perspective. Alors, par quoi on commence ?

Il se retourna, tira une chaise vers le bureau et se laissa tomber dessus.

— Je ne suis pas sûre…, commença Delilah.

Mais Samson se pencha vers son filleul.

— Je me disais que ça ne ferait peut-être pas de mal de parler à un spécialiste du vol de bestiaux, dit-il en souriant. Tu ne connaîtrais pas quelqu'un qui collerait avec cette définition, Nathan ?

— Pete Ferris ! s'exclama le gamin, sans hésitation. Je peux venir avec vous ?

— Pas question ! décréta Delilah en pensant à la dernière fois où elle était allée chez Pete avec Samson, et au fusil qui les avait accueillis. Et puis tu es censé donner un coup de main à la Pâtisserie.

— J'ai fini pour aujourd'hui, répondit Nathan. Et je connais Pete. Vous aurez plus de chances de le faire parler si je suis là.

Samson hocha la tête.

— Ce n'est pas faux, Delilah. Pete sera peut-être plus coopératif si Nathan nous accompagne.

Ils la regardaient tous les deux, dans l'expectative. Force lui était de reconnaître que le braconnier s'était montré coopératif par deux fois au cours du mois dernier, aidant Nathan à redescendre des collines quand il s'était perdu, par un temps épouvantable, puis en leur apportant un concours appréciable quand ils cherchaient à neutraliser l'empoisonneur fantôme qui sévissait à Bruncliffe. Mais c'était de Pete Ferris dont on parlait. Il y avait malgré tout quelque chose de sauvage chez le bonhomme. Et carrément hors la loi. Ce n'était pas quelqu'un avec qui elle avait envie que son neveu passe du temps.

— Je ne sais pas…, dit-elle.

— Je t'en prie ! fit Nathan en ouvrant de grands yeux, et Delilah vit l'ombre de son frère dans le regard qui l'implorait.

Samson attendait à la porte sans rien dire, restant sagement à l'écart des tractations Metcalfe.

— D'accord, accorda-t-elle. Mais tu feras exactement ce qu'on te dira. Je ne veux pas avoir à expliquer à ta mère pourquoi je te ramène criblé de chevrotine.

— Oui, chef !

Le gamin se fendit d'un salut militaire.

— Encore une chose, Nathan, reprit Delilah en lui indiquant le panier dans le coin de la pièce. À toi de réveiller le chien.

Comme s'il avait pressenti l'interruption imminente, Calimero laissa échapper un ronflement sonore de protestation.

Les chiens lui firent savoir qu'il avait de la visite. Bondissant du canapé, ils étaient à la porte et aboyaient avant même que Pete Ferris ait eu le temps de regarder par la fenêtre.

— Du calme, les gars, murmura-t-il, reconnaissant la voiture rouge qui s'arrêtait à la limite du champ.

Trois silhouettes et un fantôme de chien gris en descendirent et, avec une prudence de Sioux, entreprirent de traverser l'étendue à découvert qui les séparait de la caravane.

Irritable sans son joint habituel – il s'était abstenu de fumer parce qu'il aurait besoin d'avoir les idées claires dans les prochaines vingt-quatre heures –, Pete regarda d'un air peu amène le groupe qui approchait.

Samson O'Brien. Le détective n'était pas quelqu'un que Pete avait envie de voir chez lui dans la situation actuelle. Ce type avait un sixième sens, il détectait les embrouilles à un kilomètre, un peu comme ses lurchers flairaient un lièvre. Et la tension qui émanait alors du braconnier était bien du genre à éveiller ses soupçons.

— On va se débarrasser d'eux en vitesse, marmonna-t-il en ouvrant la porte et en laissant les chiens foncer à travers le champ, en direction des intrus.

— Ne bougez pas ! jappa Delilah, agrippant l'épaule de Nathan d'une main, crispant l'autre sur la laisse de Calimero, tandis que la porte de la caravane s'ouvrait à la volée et que deux formes élancées fonçaient sur eux. Ne bougez pas, et tout ira bien.

Samson se figea à côté d'elle, mais Nathan se tortilla pour échapper à sa prise.

— Ils ne me feront pas de mal, dit-il en avançant lentement, les lurchers s'affalant par terre à deux mètres de lui.

Ils montraient les dents. Ne donnant nullement l'impression de se comporter comme le garçon l'avait affirmé.

— Nathan ! l'avertit Delilah, retenant Calimero qui tirait sur sa laisse, commençant à paniquer alors que le gamin continuait à s'avancer vers le danger. Arrête-toi !

— Tout va bien. Ils me connaissent.

Il était maintenant assez près pour les toucher, et les chiens continuaient à grogner. Puis Nathan s'assit dans l'herbe, devant eux. Et tendit la main.

Delilah ferma les yeux. Toute cette confiance, basée sur une rencontre dans les collines… Se pouvait-il que les chiens se rappellent qu'ils l'avaient sauvé ? Ou allaient-ils simplement l'attaquer ?

— Waouh…, murmura Samson. Regarde, Delilah !

Elle risqua un coup d'œil. Son neveu était toujours assis à la même place ; mais à présent les deux chiens avaient posé leur tête sur ses cuisses et savouraient ses caresses.

— Tu vois, dit-il avec un sourire, en regardant par-dessus son épaule. Je t'avais dit que ça se passerait bien.

— Crétins de chiens !

L'injure avait été lancée depuis le porche. Pete Ferris, appuyé au chambranle de la porte, les observait d'un air dégoûté. Il émit un bref coup de sifflet et les lurchers se relevèrent d'un bond et revinrent vers lui en courant.

— Qu'est-ce que vous voulez ?

— Il s'est passé quelque chose et nous pensons que tu pourrais nous aider. Quelque chose de sérieux, répondit Samson en avançant, maintenant que les chiens étaient sur le porche et qu'aucun fusil n'était en vue.

L'expression de Pete ne changea pas, il rivait toujours le même regard hostile sur eux.

— J'suis pas d'humeur. Foutez le camp.

Il se retourna pour rentrer dans sa caravane.

— Attendez !

C'était Nathan qui s'était levé et marchait à grands pas vers le porche, ses longues jambes couvrant la distance plus vite que Samson. Une fois là, il monta les marches jusqu'au braconnier et lui parla à l'oreille.

Si Delilah n'avait pas observé Pete, ça lui aurait échappé. Un bref éclair de surprise puis d'inquiétude s'afficha sur le visage du braconnier. Puis il retrouva son agressivité.

— Cinq minutes, pas une de plus, lança-t-il.

Et il resta planté devant la porte de sa caravane.

— Des vols de moutons ? fit Pete en secouant la tête, ne se concentrant qu'à moitié sur la question que venait de lui poser O'Brien. Ce n'est pas mon rayon, désolé.

Ils restèrent sur le porche tous les quatre, avec les trois chiens, entassés dans le petit espace au plancher pourri et aux murs de guingois. Il n'était pas question qu'il les fasse entrer chez lui. Il était à peu près sûr de n'avoir rien laissé traîner, la brochure de la caravane de ses rêves était bien rangée. Mais il ne voulait pas d'O'Brien et de ses satanées antennes chez lui. Même là, il était trop près.

Foutu gamin.

Il regarda Nathan, le jeune dégingandé et gauche qui caressait les lurchers, appuyé à la rambarde du porche. Malgré sa jeunesse, il avait su sur quels boutons appuyer. Il avait chuchoté deux mots à l'oreille de Pete, et ça avait suffi à le faire changer d'avis.

Henside Road.

Le gamin lui avait gentiment rappelé leur secret commun. Le moment qu'ils avaient passé dans les dépendances de la ferme de Henside Road, où Pete avait taclé Nathan pour l'empêcher de voir ce qui se passait dans la cour. Il n'avait pas idée du danger qui les menaçait alors, ni de la fortune qui attendait Pete grâce à ce qu'il avait vu, mais il avait visiblement deviné qu'il pourrait l'utiliser comme moyen de pression. Le maître-chanteur qu'on faisait chanter. Pete ne pouvait qu'admirer le garçon. N'empêche que pour l'instant il ne voulait qu'une seule chose : se débarrasser d'eux.

— Tu n'as eu vent de rien, dans le coin ? insista O'Brien. Rien qui puisse nous aider à identifier les coupables ?

Pete hésita, puis il inclina la tête vers la rivière qui bordait l'extrémité du champ.

— Vous avez parlé aux Gipsys qui campent en bas ? demanda-t-il, leur offrant cinq minutes de rabe.

— Pas encore. Pourquoi, il faudrait ?

Le braconnier haussa les épaules.

— Je ne dis pas qu'ils sont à blâmer. Mais ils ont vu du pays. Et ils ont des oreilles partout. Il se pourrait qu'ils sachent quelque chose.

Puis il indiqua Nathan et les lurchers collés à lui.

— N'importe quoi pourvu que vous emmeniez ce satané gamin. Il est en train de pourrir mes chiens.

Nathan éclata de rire. Les manières bourrues du braconnier ne l'impressionnaient plus.

— C'est normal qu'on les chouchoute. Ils sont magnifiques.

— Merci Pete, fit O'Brien en lui serrant la main.

Et la fille Metcalfe dit en écho :

— Oui, merci, Pete. On te laisse tranquille.

Ils se détournèrent pour partir, et Pete éprouva un élan d'affection – pour le gamin osseux que ses lurchers avaient adopté. Il tendit la main et prit O'Brien par le bras. Le retint pendant que les autres s'éloignaient.

— Une idée de qui a tenté de piéger le gamin ? demanda-t-il tout bas.

Et juste comme ça, le braconnier vit le regard d'O'Brien s'affûter, comme s'il voyait à travers lui tout ce qu'il essayait de dissimuler.

— J'y travaille, répondit le détective. Pourquoi ? Tu as du nouveau ?

— Non, rien. Je me renseigne, c'est tout.

Pete lui lâcha le bras. Recula et baissa les yeux. Une seule chose comptait : que ses secrets restent cachés.

Il les regarda retraverser le champ en sens inverse, escortés jusqu'à la voiture par les lurchers qui revinrent ensuite vers la caravane. Alors que la voiture rouge descendait vers la clairière où les Gipsys avaient établi leur campement, pour la première fois de sa vie, Pete Ferris fut assailli par la culpabilité, comme si on lui plantait un couteau en pleine poitrine.

S'il avait eu deux sous d'honneur, il aurait fait un pas en avant et révélé à O'Brien ce qu'il savait. Il lui aurait rapporté la conversation qu'il avait surprise, en cette journée fatidique à la plantation de cannabis sur Henside Road, et il aurait blanchi le gamin pour de bon. Mais faire ça, c'était tirer un trait sur ses chances de changer de vie. Pas de nouvelle caravane. Pas de nouvelle existence sur la côte. Parce que l'homme qui avait mis la kétamine dans le casier de Nathan Metcalfe était celui-là même que Pete était en train de faire chanter.

Rick Procter.

Marmonnant une excuse à l'adresse de la voiture qui s'éloignait, Pete Ferris se retourna et rentra dans sa caravane.

18

Dans la clairière, il y avait deux roulottes traditionnelles peintes de couleurs vives, des rouges et des jaunes qui vibraient et répondaient au vert du toit. Les portes de la roulotte de derrière étaient fermées, mais celles de la roulotte de devant étaient ouvertes et les rideaux dansaient doucement dans la brise. Deux chevaux étaient attachés à l'autre bout de la clairière. Et garée derrière se trouvait une bétaillère, plus qu'assez grande pour contenir un troupeau de moutons.

— Regardez ! s'exclama Nathan en indiquant le camion.

— Là, on est obligés de se demander si Clive Knowles n'a pas mis le doigt sur quelque chose, murmura Delilah.

Le gamin ouvrit de grands yeux.

— Alors, vous croyez que ce sont les Gipsys qui ont fait le coup ?

— Tu n'as jamais entendu parler de la présomption d'innocence ? grommela Samson.

Il s'approcha de la première caravane. De la cheminée, un panache de fumée montait en tournoyant dans le ciel bleu.

— Holà ? appela-t-il en scrutant l'obscurité à travers la fenêtre. Il y a quelqu'un ?

On entendit un mouvement et les rideaux s'écartèrent, révélant une jeune femme aux cheveux noirs qui lui tombaient aux épaules, les yeux charbonneux, de longues jambes bronzées sous un short en jean et un tee-shirt qui témoignait de la chaleur exceptionnelle de la journée. Elle était éblouissante, et Nathan cessa de s'intéresser au camion.

— Salut, fit Samson. Nous avons juste quelques questions à vous poser, si vous avez le temps.

— Ça, je ne suis pas sûre, répondit la femme, une lueur malicieuse dans le regard.

— D'accord, répondit Samson avec un sourire.

Un sourire que Delilah connaissait bien, parce qu'il avait fait fondre son cœur en plus d'une occasion. D'une inclinaison de tête, il montra les chevaux qui paissaient au soleil.

— Ce sont de beaux cobs que vous avez là.

L'expression de la jeune femme s'adoucit, ses lèvres s'incurvèrent, tout aussi éloquentes que celles de Samson.

— C'est vrai qu'ils sont beaux ; c'est rare qu'un sédentaire connaisse cette race.

Samson haussa les épaules.

— Ma grand-mère était une Traveller d'Irlande. Toute mon enfance, je l'ai entendue raconter les histoires de ses chevaux. Mon père avait été tenté d'en faire l'élevage, à un moment, mais… Les choses ont pris un autre tour.

— Vous voulez les voir de plus près ?

La femme descendit de la roulotte et s'approcha des équidés.

— Je m'appelle Kezia, au fait.

— Samson O'Brien, fit Samson serrant la main qu'elle lui tendait. Et je vous présente Delilah Metcalfe et son neveu, Nathan.

Kezia leur adressa un hochement de tête par-dessus son épaule.

— Vous les emmenez à la foire d'Appleby ? demanda Samson en s'approchant des chevaux.

— C'est l'idée.

Kezia tendit la main vers le plus proche, un cheval pie d'une taille entre le poney et le Shire du nord de l'Angleterre. Sa crinière était d'un blanc lumineux barré d'une large bande noire, et d'épais fanons partant de l'os du canon descendaient jusqu'au sabot. À la fois robuste et gracieux, c'est un animal splendide qui s'avança vers eux.

— Tu es un vrai nounours, toi, tu sais ? murmura Samson en flattant l'encolure du cheval.

Nathan le rejoignit et caressa la crinière et le flanc de l'animal.

Delilah resta un peu en retrait, tenant la laisse de Calimero. Le chien jouait de la truffe, humant toutes ces odeurs nouvelles ; puis il se mit à aboyer.

Calimero avait plus ou moins dormi pendant le trajet qui les avait conduits à Selside. Il faisait de doux rêves de course dans les collines, parmi les lapins bondissants, quand on l'en avait arraché pour le faire descendre de voiture. Et maintenant, il était bien réveillé.

Toutes ces odeurs. La fumée du feu de bois. Les suaves effluves de cuisine. Les senteurs lourdes des chevaux. Et au loin, le clapotis de la rivière et la caresse du vent dans les arbres qui entouraient le campement.

C'était un paradis pour chiens.

Il tira sur sa laisse, la truffe collée au sol, avide d'explorer la piste laissée par un lièvre ; puis un doux arôme de saucisses en train de cuire flotta vers lui, lui faisant relever la tête. À gauche, à droite, il tirait sur la laisse d'un côté puis de l'autre. Il n'avait qu'un seul désir : inspecter cet improbable endroit. Mais il était maintenu par une main ferme. Et restait au pied.

Il regarda l'homme s'approcher d'un cheval. Le garçon aussi. Ils lui faisaient toutes sortes de mamours. Il sentit un gémissement s'échapper de sa gorge. Il aurait voulu que ce soit lui que l'on cajole.

Une main se posa sur son flanc.

— Je suis là, Calimero.

Il s'appuya contre les jambes de la jeune femme et l'angoisse s'atténua. Puis il entendit quelque chose. Il tourna vivement la tête vers la gauche, vers les arbres. Dans la direction d'où venait la brise. Et là, portée par le vent chaud, il détecta l'odeur musquée d'un homme. Il y avait quelqu'un dans les bois, qui les regardait.

Calimero n'était pas un chien de garde-né. Mais il mettait un point d'honneur à veiller sur ceux qu'il aimait. Et donc, il se mit à aboyer. Pour attirer l'attention sur la personne cachée. *Les* personnes. Parce qu'il venait d'entendre un autre bruit plus loin dans le bosquet. Le craquement d'une branche. Une odeur différente l'accompagnait. Plus lourde, celle-là. Chargée de tabac.

Un autre jappement. Bref, fort. Pour les avertir du danger.

— Tranquille, mon garçon !

Un autre tapotage de flanc.

Elle ne tenait pas compte de son avertissement.

— Qu'est-ce qu'il a ? demanda Samson en se détournant du cheval.

Calimero poussa un autre aboiement qui résonna bruyamment dans le silence de la clairière.

Le chien était tourné vers l'épais bosquet qui bordait le campement des Gipsys et s'étendait vers le sud. Il aboya à nouveau et Samson scruta le sous-bois, essayant de distinguer la cause de son agitation.

— Ça doit être un lapin, ou quelque chose comme ça, dit Kezia.

Samson n'en était pas si sûr. Il connaissait Calimero. Il avait appris à se fier à son instinct depuis qu'il l'avait vu bondir au-devant d'un couteau pour le sauver. Il fit donc le tour du cheval et alla scruter les ombres sous les arbres. Il était presque arrivé à la limite de l'herbe quand il y eut un bruit de pas, puis un homme émergea dans la lumière de la clairière, les bras chargés de branches et de rameaux.

Il était imposant. Ses biceps tendaient les manches roulées de sa chemise. Avec ses cheveux longs encadrant un visage hâlé, c'était un dieu, pas un homme.

— Voilà, ça devrait suffire pour allumer le feu, dit-il à Kezia, les yeux rivés sur Samson alors qu'il passait devant lui pour déposer son fardeau devant les roulottes. Je ne savais pas qu'on attendait de la visite.

— Ils admiraient les chevaux, répondit Kezia.

L'homme lui jeta un regard noir et elle haussa les épaules.

— En réalité, nous sommes là pour vous poser quelques questions, dit Samson en s'approchant de l'homme, la main tendue. Samson O'Brien. Et voici Delilah et Nathan Metcalfe.

— Vous êtes flic.

C'était une affirmation, pas une question, et l'homme continua à scruter son visiteur en étrécissant les yeux.

Samson eut un sourire torve.

— Pas en ce moment. J'ai été suspendu.

L'homme sourit à son tour.

— Ça ne ressemble pas à un flic d'être si franc.

Il tendit la main à son tour.

— Manfri, dit-il. Et vous connaissez déjà ma sœur, Kezia. Que peut-on faire pour vous, monsieur le policier suspendu ?

— Je dirige maintenant une agence de détective à Bruncliffe et nous travaillons sur une affaire de vol de moutons.

Le sourire de Manfri se fit moqueur.

— Vous êtes peut-être suspendu, mais vos préjugés sont toujours en service actif, à ce que je vois. Nous avons déjà eu la visite de la police locale. Et voilà maintenant que nous avons les détectives privés. Les habitants de la région peuvent dormir sur leurs deux oreilles, ils sont bien protégés.

— Ce n'est pas ce que…

— Sa grand-mère était du voyage, intervint Kezia, interrompant les protestations de Samson.

— Vraiment ? marmonna Manfri.

Il considéra Samson d'un œil neuf, regarda ses cheveux noirs, longs, comme les siens, ses yeux d'un bleu surprenant, sa peau tannée d'avoir couru dans les collines. Que le Gipsy ait accepté ou non l'idée de cet héritage commun, il eut un mouvement de menton en direction de Samson.

— Qu'est-ce que vous voulez savoir ?

— Les vols sur lesquels nous enquêtons ne sont pas limités à cette région, et ils portent tous la marque d'un gang organisé. Je me demandais si vous n'auriez pas entendu quelque chose lors de vos déplacements, ou si vous n'auriez pas eu connaissance de vols de moutons à grande échelle ?

— Si nous aurions entendu quelque chose ? rigola Manfri. J'aime bien la façon dont vous supposez que nous avons des oreilles qui traînent dans les cercles criminels. Je crains fort de ne rien pouvoir faire pour vous, dit-il avec un haussement d'épaules.

Il se tourna et repéra Delilah et Calimero.

— Mais, dit-il en s'approchant du chien et en s'agenouillant pour lui faire un câlin, si vous voulez me laisser ce magnifique compagnon à quatre pattes, je serai ravi de vous en débarrasser.

Regardant son chien se rouler par terre d'extase, subjugué par toutes ces caresses, Delilah eut un sourire et parla sans réfléchir :

— J'ai peur que nous ne formions un lot, dit-elle.

Manfri leva son regard sur elle, un sourcil haussé et une lueur dans les yeux.

— Je devrais arriver à vous trouver de la place à tous les deux dans ma roulotte.

— Oh, fit Delilah dans une sorte de couinement.

Elle se rendit compte qu'elle était à court de réplique, et en plus de rougir comme une adolescente, elle se maudit d'être aussi hypnotisée par l'homme que son chien. Mais il avait quelque chose de magnétique.

D'un mouvement coulé, Manfri se releva, lui lança un sourire et se retourna vers Samson.

— Désolé de ne pas pouvoir vous aider. Mais si c'est tout…

Samson hocha la tête, comprenant que le moment était venu de prendre congé.

— Merci de nous avoir accordé un peu de votre temps, dit-il en serrant la main du frère et de la sœur. Je vous souhaite une bonne foire.

Nathan à côté de lui, il se détourna pour regagner la voiture, conscient que Delilah luttait pour convaincre un Calimero réticent de la suivre. Il se demanda si elle était aussi déçue que le chien de devoir quitter la compagnie des Gipsys.

Ils regardèrent la voiture rouge disparaître sur le chemin de terre. Alors seulement, un troisième personnage sortit d'entre les arbres en allumant une cigarette.

— On va être obligés de repartir ?

L'habituel air renfrogné de Leon était plus farouche que jamais, sa silhouette trapue, tendue, donnait l'impression d'être prête à se battre.

Manfri secoua la tête, les mains sur les hanches,

debout entre son frère et sa sœur, écoutant le bruit du moteur qui s'estompait.

— Pas encore. Ça ne ferait qu'éveiller les soupçons. Et nous ne voulons pas avoir cet O'Brien aux trousses. Alors on va s'en tenir au plan.

D'un mouvement de tête, il indiqua les arbres derrière les roulottes.

— Tu es allé les voir ?

— Ils vont bien. Un peu perturbés par le voyage de cette nuit, mais ils s'en remettront.

— Rien que de très normal, acquiesça Manfri, satisfait.

Aussi satisfait que possible. Leon et lui se dirigeaient vers l'endroit où ils déposaient leur chargement quand la voiture s'était approchée de la clairière. Il n'avait pas eu l'intention de revenir sur ses pas, juste de les regarder depuis le couvert des arbres le temps que sa sœur se débarrasse des importuns. Mais le chien avait commencé à aboyer en le regardant bien en face. Alors il avait fait signe à Leon de continuer sans lui, ramassé quelques bouts de bois pour justifier sa présence dans le bosquet, et était ressorti pour calmer le chien. Et sauver sa sœur des charmes de cet O'Brien.

— Tu penses qu'on peut les garder là sans problème ? demanda Kezia. Je veux dire, c'est la deuxième visite d'indésirables.

Manfri eut un sourire.

— D'où j'étais, tu n'avais pas l'air particulièrement effarouchée.

Sa sœur eut un petit rire argentin, qui sonna comme un carillon dans la clairière.

— Tu peux parler. J'ai cru qu'on allait avoir trois nouvelles têtes autour du feu de camp, ce soir, grâce à toi et ton opération séduction.

Leon grommela.

— Je suis content de voir que vous arrivez à blaguer, tous les deux. En ce qui me concerne, ça m'inquiète un peu tout ça. Et pour ce qui est de la sûreté…

Il prit son couteau dans sa poche et l'ouvrit, révélant une lame épaisse, large et aiguisée.

— En cas de besoin, on fera ce qu'il faut. Comme toujours.

— D'accord. Quoi qu'il en coûte, ajouta Manfri en flanquant une claque dans le dos de son frère. L'enjeu est trop important pour laisser tomber maintenant.

*

— Tu ne m'avais jamais dit que tu étais en partie Gipsy.

— J'ai dit « Traveller », pas Gipsy. Ce n'est pas la même chose.

Samson regardait les champs qui défilaient, ne se concentrant qu'à moitié sur la conversation que Delilah avait lancée dès qu'ils avaient quitté Selside. Il se repassait encore la rencontre dans la clairière. Quelque chose clochait, mais il n'arrivait pas à mettre le doigt dessus.

— C'est vrai ? demanda Delilah en lui coulant un regard en biais. Ta grand-mère était vraiment du voyage, ou tu as inventé ça pour faire du charme à la belle Kezia ?

— C'est vrai, répondit Samson, amusé par l'accusation.

— Alors comment se fait-il que tu ne l'aies jamais mentionné ? demanda Nathan, depuis la banquette arrière. À ta place, moi, je le raconterais à tout le monde. Vous imaginez ce que ça doit être cool de passer sa vie sur les routes comme ça ? Et avec des chevaux pareils !

— Je ne suis pas sûr que ta vision des Gipsys soit universellement partagée, fit Samson avec un sourire en coin. Dans mon cas, ce n'est pas comme si j'avais besoin de donner à la population de Bruncliffe une raison de plus de tout me mettre sur le dos. Et je n'ai jamais connu ma grand-mère. Elle est morte avant ma naissance.

— Mais tu savais qu'elle était du voyage ?

— Grâce à mon père.

Samson se rappelait comment il l'avait appris. Par une chaude journée de mai, sa mère était encore vivante, il était rentré de l'école plein d'histoires sur les roulottes de toutes les couleurs qui s'étaient arrêtées aux abords de la ville. Et il avait utilisé les mots d'argot que les autres gamins avaient employés pour décrire les hommes et les femmes qui vivaient dedans, content pour une fois que son propre statut d'*offcumden* soit oublié.

Son père l'avait remis en place. Un long discours sur le respect, l'identité et la différence. Et puis il lui avait raconté l'histoire de ses grands-parents irlandais.

— Ma grand-mère a connu mon grand-père parce qu'il vendait un cheval, expliqua Samson en tendant la main pour se raccrocher au tableau de bord plutôt qu'à la portière et sa vitre capricieuse alors que Delilah prenait une courbe un peu serrée et partait à l'assaut d'une colline à la sortie de Selside. Un poney du Connemara, une beauté absolue que tout le monde convoitait. La famille de ma grand-mère passait par là et son père, qui avait adoré l'allure de ce cheval, avait fait une offre, mais il n'avait pas sur lui de quoi le payer. Ma grand-mère, qui approuvait cet achat, avait avancé d'un pas et embrassé sur la joue celui qui allait devenir mon grand-père, concluant ainsi l'affaire. Et voilà. Mon grand-père était tombé raide amoureux. Le coup de foudre. Trois semaines plus tard, la famille de ma grand-mère s'en allait avec le poney. Et elle était restée. D'après la légende O'Brien, mon grand-père n'a jamais été payé pour le cheval. Argument qu'il rappelait chaque fois qu'ils se disputaient.

— J'adore cette histoire, dit Delilah en riant.

Samson hocha la tête, surpris par le plaisir qu'il avait eu à la raconter.

— D'après mon père, ma grand-mère était pleine d'énergie. Farouche, passionnée. Je pense qu'après avoir accepté le deal, son pauvre mari n'a plus eu une minute de calme de sa vie.

Il jeta un coup d'œil à la jeune femme à côté de lui alors qu'elle négociait les virages un peu secs du pont de Horton, projetant ses passagers sur bâbord puis sur tribord. Il n'avait jamais connu sa grand-mère, mais il supposait qu'elle aurait apprécié cet autre feu d'artifice sur pattes qui avait conquis le cœur d'un O'Brien.

— Et toi ? demanda-t-il. Tu n'as pas été tentée de rester là-bas avec Calimero ?

Delilah eut un sourire.

— Oh que si, mais je ne crois pas qu'il y avait vraiment de la place pour nous deux, dans cette roulotte. Et puis ça aurait voulu dire quitter tout ça.

Elle balaya de la main la campagne vallonnée sillonnée par les murets de pierre sèche, de part et d'autre de la route.

— Je crois que je ne survivrais pas longtemps, loin d'ici.

— Moi non plus, abonda Nathan depuis le siège arrière. Même si le temps est merdique.

— Hé, protesta Delilah en indiquant le bol de ciel bleu au-dessus de leurs têtes. Il n'est pas merdique, aujourd'hui. C'est carrément l'été.

— C'est ça ! fit Samson en se flanquant une claque sur la tête. C'était tellement évident. Kezia portait un short et un tee-shirt !

— Et moi qui pensais que tu ne l'avais pas remarqué, lança sèchement Delilah.

— Non, non, ce n'est pas ce que tu penses. Ça me titille depuis que nous avons quitté le campement. Quelque chose d'insolite.

— Comme un indice, tu veux dire ? demanda Nathan.

— Une énigme, plutôt, dit Samson en se tournant vers son filleul. Comme l'a dit Delilah, il fait chaud. Assez chaud pour que Kezia soit en short et tee-shirt.

— Et alors ?

— Manfri. Quand il est sorti du bois…

— Il portait de quoi faire du feu, acheva Delilah en hochant la tête. Pourquoi faire du feu par un temps pareil ?

— Pour faire la cuisine, suggéra Nathan.

Samson regarda Delilah, qui eut un sourire.

— Tu veux le lui dire, ou tu veux que je le fasse ? demanda-t-elle.

— J'imagine que même Calimero pourrait le faire, répondit Samson.

— Me dire quoi ? Qu'est-ce qui m'a échappé ? demanda Nathan.

— Tu as senti quelque chose, au campement ? demanda son parrain.

Nathan réfléchit. Les chevaux. La rivière. Les magnifiques roulottes. Et quelque part, tapi dans son esprit, il avait enregistré quelque chose – le filet de fumée qui montait d'une cheminée et l'odeur apportée par la brise.

— Les saucisses ! s'exclama-t-il. Ils n'avaient pas besoin d'allumer un feu pour cuisiner puisqu'ils faisaient déjà cuire des saucisses.

— Ce qui amène la question suivante : que faisait Manfri en réalité, dans les bois ? dit Delilah. Et pourquoi a-t-il éprouvé le besoin de mentir à ce sujet ?

19

Ils déposèrent Nathan à la *Pâtisserie des Monts* et retournèrent au bureau. La journée de travail touchait à sa fin. La plupart des étals avaient depuis longtemps quitté la place du marché, les autres étaient en cours de démontage, et les boutiques environnantes baissaient le rideau.

— Je vais reprendre l'affaire depuis le début, annonça Samson alors qu'ils s'arrêtaient en face de la *Toison*. Je voudrais essayer de trouver une piste viable dans tous les articles que Ron a recueillis. Je comprendrais que tu veuilles rentrer chez toi avec Calimero.

Delilah secoua la tête.

— On va rester un peu avec toi. On a pris du recul, cet après-midi, on verra peut-être l'affaire d'un œil neuf.

Mais quand ils entrèrent dans le bureau de Samson et qu'elle vit la table couverte de coupures de presse et de tirages d'imprimante, elle se sentit envahie par le découragement. Ils n'arrivaient à rien.

Pete Ferris avait été une impasse. Les Gipsys n'avaient jeté aucun éclairage sur les vols – en réalité, la présence de la bétaillère et l'étrange comportement de Manfri n'avaient fait qu'ajouter au mystère. Par conséquent, les investigations sur la mort de Ron

Watson et sur l'existence éventuelle d'un syndicat de voleurs de moutons n'avaient pas avancé d'un iota depuis le matin.

— Mon Dieu… je crois que, cette fois, ça nous dépasse, murmura Delilah en s'affalant dans un fauteuil.

— Et si on s'accordait encore une heure, après quoi, si on n'a pas progressé, on va courir ?

— D'accord. Alors, qu'est-ce que tu suggères ?

— On va revoir ce qu'on sait, répondit Samson en prenant le fauteuil en face du sien.

Il leva la main gauche et commença à compter sur ses doigts.

— *Primo*, le contenu du dossier de Ron suggère qu'il y aurait un schéma répétitif de vols de moutons consécutifs à des ventes aux enchères.

— C'est corroboré par les fermiers à qui nous avons parlé ce matin.

— Exact. *Deuzio*, nous avons un traceur GPS dans un bolus dont nous soupçonnons qu'il a été administré à un mouton pendant la vente aux enchères de Bruncliffe, et qu'il a servi à guider les voleurs vers leur cible. Ensuite, fit Samson en levant un troisième doigt, nous savons que Ron Watson est tombé dessus, d'une façon ou d'une autre, et qu'il a trouvé la mort lors de ce qui ressemble de moins en moins à un accident.

— Et finalement, Adam Slater, notre principal suspect dans l'affaire, s'est volatilisé, conclut Delilah alors que Samson levait un quatrième doigt. Nous n'avons rien oublié ?

— Je dirais que c'est à peu près tout.

Samson regarda ses doigts levés et secoua la tête.

— Tout ça paraît tellement absurde. Sans ce traceur et sans les coupures de journaux de Ron, je n'y croirais pas moi-même.

— Bon, qu'est-ce qu'on fait de tout ça, maintenant ?

— Je n'en sais rien. Il faut qu'on trouve un moyen de démasquer les responsables. Mais ça nous ramène à ton aiguille dans une meule de foin.

Delilah fronça les sourcils en repensant à leur après-midi perdu.

— Et Manfri et Kezia ? On les élimine ?

— Pas encore. Et je n'élimine pas non plus Pete Ferris.

— Vraiment ? Bon, il n'avait pas l'air très franc du collier, mais il est toujours comme ça.

Samson accueillit ce commentaire par un regard torve.

— Tu l'as déjà vu moucharder aussi facilement ? Pendant un moment j'ai cru qu'il allait nous envoyer bouler, selon son habitude, quand il s'agit d'aider la loi. Mais finalement il nous a envoyés droit vers les Gipsys.

— Peut-être qu'il a tout simplement à leur endroit les mêmes préjugés que bien des gens ?

Samson secoua la tête.

— Ce n'était pas ça. Tu n'as pas remarqué qu'il avait hâte qu'on débarrasse le plancher ? Et pas moyen qu'il nous laisse entrer dans sa caravane. J'ai eu la nette impression qu'on était les dernières personnes qu'il avait envie de voir. Dieu sait ce que Nathan lui a dit pour obtenir qu'il nous parle !

— Dieu seul le sait, en effet, convint Delilah.

Elle avait été troublée par l'intervention de son

neveu, et surtout par le pouvoir qu'il semblait détenir sur un individu qui naviguait dans la zone grise entre le bien et le mal. Mais elle avait eu beau le passer sur le gril, elle n'avait pas réussi à lui faire dire ce qu'il avait raconté à Pete pour le faire parler.

— Cela dit, reprit Samson, même si Pete ou nos amis Gipsys sont impliqués, ils n'agissent pas seuls. C'est une opération incroyablement complexe, qui touche le pays tout entier, ou quasiment. Je ne pense pas qu'un braconnier camé ou deux Gipsys et une bétaillère soient de taille à organiser ces vols à grande échelle.

— Par conséquent, nous avons affaire à un gang organisé plutôt qu'à des individus isolés.

— C'est ce que je dirais. Ne serait-ce qu'à en juger par la technologie qu'ils utilisent, ajouta Samson en tapotant le sachet en plastique, qui contenait le bolus trafiqué. Ce truc requiert un certain niveau de compétence, non ?

Delilah hocha la tête et récupéra le sachet.

— Des compétences, et de la créativité. Celui qui a eu cette idée a pris un dispositif conçu pour protéger les animaux et l'a détourné pour en faire une arme destinée à les voler.

Elle sortit le traceur et l'examina.

— Mais je doute qu'on puisse en tirer quoi que ce soit. C'est un système GPS basique comme on en trouve dans les colliers de repérage pour les animaux domestiques. Disponible un peu partout sur Internet, et donc virtuellement intraçable. Désolée.

— Il va falloir faire avec ça, conclut Samson en indiquant la montagne de documents étalés sur le bureau et le classeur bourré à craquer. En continuant à creuser, en recoupant les ventes et les vols, peut-être qu'on finira par tomber sur un élément qui nous permettra d'avancer.

Delilah jeta un coup d'œil à sa montre.

— Bon, une demi-heure, décréta-t-elle. Je n'en supporterai pas beaucoup plus.

Elle attrapa le bloc qu'elle avait utilisé le matin pour dresser leurs listes. Peut-être était-ce la façon dont le bloc était incliné. Ou bien l'effet de leur après-midi au soleil. Quoi qu'il en soit, en regardant la page, une date lui sauta aux yeux. Puis une autre.

Ça lui rappelait quelque chose…

Elle avait vu ces dates, pas plus tard que la veille.

Elle consulta les pages précédentes de son bloc, à la recherche des notes qu'elle avait prises quand elle s'était livrée à son marathon de visionnage de bandes de télésurveillance. Là. Une colonne de six dates, bien nette.

Elle reprit au début. Compara les deux colonnes, tournant les pages d'avant en arrière. Et releva les yeux.

— Alors ? demanda Samson, attendant qu'elle lui révèle ce qu'elle avait découvert.

— Regarde.

Elle posa le bloc sur le bureau et indiqua la première colonne de la liste qu'ils avaient dressée ensemble dans la matinée.

— Ça, ce sont les dates des ventes aux enchères où ont été achetés les troupeaux qui ont été ensuite volés.

Il hocha la tête.

— Et ça, ce sont les dates que j'ai notées hier en regardant les bandes-vidéo fournies par Mme Knowles.

Il voyait déjà la connexion. Les dates correspondaient.

— Et c'est quoi, ces dates précisément ? demanda-t-il.

— Ça, c'est toutes les fois où la caméra de la zone des enclos est tombée en panne au cours des trois derniers mois.

Samson s'appuya à son dossier et se passa une main dans les cheveux.

— Seigneur… Tu sais ce que ça signifie ?

Delilah hochait la tête, le teint blême.

— Ça veut dire que la caméra n'est pas tombée en panne par accident. Ça fait partie de la machination.

— Ce qui nous amène à nous demander si Adam Slater est la seule personne impliquée. Avait-il la possibilité de l'éteindre et la rallumer sans éveiller les soupçons ?

— Va savoir. Mais, ajouta Delilah en tapotant sa liste, cela veut aussi dire qu'on pourrait identifier davantage de vols sans avoir besoin de se taper tout le dossier !

Elle tourna les pages de son bloc pour arriver à une page vierge et nota les six dates auxquelles la caméra avait été désactivée dans le parcage du marché aux enchères de Bruncliffe. Puis elle en raya trois.

— Jimmy Thornton, début mars, Clive Knowles la semaine dernière et Kevin Dinsdale mardi, expliqua-t-elle. Ils ont acheté des moutons les jours où la vidéo-surveillance ne fonctionnait pas, et ils se sont déjà fait voler leurs bêtes – ou on a tenté de les leur voler.

— Ce qui nous laisse trois dates à faire coïncider avec les vols !

Samson entreprit de chercher des entrées correspondantes dans les comptes rendus des ventes de Bruncliffe. En quelques minutes, leur catalogue s'enrichit de deux nouveaux vols.

Le marché aux enchères de Bruncliffe apparaissait dans plus de la moitié des cas.

— Il y a longtemps que ça dure ? murmura Samson alors que Delilah notait leurs dernières trouvailles.

— Je ne sais pas. Mais au cours des trois derniers mois, le marché de Bruncliffe est concerné dans au moins cinq incidences.

— Et celle-là ? demanda Samson en indiquant la seule date de la liste de vidéosurveillance qui n'avait pas été barrée. Le 15 mars. Pour l'instant, rien ne semble correspondre.

— Rien qui colle avec les rapports de ventes – il n'y a ni tirage pour ce jour-là, ni coupures de presse.

Delilah se tourna vers l'ordinateur de Samson et afficha le site du marché aux enchères.

— Bon, je vois le rapport de la vente du 15 mars, mais il n'est pas très détaillé. J'aurais besoin du compte rendu officiel pour étayer notre théorie. Bien sûr, dit-elle avec un haussement d'épaules, il se pourrait qu'il n'y ait pas de vol correspondant. Les voleurs n'ont peut-être pas réussi à mettre le traceur en place. Ou alors, ils ne sont même pas venus à la vente aux enchères.

Samson n'avait pas l'air convaincu. Il se leva et commença à tourner en rond dans le bureau, Delilah se tortillant dans son fauteuil pour le regarder passer et repasser devant Calimero, endormi. Tout à coup, il s'arrêta et se tourna vers elle.

— Combien de temps durent les piles de ces balises GPS ? demanda-t-il.

— Je dirais entre vingt-quatre heures et six semaines selon le système et les données que le traceur est censé envoyer. Et la fréquence à laquelle il émet, évidemment.

— Donc, dans le meilleur des cas – du point de vue des voleurs –, s'ils avaient mis un traceur en place le 15 mars, ils auraient peut-être encore trois semaines devant eux avant qu'il manque de jus.

Delilah inclina la tête sur le côté.

— Trois semaines tout au plus.

Samson se remit à arpenter la pièce, s'arrêta devant la fenêtre et regarda au-dehors. Le soleil avait disparu derrière les toits, de l'autre côté de la rue, depuis un moment déjà, et le ciel commençait à s'assombrir. Le soir approchait.

— Et s'ils avaient bien mis un traceur en place ce jour-là ? murmura-t-il.

— Eh bien, il y aurait un troupeau de moutons, quelque part dans la nature, qui émettrait un signal et n'attendrait que d'être volé.

Il hocha la tête. Se retourna et sourit.

— Je me dis qu'il se pourrait que nous ayons un moyen de trouver notre aiguille.

— Tu veux dire… (Delilah s'interrompit et frappa dans ses mains.) Mais oui ! Ce n'est pas gagné, mais ça vaut le coup d'essayer.

— Tu pourrais faire ça ?

— En théorie, oui. Mais il va falloir que je fasse un peu de shopping.

Ses doigts volaient déjà sur le clavier de l'ordinateur portable.

— Qu'est-ce que je peux faire pour toi ? demanda Samson.

Elle indiqua le bloc.

— Demande à Harry le compte rendu détaillé de la vente du 15 mars. Et là, on saura vraiment de quoi il retourne. On a besoin du nom de tous les acheteurs.

— D'accord. Mais on aurait peut-être plus de chances en demandant à Mme Knowles.

Delilah cessa de pianoter et le regarda, surprise, par-dessus son ordinateur.

— Pourquoi tu ne veux pas demander à Harry ?

Pendant une fraction de seconde, il fut tenté de lui raconter un mensonge pour la ménager. Il l'avait sur le bout de la langue, mais pour une fois il choisit la vérité et répondit, la mine sombre :

— La vidéosurveillance. Tant qu'on ne saura pas avec certitude si Harry savait ou non qu'elle était hors service, je pense qu'il serait raisonnable de l'impliquer le moins possible.

Delilah cilla. Ouvrit la bouche comme si elle s'apprêtait à protester. Puis elle acquiesça. Samson la regarda se remettre au travail, l'air soucieux, comme si elle intégrait cette nouvelle donnée. Quelqu'un qu'elle avait toujours connu était tout à coup devenu un suspect potentiel. Samson n'avait même pas mentionné ses autres interrogations concernant Harry. D'abord, le fait qu'il n'y avait pas de tache par terre, à l'endroit où

Adam Slater était censé avoir jeté son couteau ensanglanté : un couteau qui dirigeait fort commodément les soupçons vers le bouvier et qui avait été trouvé par nul autre que le commissaire-priseur. Tout cela ajouté à l'état financier préoccupant du marché aux enchères, et Samson était arrivé à la conclusion qu'il valait mieux tenir Harry Furness un peu à l'écart, jusqu'à ce que la situation soit éclaircie.

En face de lui, sa nouvelle partenaire continuait à travailler. Le front toujours plissé.

Delilah commençait enfin à avoir un aperçu du monde dans lequel Samson avait été en immersion.

Le temps que Delilah ait fini de réunir les fournitures dont elle avait besoin, le soir avait laissé place à la nuit et les réverbères brillaient derrière la vitre du bureau de Samson.

— C'est bon, annonça-t-elle en frottant ses yeux las et en refermant l'ordinateur.

— Tout sera là demain ? demanda Samson.

— Livraison express. Donc, à la première heure. Ce qui veut dire qu'on pourra commencer tôt.

— Espérons seulement que tous les acheteurs de la vente du 15 mars vivent dans un périmètre raisonnable.

— Et que Mme Knowles te répondra à temps, ajouta Delilah. Sans ce rapport détaillé, nous sommes impuissants.

Samson avait tenté plusieurs fois de la joindre, sans succès. Il lui avait donc laissé un message vocal doublé d'un mail. Mais ils n'avaient toujours pas de nouvelles d'elle.

— Je doute qu'elle nous contacte avant demain matin, fit Samson. Alors, je propose qu'on s'arrête pour aujourd'hui.

Delilah se leva et enfila sa veste.

— Tu te rends bien compte que rien ne garantit que ça va marcher. Je veux dire, on risque de perdre une journée entière. Sans parler du prix du kit que je viens d'acheter.

Samson haussa les épaules.

— Ce n'est pas gagné, on le sait tous les deux. Mais c'est tout ce qu'on a pour l'instant.

— Exact. Bon, envoie-moi un texto si tu reçois le rapport ce soir. Sinon, on se voit demain matin, dès l'aube.

Elle attacha la laisse au collier de Calimero. Le chien, qui avait fait une longue sieste et ne tenait plus en place était avide de faire un tour, et ils se dirigèrent vers la porte de derrière.

— Bonne nuit, dit Samson debout sur le seuil.

Delilah se tourna vers lui en fronçant le sourcil.

— Tu sais que notre plan pourrait foirer d'une autre façon aussi, dit-elle.

— Comment ça ?

— Si les voleurs frappaient cette nuit.

Cette pensée suffit à les empêcher tous les deux de dormir.

Il y en avait un qui dormirait bien cette nuit-là, et c'était Rick Procter, grâce à la bonne nouvelle qu'il venait de recevoir.

— Demain ? répéta-t-il, pour s'assurer qu'il avait bien entendu.

— Absolument. Vous aurez ça en fin de journée.

— Merci.

Un rire à l'autre bout de la ligne.

— C'est le moins que je puisse faire.

Ils raccrochèrent tous les deux et Rick posa son mobile sur le comptoir de la cuisine. C'était un téléphone à carte prépayée. Un portable jetable qu'il remplaçait à intervalles réguliers et n'utilisait que pour des coups de fil comme celui qu'il venait de passer. Aucun moyen de remonter jusqu'à lui. Aucun risque qu'il se fasse prendre.

Il regarda son verre vide, le résidu rouge au fond. Un autre verre de vin ? Ou quelque chose de plus approprié aux circonstances ? Après tout, c'était une occasion qui méritait d'être fêtée.

La photo de Henside Road dont il avait demandé l'agrandissement lui serait retournée demain. Bientôt il connaîtrait l'identité de la personne qui avait eu le culot de le faire chanter.

Dans moins de vingt-quatre heures, il mettrait fin à cette connerie qui avait menacé de faire dérailler ses plans. Quoi qu'il en coûte.

Il réprima un frisson, ouvrit le placard à bouteilles et attrapa le porto.

Mme Knowles avait passé la soirée au théâtre, à Leeds. Une soirée avec sa sœur, pour voir *Joseph* au Grand Théâtre, car elles étaient toutes les deux très fans de comédies musicales. Son mobile était resté éteint pendant toute la durée du spectacle. Elle avait oublié de le rallumer pendant le trajet de retour, et, lorsqu'elle était rentrée chez elle et l'avait récupéré au fond de son sac, elle avait vu qu'elle avait trois appels manqués, et un nouveau mail.

Elle n'enleva même pas son manteau. Elle était tellement ennuyée qu'elle remonta dans sa voiture et retourna au travail pour accéder au fichier dont Samson avait besoin. O'Brien ou pas, ce gars faisait de son mieux pour régler le chaos qui avait suivi la mort de Ron Watson. Si elle voulait qu'il réussisse, il fallait qu'elle fasse sa part.

Le temps qu'elle arrive au parking, il était déjà plus de minuit et l'endroit était désert. À part une voiture. Mme Knowles la reconnut tout de suite et leva les yeux vers les fenêtres du couloir, au-dessus de la réception. Il y avait de la lumière dans l'un des bureaux. Elle n'était pas seule à travailler tard. Elle se gara aussi près de la porte que possible, verrouilla sa portière et entra dans le bâtiment.

Pas la peine de couper l'alarme ; c'était déjà fait.

Le cœur battant un peu plus vite, environnée par le silence sinistre des locaux vides, elle monta l'escalier. La lueur des boîtiers de sécurité lui permettait d'y voir suffisamment. Elle s'arrêta en haut. La porte au bout du couloir était ouverte, une lampe était allumée sur le bureau. Dans la lumière crépusculaire, elle distingua une silhouette sur le canapé. Qui dormait à poings fermés.

Elle entra dans son propre bureau sur la pointe des pieds et se mit au travail. Il ne lui fallut qu'un instant ; elle attendit que l'ordinateur s'allume, se connecta, trouva le fichier requis et l'envoya. Elle ne prit pas le temps de se déconnecter. Elle avait hâte de rentrer chez elle.

Refermant doucement la porte du bureau derrière elle, Mme Knowles jeta un dernier coup d'œil à la porte du fond. Aucun mouvement sur le canapé. Il dormait encore.

Quand elle ressortit dans la nuit, elle ne traîna pas. Elle ne se retourna évidemment pas pour regarder en direction des bureaux. Si elle l'avait fait, elle aurait vu la lueur bleutée de son propre écran d'ordinateur dans l'obscurité de la pièce. Elle aurait aussi vu une ombre passer devant.

Tandis qu'elle s'éloignait au volant de son Audi, Harry Furness s'assit devant l'ordinateur de la directrice administrative et commença à parcourir les fichiers encore affichés à l'écran.

20

Dès qu'elle le vit, Delilah comprit que quelque chose clochait. Elle ne prit même pas la peine d'enlever son manteau.

— Qu'y a-t-il ? demanda-t-elle, debout dans le couloir de la maison qui hébergeait leurs bureaux.

Samson était déjà dans le sien, devant son ordinateur, un café à portée de main. C'était moins son expression qui l'avait alertée – il était trop professionnel pour trahir ainsi ses émotions – que la façon dont il tapotait distraitement Calimero. Il n'y mettait pas tout son cœur. L'enthousiasme qui accompagnait habituellement les retrouvailles matinales de l'homme et du chien était absent.

— Rien du tout, répondit-il.

— Menteur, fit Delilah en indiquant le chien, qui levait sur Samson un regard éploré. Tu peux me raconter des histoires à moi, mais pas à lui.

Elle entra dans la pièce et s'arrêta net.

Harry Furness était debout devant la fenêtre.

— Salut, Delilah.

Le commissaire-priseur lui souriait, l'air soucieux.

— Bonjour.

C'était à peu près tout ce qu'elle pouvait dire, consciente des secrets qu'ils lui cachaient.

— Samson m'a mis au courant des évolutions de votre enquête.

Sidérée, Delilah ne répondit pas, craignant de faire une gaffe en ouvrant la bouche. Elle hocha la tête, se tourna vers Samson, l'implorant du regard. Elle se demandait comment il avait pu vivre une vie d'agent infiltré. Une seule minute de conversation avec Harry et elle perdait tous ses moyens.

— Je l'ai mis au courant de notre théorie concernant les vols, dit Samson.

— Satané Adam, marmonna Harry. S'embringuer dans des vols de moutons.

— Comme je disais, poursuivit Samson, nous ne savons pas encore jusqu'où il est mouillé, mais il y a une possibilité qu'il soit de mèche avec des Gipsys, et qu'il leur envoie des textos pour leur indiquer les bonnes ventes ou Dieu sait quoi.

Delilah en resta bouche bée. Elle contempla le sol, tâchant de rester impassible. En s'émerveillant de la facilité avec laquelle Samson O'Brien arrivait à tramer un tissu de mensonges.

— J'ai bien entendu dire qu'il y avait des Gipsys dans le coin, grommela le commissaire-priseur. Bon sang ! J'imagine que c'est pour ça qu'Adam a agressé Ron. Cela dit, on peut se demander ce que deviennent les moutons.

— Tu ne crois pas que les voleurs se contentent de les vendre ? demanda Delilah.

— Pas compte tenu du nombre de bêtes qui disparaissent. Même le marché noir ne peut absorber de telles quantités.

— *Quid* d'un abattoir, alors ? demanda Samson. N'importe qui pourrait en abattre quelques-uns de plus sans que ça suscite de questions.

Mais Harry secoua la tête.

— L'ère des petites unités familiales est depuis longtemps révolue. Maintenant, la plupart des abattoirs appartiennent à d'énormes corporations, où il serait difficile de faire abattre du bétail volé. Ou de demander qu'on regarde ailleurs.

— Alors, où ?

— Ciel ! Je n'en sais rien. Un abattoir improvisé quelque part, hors des sentiers battus.

Le commissaire-priseur eut un sourire attristé.

— C'est peut-être ça que vous devriez chercher. Ce serait autrement plus facile à retrouver qu'une poignée de moutons.

Il soupira, se passa la main dans les cheveux et Delilah éprouva un pincement de sympathie pour lui. Avec ses vêtements froissés, fripés, et ses joues pas rasées, il avait l'air d'être sur le point de craquer. Et ses amis venaient de passer les dix dernières minutes à lui mentir.

— Laisse-nous faire, s'entendit-elle dire, traversant la pièce pour le prendre par le bras. On va continuer à creuser, et avec un peu de chance la police va retrouver Adam Slater et tout sera réglé en un rien de temps.

— Merci, murmura-t-il, et il se pencha pour l'embrasser sur la joue. Au moins, maintenant, je sais que je peux compter sur vous deux.

Delilah se faisait l'impression d'être un Judas en jupons.

Harry jeta un coup d'œil à son portable et gémit.

— Il faut que je retourne au marché. Je viens de recevoir un texto de la direction de l'Hygiène et de la Sécurité. Ils envoient quelqu'un aujourd'hui. Si ce qu'ils vont voir ne leur plaît pas, ils peuvent nous faire fermer. Tenez-moi au courant. Et n'oubliez pas ce que je vous ai dit à propos de l'abattoir. Vous pourriez peut-être vous concentrer là-dessus ? soupira-t-il en retournant vers la porte, tandis que Samson se levait pour le raccompagner.

Delilah attendit dans le bureau. Elle entendit la porte de derrière s'ouvrir et se refermer, puis Samson regagna la pièce. Alors elle laissa exploser la tension accumulée.

— Enfin, à quoi tu joues ? s'exclama-t-elle en s'efforçant d'enlever son manteau. Tu ne pouvais pas m'avertir qu'Harry était là ?

— Comme si j'en avais eu le temps ! Il s'est pointé à la porte de derrière comme tout le monde dans cette foutue ville, et il m'a surpris en train de travailler là-dessus.

Samson embrassa d'un geste le plateau de son bureau, encore couvert d'articles sur les vols de moutons.

— J'ai juste eu le temps de cacher le bolus et il a bien fallu que j'improvise.

— Et tu as mis ça sur le dos des Gipsys ?

Delilah bataillait encore pour enlever son manteau. Elle avait une main coincée dans la manche, le bras prisonnier à l'intérieur, et sa fureur augmentait à chaque seconde.

— C'était une tactique de diversion. Et puis il se

pourrait que ce soit vrai. Nous ne savons pas encore ce qui se passe au juste.

Samson traversa la pièce et s'approcha d'elle pour l'aider. Ce qui ne fit que l'énerver davantage.

— Je sais ce qui se passe, moi ! lança-t-elle en se tortillant pour se libérer du manteau infernal qui semblait avoir développé une vie propre. Tu m'as obligée à mentir à un ami. Tu m'as obligée à soupçonner le pire chez quelqu'un que je connais depuis l'enfance. Dans quel genre de monde perverti vis-tu ?

Les lèvres de Samson frémirent. Il réprimait un rire. Elle était tellement ridicule ! Delilah sentit sa hargne grimper encore d'un cran. Puis il tendit les mains et lui attrapa les deux bras.

— Du calme. Tout va bien, murmura-t-il en démêlant le manteau et en le lui retirant, puis il la prit par les épaules. Nous faisons ce qu'il faut, pour Harry, pour Ron et pour tous ceux qui ont intérêt à la survie du marché. Et il n'y a rien de honteux à être un affreux menteur.

— Vraiment ? demanda Delilah, consciente que son cœur battait la chamade, laissant refluer sa colère.

Le bras de Samson était bien chaud autour de ses épaules. Elle leva les yeux vers lui.

— Ça ne fait pas de moi une détective de seconde zone ?

— Pas du tout.

Elle hocha la tête, le regardant toujours. Ses yeux bleus semblaient voir à travers elle.

— Merci, murmura-t-elle.

Il se pencha vers elle, leurs visages à quelques

centimètres l'un de l'autre. Et elle sut qu'elle allait faire une bêtise…

Calimero lança un aboiement féroce, brisant la tension entre eux, les faisant reculer d'un bond.

— La porte, marmonna Delilah, le visage en feu.

Elle se précipita dans le couloir, le chien aboyant toujours.

— La livraison !

Elle avait ouvert la porte avant que le livreur ait seulement eu le temps de sonner.

— C'est un sacré système d'alarme que vous avez là, plaisanta le gars en lui tendant un paquet, tandis que Calimero aboyait toujours en fond sonore. Avec un molosse pareil, vous êtes tranquille !

— À qui le dites-vous, répondit Delilah en griffonnant sa signature sur l'écran que le livreur lui présentait.

— Merci mam'zelle. Bonne journée !

Delilah referma la porte d'entrée, le visage encore brûlant, et ouvrit le paquet dans le couloir, se sentant trop stupide pour retourner dans le bureau.

— Tout y est ? demanda Samson sur le pas de la porte, Calimero appuyé contre ses jambes.

Aucun des deux ne donnait l'impression qu'il venait de se passer quoi que ce soit.

Elle réussit à acquiescer d'un hochement de tête.

— Alors, on y va ?

— Où ça ? demanda-t-elle.

Samson eut un sourire.

— Mme Knowles m'a envoyé les fichiers du 15 mars par mail, tard, hier soir.

— Ah bon ? Alors ? Combien d'acheteurs ?

C'était le plus important. Pour que leur plan marche, il fallait qu'il y ait peu d'acheteurs, et tous dans le coin si possible.

— Six. Tous à distance raisonnable en voiture. Alors, on y va ! On a des voleurs de moutons à attraper !

Samson ouvrait déjà la porte donnant sur la rue.

— D'accord.

Delilah Metcalfe coinça le paquet sous son bras, récupéra son manteau dans le bureau et suivit son chien et son locataire vers sa voiture. Tout en essayant de se convaincre qu'elle n'avait pas de raison de s'en faire. Un quasi-baiser. C'était tout. Il ne s'était rien passé entre eux, en réalité.

En montant en voiture, à côté de Samson O'Brien, elle se rendit compte que c'était bien là une partie du problème.

— Des recherches, vous dites ? Quel genre de recherches ?

Ils en étaient à leur cinquième ferme de la matinée. Et la réaction était la même que dans les quatre précédentes. Les fermiers, espèce sceptique par nature et bourrue par habitude, étaient rendus plus soupçonneux encore par la visite de deux enquêteurs.

— Nous sommes missionnés dans le cadre d'un projet d'initiative communale piloté par le gouvernement pour mener une étude de faisabilité sur l'impact de l'industrie ovine dans l'économie globale.

Samson avait bien récité son laïus, mais il y avait quelque chose dans ce gaillard à la chevelure noire et aux yeux bleus perçants qui ne collait pas avec l'image du chercheur en sciences sociales. Le mot renégat était écrit sur toute sa personne.

Delilah se détourna pour dissimuler un sourire.

Dans la première ferme où ils s'étaient rendus, à la périphérie de Nateby, tout au nord des Vallons, ils avaient improvisé. Quand le fermier leur avait tout naturellement demandé pourquoi ils voulaient voir les moutons qu'il avait achetés au mois de mars, c'est Delilah qui s'était trouvée à court d'explication, se refusant à dire la vérité de peur de lancer des rumeurs dommageables pour le marché de Bruncliffe. Et comme elle cherchait ses mots, son compagnon avait pris le relais, fournissant un prétexte de visite plausible pour quelqu'un qui ne les connaissait pas. Le fermier avait grommelé quelque chose sur les travaux de recherche qui n'avaient de travail que le nom, mais il les avait conduits vers les moutons en question.

— Nom d'un chien, où es-tu allé chercher tout ça ? avait demandé Delilah en remontant dans la Micra.

Ils repartaient bredouilles, n'ayant pas réussi à localiser de traceur GPS dans le troupeau de Nateby.

Samson eut un sourire.

— Des années passées à lire la presse agricole quand j'étais gamin. Je me suis dit que j'allais mettre le paquet pour le dissuader de poser des questions.

Delilah avait éclaté de rire. Il avait raison. Les mots « gouvernement » et « initiative » auraient suffi à faire déconnecter n'importe quel fermier, tant les lois et les règlementations qui régissaient leur secteur d'activité changeaient vite.

Mais si leur couverture avait marché dans les fermes

de Nateby, Reeth, Otley et celles de l'autre côté de Clitheroe, plus ils se rapprochaient de leur fief, plus ils couraient le risque qu'on les reconnaisse.

L'espace d'un instant, Delilah pensa que cela venait de se produire, qu'ils étaient sur le point de se faire démasquer. Planté dans une cour, au-delà de Quernmore, au sud-ouest de Bruncliffe, le fermier les regardait tous les deux les paupières plissées, la tête penchée sur le côté. C'était la même expression qu'affichaient ses congénères pendant les ventes aux enchères du mardi – en l'occurence celle d'un homme qui soupèse la véracité de ce qu'on vient de lui raconter. Son regard se posa sur Delilah.

— Je crois vous avoir déjà vue, ma fille, dit-il.

Paniquée, Delilah sentit sa gorge se nouer. Parce qu'il la connaissait bel et bien. C'était un dresseur de chiens de berger bien connu qui avait vendu quelques chiots à son père quand elle était adolescente. Mais c'était loin et la rencontre avait été brève. Elle n'avait fait qu'accompagner son père pour récupérer les chiens. Et elle comptait sur le fait qu'elle avait dû bien changer depuis.

— Comment avez-vous dit que vous vous appeliez, déjà ? continua-t-il.

— Delilah…, marmotta-t-elle. Delilah… O'Brien.

Le fermier secoua aussitôt la tête – ce n'était pas un nom de la région –, tandis que Samson s'étranglait. Elle savait qu'il se retenait pour ne pas rigoler. Tout comme elle devait se retenir pour ne pas lui flanquer des coups de pied.

— Des recherches, vous dites, fit le fermier en se

grattant la tête. Je ne vois pas en quoi ça concerne mes moutons, grommela-t-il.

— C'est un suivi du projet sur lequel on travaille, répondit Samson. Nous avons juste besoin d'y jeter un coup d'œil.

— Seulement les moutons que j'ai achetés en mars ?

Samson acquiesça. Un dernier regard suspicieux adressé au tandem d'enquêteurs, et le fermier leur indiqua son pick-up Volkswagen.

— Suivez-moi.

Un bref trajet en voiture plus tard, il s'arrêtait devant un grand champ où un troupeau de moutons s'ébattait dans l'herbe. Samson et Delilah descendirent de la Micra et le rejoignirent devant son pick-up.

— Ils sont là, avec les autres, dit le fermier. Vous avez besoin que je les sépare ?

— Non, répondit Samson. Pas la peine.

Ils le suivirent dans le champ ; les moutons commençaient à bêler et à s'approcher d'eux, attendant qu'on leur apporte à manger. À peine audible sur fond de chœur des ovins, le mobile de Delilah se mit à sonner et elle fit une grimace d'excuse.

— Désolée, il faut que je réponde…

Le fermier ne réagit pas. Rien d'étonnant, à cette époque, de recevoir un coup de fil au milieu de nulle part. Puis Samson se mit à lui poser des questions sur la saison d'agnelage. L'homme se détendit enfin et lui vanta les qualités de la nouvelle mangeoire pour agneaux qu'il venait d'acheter.

Delilah se détourna, porta son mobile à son oreille et se mit à parler.

À parler toute seule.

Tout en s'éloignant dans le champ, elle plongea subrepticement son autre main dans sa poche et prit le détecteur de puce électronique qui était arrivé par la poste ce matin-là. De la taille d'un talkie-walkie à peu près, l'appareil pouvait détecter n'importe quel signal émis par un système GPS dans un large rayon. Et notamment les signaux des mobiles. C'est pourquoi elle avait besoin de prendre un peu de distance, au cas où le fermier aurait activé sa géolocalisation.

À présent, les moutons se dispersaient rapidement aux quatre coins du champ. Elle actionna le détecteur et tourna lentement sur elle-même, son mobile collé à l'oreille et son corps masquant le dispositif à la vue de l'homme. Des voyants se mirent à clignoter sur l'écran, puis rien du tout. Elle pivota dans l'autre sens, l'air nonchalant, comme si elle admirait le paysage en discutant au téléphone, prenant toujours bien soin de dissimuler le détecteur de GPS.

Les moutons l'entouraient, lui collaient leur museau sur les jambes, quémandant à manger, et les points lumineux clignotaient sur l'écran. Mais pas de bip. Pas de lumière rouge indiquant la présence d'un traceur GPS.

Ayant scanné tout le troupeau et s'estimant satisfaite, elle éteignit le détecteur et le remit dans sa poche. Puis elle fit semblant de mettre fin à son appel et retourna vers les deux hommes.

Elle aurait pu se dispenser de leur faire ce numéro. Ils ne la regardaient pas. Ils étaient trop occupés à bavarder, le fermier riant de quelque chose que Samson venait de dire. Elle se rapprocha d'eux.

— Je pense que nous avons fini, dit-elle avec un sourire et un petit « non » de la tête en réponse au haussement de sourcil de Samson. Merci de votre coopération.

Le fermier lui rendit son sourire. Cinq minutes en compagnie de Samson, et toute trace de suspicion avait disparu.

— Pas de problème, répondit-il. Sauf que je ne prétendrai pas avoir compris sur quoi votre étude peut bien porter.

— Oh, vous savez, nous non plus ! répliqua Samson en se fendant d'un clin d'œil.

Le fermier se remit à rire, gratifia son nouveau meilleur ami d'une claque dans le dos et les raccompagna à leur voiture.

— Content de vous avoir rencontrés, tous les deux, dit-il en leur tendant la main. Delilah O'Brien, et Samson... ?

— O'Brien, répondit Samson en passant son bras autour des épaules de Delilah. Je suis sa meilleure moitié.

Le fermier riait encore en reprenant le volant de son véhicule, les laissant rejoindre leur Micra.

— C'est tout ce que tu as trouvé ? marmonna Delilah en mettant le contact. O'Brien ?

— Il se trouve que c'est mon nom. Je n'y peux rien si tu me l'as emprunté.

Elle sut qu'il était hilare. Et elle sut qu'elle rougissait.

— Bon, et maintenant, on va où ? marmonna-t-elle.

Plus qu'une ferme. S'ils espéraient faire une percée dans cette affaire, c'était leur dernière chance. La liste de Mme Knowles s'arrêtait là.

— Celle-ci, elle sera un peu plus difficile à avoir à l'esbroufe, annonça Samson.

Delilah lui jeta un coup d'œil.

— Pourquoi ça ?

— C'est la ferme Hardacre, répondit-il avec une grimace. Tom a acheté des moutons le 15 mars.

— La barbe !

La ferme Hardacre. Juste à la limite de Bruncliffe. Tom les connaissait tous les deux depuis toujours. Et au cours des derniers mois, il avait joué un rôle central dans leurs enquêtes. Lui, ils ne l'embobineraient pas avec un faux prétexte pour inspecter ses moutons. Ils allaient être obligés de cracher le morceau.

Delilah reprit la direction de la ville, se demandant comment le vieux fermier accueillerait leur demande bizarre.

La matinée était déjà bien engagée quand Rick Procter reçut sur son téléphone jetable l'appel qu'il attendait. S'excusant brusquement auprès de sa comptable assise en face de lui dans son bureau de Low Mill – le rapport mensuel sur l'Immobilière Procter étant dérisoire à côté de l'affaire qui le préoccupait en ce moment –, il attendit qu'elle ait quitté la pièce avant d'avoir une brève conversation avec la personne qui l'appelait. Puis il dévala l'escalier et mit le cap sur le parking.

Ça y était. Il était sur le point de découvrir l'identité de celui qui osait le faire chanter.

L'adrénaline bouillonnant dans ses veines, il s'engagea sur Mill Road, prit à gauche, faisant un long détour afin d'éviter de traverser la place du marché. Moins il y aurait de gens qui le verraient ce jour-là, mieux ce serait. Il tourna à droite, passa devant le pub de la laiterie, derrière la zone industrielle, puis devant le pub de la Couronne, et prit la route qui montait en pente raide sur le flanc de la colline.

Les mains crispées sur le volant, il se concentra sur la route et, laissant la ville derrière lui, fit ronfler le moteur de sa Range Rover, partant à l'assaut de Gunnerstang Brow. Il planifiait déjà l'étape suivante. Celle qui mettrait définitivement fin à la menace qui planait sur lui. Tout allait s'arranger. Pour lui, en tout cas. Beaucoup moins pour celui qui figurait sur la photo qu'il s'apprêtait à récupérer.

21

Tom Hardacre et son fils Oscar écoutèrent sans un murmure Samson et Delilah leur expliquer la raison de leur présence. Ils attendirent qu'ils aient fini de leur parler pour réagir :

— Y pense que nos moutons émettent des signaux ? Comme s'y z'étaient radioactifs, ou quèque chose ? demanda Tom en se renfrognant.

Oscar émit un bruit entre rire et grognement.

— Pas radioactifs, le père. Mais il se pourrait que l'un d'eux ait avalé un traceur GPS.

La réponse n'effaça pas le froncement de sourcils du père en question.

— Et y vont l'trouver avec ça ? fit-il en indiquant le détecteur que Delilah tenait à la main.

— Oui. S'il y en a un. Il se peut que nous ne trouvions rien du tout et que vous n'ayez aucune raison de vous en faire, insista Delilah.

— Mais si vous en trouvez un, marmonna Oscar, alors on risque de se faire voler nos moutons ?

— C'est ce que nous pensons, d'après les indices que nous avons recueillis jusqu'ici.

Tom se tourna vers son fils.

— Tout ça me dépasse. Qu'est-ce que t'en penses,

fils ? Tu veux les emmener là-haut ? J'm'occuperai de not' copain, là.

Il se baissa pour tapoter les oreilles de Calimero.

— *Aye*. Je ne vois pas pourquoi on le ferait pas. On va prendre ça, proposa Oscar en indiquant les deux quads dans le coin de la cour. Je vous laisse décider celui qui monte derrière.

— Je conduis, s'empressa de dire Samson. Faut qu'on partage les tâches.

Tom Hardacre éclata de rire.

— *Aye*, fit-il. C'est plutôt qu'il est monté en voiture avec la gamine, et qu'il a eu peur de se retrouver derrière elle dans les champs sur un de ces engins !

— Vous avez raison, Tom, acquiesça Delilah, hilare. C'est rien qu'un pétochard.

— C'est juste que je tiens à la vie, grommela Samson en montant sur l'un des quads et en mettant le contact pendant qu'Oscar faisait de même.

— Allez donc voir ça, fit Tom alors que Delilah montait derrière Samson, Calimero les observant avec méfiance, la tête inclinée. J'allume la bouilloire pour quand vous r'viendrez.

Les deux quads traversèrent la cour et s'élancèrent dans le champ voisin. Quand ils commencèrent à prendre le flanc de colline en dévers, le quad se cabrant parfois sur le sol rocailleux, Delilah resserra ses bras autour de Samson. Sous le soleil qui brillait dans le ciel d'un bleu idyllique et lui réchauffait le dos, le vallon s'offrit à leur vue en contrebas. Elle éprouva une pointe de déception quand ils s'arrêtèrent. Samson coupa le moteur et des chants d'alouette retentirent soudain dans le silence.

Oscar, qui était déjà descendu de son quad, vint vers eux.

— Ils sont là, de l'autre côté, dit-il en indiquant le portail fermé fixé dans le muret, devant eux. Ils ont entendu les quads. Ils ne vont pas tarder à rappliquer.

Il avait raison. Les moutons dévalaient déjà la colline en bêlant, s'attendant à ce qu'on leur apporte la soupe. Delilah descendit du quad et s'approcha du mur, le détecteur à la main. Elle leva le loquet de la barrière et entra dans le champ.

— Allez, murmura-t-elle en allumant le dispositif. Pourvu que ça marche, cette fois…

C'était leur dernière chance de trouver un traceur. Leur meilleure chance de trouver qui était derrière la série de vols qui avaient probablement coûté la vie à Ron Watson. Les yeux rivés sur l'appareil, elle se déplaça parmi les moutons en tendant le détecteur devant elle.

Mais celui-ci n'émit pas la moindre lueur. Delilah arriva au bout du troupeau de moutons, assez près pour que les derniers retardataires soient à portée de détection, et toujours rien.

Aucune des bêtes n'était porteuse de balise GPS. Tout comme dans les cinq précédentes fermes.

— Mince alors…

Près de six heures qu'ils étaient sortis dans l'espoir de résoudre cette affaire. Six bonnes heures perdues à baguenauder dans les Vallons, en pure perte.

Déçue, elle retourna vers la barrière.

— Quelque chose ? demanda Samson.

Elle secoua la tête.

— Zut, grommela-t-il.

Oscar remettait déjà le contact et faisait demi-tour avec son quad afin de redescendre vers le bas de la colline. Delilah remonta derrière Samson et ils eurent bientôt regagné la cour.

— C'était rapide ! commenta Tom depuis la porte de derrière de la ferme où il se tenait avec Calimero, qui mâchouillait avec ravissement une friandise pour chien. Vous avez trouvé quèque chose ?

— Rien du tout, soupira Delilah. On est allés de Nateby à Reeth, on est redescendus vers Otley, on est passés à Clitheroe et à Quernmore, on a vu tous ceux qui ont acheté des moutons à cette vente, et c'était une perte de temps complète.

— *Aye*, il y a eu quelques ventes, ce jour-là, c'est vrai, acquiesça Tom en se retournant pour ouvrir la marche vers la maison où le thé promis infusait. Mais faut pas vous en faire, ma fille, y s'pourrait qu'vous ayez plus de chance à Ellershaw.

— Ellershaw ? Et pourquoi faudrait-il que nous allions à Ellershaw ?

Tom, qui entrait dans la cuisine, se retourna pour lancer à Delilah par-dessus son épaule :

— Ah ben, pour scanner les bestiaux que le jeune Will m'a fauchés, bien sûr !

Ses deux invités s'arrêtèrent sur le seuil de la porte, se regardèrent et regardèrent Tom.

— Will vous a fauché des moutons ? s'étonna Samson.

Oscar passa devant Samson et Delilah pour s'appuyer à l'évier.

— C'est la façon qu'a le père de présenter les choses, dit-il avec un de ses rares sourires. Ils enchérissaient sur le même lot, le jour où on a acheté les brebis que vous venez de voir. Et Will a remporté l'enchère.

— Le coquin ! marmotta Tom. C'était quelques-uns des plus beaux Swaledales que j'aie vus depuis longtemps. Mais il faisait beaucoup monter les enchères. Ça faisait trop cher pour moi, et Harry a abaissé le marteau en faveur de Will. D'un autre côté, tant qu'à être ailleurs qu'ici, ils seront pas si mal à Ellershaw.

— Vous voulez dire que Will a acheté des moutons le 15 mars ? demanda Delilah d'une voix tendue.

— Pas acheté, ma fille, ricana Tom en prenant la théière et en commençant à verser le breuvage. Volé ! Il m'a volé comme au coin d'un bois ! Maintenant, ça vous dirait une tranche de cake de Mme Hardacre pour accompagner vot' thé ?

N'obtenant pas de réponse, il se tourna vers la porte et se rendit compte qu'il parlait dans le vide. Ses visiteurs avaient disparu. Par la fenêtre de la cuisine leur parvint un bruit de moteur. La Micra repartait vers Bruncliffe. Et la ferme Ellershaw.

— Tu es sûr que Will ne figure pas sur cette liste ? demanda Delilah alors qu'ils traversaient la place du marché et prenaient Back Street pour sortir de la ville.

— Absolument. Il n'y avait que six noms dessus. Pas de William Metcalfe.

— Tu ne trouves pas ça bizarre ?

Samson haussa les épaules.

— Mme Knowles a peut-être fait une erreur, hier soir, en m'envoyant le document. Il était tard. Elle était peut-être fatiguée et elle ne s'est pas rendu compte qu'elle avait oublié une page.

Delilah secoua la tête.

— Le numérique, ce n'est pas comme le papier. Elle t'a sûrement envoyé le document complet. Si le nom de Will n'y était pas, alors c'est qu'il ne figurait pas dans le rapport des ventes au départ. On se demande bien pourquoi.

Elle regarda Samson en haussant les sourcils.

Samson sentait son excitation. Mais après une vie d'enquêtes, il savait que la piste qu'ils suivaient pouvait mener à une nouvelle impasse, et il hésitait à lui donner trop d'espoir. Cela dit, le fait que le nom de Will ait été omis de la liste était intéressant. La question n'était pas tant *pourquoi*, comme l'avait demandé Delilah, mais *par qui*. Si l'omission de l'aîné des frères Metcalfe était délibérée, découvrir qui avait pris cette décision pouvait être fondamental pour la résolution de l'affaire.

Il y avait peut-être un moyen d'en avoir le cœur net. Il prit son téléphone et appela le marché aux enchères.

— Madame Knowles ? demanda-t-il en entendant la voix familière. Merci de m'avoir fait parvenir le rapport aussi vite. Mais j'ai quelques questions, si vous avez deux minutes ?

Delilah lui jeta un coup d'œil. Il sentait la tension qui émanait d'elle.

— Des questions ?

Mme Knowles lui avait certes envoyé le compte rendu à une vitesse record, mais il percevait encore une certaine froideur dans sa voix.

— À quel sujet ?

— Je me demandais s'il était possible qu'une vente n'apparaisse pas dans le document.

Son interlocutrice laissa échapper un *humph* indigné, et Samson devina le froncement de sourcils qui l'accompagnait.

— C'est rigoureusement impossible.

— D'accord. Je vous remercie. C'est bien ce que je me disais. Par pure curiosité, qui établit les comptes rendus des ventes ?

— Généralement M. Butler, ou Harry. Ça dépend de qui a officié comme commissaire-priseur. Mais M. Butler passait de moins en moins de temps dans le ring, et Ron en a rédigé quelques-uns quand on était débordés. Et Adam, évidemment. Il a commencé à faire des rapports au cours des six derniers mois.

— Et celui du 15 mars ? Vous pouvez savoir qui l'a établi ?

Il y eut un cliquetis de touches en fond sonore, la directrice administrative accédant à son ordinateur avant de reprendre la parole. Puis Samson la remercia à nouveau du temps qu'elle lui avait consacré, et coupa la communication. Il sentait le regard de Delilah peser sur lui alors qu'elle attendait la réponse de Mme Knowles.

— Alors ? C'était qui ? demanda-t-elle impatiemment.

— Harry, soupira Samson.

— Et merde…

Delilah se concentra à nouveau sur la route qui serpentait dans les collines. Le moteur rechignait un peu. Deux adultes et un grand chien n'étaient pas un mince fardeau…

— Et merde ! répéta-t-elle, le front plissé. (Elle secoua la tête.) Tout ça va se révéler n'être rien du tout. Un simple oubli. Attends, tu verras.

Mais alors que la voiture quittait la route et empruntait le chemin de terre qui menait à la ferme Metcalfe, Samson se rendit compte qu'il avait du mal à partager la confiance de sa collègue. Ça ne se présentait pas bien côté Harry Furness. Non seulement c'était lui qui avait rédigé le rapport de vente qui ne mentionnait pas l'achat de Will Metcalfe ; c'était aussi lui qui avait trouvé le couteau qui impliquait Adam Slater. Et Samson était à peu près sûr qu'il avait également accès au système de vidéosurveillance.

Samson commençait à avoir de plus en plus de doutes à l'égard du principal commissaire-priseur de Bruncliffe. Dans une ville où le nom d'O'brien suscitait peu d'amitiés, l'idée que son ami était peut-être corrompu était dure à encaisser.

Où le retrouver ? Rick Procter y avait pas mal réfléchi. Il avait hâte de récupérer la preuve dont il avait besoin, mais personne ne devait être témoin de cette rencontre.

Henside Road aurait été un choix évident – la ferme était isolée tout en offrant deux voies d'accès. Deux voitures venant de directions différentes, quels soupçons cela pouvait-il éveiller ? Mais si l'emplacement était parfait, la maison n'était pas déserte. Et les hommes qui veillaient sur la ferme de cannabis n'étaient pas des alliés inconditionnels. Officiellement, ils travaillaient pour Rick, mais tels les rats sur un navire qui sombre, ils l'abandonneraient s'ils sentaient qu'il était vulnérable. Si les responsables de l'opération avaient vent de ce rendez-vous et de la raison pour laquelle il avait lieu, tout ce qu'il avait essayé d'éviter depuis le coup de fil paniqué de Bernard Taylor se réaliserait : il mourrait. Et le maire de Bruncliffe avec lui.

Henside Road ne pouvait donc pas constituer un choix judicieux. En revanche, l'ancien café Harrison sur Gunnerstang Brow en était un.

Comme l'endroit était accessible à la fois depuis l'est et l'ouest, et même par une route secondaire qui desservait le bourg, personne ne s'étonnerait de voir des voitures circuler dans le coin. Ou un véhicule arrêté devant, sur l'aire de repos. Et une fois qu'ils seraient passés derrière le bâtiment, ils seraient dissimulés aux regards indiscrets. Mais ce qui rendait l'endroit vraiment idéal, c'est qu'il appartenait maintenant à l'Immobilière Procter. C'était une acquisition récente qui allait se révéler bien utile, se disait Rick en arrivant au sommet de la colline au volant de sa Range Rover.

Droit devant, la route était dégagée. Il jeta un coup d'œil dans le rétroviseur. Personne en vue derrière non plus, et, au loin, les toits de la ville blottie dans le vallon. Sur sa gauche, le café abandonné. Ses fenêtres regardaient d'un œil vide la route à travers la couche de crasse qui s'était formée pendant l'hiver au cours duquel l'endroit était resté vacant. D'une manœuvre fluide, Rick engagea la Range Rover sur l'aire de repos et passa derrière le bâtiment. La petite allée tournait vers la gauche et débouchait dans ce qui était naguère une cour intérieure entourée par trois bâtiments. Au centre de laquelle se trouvait une Volvo noire.

En avance. Un bon point. Rick n'avait pas envie que ça traîne. Plus vite ils en auraient fini, moins ils courraient le risque de se faire repérer. Plus vite il pourrait s'occuper de faire taire le maître-chanteur.

Il s'arrêta à côté de la voiture, tête-bêche, leurs deux portières côte à côte, et baissa sa vitre.

— Vous avez fait vite, dit-il alors que son contact lui passait une enveloppe kraft.

— Le client est roi. J'espère que vous serez satisfait.

Rick souleva le rabat et en tira la photo agrandie. Il regarda l'image, éprouva un moment de surprise, puis il eut un grand sourire.

— Ça fera très bien l'affaire. Et merci d'être venu en personne. Je vous revaudrai ça.

— À votre service, répondit l'autre en souriant également. J'étais dans le coin, de toute façon.

Et ce fut tout. Une brève rencontre, quelques minutes à peine, et les deux voitures quittèrent la cour, le café et ses dépendances négligées. De l'autre côté du vallon lui parvint le cri obsédant d'un courlis dont la lamentation se répercuta dans le domaine en déliquescence où la vie d'un homme venait d'être condamnée.

Sur le versant opposé du vallon par rapport au café de Gunnerstang Brow, par-dessus les toits gris qui miroitaient dans le soleil de l'après-midi et au sommet du coteau, la tension régnait dans la ferme Ellershaw alors que Samson et Delilah expliquaient la raison de leur visite.

— Les brebis que j'ai achetées en mars ? demandait Will en se grattant la tête. Tu penses qu'elles pourraient être ciblées par les voleurs ?

— On ne le saura pas avant de les avoir scannées, fit Delilah en montrant le détecteur de balise GPS. Laisse-moi juste m'en approcher, et s'il y a un traceur actif, le détecteur captera le signal.

— Génial ! s'exclama Nathan en s'arrêtant de caresser Calimero pour prendre le détecteur et l'examiner.

Quand le chien commença à lui donner des coups de museau sur la cuisse, il le rendit et recommença à le cajoler.

— Tu veux dire que quelqu'un se serait donné la peine de faire avaler un traceur GPS à un mouton pour pouvoir le voler ?

Ted Metcalfe avait l'air aussi perplexe que son fils.

— C'est ce que nous soupçonnons, répondit Samson. Il faut encore que nous en ayons la preuve, mais nous avons des raisons de croire que le lot que Will a acheté pourrait être ciblé.

— On va bientôt le savoir, marmonna l'aîné des frères Metcalfe. Je les ai descendus dans le champ d'à côté pas plus tard qu'hier. Avec les moutons de Dinsdale qui ont été enlevés, je me suis dit qu'il serait peut-être plus raisonnable de rapprocher les miens de la maison.

— Nous montons la garde à tour de rôle, admit Ted

Metcalfe. Mais on ne pourra pas continuer à le faire éternellement. Ce n'est plus de mon âge.

Il se passa la main sur le visage et Delilah eut un pincement au cœur. Depuis qu'ils avaient perdu Ryan en Afghanistan, son père n'avait plus jamais paru aussi robuste que lorsqu'elle était enfant. L'idée qu'il puisse passer la nuit assis dans un champ, probablement avec un thermos et un fusil, ne lui plaisait pas. Pas plus que de l'imaginer face à face avec les voleurs.

— Eh bien, allons-y, dit-elle. Plus tôt nous saurons si nos soupçons sont ou non fondés, plus tôt nous pourrons vous libérer de vos devoirs de sentinelle.

Will ouvrant la marche, ils quittèrent la maison et traversèrent la cour en direction des champs qui ondulaient au loin. La vue était stupéfiante, le vallon plongeant vers la ville distante, sillonné par le ruban argenté de la rivière qui étincelait au soleil. Mais avec tout ce qui s'était passé au cours des quatre derniers jours, Delilah n'était pas d'humeur à admirer le paysage.

— Les voilà, dit Will en indiquant le muret de pierre devant eux.

De l'autre côté, on voyait un troupeau de Swaledales en train de paître. Beaucoup de brebis étaient encore gravides. Un groupe d'agneaux, nés depuis peu, gambadaient dans le pré.

— Scanne-les.

Delilah alluma le détecteur, ouvrit la barrière et entra dans l'enclos. De grandes étendues de calcaire ponctuaient l'herbe. Elle s'avança lentement vers les moutons. Rien du tout. Le système était muet, pas un frémissement.

— Bon sang…

Encore une impasse. Elle se retourna et perçut un mouvement, tout au bout du pâturage. Évidemment ! Elle avait assez couru sur ces terres pour savoir que le pré était de forme irrégulière. Il y avait un décrochement dans le muret de pierre qui donnait à la parcelle la forme d'une pièce de Tetris. Elle s'approcha de l'endroit où les pierres grises formaient un angle vers la gauche et là, blotties hors de vue de la barrière, se trouvaient huit Swaledales prêtes à mettre bas.

— Allez, murmura-t-elle en brandissant à nouveau le détecteur et en se rapprochant des brebis dissidentes. Allez…

Elle était assez près maintenant du périmètre défini par le fabricant de l'appareil. Les moutons cessèrent de paître pour la regarder attentivement. Mais le gadget qu'elle tenait à la main ne réagit pas.

— La barbe ! s'exclama Delilah, sentant ses espoirs voler en éclats.

Ils n'avaient rien. Aucune preuve d'une opération de vol de moutons de grande envergure. Rien pour étayer leur théorie.

Elle courba l'échine, découragée. Encore une matinée de perdue. Et puis elle entendit un bêlement. Puissant, et paniqué. Un agneau. Mais il n'y avait pas d'agneaux dans cette partie du champ. Que des brebis pleines, occupées à mâchouiller l'herbe.

À nouveau, le bêlement haut perché, tremblant, de l'autre côté du muret, au point le plus éloigné de l'endroit où elle se trouvait.

Intriguée, Delilah s'approcha de l'origine du son.

Prenant appui sur le haut du muret, elle jeta un œil dans le champ voisin et vit le petit museau noir d'un agneau qui lui rendait son regard.

Elle reconnut le marquage ; il appartenait au troupeau qu'elle venait de scanner. Aucun doute qu'il avait réussi à s'enfuir, comme ils avaient coutume de le faire. Et comme tant d'autres, une fois sorti de l'enclos, il ne retrouvait pas son chemin pour y retourner ; or il voulait rejoindre sa mère. Delilah jeta un coup d'œil par-dessus son épaule – Samson et les autres bavardaient encore près de la barrière. L'agneau se mit à bêler. Delilah ne fit ni une ni deux. Elle fourra le détecteur dans sa poche arrière, grimpa tant bien que mal par-dessus le muret et atterrit dans le champ adjacent.

Elle reconnut tout de suite l'endroit. Elle était dans ce que son frère Ryan appelait l'herbe à bosses quand ils étaient gamins, les affleurements de calcaire qui trouaient le sol étant plus nombreux à cet endroit, certains aussi grands qu'elle. C'était l'un de leurs terrains de jeu préférés, la large étendue de terre et de pierres leur procurant un parfait environnement pour jouer à cache-cache. Delilah avait un souvenir aigu d'y avoir joué avec Samson et Ryan. Les garçons étaient presque adolescents, et pourtant ils toléraient le garçon manqué de six ans qu'elle était, et qui détestait être exclu de la compagnie de son frère préféré. Lors d'une partie de cache-cache, elle les avait cherchés pendant ce qui lui avait semblé être des heures, arpentant le champ dans tous les sens, incapable de trouver aucun des deux garçons. Elle avait fini par s'énerver, taper du pied et presque crier de frustration devant son incapacité à découvrir leur cachette.

Puis elle avait entendu des rires, et les deux chenapans avaient surgi de l'une des roches – une roche derrière laquelle elle avait pourtant cherché plusieurs fois. Elle avait pensé que c'était de la magie ; que d'une façon ou d'une autre, ils avaient réussi à se rendre invisibles. Sa stupéfaction était telle que sa colère s'était dissipée, laissant place à une sorte de fascination. Par la suite, elle avait ajouté Samson sur le piédestal jusque-là réservé à Ryan. Et il y était resté, même quand elle avait compris, des années plus tard, que les gamins avaient triché et s'étaient déplacés de roche en roche dans son dos, réduisant ses efforts à néant. Cette adulation avait brutalement cessé alors qu'elle n'était encore qu'une adolescente maigrichonne. Après s'être bagarré avec son père au baptême de Nathan, Samson avait quitté Bruncliffe dans la nuit, sous un nuage d'opprobre, laissant Ryan seul sur le piédestal mental de Delilah. Douze ans plus tard, Ryan était mort, et Delilah s'était sentie complètement abandonnée.

Elle eut le cœur serré en pensant à son frère qui lui manquait tous les jours. À ces journées d'insouciance où elle savait où elle en était avec Samson. Où elle savait qui il était.

Le bêlement de l'agneau la ramena au présent.

Elle n'était pas là pour un trip nostalgique mais en mission de sauvetage. Elle se tourna vers le petit animal qui avait reculé contre le mur et ne semblait pas vouloir fuir.

— Viens un peu là, toi, dit-elle doucement en tendant la main vers lui.

— Bêê ! fit-il en s'ébrouant, manquant tomber sur ses pattes trop grandes pour son corps menu.

— Tu es perdu ? dit-elle en s'approchant lentement.

Encore un pas, et elle allait réussir à le coincer.

— Bêêêêê !

Sur un cri vraiment plaintif, cette fois, l'agneau recula de plusieurs pas. Comme s'il avait décidé qu'elle n'était pas aussi bienveillante que ça, tout compte fait.

S'il continuait à se déplacer, il arriverait à l'angle aigu du muret où le champ s'ouvrait, et elle devrait lui courir après dans un espace beaucoup plus vaste. Là, championne de course dans les collines ou non, elle savait que ses chances de rattraper le petit animal seraient minces.

Encore un essai. Ensuite elle laisserait son frère capturer le petit gredin.

— On va te remettre avec les autres, dit-elle doucement en s'approchant à nouveau sur la pointe des pieds.

Cette fois, elle était prête, le corps tendu, attendant de faire le plongeon.

L'agneau poursuivit son concert, la regardant, l'air incertain.

Maintenant.

Delilah bondit en avant, les bras tendus, et tomba à plat ventre par terre, ses doigts attrapant la laine chaude et la peau du poitrail. Mais alors qu'elle se félicitait d'avoir taclé l'agneau, trois choses arrivèrent. L'animal qui se débattait entre ses mains laissa échapper un bêlement strident en plein dans son oreille. Un autre bêlement plus profond, plus adulte, tout aussi fort, retentit tout près. Et un bip furieux se fit entendre quelque part derrière elle.

Encore par terre, s'efforçant de ne pas lâcher l'agneau qui se tortillait, elle jeta un coup d'œil sur le côté. Une brebis Swaledale s'était matérialisée derrière la même roche qui avait fourni une cachette à Ryan et Samson il y avait toutes ces années ; et elle bêlait très fort. Avec agressivité. L'agneau se remit à bêler, la brebis répondit en continuant à avancer. Et ce satané bip… Nom d'un chien… !

L'agneau se cabra entre ses mains et Delilah sentit ses doigts glisser à travers la laine, puis ses mains se refermèrent sur le vide tandis que le petit animal décollait et filait dans le champ vers la brebis. Sa mère. Qui était là depuis le début, dissimulée par la grosse masse de craie.

L'agneau s'étant mis à téter, et sa mère surveillant Delilah d'un œil attentif, le silence revint dans le champ. Mais pas tout à fait. Le bip se faisait encore entendre, plus frénétiquement que jamais, par brèves salves impatientes.

Le détecteur.

— Oh bon sang !

Delilah se releva et prit l'appareil dans sa poche arrière. Une lumière rouge palpitait sur la console. Elle regarda la brebis. Le détecteur. Et se fendit d'un immense sourire.

L'enquête sur la mort de Ron Watson venait enfin de connaître une percée.

22

— Tu me dis qu'il y a un traceur dans ma brebis ?

Will n'essayait même pas de dissimuler son inquiétude. Il se tenait près de sa sœur et regardait, le front plissé, la brebis autonomiste et son agneau.

Delilah hocha la tête.

— Ouais.

Elle lui montra le détecteur. On n'entendait plus le bip, car elle l'avait mis en silencieux, mais le voyant rouge clignotait à intervalles réguliers.

Quand ils l'avaient entendue crier dans le champ voisin, Samson avait compris qu'elle avait trouvé quelque chose. Ils étaient accourus ventre à terre, Samson, Nathan et Calimero en tête, Will et son père non loin derrière, dans un large pré qui rappela à Samson les étés de son enfance passés avec la famille Metcalfe, une oasis de calme par rapport à sa vie tumultueuse avec un père alcoolique. Delilah était plantée là, brandissant son détecteur GPS qui lançait des éclairs, et elle avait un immense sourire, une expression triomphale qui n'avait pas beaucoup changé depuis qu'elle était gamine, quand elle réussissait à retrouver sa proie à cache-cache.

Mais ce jour-là, le sourire triomphant de Delilah disparut quand elle remarqua l'expression angoissée de son frère. Elle lisait sur ses traits les ramifications de ce qui était pour elle une découverte excitante.

— Ça veut dire que quelqu'un va les voler, alors ? Je veux dire, vous en êtes sûrs ?

Ted Metcalfe avait l'air aussi préoccupé que son fils.

— On ne peut être sûrs de rien, répondit Samson, par compassion pour lui. (L'élevage était déjà une activité assez difficile comme cela dans le climat actuel.) Mais d'après ce que nous avons vu, ça répond assurément à un schéma. Je dirais qu'il y a de bonnes chances que ces moutons figurent sur la liste des voleurs.

— Seigneur !

Will se frappa la cuisse du poing, l'inquiétude se muant en colère.

— Mais bon sang, qu'est-ce qu'on peut faire pour empêcher ça ? Camper ici avec un putain de fusil ?

Delilah jeta un coup d'œil à Samson. C'était une partie du plan dont ils n'avaient pas discuté en détail, leur but étant avant tout de trouver une balise GPS cachée afin de mettre en évidence le lien entre la vente aux enchères, la caméra de vidéosurveillance défectueuse et les vols de moutons. Mais comment allaient-ils gérer la découverte effective de ce lien… ? Les hypothèses qu'ils avaient formulées en ce sens ne prenaient pas en compte l'inclusion possible de Will Metcalfe.

— Disons que ce serait un moyen, commença Samson, mais nous n'avons pas idée du temps que ça pourrait prendre. D'après Delilah, ces traceurs peuvent fonctionner de vingt-quatre heures à six semaines au maximum, ce qui veut dire que vous pourriez passer pas mal de nuits ici, Ted et toi, avant que les voleurs débarquent. S'ils débarquent. Pour ce que nous en savons, il se pourrait qu'ils placent pas mal de ces bolus modifiés sans nécessairement les exploiter tous.

Will jura à nouveau.

— Et la police ? demanda Ted.

Samson haussa les épaules.

— C'est une option. Mais encore une fois, nous n'avons pas grand-chose à montrer. Juste une brebis équipée d'une balise GPS. Nous ne pouvons prouver ni qui l'y a mise, ni pourquoi. Et donc, Danny et le sergent Clayton ne pourront pas faire grand-chose. Pas tant que les voleurs ne seront pas pris la main dans le sac...

Will releva brusquement la tête et regarda Samson. Puis sa sœur.

— Pas question ! dit-il en agitant son doigt devant eux. C'est absolument hors de question !

— Quoi donc ?

Delilah ouvrit de grands yeux innocents. Ou du moins, elle essaya. Elle était aussi mauvaise actrice que menteuse, et la rougeur qui envahissait ses joues démentait sa fausse ingénuité.

— Quoi que vous ayez prévu tous les deux, vous n'utiliserez pas mes moutons comme appâts. Ils sont beaucoup trop précieux pour être impliqués dans vos machinations stupides.

— Mais on ne veut pas..., commença Delilah.

Samson lui coupa brusquement la parole.

— Quelle autre solution as-tu à proposer, Will ? Soit tu montes la garde ici, avec ton fusil, en espérant que quand les voleurs se pointeront, s'ils se pointent,

ils soient moins armés que toi – et je ne parierais pas
là-dessus, parce qu'il s'agit d'une opération hautement
organisée. Soit tu nous aides à mettre fin pour de bon
aux vols de moutons.

— Ou alors je me débarrasse tout simplement de
cette satanée brebis – je la laisse dans un champ, toute
seule quelque part, marmonna Will en lorgnant la bête.

Samson acquiesça.

— C'est une possibilité. Mais ça ne nous aiderait
pas à capturer le gang qui est derrière tout ça.

— Ce ne sont pas mes oignons. Ce qui me pré-
occupe, moi, c'est de gérer cette satanée ferme et de
mettre à manger sur la table pour ma famille. Je vous
laisse à tous les deux le soin de combattre le crime.

Delilah s'apprêtait à répliquer, mais son père mit la
main sur son bras et secoua légèrement la tête.

— Laisse tomber, ma fille, dit-il doucement. On a
déjà eu assez d'ennuis comme ça ces derniers temps.

Le groupe resta silencieux. Puis Nathan parla pour
la première fois depuis qu'ils avaient rejoint Delilah
dans le champ.

— Samson a raison, dit-il en regardant son oncle,
puis son grand-père. On ne peut pas rester sans rien
faire. Parce que si on reste les bras croisés, d'autres
fermiers du voisinage pourraient se faire voler leur
troupeau. Et ce ne serait pas juste. Alors il faut qu'on
fasse ce que Samson et Delilah suggèrent, et qu'on
attrape ces criminels.

Il baissa les yeux vers le sol, puis regarda à nouveau les adultes, les épaules renvoyées en arrière, et
dit d'une voix plus affirmée :

— C'est ce que papa aurait fait.

Will poussa un soupir et se gratta la tête, sa colère cédant devant la sagesse juvénile de son neveu.

— Bon sang, marmonna-t-il en regardant Samson puis Delilah. Allez, petite sœur, vas-y, parle-moi de ton plan grandiose.

Delilah eut un sourire. Il était temps de mettre ses compétences de technicienne à l'épreuve.

Pete Ferris passait une sale journée. Après avoir vécu un tout petit peu plus de trois décennies sur cette planète, il avait découvert quelque chose de nouveau sur lui-même, et ce n'était pas une chose avec laquelle il était à l'aise.

Il avait une conscience.

D'accord, elle n'était pas très encombrante, et elle ne l'avait encore jamais troublé. Mais elle se rattrapait, à présent.

Foutu gamin. Avec ses grands bras et ses grandes jambes. Et ce sourire en biais. Il ressemblait comme deux gouttes d'eau à son père au même âge. Ryan Metcalfe. C'était un brave gars. Pas tout feu tout flamme comme Delilah, ni comme ce volcan perpétuellement sur le point d'entrer en éruption qu'était Will. Ryan était un bon gars et un homme encore meilleur. Contrairement à un tas de gens de Bruncliffe, il saluait toujours Pete quand leurs chemins se croisaient, indifférent à ses vêtements crasseux et au fait qu'il puait le faisan crevé.

Il lui était même arrivé de lui payer un verre de temps en temps à la *Toison*. Sans en faire tout un plat.

Il faisait juste déposer une pinte devant lui par le patron, le grincheux Troy Murgatroyd, qui l'accompagnait d'un hochement de tête en direction de Ryan. Lequel Ryan était invariablement entouré d'amis. Capitaine de l'équipe de fléchettes, membre de l'équipe de rugby, c'était un élément clé de la société de Bruncliffe. À côté de lui, Pete était tout seul à une petite table et il sifflait sa pinte très vite afin de pouvoir filer avant que Troy ne trouve à redire à l'odeur de charogne qui embaumait son pub.

Ce qui motivait la générosité de Ryan, Pete ne l'avait jamais compris. Mais il l'avait appréciée.

Et maintenant, il était en position d'aider le gamin de Ryan, et il y renonçait pour faire sa pelote.

Normalement, ça n'aurait pas dû l'empêcher de dormir. Il aurait dû se concentrer totalement sur la grosse carotte qui pendait presque à sa portée. Seulement voilà…

Pete prit le portable à carte prépayée et l'écharpe posée juste à côté, les deux lurchers le regardant paresseusement depuis l'autre bout du canapé. Il était temps d'appeler Bernard Taylor et de mettre le plan en action. Plus d'introspection. Les gens dans sa situation ne pouvaient pas se permettre d'avoir une morale. Prends l'oseille et tire-toi. Le jeune Nathan survivrait sans son aide.

Le téléphone sonna deux fois avant que le maire réponde. D'une voix frémissante de panique.

— Allô ?

— C'est moi, dit Pete à travers l'écharpe. Vous avez l'argent ?

— Oui. Mais…

— Ce soir, dix heures. Je vous rappellerai avec les instructions pour le dépôt.

— D'accord, mais où…

Pete coupa la communication. Pas besoin de lui dire où. Ça ne ferait que laisser à Taylor une chance d'impliquer Procter. Et c'était là que résidait le danger. Rick Procter. Un loup qui se faisait passer pour un agneau, et qui faisait croire à toute la ville qu'il était la bonté incarnée. Tous ces dons pour des nobles causes. Le parrainage d'événements comme l'allumage des lumières de Noël. Et c'était aussi l'un des principaux bienfaiteurs de l'école.

L'école. Avec ses casiers. Où Nathan Metcalfe avait été accusé de stocker ses réserves de kétamine. Le traquenard était un acte de malveillance qui aurait pu envoyer le gamin pendant des années dans un centre pour jeunes délinquants. Ce n'était pas un endroit pour les braves gens, Pete était bien placé pour le savoir.

Et pourtant…

Il s'appuya sur les coussins affaissés du canapé et regarda par la fenêtre. C'était la fin de l'après-midi. Plus que quelques heures à batailler avec sa satanée conscience.

— C'est tout ? demanda Will en regardant le bolus que Delilah lui avait tendu. Il est là-dedans ?

Elle acquiesça. Ils se trouvaient dans l'atelier de Will, et l'établi devant elle était jonché de fils, d'outils et de coques de bolus cassées. Ça avait pris un moment, c'était plus compliqué qu'elle ne l'avait prévu, mais elle avait fini par y arriver et elle s'estimait satisfaite.

Son frère n'avait pas l'air aussi convaincu. Il fit rouler le bolus dans sa main et secoua la tête.

— Et c'est avec ça que tu veux protéger mes moutons ?

— Non, répondit-elle en prenant son téléphone. Avec ça.

Elle tapota l'écran, ouvrant une appli qui afficha une carte. Elle tapota à nouveau l'écran, agrandit la carte et zooma jusqu'à ce qu'un cercle bleu palpitant se trouve au centre.

— La ferme Ellershaw, dit-elle en tendant le téléphone à son frère.

Will regarda la carte, puis le bolus.

— Le signal vient de ça ?

— C'est un traceur GPS, frima Samson, étalant sa maigre science. Delilah l'a créé à partir d'un collier pour chien qu'elle a acheté en ligne. Où que ce truc aille, on pourra le suivre.

Ted Metcalfe secouait la tête, impressionné, pendant que Nathan examinait le téléphone de Delilah et lui posait des questions sur l'appli.

— Et qu'est-ce qui se passera si la brebis rejette le bolus ? demanda Will.

— On n'a plus qu'à espérer que ça n'arrive pas, répondit honnêtement Samson.

Ce n'était pas le moment de mentir. Ils s'apprêtaient à faire un pari, en mettant en jeu son troupeau de Swaledales. Un troupeau qu'il avait mis des années à constituer, au prix d'une patiente sélection de lignées, remportant des prix et une reconnaissance nationale. C'était inestimable.

Si, par hasard, le bolus de Delilah était rejeté, tout le troupeau serait vulnérable. La balise GPS d'origine continuerait à émettre son signal, dirigeant les voleurs vers les moutons sans défense.

— Vous m'en demandez beaucoup, grimaça Will.

— On le sait. On comprendrait que tu veuilles faire marche arrière.

Will se passa la main sur le visage et secoua la tête.

— Non. Faisons ça. Mais si ce satané truc bouge…

Il indiqua le cercle bleu sur le téléphone de Delilah.

— Je l'ai paramétré pour qu'il bipe immédiatement, dit-elle. N'importe quel mouvement en dehors du périmètre de la ferme et je le saurai tout de suite.

— Et vous serez où, vous deux ?

— On sera dans le coin, lui assura Samson.

— En planque ? demanda Nathan en ouvrant de grands yeux. Vous allez vous mettre en planque ? Je peux venir ?

— Mais qu'est-ce que c'est que cette passion pour les putains de planques qu'ils ont dans cette ville ? grommela Samson. Et non, tu ne peux pas venir, Nathan.

Il éprouva un pincement de remords en voyant la mine du gamin s'assombrir. Mais il ne céda pas. Il n'était même pas sûr de laisser Delilah l'accompagner, sachant que les membres d'une organisation criminelle comme celle qu'ils s'efforçaient de traquer seraient implacables si on leur mettait des bâtons dans les roues.

À leur connaissance, le gang était déjà responsable d'un meurtre, celui de Ron Watson.

— Alors, qu'est-ce qu'on va faire, maintenant ? demanda Ted.

Delilah haussa les épaules.

— On met ça en place et on attend. Ils n'interviendront pas avant la tombée de la nuit.

— Bon, fit Will en prenant le pistolet à bolus sur l'établi. Finissons-en.

Il les ramena vers le champ où les moutons paissaient bienheureusement, inconscients du péril qui les menaçait.

— Il a appelé. C'est pour ce soir.

Sa voix se brisa, faisant comme un craquement sur la ligne. Le bonhomme était sur le point de s'effondrer.

— Il doit me rappeler. À dix heures.

— Bon, fit Rick Procter sans perdre son calme, agissant comme s'il ne savait rien. Il a dit quelque chose qui pourrait nous donner un indice à propos de son identité, cette fois ?

— Rien du tout, coassa Taylor. Qu'est-ce qu'on va faire ?

— Vous allez faire exactement ce qu'il vous dira.

— Vous voulez dire…, bredouilla le maire avant de s'interrompre.

— Je veux dire qu'on va payer. Lui donner ce qu'il demande. Et prier pour qu'il débarrasse le plancher.

Il y eut comme un souffle sur la ligne. Un profond soupir. De soulagement. Taylor était opposé au recours à la violence – du moins, quand il était au courant. Puis la tension revint.

— Et ça marchera ?

— Il n'y a qu'un moyen de le savoir, dit Rick. Vous avez la somme ?

— Oui… oui.

— Alors tenez bon, et attendez qu'il rappelle. Et je vous le répète, faites exactement ce qu'il vous dira.

— Entendu.

— Et n'oubliez pas de m'envoyer un texto dès que vous connaîtrez le lieu du dépôt. Par sécurité.

Le maire ne discuta pas la requête. Pensant sans doute que son partenaire voulait s'assurer de sa sécurité. Ils raccrochèrent et Rick s'autorisa un sourire crispé. Dix heures, ce soir. C'était l'heure butoir.

Il était prêt.

23

L'après-midi tirait à sa fin lorsque Samson et Delilah quittèrent la ferme Ellershaw et redescendirent vers la ville, un Calimero somnolent roulé en boule sur le siège arrière de la Micra.

— Je doute que Will soit convaincu par tout ça, dit Samson en repensant à l'expression du fermier alors qu'ils lui avaient à nouveau exposé le plan avant de partir.

Delilah eut un reniflement.

— Will n'est jamais convaincu dès lors que ça échappe à son contrôle. Et les traceurs GPS sont hors de sa zone de confort.

Et tu es bien placée pour le savoir, songea Samson, qui travaillait tout près d'une Metcalfe depuis six mois. Pourtant, il était difficile de ne pas compatir avec lui. Non seulement ils l'avaient persuadé d'administrer le bolus modifié à l'un de ses moutons, mais encore ils lui avaient fait admettre qu'ils avaient plus de chances que les voleurs frappent si ses bêtes étaient situées plus loin de la ferme. Alors que Samson et Delilah retournaient vers la ville se préparer en vue de ce qui pouvait être plusieurs nuits de garde, Will emmenait son troupeau vers un champ plus proche des collines. Mais pas *tout* son troupeau.

Ils s'étaient mis d'accord sur un compromis proposé par Nathan. Soulignant que les brebis prêtes à mettre bas risquaient d'être choquées en cas de tentative de vol et peut-être de faire une fausse couche, le gamin avait suggéré avec sagesse de les laisser à l'abri. Et Will n'emmènerait que les brebis avec leurs agneaux, dont celles qui étaient équipées du GPS original et du bolus de Delilah.

C'était un plus petit bolus, qui présentait moins de risques. Mais qui constituait quand même un énorme acte de foi de la part de Will Metcalfe. D'autant que le plan avait été conçu par sa petite sœur et un homme qu'il ne pouvait pas encadrer jusqu'à une époque récente. Il y avait quatre semaines à peine, Will avait attaqué Samson à la *Toison*, le laissant le visage tuméfié, et avec un menton très douloureux.

Et voilà qu'il lui confiait son gagne-pain.

— Alors, de quoi est-ce qu'on a besoin pour cette nuit ? demandait Delilah en prenant à toute vitesse un virage dans la descente qui ramenait à Bruncliffe.

Samson se cramponna au tableau de bord alors que la voiture frôlait dangereusement le muret de pierre.

— Je ne pense pas que tu aies besoin de venir, dit-il, les yeux rivés à la route autant par inquiétude que pour éviter le regard qu'il savait qu'elle braquait sur lui.

— Quoi ?

Il sentit son regard lui brûler la joue.

— Tu plaisantes, hein ?

— Non. On est vendredi soir. Je doute que les voleurs tentent quoi que ce soit pendant un week-end, alors que la région grouille de touristes. Ils opéreront plus probablement durant la semaine. Un mercredi soir bien tranquille, par exemple.

Il risqua un coup d'œil. Elle regardait par le pare-brise, les dents serrées. C'était une expression qu'il connaissait bien. Têtue comme une mule...

— Et ta sœur ! Si tu crois que...

Elle fut interrompue par la sonnerie du portable de son compagnon. Il le prit dans sa poche et vit le nom de l'appelant. Une décision s'imposait.

Mentir, ou ne pas mentir ?

— Ces trucs-là ont tendance à ne marcher que si on répond, fit Delilah sur un ton mordant alors que le téléphone continuait à sonner.

Il balaya l'écran et porta l'appareil à son oreille.

— Samson ? dit une voix qu'il ne connaissait que trop bien. Il faut qu'on se voie.

— Où ça ?

Rester laconique. Pas de nom. Jamais. C'était la règle.

— Comme par hasard...

Samson prit note de l'adresse et raccrocha.

— C'était qui ? demanda Delilah alors qu'ils arrivaient à la grand-route qui retournait vers la ville.

Il jeta un coup d'œil dans sa direction. Six mois. Et elle ne connaissait pas encore la vérité à son sujet. C'était peut-être le moment d'y changer quelque chose.

— Quelqu'un de mon passé, et la seule personne en qui je peux avoir confiance en ce moment. Ma voisine mise à part.

Elle haussa les sourcils.

— Et... ?

— Ça t'amuserait d'aller à Skipton ? Là, tout de suite ?

Delilah virait déjà vers la gauche et l'A65, tournant le dos à Bruncliffe.

Samson avait rendez-vous dans un pub au bord du canal. C'était le choix parfait, suffisamment à l'écart de la foule pour que les touristes ne pensent pas à s'y aventurer ; et quand bien même, Samson n'était pas sûr qu'ils s'y seraient attardés. C'était un pub traditionnel à la moquette sombre, aux vitres opaques qui empêchaient la lumière d'entrer, décoré de meubles lourds, en acajou. Traditionnel et tranquille. Ce qui était précisément le but. Parce que s'il y avait une personne que Samson n'était pas censé rencontrer, c'était bien l'homme chauve qui l'attendait dans le coin, face à la porte.

— Patron, dit Samson en tendant la main à l'inspecteur principal Dave Warren, qui se leva. Ça me fait plaisir de te voir.

Warren serra fermement la main de Samson.

— Tu as l'air en forme, fiston, compte tenu des circonstances.

Ils se rassirent tous les deux à la petite table, et le chef Warren indiqua d'un mouvement de menton les deux pintes posées devant lui.

— J'ai pris la liberté de commander. C'est ce qui passe pour de la bière dans ces contrées, fit-il avec un sourire, en levant son verre à l'adresse de Samson. Santé !

— À la tienne.

Ils entrechoquaient leurs verres quand, dans la glace derrière son chef, Samson vit la porte de la rue s'ouvrir et Delilah et Calimero faire leur entrée.

Elle joua bien le coup. Juste un rapide coup d'œil pour voir à quoi ressemblait l'homme avec qui il était, puis elle alla s'asseoir à l'autre bout du pub, ainsi qu'ils en étaient convenus.

— Alors, comment ça va ? lui demandait son chef.

Samson haussa les épaules.

— Ça irait mieux si cette satanée histoire de suspension était réglée. Mais j'imagine que ce n'est pas ce que tu es venu m'annoncer ?

Le chef Warren fit la grimace.

— Non, désolé. L'enquête se poursuit. Ou du moins, c'est ce qu'ils me racontent tous. Tu sais comment c'est, fiston. Je suis trop proche de l'affaire. Tu faisais partie de mon équipe quand la drogue a disparu de la salle des pièces à conviction, et il est peu probable qu'ils me gardent dans la boucle. J'ai tout de même appris que tu ne t'étais pas présenté à ton audition pour faute grave, le mois dernier. Ce n'était pas très malin, ajouta-t-il en braquant ses yeux gris sur Samson.

— Non.

Samson regarda Delilah dans le miroir. Elle était maintenant au comptoir, et Calimero, couché sous une table, attendait son retour. C'était trop difficile à expliquer. Son expression quand elle s'était précipitée sur le quai alors que le train pour Londres était sur le départ et qu'elle avait imploré l'aide de Samson pour retrouver Nathan. Elle ne savait pas pourquoi il s'en allait. Elle n'avait pas idée de l'importance cruciale de ce déplacement. Elle ignorait que cette audition aurait pu contribuer à le laver de tout soupçon.

Il était descendu du train et avait regagné une ville qui n'était pas ravie de le voir revenir. Pour Delilah et pour Nathan.

Warren attendait un complément d'explication. Samson se contenta de prendre une gorgée de bière et haussa les épaules.

— Tu n'as pas changé d'un iota, dit son chef en secouant la tête avec tristesse. Espèce de tête de mule.

— C'est pour ça que j'étais si bon dans mon boulot.

Un petit rire sec salua la réplique de Samson et les yeux gris se plissèrent d'amusement.

— À qui le dis-tu ! L'un des meilleurs agents infiltrés que j'ai jamais eus. Ça ne te manque pas ? Franchement, ça ne doit pas être particulièrement gondolant de vivre dans un trou pareil.

— Il y a des bons moments, murmura Samson, pensant aux six derniers mois, son regard interceptant celui de Delilah dans le miroir.

Elle baissa la tête, feignant de lire le journal local, mais une rougeur révélatrice colorait ses joues. Il réprima un sourire.

En attendant, l'inspecteur principal Warren avait retrouvé sa gravité. Il rivait sur Samson ce regard qui avait tétanisé plus d'un criminel. Et même quelques-uns des hommes qui travaillaient sous ses ordres. Un regard d'acier qui semblait transpercer l'autre, lire en lui comme dans un livre.

— J'imagine que tu n'es pas venu jusqu'ici pour me donner des regrets, reprit Samson en prenant une autre gorgée de bière, désireux de détourner l'attention de son chef ; le bonhomme était trop futé.

— Non. Je suis là parce que je pense que tu cours un plus grand danger que tu ne le crois.

Warren prit un sous-bock, le tortilla et le tournicota entre ses doigts impatients. Un substitut à la nicotine pour un homme qui avait arrêté de fumer à son corps défendant. Et un geste qui trahissait sa préoccupation.

— Il faut vraiment que tu surveilles tes arrières. Les quelques mois à venir seront critiques.

— Tu crois qu'ils vont prouver mon innocence ?

Une autre grimace.

— Dans un cas comme dans l'autre, je ne pense pas que ce soit le plus important, fiston. Le danger ne sera pas écarté tant que nous ne saurons pas qui est à l'origine du détournement de ces drogues. Tant que tu seras en vie et que tu clameras ton innocence, il y a une chance que les autorités compétentes mènent une enquête digne de ce nom et trouvent les salauds qui ont fait le coup. (Il poussa un profond soupir et passa la main sur son crâne chauve.) Bon, il n'y a pas trente-six mille façons de t'annoncer ça : j'ai eu une info. D'une source fiable.

Les sources de l'inspecteur Warren étaient légendaires, Samson pouvait en témoigner. Plus d'une affaire avait trouvé une conclusion rapide grâce au tuyau délivré par un informateur que le chef avait dans sa poche.

— Je t'écoute, fit-il en reprenant son verre.

— Tu as de sérieux ennuis. Plus que nous ne le pensions. D'après ma source, ce serait quelqu'un de l'intérieur.

La main tendue de Samson se figea, les doigts à quelques millimètres de sa chope.

— Que veux-tu dire ?

— Quelqu'un de la police. Un haut gradé. Qui trempe dans le bourbier, quel qu'il soit, dans lequel tu t'es retrouvé.

Le bourbier. Un mot bien léger pour ce qui lui tombait dessus. Il était accusé d'avoir volé et revendu à un réseau criminel une certaine quantité de drogue saisie par la police et consignée dans le local des pièces à conviction. Et la bombe de l'inspecteur Warren venait de pulvériser tous ses espoirs d'être disculpé.

Quelqu'un de l'intérieur même du système censé le protéger cherchait à le piéger.

La sonnerie de son mobile résonna dans le silence qui s'était établi entre les deux hommes. Un coup d'œil à l'écran et Samson poussa un juron.

— C'est mon agent de soutien, grommela-t-il. Il faut que je réponde.

— L'inspectrice Green ? demanda Warren en secouant la tête. Par pitié, ne lui dis pas que je suis là. Je serais suspendu pour conspiration avec l'ennemi !

Prenant l'appel, Samson se leva et se dirigea vers la porte du pub.

— Allô ?

— Samson ? C'est Jess Green. Je me demandais si on pourrait se rencontrer. Il y a plusieurs points, dans votre affaire, qui mériteraient qu'on se voie.

— Quand ça ?

Il poussa la porte du pub et sortit dans l'air frisquet. Une barge multicolore passait sur le canal, les rouges et les verts de la coque flamboyant dans les derniers rayons du soleil couchant.

— Maintenant, en fait. D'ici une demi-heure, par exemple ? Je suis dans le coin et je me suis dit que je pourrais passer...

— Aujourd'hui, ça ne m'arrange pas. Je suis au bureau avec un client, et j'en ai un autre tout de suite après.

Il y eut une pause, une vive inspiration.

— Sérieusement, Samson, reprit l'inspectrice Green sur un ton sec, je pense que vous ne vous rendez pas compte de la gravité de la situation. Je viens d'apprendre que l'inspecteur qui enquête sur votre affaire de détournement a très mal pris le fait que vous ne vous soyez pas présenté à la convocation. Il a demandé que cela soit considéré comme une nouvelle infraction et ajouté au dossier d'accusation. Et il insiste pour que l'affaire soit transmise au ministère public.

Samson sentit la terre trembler sous ses pas. Le service britannique des poursuites judiciaires. Ce qui impliquait un procès. Et peut-être de la prison.

— Vous avez entendu ?

— Oui. Clair et fort.

Il regarda la barge disparaître dans le soleil couchant. Se demanda brièvement s'il ne pourrait pas sauter dessus et fuir tout ça.

— Bon. Eh bien, quand vous vous sentirez un peu plus préoccupé par votre carrière et désireux de la sauver, vous pourrez peut-être me passer un coup de fil. Parce que tant que vous ne me ferez pas confiance, je ne pourrai rien faire pour vous aider.

Elle coupa la communication. Samson resta planté là, au bord du canal, à réfléchir à ce que l'inspecteur principal Warren venait de lui dire.

Pour le moment, il ne pouvait faire confiance à personne portant l'insigne de la police. Même pas l'inspectrice Jess Green.

Laquelle inspectrice Green, ayant raccroché, rangea son mobile dans sa poche et regarda par la vitre du bureau de l'Agence de Recherche des Vallons. Vide. Tout comme le bureau de la propriétaire des lieux, Delilah Metcalfe. Jess était allée dans la cour pour s'en assurer.

Pas de signe de vie. Personne à la maison. Et pourtant Samson lui racontait qu'il était là.

Il lui mentait. Pourquoi ?

Elle se détourna. Elle avait remarqué le pub d'en face et ses fenêtres. Elle avait grandi dans une bourgade de ce genre et devinait que ses faits et gestes devaient être observés et commentés depuis l'intérieur de la taverne, derrière ces vitres. Elle n'avait pas besoin de ça ; parce qu'elle aussi, elle mentait. En disant à O'Brien qu'elle était dans la région alors qu'elle était précisément devant son bureau.

Elle venait de remonter dans sa voiture quand son téléphone sonna.

— Vous l'avez vu ? fit la voix, la même que d'habitude – celle qui lui faisait faire ses quatre volontés.

— Il n'est pas là.

— Trouvez-le. L'issue est proche. Nous ne voulons pas qu'il y ait la moindre anicroche.

La communication prit fin. L'inspectrice Jess Green renvoya ses cheveux blonds derrière son épaule et mit le contact en essayant d'ignorer que sa main tremblait.

La porte du pub se referma derrière Samson sorti prendre un appel au-dehors, et Delilah décida de passer à l'action.

Elle était allée s'asseoir comme il lui avait dit, le plus loin possible d'eux, Calimero à ses pieds. Si loin de leur table qu'elle n'avait pas pu intercepter deux mots de leur conversation.

Mais elle les avait observés, Samson et son ex-patron. Elle avait étudié leur langage corporel, vu qu'en présence de cet homme, Samson se détendait comme cela lui arrivait rarement à Bruncliffe. Le chef Warren était quelqu'un en qui on pouvait avoir confiance. Ce qui était important, compte tenu de ce que Delilah s'apprêtait à faire.

Lorsque, dans la voiture, Samson lui avait proposé de l'accompagner à Skipton, elle avait hésité. Elle appréciait l'honnêteté dont il faisait preuve en lui parlant de ce rendez-vous, mais d'un autre côté, elle n'était pas encore prête à tout entendre de son passé. Elle craignait de perdre le peu de confiance qu'elle avait encore en lui. Mais quand il lui avait dit avec qui il avait rendez-vous, elle avait trouvé la proposition trop intéressante pour la décliner.

Son ancien patron, l'inspecteur principal Warren, avec qui il n'était pas censé avoir de contacts tant qu'il était suspendu ; et pourtant, ils étaient là, dans un pub de Skipton, en train de discuter.

La conversation était plutôt tendue, à en juger par leurs visages qu'elle avait bien observés dans le miroir. Pas directement, et en prenant soin de jeter occasionnellement un coup d'œil au journal ouvert sur la table, devant elle. Ce qu'elle avait vu l'avait décidée. Elle allait parler à l'inspecteur principal Warren. Parce qu'il y avait quelque chose qu'il ne savait pas. Une chose que Samson n'avait même pas dite à son agent de soutien, l'inspectrice Jess Green, quand elle était passée, le mois dernier.

C'était maintenant ou jamais.

Delilah passa la laisse de Calimero autour du pied de sa chaise – précaution superflue, car le chien dormait comme un loir –, prit une profonde inspiration, se leva et s'approcha de la table que Samson avait désertée.

— Inspecteur principal Warren ?

L'homme releva la tête, le sous-bock qu'il triturait cédant soudain avec un claquement sec, et fixa sur elle son regard acéré.

— Je m'appelle Delilah Metcalfe, dit-elle précipitamment. Je… Enfin, Samson et moi nous sommes… collègues.

Elle savait qu'elle rougissait et bredouillait comme une idiote.

— Delilah ?

Prononcé par lui, son nom était une caresse de velours. Il eut un sourire.

— Alors, c'est vous la raison pour laquelle il est de si bonne humeur en dépit de tout ?

Le feu de ses joues s'intensifia.

— Ça, je ne sais pas, mais il faut que je vous dise

quelque chose avant qu'il revienne. Parce que, s'il le savait, il me tuerait.

Le chef Warren haussa un sourcil.

— Je suis tout ouïe.

Alors elle lui dit. Que Samson avait loupé son audition pour faute grave à cause d'elle. À cause de Nathan. Et comment il n'y avait pas réfléchi à deux fois.

— Pourquoi me racontez-vous ça ? demanda l'inspecteur principal en la regardant avec méfiance.

— Parce que je l'ai entendu parler avec son agent de soutien, l'inspectrice Green. Il ne lui a pas dit la vérité quand elle lui a demandé pourquoi il ne s'était pas présenté à son audition. J'ai pensé que peut-être, si je vous mettais au courant il y aurait un moyen… Est-ce qu'on ne pourrait pas le convoquer à une nouvelle audience ?

Warren se pencha vers elle et posa la main sur son bras.

— Vous avez bien fait de m'en parler. Je vais voir ce que je peux faire.

— Merci, répondit-elle en souriant, la tension laissant place au soulagement. Mais promettez-moi de ne pas lui dire que je vous ai parlé.

Le détective éclata de rire et passa un doigt sur ses lèvres, mimant une fermeture éclair.

— Pas un mot. Samson a de la chance de vous avoir dans sa vie.

Pas sûre que Samson aurait partagé ce point de vue, Delilah regagna sa table. Et jura tout bas.

Son crétin de chien s'était fait un copain. Un vieux monsieur s'était arrêté sur le chemin du bar pour le câliner. Et l'animal arborait sa meilleure expression de martyr, lorgnant d'un œil mélancolique le verre que son nouveau pote tenait à la main, et le reste de bière qu'il y avait au fond.

Avant qu'elle ait eu le temps de réagir, l'homme inclina le verre. Et Calimero de laper…

Elle émit un petit gémissement et se précipita pour essayer de remédier à la situation, mais trop tard. Quand la porte se rouvrit et que son locataire réintégra le pub, Delilah avait la tête enfouie dans le journal et s'efforçait de prendre un air naturel. Tandis que, de sous la table, montait un soupir de contentement typiquement braque.

Samson et son chef ne s'attardèrent pas plus longtemps. La présence de l'inspectrice Jess Green dans les parages suffisait à les rendre nerveux, surtout Warren.

Ils se séparèrent à l'intérieur du pub, le plus âgé des deux hommes se levant en premier. Mais avant de partir, il passa un téléphone portable à Samson.

— On approche de la conclusion. Garde ça sur toi, que je puisse te contacter si j'ai vent de quelque chose. Ça pourrait te sauver la vie.

— Merci, répondit Samson en empochant le téléphone.

— Et sois sur tes gardes.

L'inspecteur principal Warren coula un regard à l'autre bout du pub, vers la table où Delilah lisait studieusement le journal. Quand il regarda à nouveau Samson, son visage buriné traduisait une préoccupation sincère.

— Je ne sais pas ce qu'elle représente pour toi, mais j'imagine qu'elle compte beaucoup.

Samson n'essaya même pas de mentir. Il n'avait pas idée de la façon dont son boss avait repéré leur lien. Ni comment il avait deviné ce que son subordonné éprouvait pour la femme qui se trouvait au fond de la salle. Et pourtant, il l'avait perçu. D'une certaine façon, ce n'était pas une surprise. Ce bonhomme était un enquêteur hors pair.

— Beaucoup, répéta simplement Samson.

— Dans ce cas, pour sa propre sécurité, prends tes distances vis-à-vis d'elle. Parce que le mal qui pourrait s'abattre sur toi ne l'épargnerait pas. Tu comprends ce que je dis ?

Il ne le comprenait que trop bien ; sa vie était devenue trop dangereuse pour que Delilah en fasse partie.

Ils se serrèrent la main et Samson regarda son patron quitter le pub. La porte à peine refermée, Delilah le rejoignit.

— Il a l'air sympa, dit-elle, un Calimero somnolent à côté d'elle.

Sympa. Un homme qui venait de lui arracher le cœur. Samson ne répondit pas et la conduisit, dans le soir tombant, à la voiture.

— C'était un bon rendez-vous ? demanda Delilah alors qu'ils quittaient Skipton.

Samson eut un petit rire sans joie et porta la main au nouveau mobile qu'il avait dans la poche.

— On peut dire ça.

Elle dut sentir qu'il n'avait pas envie d'en parler, parce qu'elle changea de sujet.

— Pour ce soir, commença-t-elle, à quelle heure veux-tu partir pour la planque ?

— Je me disais…

Il s'interrompit. Joua des narines. Qu'est-ce que c'était que ça ? Une odeur intense. De plus en plus forte, qui emplissait la petite voiture comme un brouillard toxique.

— Oh bon sang !

Il jeta un coup d'œil par-dessus son épaule, vit le chien affalé sur la banquette arrière, la tête sur les pattes, les sourcils en accent circonflexe. On lui aurait donné le bon Dieu sans confession.

— Il n'a pas… Tu ne lui as pas…, bredouilla-t-il en se tournant vers elle. Ne me dis pas que Calimero a picolé ?

Elle se mordit la lèvre. Acquiesça imperceptiblement.

— Mais je n'y suis pour rien, protesta-t-elle. Un abruti, au pub, lui a donné les dernières gouttes de sa chope.

— Seigneur !

Une autre bouffée d'air méphitique leur parvint du siège arrière. Samson oublia de réfléchir. Il appuya sur le bouton de la vitre. Qui disparut aussitôt, hors de vue.

— Pourquoi tu as fait ça ? demanda Delilah alors que le vent glacé s'engouffrait dans la voiture. Tu sais qu'elle ne marche plus.

— Je vais te dire ce qui ne marche pas, s'écria-t-il en se pinçant fermement le nez pour neutraliser l'odeur pestilentielle de houblon fermenté et de vomi de bière. Le système digestif de ton clébard !

Il regarda Delilah et vit qu'elle essayait de ne pas rire.

— Mais ce n'est pas drôle ! protesta-t-il.

Ce qui la fit rigoler encore plus. Puis il se mit à rire aussi. À gorge déployée. Comme s'il n'avait pas ri depuis des années, et toutes les tensions de la journée et de l'année passée s'évanouirent.

Comme ils entraient en ville alors que le dernier rayon de soleil disparaissait derrière les collines, Samson mesura tout ce qu'il allait être obligé de sacrifier s'il devait laisser cette femme sortir de sa vie.

24

À vingt heures, ce soir-là, le ciel se couvrit. La soirée serait nébuleuse. De sombres nuages s'accumulaient, promettant de mettre un terme à la vague de sécheresse de la semaine passée. À Selside, dans la petite caravane au bord de la rivière, Pete Ferris commençait à s'angoisser.

Encore deux heures avant de rappeler pour donner l'adresse du rendez-vous à Bernard Taylor et sa grosse valise pleine de billets de banque. Un endroit public dans Bruncliffe. Un endroit sûr. Parce que Pete n'était pas assez idiot pour penser que Rick Procter allait le laisser s'en tirer à si bon compte. Le promoteur immobilier devait mijoter quelque chose. Qui n'augurait rien de bon pour lui.

Il devait réfléchir à tout. Penser à tous les détails. Pour que ça se passe bien, et qu'il en sorte vivant. Et tandis que Pete tournait en rond dans l'espace exigu de sa caravane, la petite voix au fond de sa tête ne voulait pas se taire.

— Fais ce qui est juste, murmurait-elle.

Or ce n'était pas du tout dans ses intentions.

Neuf heures. Delilah était en retard.

Perché sur le bord de son bureau seulement éclairé

par la lumière des fenêtres de la *Toison*, en face, Samson soupira. Des risques de travailler avec Miss Metcalfe… Elle était probablement en train de préparer des sandwichs et un thermos, sans oublier les biscuits pour Calimero, et d'emballer assez de matos pour une semaine de camping, comme la dernière fois qu'ils avaient planqué ensemble dans un appartement de la maison de retraite de Fellside Court.

Il sourit tout seul dans le noir. Il aurait menti s'il avait dit qu'il n'était pas impatient de passer la nuit en sa compagnie. Et celle de Calimero, aussi, à condition que le chien n'ait pas encore lampé de la bière.

La porte de la cour s'ouvrit et se referma.

— Je suis prête ! appela Delilah.

Samson ramassa le petit sac à ses pieds et sortit dans le couloir pour la retrouver. Elle croulait sous un sac à dos assez grand pour deux semaines de trek dans les Pennines.

— Tu n'as rien oublié ? demanda-t-il, pince-sans-rire.

Elle hocha la tête, refusant de mordre à l'hameçon et de relever le sarcasme. Puis il remarqua qu'elle se mordillait la lèvre. Elle était nerveuse. On l'aurait été à moins. Ils utilisaient les moutons de son frère comme appât pour coincer un gang de criminels.

Bien des choses pouvaient mal tourner.

Le trajet jusqu'à la ferme Ellershaw se déroula dans le silence. La pluie qui menaçait avait commencé à tomber à grosses gouttes molles sur le pare-brise et ni l'un ni l'autre n'était d'humeur à bavarder. Quant à Calimero, il ronflotait sur la banquette arrière. Quand ils arrivèrent à la ferme, la maison où Delilah avait grandi, éclairée et accueillante sur l'arrière-plan sombre des collines, elle ne s'arrêta pas. Elle continua le long du chemin de terre sinueux qui montait plus haut dans les collines jusqu'à ce qu'ils arrivent à une piste sur la droite.

— C'est là, dit-elle en engageant la Micra sur ce qui n'était guère plus qu'un chemin muletier qui serpentait sur le coteau.

La petite voiture sautait et rebondissait dans les ornières.

Samson regarda derrière lui. Le champ où Will avait relocalisé les moutons était juste là, et son unique accès se trouvait un peu plus bas sur le sentier.

— Et voilà notre poste d'observation, continua Delilah en arrivant à un embranchement qu'ils avaient repéré sur la carte avant de quitter le bureau.

Elle fit faire demi-tour à la Micra – une manœuvre à trois temps sur une étroite bande de terre entre des murets de pierre, et dans le noir, qui n'eut pas l'air de la troubler. Ensuite, elle recula dans la côte, sur la plus éloignée des deux pistes, et coupa le moteur.

Les phares s'éteignirent, et ils furent plongés dans le noir.

Samson avait oublié combien les nuits étaient sombres dans les collines derrière Bruncliffe. Loin de la ville et de la lumière des lampadaires, les seules lueurs venaient de la lune et des étoiles. Ce soir-là, elles étaient masquées par l'épaisse couverture nuageuse qui bouchait le ciel.

Grâce à leur point de vue surélevé, ils pouvaient,

en théorie, surveiller les moutons de Will et le portail d'accès au champ. Sauf que non. Ce qu'ils contemplaient, à ce stade, c'était un camaïeu de noirs. Même les toisons blanches des Swaledales se perdaient dans les ombres omniprésentes.

— On les verra venir à un kilomètre, dit-il, sa vue s'adaptant peu à peu à l'obscurité, la piste maintenant presque discernable entre les murets qui la bordaient. Ça nous laissera le temps de nous préparer.

Delilah murmura son acquiescement, les doigts pianotant sur le volant alors que la pluie tombait plus fort. Puis elle attrapa le sac à dos derrière elle, le traîna entre les deux sièges avant, manquant assommer Samson au passage.

— Désolée, marmonna-t-elle. Je m'installe.

Utilisant son mobile en guise de torche, elle commença à farfouiller dans son sac, et en tira un Tupperware, une bouteille isotherme, deux tasses...

— Un petit café ? demanda-t-elle en jetant un coup d'œil à Samson, son visage fantomatique dans la maigre lueur tombant du ciel.

Samson regarda sa montre. Dix heures moins dix. Seulement.

La nuit allait être longue...

Dix heures moins dix. Pete fit une dernière fois le tour de sa caravane. Ses lurchers dormaient profondément sur le canapé, fatigués de suivre ses allées et venues.

C'était l'heure des décisions.

Il se laissa tomber sur son canapé ; parcourut du

regard l'endroit qu'il avait considéré comme « chez lui » pendant si longtemps – la bouilloire cabossée, qui avait perdu son couvercle, sur le réchaud à gaz. L'évier plein de vaisselle sale. Les rideaux en lambeaux qui pendaient aux fenêtres, et qui ne valaient guère mieux que les haillons qui lui servaient de vêtements, froissés, chiffonnés et fourrés dans un placard auquel il manquait une porte.

Voilà ce qu'il allait quitter. Ça, et le monde qui se déployait derrière ses carreaux. Les coteaux. Les faisans. Le brouillard qui planait sur les collines, tôt le matin, quand ils étaient seuls dehors, ses gars et lui, à chasser le gibier.

Il prit son mobile. Parcourut les contacts. Appuya sur le numéro.

Une nouvelle vie. C'était de ça qu'il avait besoin.

Tendu, il se releva en entendant la tonalité à l'autre bout du fil, tâchant de se convaincre qu'il avait pris la bonne décision.

Ce qu'il y avait de merveilleux, la nuit, c'était la façon dont la lumière révélait les gens. Quand seuls de pauvres rideaux filet obturaient les fenêtres, par exemple.

Dix heures, au jugé. En pleine lumière, comme un acteur au centre d'une scène de théâtre, le braconnier passait un appel. Dehors, dans le noir ininterrompu qui montait du sol, une ombre se glissa subrepticement vers la caravane et se positionna. Attendant, sous la pluie qui tombait des cieux, le moment où le braconnier reposerait son téléphone.

— Dis-moi que tu as mis ce truc sur silencieux ou, mieux, que tu l'as éteint, dit Samson alors que Delilah coupait la torche de son téléphone et le remettait dans sa poche.

Il sentit, malgré l'obscurité qui régnait dans la voiture, qu'il l'avait choquée.

— L'éteindre ? Je n'éteins jamais mon téléphone. Et de toute façon, on en aura besoin pour pister les moutons quand ils seront enlevés.

— Sur silencieux, alors ?

— Oui. Et toi ? demanda-t-elle avec une nuance de défi.

— Éteints.

Les deux. Celui qu'il avait dans sa parka, et celui qui était dans le tiroir de son bureau. Il n'avait pas vu l'intérêt de prendre le téléphone de l'inspecteur Warren.

Elle acquiesça. Au même moment, il eut une vague impression de mouvement à la périphérie de sa vision.

— À quelle heure tu crois qu'ils vont intervenir ?

— Je n'en sais pas plus long que toi. Il se peut qu'ils ne viennent même pas cette nuit.

Elle s'agita sur le siège à côté de lui. La pluie tambourinait sur le toit au-dessus de leur tête. La planque venait à peine de commencer, et elle était déjà fébrile. Elle bâilla. Étira les bras loin au-dessus de sa tête, et il dut résister à la tentation de lui chatouiller les côtes. Ou pire.

Mon Dieu ! Quelle idée, aussi, de passer une nuit entière assis dans une voiture plongée dans le noir, avec Delilah Metcalfe ! Ça allait être une torture.

Samson contempla le paysage indistinct et essaya de ne pas y penser.

Messagerie.

Et merde…

Peter foudroya le téléphone du regard, comme s'il en voulait à l'appareil plutôt qu'à celui qui ne répondait pas. Il le porta de nouveau à son oreille, la voix automatique demandant s'il voulait laisser un message.

Tant qu'à faire…

— C'est moi. Pete Ferris. Je veux signaler un crime.

Il raccrocha.

Bref et concis ; ça devrait suffire à faire rappliquer O'Brien au galop.

Le braconnier jeta le mobile sur le canapé défoncé, à côté du téléphone prépayé. Et voilà. Pas de chantage. Pas de déménagement à Whitby dans une nouvelle caravane rutilante.

Pete Ferris s'assit et se rendit compte qu'il souriait.

Il avait fait ce qu'il fallait. Bon, d'accord, pour la première fois de sa vie, probablement. Mais quand même, il se sentait bien. Il allait tout raconter à Samson, et blanchir le nom du jeune Nathan, une fois pour toutes.

Il avait raccroché. Le moment était venu de passer à l'action. Vite et sans bruit. L'ombre se déplaça vers le porche de la caravane en ruine, en marchant précautionneusement sur les planches pourries. Une main tendue, gantée de noir, un coup sec frappé à la porte.

Puis un reflet métallique pris dans la lumière de la vitre.

Le coup sur la porte réveilla les deux lurchers qui relevèrent la tête en poussant des grognements sourds.

Était-ce déjà O'Brien ? Si c'était ça, il avait fait sacrément vite. Enfin, c'était possible.

Prudence étant mère de sureté, Pete prit le fusil appuyé au comptoir près de l'évier.

— Allez, les gars, murmura-t-il.

Les chiens se coulèrent à bas du canapé et s'approchèrent de lui, prêts à bondir.

— Qui est là ? demanda-t-il d'une voix forte.

Pas de réponse. Juste la pluie qui crépitait sur le toit de la caravane et le claquement du vent sur les parois.

Pete entrouvrit la porte juste assez pour laisser les deux formes minces sortir sur le porche, dans le noir.

— Allez chercher ! murmura-t-il.

Il referma la porte, entendit le trottinement de leurs pattes sur les planches. Puis le silence. Pas un aboiement. Rien. Juste cette satanée pluie et le vent inlassable.

C'était peut-être ça ? Pas un coup frappé sur la porte mais une branche brisée, chassée par la tempête.

Il se remit à l'affût, le fusil toujours dans les mains. De toute façon, les chiens lui diraient s'il y avait quelqu'un là, dehors, et ils le trouveraient. Sinon, ils ne tarderaient pas à venir geindre derrière la porte pour qu'il leur ouvre, la pluie n'étant pas leur tasse de thé.

Il reprit son mobile. Autant rappeler O'Brien, tant qu'il y était. Le téléphone collé à l'oreille, il regarda la nuit par la fenêtre.

Ils n'étaient pas arrivés depuis une heure que Delilah somnolait déjà.

Elle sentait ses paupières s'alourdir alors qu'elle scrutait les ténèbres à travers le pare-brise lavé par la pluie. Elle cilla. Bâilla. Se redressa et étendit les jambes. Elle avait repoussé le siège quand ils s'étaient garés, mais quand même, avec le volant devant elle, ce n'était pas la plus confortable des positions pour passer la nuit.

À côté d'elle, Samson était aussi immobile qu'une statue. Il regardait droit devant lui, scrutant le bas de la colline où se trouvait la seule route qui desservait l'endroit. Le professionnel consommé. Il ne gigotait pas, n'engouffrait pas l'équivalent de son poids en chocolat. Et il ne ronflait pas comme son collègue canin, sur la banquette arrière.

Elle étouffa un bâillement, essaya de le dissimuler. Puis elle tendit la main vers le sac à dos. Une autre tasse de café. Encore du chocolat.

— Pour l'amour du ciel, Delilah, marmonna l'homme assis à côté d'elle alors qu'elle fouillait dans le sac à l'aveuglette.

— Désolée ! Mais je n'ai pas l'habitude.

Ses doigts tombèrent sur du plastique – sans doute des Jelly Babies. Assez de sucre pour la maintenir réveillée pendant un an. Elle sortit le sachet et entendit quelque chose tomber par terre avec un bruit sourd.

Elle jeta un coup d'œil en direction de Samson. Son profil était une mosaïque de lumière et d'ombre. Quand même, elle devinait son regard noir.

— Tu ne peux pas faire un peu plus de bruit ? demanda-t-il.

— Si je pouvais allumer deux secondes…

— Et avertir tout le monde de notre présence, dans un rayon de dix kilomètres ?

Delilah le regarda en fronçant les sourcils, malgré l'obscurité. Elle ouvrit silencieusement le sachet qu'elle tenait dans son poing serré, et en tira…

— Merde !

Un assortiment de fruits secs. Des bouts de banane séchée durs comme de la pierre et des petits morceaux de pomme au goût de liquide vaisselle. Alors que, quelque part dans son sac, il y avait un sachet de Jelly Babies. Mais Delilah n'osait pas encourir à nouveau les foudres de Samson O'Brien.

Elle se fourra donc une poignée de fruits secs dans le bec. Et écrasa sous sa dent une noix du Brésil avec un craquement sonore.

Un soupir monta du siège voisin du sien.

Toujours pas de réponse d'O'Brien. Et les chiens qui ne revenaient pas.

La pluie tombait encore plus fort à présent, rebondissait sur le toit, cascadait sur les vitres. Au moins, ils auraient pris une douche dont ils avaient le plus grand besoin, songea Pete avec un sourire torve. C'était une bonne chose, vu qu'il était parti pour vivre là encore un moment.

Il regarda son mobile posé sur le coussin près de lui, et le téléphone prépayé à côté. Il y avait vingt minutes que les chiens étaient sortis. Assez longtemps pour faire ce qu'ils avaient à faire. Il était temps de rappeler les troupes. Il s'étira et s'approcha de la porte, ignorant le fusil.

Il n'en avait pas besoin. Il faisait juste rentrer les chiens.

Il avait la main sur la poignée de la porte quand il entendit un choc mou. Son mobile, qui glissait du coussin et tombait par terre. L'objet rebondit sur le lino et passa sous le petit creux à la base du canapé qui permettait de déplier le lit.

La loi de l'emmerdement maximum. D'abord les chiens. Il ramasserait son téléphone après.

Il ouvrit la porte. Il n'y avait pas de lurchers en train d'attendre patiemment sur le porche. Seule une ombre noire surgit de la nuit et se précipita à l'intérieur sans laisser à Pete le temps de réagir.

— C'est l'heure.

Manfri fit signe à son frère et ils se levèrent tous les deux.

— On y va.

— Soyez prudents, dit Kezia en quittant sa place près du fourneau pour les serrer dans ses bras. Ne vous faites pas prendre.

Leon sourit et, d'un bref mouvement de poignet, révéla une lame d'acier étincelante cachée sous son poing serré.

— Je ne suis pas inquiet.

— Eh bien moi, si, dit-elle en contemplant d'un air grave le bosquet d'un noir d'encre, au-delà de la caravane, et la pluie qui tombait à verse entre les deux. Je sens venir les ennuis.

Elle n'avait pas besoin d'en dire plus. Ses frères la connaissaient suffisamment pour se fier à son sixième sens. Manfri la prit par les épaules et lui déposa un baiser sur le sommet du crâne.

— On sera prudents, je te le promets. Et c'est la dernière fois. Il n'y a aucune raison que ça ne se passe pas aussi bien que les autres fois. Et après, on s'en va d'ici.

Kezia acquiesça. Mais son front resta plissé. Manfri lui pressa une dernière fois l'épaule et suivit Leon en courant sous la pluie, jusqu'à la bétaillère. Kezia regarda, debout sur les marches de la roulotte, le camion quitter la clairière. Troublé par l'avertissement de sa sœur, Manfri la regarda dans le rétroviseur latéral jusqu'à ce qu'ils prennent un virage et qu'elle disparaisse de sa vue.

Encore quelques tournants, le camion rebondissant sur la piste rustique, et la caravane du braconnier apparut. Il y avait de la lumière. Qui se projetait sur l'herbe. Assez loin pour révéler deux formes grises par terre, dans l'herbe.

Les lurchers. Dehors, par ce temps. Ces chiens étaient cinglés.

Les essuie-glaces claquant sur le pare-brise, Manfri jeta un coup d'œil à la caravane. Aucun signe de vie malgré les lumières. Pas de doute, le gars devait être raide défoncé et planer dans un brouillard de marijuana.

Le Gipsy ramena son attention sur la piste. Et sur la tâche qui l'attendait.

Plus qu'un lot, et ils pourraient quitter ces collines et leurs habitants pour de bon. Et prendre la route pour Appleby et la fête du siècle.

— Au moins, on n'est pas les seuls crétins à sortir

sous ce déluge, marmonna Leon en inclinant la tête vers le pare-brise à travers lequel on apercevait un éclair rouge au loin, à peu près à l'endroit où la piste croisait la route principale.

Des feux stop, apparemment. Quelqu'un d'autre quittait Selside au beau milieu de la nuit.

Manfri eut un sourire.

— Espérons qu'ils n'ont pas la même idée que nous.

Le rire de Leon couvrit le martèlement de la pluie sur le toit.

Elle avait vraiment essayé de toutes ses forces, Samson devait bien l'admettre. Après la bougeotte du début, les deux tasses de café, la mastication bruyante des fruits secs, le sandwich et – pourquoi n'était-il pas surpris ? – le besoin de sortir faire pipi, à deux heures du matin, l'heure la plus pénible dans les planques, Delilah avait fini par se poser.

Pour dormir.

Elle était roulée en boule sur le côté, coincée sous le volant, réduite à une ombre grise définie par l'angle de la pommette. Et à sa respiration dont il entendait le doux murmure maintenant que la pluie avait cessé.

Jamais, au cours d'une planque, Samson O'Brien n'avait été aussi déconcentré. Il aurait dû surveiller la route en contrebas, à l'affût des lumières révélatrices d'un véhicule grimpant la côte, et son attention n'arrêtait pas de revenir sur la silhouette endormie à côté de lui.

Il se rendit compte qu'il souriait en la regardant. On ne voyait pas grand-chose dans le noir, pourtant son regard revenait constamment se poser sur elle. Et il écoutait les bruits qu'elle faisait en dormant.

Son patron avait raison. Delilah Metcalfe était tout au monde pour lui.

Elle bougea un peu, faillit se réveiller en se retournant, se cogna la hanche sur le volant. Marmonna une protestation, entrouvrit les yeux. Et les referma.

Samson regarda derrière son épaule. Deux yeux brillants le scrutaient depuis la banquette arrière. Calimero était parfaitement réveillé.

— On change de quart, partenaire ?

Le chien lui répondit d'un halètement. Plus doué pour planquer que Delilah.

Ayant déconnecté manuellement le plafonnier pour qu'ils ne risquent pas de se trahir accidentellement, Samson ouvrit sa portière sans bruit et fit le tour de la voiture. Il commença par libérer Calimero qui sauta dehors, la truffe au sol, flairant. Puis Samson ouvrit celle côté conducteur.

Elle lui tournait le dos. Ça n'allait pas être simple. Gérer une Metcalfe réveillée n'était déjà pas de tout repos. Mais s'il lui fichait la trouille alors qu'elle dormait, on ne pouvait pas savoir ce qui pourrait arriver, Delilah ayant le coup de poing facile.

Il l'attrapa par la taille et la tira prudemment à lui. Elle murmura. Soupira. Il la prit dans ses bras.

Pas de poing brandi ou de velléité de bagarre. Juste sa tête nichée au creux de son cou. Il resta un moment planté là, dans l'obscurité du coteau, Delilah blottie sur sa poitrine. Il aurait voulu rester comme ça pour l'éternité.

Sauf qu'elle devenait lourde. Un paquet compact de muscles et d'os.

Il s'imagina en train de lui dire cela et l'idée le fit sourire. Il voyait d'ici le froncement de sourcils – et peut-être la bonne droite – qui accueillerait sa remarque. Puis il la déposa délicatement sur le siège arrière. N'y aurait-il pas, par hasard, un sac de couchage dans tout le barda qu'elle avait estimé nécessaire de prendre pour une nuit de garde ?

Une rapide recherche dans son sac à dos, et il le trouva. Il le drapa sur elle avant de refermer silencieusement la portière arrière. Calimero était assis près de la voiture, la tête inclinée sur le côté, fantôme gris à la lueur du croissant de lune qui émergeait entre les nuages.

— Une sacrée partenaire, hein ? chuchota-t-il. On n'est plus que tous les deux, mon pauvre vieux.

Calimero répondit en sautant à l'avant de la Micra. Il enjamba rapidement le frein à main pour gagner le siège passager et s'affala, prenant ses aises.

— Je suppose que je m'assieds là, alors ? marmonna Samson en regardant le siège conducteur.

Il monta dans la voiture, replia ses longues jambes, coinça ses genoux sous le volant, et sentit quelque chose de flasque sous ses fesses.

Un paquet de quelque chose. Il le tira et le présenta à la lumière argentée de la lune.

Des Jelly Babies.

Il ouvrit le sachet, en prit une poignée et en passa quelques-uns à son nouveau partenaire. Allez, côté nuits de planque, il avait connu pire.

Ils étaient entrés et repartis avant que la lune crève les nuages. Pas besoin de lumière avec les lunettes à vision nocturne. Un chargement de moutons à l'arrière du camion ; un autre champ qu'un fermier découvrirait vide à l'aube d'un nouveau jour.

Au moment où Samson O'Brien mâchonnait ses Jelly Babies, il y avait longtemps que les voleurs étaient partis.

25

C'est un chant d'oiseau qui la réveilla. Un petit concert de trilles qui commençait. Elle ouvrit les yeux, oubliant un bref instant où elle était. La première lueur du jour apparaissait au-dessus de l'horizon. Suffisamment pour qu'elle distingue les dossiers de deux sièges.

Elle était dans la voiture. Bien sûr. En planque. Et elle s'était endormie.

— Ah zut... ! marmonna Delilah en se frottant les yeux.

Elle avait les yeux pleins de sable. Quand elle les rouvrit, deux visages lui rendaient son regard depuis l'avant de la Micra.

— Alors, bien dormi ? demanda Samson avec un immense sourire.

Calimero inclina la tête sur le côté, un sourcil haussé. Puis il aboya.

— Il dit que c'est l'heure du petit déjeuner, et que c'est toi qui payes. Pour compenser le fait que tu as dormi pendant tout ton quart. Et le mien.

Calimero poussa un nouvel aboi.

— Et le sien, ajouta Samson.

— Je suis vraiment désolée, murmura Delilah en bataillant pour se redresser, son corps craquant de partout. (Elle était toute raide et elle avait les cheveux collés sur la joue.) J'ai raté quelque chose ?

Samson indiqua le champ en dessous, le brouillard blanc des moutons visible dans la lumière brumeuse.

— Que dalle. À propos de dalle, fit-il en se tournant vers elle avec un sourire, petit déjeuner à la *Pâtisserie des Monts*.

Ils changèrent de siège, Delilah au volant, Samson à côté d'elle et Calimero relégué à l'arrière. À une allure plus modérée que d'ordinaire – grâce au fait qu'elle venait juste de se réveiller –, Delilah amorça le trajet de retour vers Bruncliffe tandis que Samson rallumait son mobile.

Il y avait une tempête de notifications. Le téléphone émit plusieurs *ping*.

— Tu vois, fit Delilah, c'est pour ça que je n'éteins pas le mien. Ça t'évite d'avoir tout un tas de trucs à rattraper.

Mais Samson n'écoutait pas. Son mobile collé à l'oreille, il écoutait les messages qu'il avait manqués.

Deux. Tous les deux de Pete Ferris, et le braconnier avait l'air insistant. Et même à cran. Deux messages disant exactement la même chose.

Il voulait signaler un crime.

Samson appuya sur la touche « rappeler » et entendit sonner dans le vide. Pete Ferris ne répondait pas. Il était probablement en train de chasser dans les collines avec ses chiens.

— Ça va ? demanda Delilah en le regardant, l'air inquiet.

— Je ne sais pas trop. Pete m'a appelé deux fois cette nuit. Il parlait de signaler un crime.

Elle fronça les sourcils.

— Tu penses que ça a un rapport ? Avec les vols de moutons, je veux dire ?

— Possible. En tout cas, il a des choses à nous dire…

Ils étaient arrivés en ville et remontaient Back Street vers la place du marché où ils avaient prévu de prendre le petit déjeuner. Mais en arrivant sur la place pavée, Delilah ne s'arrêta pas ; elle passa tout droit devant le salon de thé de Lucy et ressortit de l'autre côté de Bruncliffe, prenant la direction de Horton Road. Et de Selside.

Faisant exactement ce que Samson aurait fait.

La première chose qu'ils remarquèrent en s'arrêtant devant la caravane, ce fut les chiens.

Les deux lurchers étaient couchés dehors, la tête sur les pattes. Ils avaient l'air endormis.

— Bizarre, constata Samson. Pete devrait être là. Il ne va jamais nulle part sans ses chiens. Et pourtant, il ne répond pas au téléphone.

— Espérons qu'il est chez lui, marmonna Delilah en descendant de voiture. Je ne me vois pas me faire courser par ces cabots s'il n'est pas dans le coin pour les rappeler.

Comme s'il percevait ses craintes, Calimero s'appuya contre ses jambes, se plaçant légèrement devant elle, et c'est ainsi qu'ils traversèrent le champ en direction de la caravane du braconnier, les yeux rivés sur les lurchers.

— Attends, murmura Samson comme ils se rapprochaient. On ferait peut-être bien d'appeler Pete d'ici.

— Et risquer de réveiller ses chiens ?

Elle avait raison. S'ils appelaient Ferris, les lurchers allaient se réveiller et leur sauter dessus. D'un autre côté, s'ils ne signalaient pas leur présence, ils couraient le risque de les surprendre. Ce qui pourrait être pire.

Samson fouilla dans sa poche. Une poignée de Jelly Babies. Il faudrait que ça fasse l'affaire.

— Laisse-moi passer devant, dit-il en lui montrant les friandises dans le creux de sa main.

Delilah regarda les bonbons et leva les yeux au ciel.

— Sérieux ? Tu crois que tes Jelly Babies vont suffire à distraire ces bêtes-là ? Allez, on y va ensemble.

Ils s'avancèrent, trois silhouettes nerveuses, à quelques pas seulement, maintenant, des chiens assoupis. C'est alors que le téléphone de Samson se mit à sonner, à carillonner dans le silence tendu.

— Et merde !

Il fouilla dans sa poche, les yeux sur les chiens, prêt à prendre la fuite. Attrapa son téléphone et coupa la sonnerie.

Les deux lurchers n'avaient pas bronché.

— Qu'est-ce que… ?

Delilah pressa le pas, la peur le cédant à la perplexité. Ce n'était pas normal. Elle arriva auprès des chiens, mit un genou en terre et posa la main sur le plus proche des deux.

— Ils sont morts ? demanda Samson, à côté d'elle

375

maintenant, tandis que Calimero tournait autour d'eux, agité.

Elle secoua la tête, palpa le deuxième. Leurs deux cœurs battaient faiblement.

— Non, mais ça ne va pas fort.

Entendant des voix, l'un des lurchers essaya de relever la tête et d'ouvrir les yeux, mais il la laissa retomber sur ses pattes.

— Tout va bien, le chien, fit Delilah d'une voix apaisante en caressant l'animal, Calimero gémissant à côté. Va voir si Pete est dans la caravane, dit-elle à Samson, qui tenait toujours son mobile. Moi, j'appelle Herriot. Ces deux-là ont besoin qu'on s'occupe d'eux, et vite.

Samson la laissa accroupie à côté des lurchers patraques, et tandis qu'elle appelait le vétérinaire, il se dirigea vers le porche branlant et gravit les marches de la caravane. À deux doigts de toquer à la porte, il s'arrêta et tira la manche de son sweat sur sa main. Il n'aurait su dire à quel pressentiment il obéissait. L'impression qu'il était peut-être en présence d'une scène de crime ? Il était flic depuis assez longtemps pour se fier à son instinct.

— Pete ? appela-t-il en frappant à la porte à travers le tissu de son sweat. Pete ? Tu es là ?

Il posa sa main emmitouflée sur la poignée et tira doucement. La porte s'ouvrit toute seule, et il recula d'un pas. Il fit un nouveau pas en arrière lorsqu'il eut compris ce qu'il voyait.

Ce matin-là, le constable Danny Bradley n'avait pas chômé. Clive Knowles l'avait appelé pour lui dire qu'il avait vu les frères Gipsys dans leur bétaillère, aux petites heures du jour, et il insistait pour que la police retourne les voir car il était persuadé qu'ils étaient impliqués dans les vols de moutons. Songeant à la sirène aux cheveux noirs, la merveilleuse Kezia, le jeune constable était tout à fait disposé à faire ce que le fermier demandait mais, avant, il décida de parcourir les mails qui s'étaient accumulés dans sa boîte de réception depuis la veille.

Rien de bien grisant. Mais à la moitié, il y avait un mail du labo.

Les résultats de l'analyse du couteau trouvé au marché étaient arrivés. Et ils étaient édifiants.

Sachant que l'information intéresserait Samson O'Brien, Danny prit son mobile et l'appela. Pas de réponse. Il jeta un coup d'œil à la pendule. Il était encore tôt. Samson faisait peut-être la grasse matinée. À moins qu'il ne soit dans les collines avec Delilah.

Danny décida de profiter du calme ambiant pour se rendre au campement des Gipsys. Il se levait lorsque le téléphone du poste de police se remit à sonner.

Encore un vol de moutons. Sur la route de Bentham, cette fois, un champ entier de brebis Beltex. Avec le signalement de Clive Knowles sur les mouvements des Gipsys dans la nuit, le sujet méritait d'être creusé. D'autant que ses propres investigations ne l'avaient mené nulle part, la mention des lunettes à vision nocturne qui avaient attiré son attention à la ferme de Mire End trois jours plus tôt n'ayant rien donné, ces objets étant disponibles en ligne où n'importe qui pouvait s'en procurer, et donc impossibles à tracer.

Mais se pouvait-il vraiment que Kezia et ses frères soient derrière ces méfaits ? Et derrière certains autres vols ? Le cœur épris du constable disait que non ; son expérience des douze derniers mois lui tenait un autre discours. Il en avait appris un paquet depuis ses débuts dans la police, surtout depuis que Samson O'Brien était revenu en ville, et il savait qu'il aurait été stupide de ne pas explorer cette piste.

Il attrapa son calepin sur le bureau et se dirigeait vers la porte quand il entendit une nouvelle sonnerie. Son mobile, cette fois.

— Samson ? Quand on parle du loup… J'allais justement t'appeler…

Danny s'interrompit et l'écouta, l'intensité de sa voix suffisant à lui faire comprendre que c'était grave.

Lorsqu'il raccrocha, il appela son sergent, le tirant du lit.

— Ça a intérêt à être important, grommela le sergent Clayton.

— On a un problème, sergent, dit Danny, aussi calmement que possible, avant de répéter les informations que Samson lui avait communiquées.

— On se retrouve là-bas, décida le chef. Tout de suite.

Une minute plus tard, le constable Danny Bradley réussissait enfin à sortir du poste de police, à prendre sa voiture, puis à se diriger vers Selside. Pas vers le campement des Gipsys, mais vers la petite caravane au milieu du champ où Samson O'Brien venait juste de découvrir Pete Ferris. Mort.

Le sergent Clayton descendit de la caravane et prit une profonde inspiration, heureux de retrouver l'air frais.

— Il s'est suicidé, dit-il.

— Pas possible...

Choquée, Delilah, encore agenouillée dans l'herbe à côté des chiens, regardait James « Herriot » Ellison, le vétérinaire, examiner les deux lurchers.

— Pete Ferris s'est suicidé ?

Le sergent haussa les épaules.

— C'est ce que nous disent les premières constatations. Il a laissé une note manuscrite. Mais attendons de voir ce que dira le coroner.

Pour Samson, resté en retrait pendant que la police procédait aux premières constatations dans la caravane, le verdict paraissait s'imposer. Quand il avait ouvert la porte et vu le braconnier écroulé par terre, son matériel de drogué près de lui, il s'était dit la même chose. Sauf qu'il y avait ces appels manqués ; pourquoi Pete aurait-il pris la peine d'essayer de contacter Samson à propos d'un crime possible s'il avait décidé de s'ôter la vie ?

— Une idée de l'heure du décès ? demanda-t-il.

Le sergent secoua la tête.

— Pas encore. Cette nuit, c'est tout ce qu'on peut dire à ce stade.

Delilah regarda Samson en inclinant la tête, l'encourageant à parler.

379

— On devrait pouvoir réduire un peu la plage horaire, suggéra Samson. Pete m'a appelé, hier soir.

Le sergent se tourna vers lui en fronçant les sourcils.

— Quelle heure ?

Samson vérifia sur son mobile.

— Deux fois. Une fois juste avant dix heures, puis juste après dix heures.

Le constable Danny Bradley entreprit de prendre des notes dans son calepin.

— Il t'a paru comment ? demanda-t-il.

— Je ne sais pas. Mon téléphone était éteint, alors il est tombé sur la messagerie.

— Et alors ? Il a laissé un message ? demanda le sergent.

— Il a dit qu'il voulait signaler un crime, répondit Samson en haussant les épaules. C'est tout.

— Une idée de ce qu'il voulait dire ?

— Absolument pas. On a pensé que ça avait peut-être quelque chose à voir avec les vols de moutons qui ravagent le pays. On lui en avait parlé cette semaine. Peut-être qu'il avait vu ou entendu quelque chose… Qui sait ?

— Et les chiens ? demanda Danny en s'adressant au vétérinaire. Qu'est-ce qu'ils ont ?

Herriot releva les yeux sur le constable et sembla prendre son temps pour formuler une réponse.

— Il est encore trop tôt pour le dire. Je vais les emmener à la clinique et les examiner à fond. Dès que j'en saurai plus, je vous appellerai.

Il se releva, l'un des lurchers dans les bras, et se

dirigea vers son van. Delilah se releva pour prendre le deuxième, mais Samson l'entraîna à l'écart.

— Laisse-moi faire, murmura-t-il. Je voudrais parler à Herriot. Seul à seul.

Portant le chien encore vaseux, il suivit le vétérinaire vers son van.

— Merci, dit Herriot en se retournant pour lui prendre l'animal des bras.

Samson attendit que le vétérinaire l'ait délicatement déposé dans une cage à l'arrière avant de parler.

— Qu'est-ce qui se passe au juste ? demanda-t-il.

Il avait travaillé avec Herriot lors de la dernière affaire de son Agence de Recherche, et il en était arrivé à bien connaître le bonhomme. Suffisamment pour savoir quand il cherchait à gagner du temps.

— J'aurais dû me douter que ça ne vous échapperait pas.

Herriot eut un demi-sourire et jeta un coup d'œil en arrière, vers la caravane, où le sergent Clayton parlait à l'équipe médicale qui s'était déplacée pour rien.

— À vrai dire, je ne suis pas sûr.

— Comment ça ?

— Les chiens. Tout indique qu'ils ont été drogués. Voire anesthésiés. Avec une dose si forte qu'ils n'étaient peut-être pas censés se réveiller. Mais tant que je n'en serai pas sûr, je ne veux pas que ça figure dans mon rapport.

— Vous voulez dire que Pete Ferris aurait voulu tuer ses chiens avant de mettre fin à ses jours ?

Herriot haussa les épaules.

— Ce ne serait pas la première fois que des

suicidaires emmèneraient leurs animaux familiers avec eux dans la mort. Bien qu'ils n'aient pas leur mot à dire. Vous voulez que je vous appelle dès que j'aurai le résultat des tests ? demanda-t-il en passant devant Samson pour gagner l'avant du véhicule.

— Merci. Ce serait super.

Samson regarda le van s'éloigner, tenaillé par un doute viscéral. En dehors des messages téléphoniques inexpliqués, il y avait quelque chose qui ne tenait pas debout dans la mort de Pete Ferris. Mais il était incapable de mettre le doigt sur ce que c'était.

Il retourna vers la caravane et perçut un mouvement à l'endroit où le sentier s'incurvait vers la clairière des Gipsys. Quelqu'un les observait-il ? Ou étaient-ce ses yeux las qui lui jouaient des tours ?

Submergé de fatigue, il retrouva l'agitation fébrile devant ce qui avait été la maison de Pete, et fut pris d'une soudaine tristesse pour un homme qu'il n'avait pas vraiment connu. De la tristesse, et une vague culpabilité. Parce que s'il n'avait pas éteint son mobile, cette nuit, ils ne seraient probablement pas tous debout là, confrontés à la mort, en ce qui promettait d'être une belle journée.

Manfri tourna le dos à la caravane et reprit discrètement le chemin de terre battue. Il en avait assez vu. Les voitures de police. L'ambulance. Le vétérinaire qui s'occupait des lurchers. Et ces deux détectives privés. Il n'avait pas besoin de voir emporter le corps.

Le braconnier était mort.

Il en fut peiné. Ce gars était un réfractaire, il l'avait

compris dès leur premier, et dernier, échange. Mais il se dégageait quelque chose du bonhomme à la face de fouine. Un peu comme si c'était un frère d'armes. Peut-être partageaient-ils une même détestation de cette société qui gouvernait leur vie mais les traitait si injustement.

Cela ne suffisait pas à faire oublier à Manfri ses préoccupations plus pressantes. La police était sur le seuil de leur porte. Il leur était devenu impossible d'agir aujourd'hui, et de quitter la clairière. Il aurait fallu qu'ils passent devant les flics. Avec leur précieux chargement.

C'était trop risqué.

Donc, plan B. Une autre nuit au bord de la rivière. Une nouvelle occasion d'augmenter leur stock. Et il savait justement où aller.

Manfri échafaudait déjà des plans pour la nuit suivante quand il retourna annoncer la triste nouvelle à Kezia et Leon. Quant aux feux stop qu'il avait vus cette nuit ? Il garderait cette information pour lui. La dernière chose dont il avait besoin en ce moment était bien de parler à la police.

Une heure passa encore avant que Samson et Delilah puissent prendre congé. Comme c'étaient eux qui avaient découvert Pete, ils durent faire des dépositions, le sergent Clayton leur posant une foule de questions, déterminé qu'il était à ne rien laisser de côté.

En réalité, le sergent se montrait exhaustif tout simplement parce qu'O'Brien était impliqué. Il avait appris au cours des six mois écoulés que les complications avaient tendance à accompagner le policier suspendu, et il était résolu à ne pas conclure trop vite à un banal suicide.

— Des vols de moutons, marmonna-t-il pour la énième fois. Je vous écoute.

— Comme vous le savez, nous assistons à une recrudescence, dit Samson. Et dans le cadre de notre enquête, nous nous sommes retrouvés, Delilah et moi, à parler avec Pete.

— Et alors ? Ça vous a été utile ?

— Il nous a juste indiqué où se trouvaient les Gipsys, que Clive Knowles semble croire impliqués dans ces vols.

Des Gipsys. Le sergent se tourna vers son subordonné et remarqua la rougeur qui escaladait le cou du jeune homme. Et il se rappela la conversation qu'ils avaient eue au poste, un peu plus tôt dans la semaine, devant deux délicieux muffins. Il avait été question de moutons et de Gipsys…

— On parle bien des Gipsys à qui tu as rendu visite l'autre jour ? Les deux frères et la sœur ?

Danny hocha la tête, le visage en feu.

— Tu as quelque chose à ajouter, Danny ?

— Il y a eu un autre vol, cette nuit. À Bentham. (Le constable sortit son calepin et en parcourut les pages.) Trente brebis Beltex et leurs agneaux, évaporés.

— Des gens qu'on connaît ? demanda Samson.

— Colin Briscoe, répondit Danny, lisant ses notes. Il s'interrompit, regarda son calepin et le referma.

— C'est tout ? demanda le sergent.

— Je crois.

384

Le sergent Clayton laissa son regard s'attarder un moment sur le visage de son subordonné. Il y avait quelque chose chez ce jeunot... Ce n'était pas son genre d'hésiter comme ça quand il s'agissait d'exprimer son point de vue.

— Tu *crois* ?

Le jeune flic eut l'air perdu. Il rouvrit son bloc et fit mine de relire ses notes avant d'ajouter :

— Eh bien, oui, sauf que Clive Knowles prétend avoir vu les deux frères Gipsys dans leur véhicule de transport de bétail, ce matin, à l'aube.

Le sergent émit un bruit à mi-chemin entre un grommellement de surprise et un petit cri de déception.

— Je vais te dire ce que je pense, moi, mon gars, je pense que ça pourrait avoir un sacré rapport avec notre affaire. Pas toi ?

Danny se ratatina.

— Alors, compte tenu de ce dernier petit détail, qu'est-ce que tu crois, maintenant ? Se pourrait-il qu'il s'agisse de ceux-là ? poursuivit le sergent Clayton avec un mouvement de tête en direction de la piste qui disparaissait vers la clairière.

Le jeune constable haussa les épaules.

— Je ne sais pas, sergent. Peut-être que oui, peut-être que non.

Le sergent Clayton se tourna vers O'Brien.

— Et vous deux ? Y a-t-il autre chose qu'il faudrait que je sache, en rapport avec la mort de Pete Ferris ? Au cours de votre enquête sur les vols de moutons, vous ne seriez pas tombés sur quelque chose que vous devriez partager avec nous, par hasard ?

Samson secoua la tête pendant que Delilah Metcalfe se penchait pour renouer ses lacets. Le sergent la regarda tournicoter et tortiller lentement les cordons, et resta concentré sur elle tandis qu'elle se redressait.

Là. La façon dont elle évitait son regard. Elle était aussi mauvaise menteuse que Danny Bradley. Alors qu'O'Brien...

Le détective en disgrâce était planté là, n'en loupant pas une miette et ne trahissant rien du tout. Il devait être sacrément bon comme agent infiltré. Ce n'était pas un homme à qui on pouvait facilement se fier. On ne savait jamais vraiment ce qu'il pensait.

Un grondement sourd émana de l'estomac qui tendait la ceinture du sergent. Il y avait longtemps qu'il aurait dû manger quelque chose. La faim le rendait philosophe.

— Bon, et bien, vous pouvez y aller, tous les deux, fit-il en pointant Samson et Delilah du doigt. Mais passez au poste aujourd'hui, pour qu'on donne une forme officielle à cette conversation.

Puis il se tourna vers son constable.

— Et toi, jeune homme, tu viens avec moi.

— Où est-ce qu'on va, sergent ?

— On va discuter un peu avec ces Gipsys. Voir pourquoi ils étaient en vadrouille cette nuit. Et on va essayer d'en tirer un peu plus que toi, l'autre fois.

Comme ils s'éloignaient, il était difficile de dire si le jeune constable était cramoisi à cause de l'avoinée de son patron, ou s'il devait cela à la perspective de revoir les Gipsys.

26

Le samedi matin, Bruncliffe offrait un terrain propice aux commérages. La place du marché était bondée, les citoyens allaient et venaient sur les pavés luisants – encore humides de l'averse de la nuit – vaquant à leurs courses pour le week-end. La boucherie. Le marchand de journaux. Le *Spar*. Et peut-être un cappuccino à la *Pâtisserie des Monts*.

Un terrain propice, en vérité. Il ne manquait qu'un premier embryon de nouvelles.

Qui vint, innocemment, de Lucy Metcalfe.

— Oh mon Dieu ! s'écria-t-elle en lisant le texto de Delilah qui annulait leur rendez-vous. Pete Ferris est mort !

Sous le choc, sa voix porta plus loin que les deux mètres qui la séparaient d'Elaine Bullock, chargée de cours de géologie à mi-temps, serveuse l'autre moitié du temps. En réalité, sa voix porta jusqu'au terrain le plus fertile de tous. Assise à une table, non loin de là, Mme Pettiford reposa sa tasse de café et se pencha en avant, buvant les paroles de la patronne du salon de thé. Puis elle finit son *latte*, paya et sortit dans l'intention bien arrêtée de semer les graines aussi amplement que possible.

Elle mit le cap sur le marchand de journaux, Whitaker, pour acheter son quotidien du matin, s'attardant plus que nécessaire devant le porte-revues afin d'optimiser ses chances de disséminer l'information. Puis elle traversa la rue en direction du *Spar* où elle trouva un milieu favorable à la culture du dernier ragot.

Bientôt, tel un liseron prospérant dans un carré de potager mal entretenu, la nouvelle de la mort de Pete Ferris serpenta sur la place. Et parvint aux oreilles de la jeune Julie, la standardiste de l'immobilière Taylor qui se rendait à son travail. Elle se précipita dans l'agence où son collègue, Stuart Lister, qui s'occupait des locations, était déjà sur son ordinateur.

— Tu es au courant ? demanda-t-elle, hors d'haleine, en s'appuyant à son bureau, inconsciente du spasme de joie douloureuse dans lequel sa proximité plongeait le pauvre garçon. Pete Ferris est mort !

Ils ne remarquèrent ni l'un ni l'autre la porte ouverte du bureau du patron, au fond. Ils n'eurent pas non plus conscience du soudain raclement d'un fauteuil qu'on repoussait. Ni que quelqu'un se précipitait vers la porte pour écouter ce que racontait Julie.

— Il s'est suicidé, apparemment, continua-t-elle, alors que Stuart écarquillait les yeux, abasourdi. C'est Samson O'Brien qui l'a trouvé dans sa caravane. Il paraît que Pete l'avait appelé pour signaler un crime. Et puis il s'est suicidé.

— Ça alors, marmotta Stuart. Le pauvre diable.

Ils entendirent un grand bruit dans leur dos. Ils se retournèrent d'un bloc. Bernard Taylor avait attrapé son veston si brutalement qu'il en avait fait tomber le portemanteau. Ses employés stupéfaits le regardèrent franchir la porte d'entrée comme un vent de tempête, et se ruer sur la place du marché où ils le virent se précipiter vers le parking de l'hôtel de ville.

— Quelle mouche l'a piqué ? demanda Julie.

Stuart Lister secoua la tête. Il était de Skipton où il avait grandi, il doutait donc d'arriver à jamais comprendre le caractère imprévisible des habitants de Bruncliffe.

*

Samson et Delilah retournèrent tout droit au bureau, ébranlés par la tournure des événements de la matinée. Ils prirent à tour de rôle une rapide douche dans la salle de bains du haut et se retrouvèrent à la cuisine. Delilah arriva en essuyant ses cheveux trempés avec une serviette-éponge et vit Samson devant la cuisinière où il avait mis des saucisses à frire dans une poêle et une théière à infuser à côté d'épaisses tranches de pain blanc beurré.

L'estomac criant famine, elle se dit qu'elle ne l'avait jamais trouvé plus séduisant qu'en cet instant. Et Calimero, assis dans le coin, éprouvait les mêmes sentiments à en juger par le regard d'adoration qu'il portait à la poêle crépitante.

— En attendant la salle de bains, j'ai jeté un rapide coup d'œil au dossier de Ron, dit-elle en mordant dans une tartine.

— Et alors ? demanda Samson en se retournant, la spatule à la main. Tu as trouvé une concordance avec le vol de la nuit dernière que Danny nous a signalé ?

Elle hocha la tête.

— Colin Briscoe a acheté ses moutons à Bruncliffe, il y a six semaines.

— C'est la limite de durée de vie de la batterie du GPS, répondit Samson en retournant les saucisses. Et la date de la vente ? Est-ce qu'elle correspond à l'un des jours où la vidéosurveillance était hors service ?

— C'est ça qui est intéressant. Non, pas de correspondance.

Il y avait quelque chose dans son petit ton supérieur qui mit la puce à l'oreille de Samson.

— Quoi ? Tu veux dire qu'on a des images qui montrent l'insertion du bolus ?

— Non, hélas. Mais on a des images de la zone des enclos qui semblent couvrir toute la journée. Sauf que quand on les regarde très attentivement…

Elle avait réussi à capter toute son attention, à présent.

— Elles ont été effacées ?

— Absolument. Ça m'avait échappé la première fois que je les ai visionnées, mais il y a un léger décalage à l'écran, et le *time code* fait un bond de quelques minutes.

— Assez pour que quelqu'un se glisse dans les enclos et administre le bolus…

Samson se retourna vers les saucisses et les déposa sur le pain.

— Mais pourquoi ce changement d'approche ? Pourquoi ne pas avoir coupé la vidéosurveillance la journée entière, comme dans tous les autres cas ?

Delilah haussa les épaules, s'assit à table alors que Samson déposait devant elle une assiette d'où montaient des senteurs enivrantes de saucisses et de pain chaud.

— Peut-être que celui qui devait s'en charger a oublié ?

— Il aurait ensuite accédé aux images et supprimé la partie incriminante ? Ce qui suggérerait, encore une fois, que nous cherchons un individu ayant un accès administrateur aux données du marché aux enchères.

— Un accès administrateur…, murmura Delilah. Tu crois qu'il y aurait une chance qu'on me laisse bidouiller les ordinateurs là-bas ?

— Ça dépend à qui on demande. Pourquoi ?

— Parce que je pense que je pourrais retrouver les images de surveillance que quelqu'un pense avoir effacées. Ce qui nous permettrait de voir l'individu en question, pistolet à bolus en main ! Et on aurait une preuve concrète à présenter au sergent Clayton.

En revenant de la caravane de Pete, ils avaient évoqué la répugnance de Samson à impliquer la police avant d'avoir des éléments plus probants. Delilah n'aimait pas l'idée de tenir le sergent et Danny Bradley à l'écart, mais son collègue était plus pragmatique. Pour lui, aller trouver la police à ce stade balbutiant de l'enquête pouvait faire capoter l'opération et leur faire perdre leur seule chance de surprendre le gang la main dans le sac. Mais à présent, Samson hochait la tête.

— Bonne idée, dit-il. Juste un petit détail : à qui va-t-on demander de te laisser accéder aux ordinateurs du marché ? Parce qu'un des employés est nécessairement impliqué. Et la dernière chose qu'on veut, c'est l'avertir qu'on est sur sa piste.

— Mme Knowles, répondit-elle sans hésitation.

— Et pas Harry ? demanda gentiment Samson.

Delilah fronça les sourcils et secoua la tête.

— Je ne sais pas. Je ne peux pas croire qu'il trempe là-dedans. Impossible. Mais… il me paraît plus sûr de miser sur Mme Knowles. Elle ne t'aime vraiment pas, mais elle nous a aidés. Ce n'est pas rien.

Il y avait quelque chose de rassurant dans l'incapacité de Delilah Metcalfe à penser le pire d'un ami. Et s'il n'était pas sûr de suivre sa logique torturée quand il s'agissait de déterminer l'innocence de son prochain, Samson approuvait son choix. La directrice administrative était la meilleure solution.

— Je l'appellerai après déjeuner, dit-il.

— Et *quid* de Pete Ferris ? Tu penses honnêtement qu'il aurait pu être impliqué dans tout ça ?

— C'est une possibilité. Peut-être qu'il avait découvert quelque chose qui le mettait en danger. Ces gens ont déjà montré qu'ils étaient prêts à tout. Mais il faut aussi accepter que les apparences ne sont pas forcément trompeuses, et que le pauvre diable a bien mis fin à ses jours…

Il fut interrompu par le bip de son téléphone.

Un mail de Danny. Samson le parcourut et poussa un petit sifflement.

— Ils ont reçu les résultats du labo concernant le couteau d'Adam Slater.

Delilah releva les yeux, un sandwich à la saucisse à mi-chemin de la bouche.

— Et alors ?

— Alors, l'ADN d'Adam figurait dans leurs fichiers grâce à son passage en prison, et ils ont trouvé une correspondance sur le manche. Mais pas sur la lame.

— Tu veux dire que le sang… ?

— … n'est pas le sien. Et ce n'est pas non plus celui de Ron Watson.

— Et nous savons déjà que ce n'est pas celui du taureau blessé. Alors, Dieu du ciel, qui s'est pris un coup de couteau ?

Delilah secoua la tête.

— Le mystère s'épaissit.

Elle marqua une pause et reprit.

— Je ne sais pas, mais j'ai l'impression que si on trouve pourquoi Adam a décampé, on pourrait bien résoudre cette affaire…

C'était une bonne remarque. Samson était sûr que le bouvier disparu était la clé du mystère qui entourait la mort de Ron Watson.

Un gémissement montant de l'autre bout de la cuisine les fit se retourner. Calimero regardait l'assiette de saucisses coupées en petits morceaux que Samson avait oubliée sur le comptoir.

— Oh pardon ! dit Samson en posant l'assiette par terre, devant le chien impatient.

Il se retourna vers le comptoir pour récupérer sa propre assiette et entendit deux profonds soupirs de satisfaction, derrière lui ; à une heure du déjeuner, l'équipe de planque prenait enfin son petit déjeuner.

— Vous aviez dit que vous alliez le payer ! postillonna Bernard Taylor, le teint dangereusement violacé, penché sur le bureau de Rick Procter et pointant sur lui un doigt accusateur.

Il s'était rendu directement à Low Mill, au bureau

de son complice. Gagné par la panique tandis qu'il additionnait deux et deux et s'effrayait du résultat.

Quelqu'un les avait fait chanter. Quelqu'un du pays. Qui était allé à Henside Road et, caché dans une dépendance de la ferme, avait vu quelque chose qu'il n'aurait pas dû voir.

Toute la semaine, Bernard s'était creusé la tête dans l'espoir d'identifier celui qui avait chamboulé sa vie. Dans une petite ville comme Bruncliffe, il n'y avait pas beaucoup de coupables potentiels. Et pourtant il avait fait chou blanc. Même la nuit dernière, quand le maître-chanteur n'avait pas repris contact à l'heure convenue et qu'il s'était retrouvé à faire les cent pas chez lui, n'osant pas appeler Procter de peur que le maître-chanteur appelle au même moment. Il avait dû se contenter de lui envoyer des textos, de plus en plus frénétiques, l'autre se bornant à lui conseiller de garder son calme. Après tout, la balle n'était pas dans leur camp.

Il avait fini par s'écrouler sur son lit, à l'aube, épuisé et en même temps étrangement exalté. La menace avait disparu. Il ne savait ni comment ni pourquoi. Et il s'en fichait plus ou moins. Tout ce qui comptait, c'était qu'elle s'était évaporée sans que ça leur coûte un sou.

Ou du moins c'est ce qu'il pensait. Le maire avait passé quelques heures abominables au lit, dormant par bribes d'un sommeil entrecoupé de rêves perturbants. Il avait fini par se lever, et dans la froide lumière du jour nouveau qui filtrait par la fenêtre de la cuisine, il avait recommencé à s'en faire. Non plus à cause du danger que représentait le maître-chanteur mais pour les raisons qui avaient fait disparaître ce danger.

L'estomac embrasé par ce qu'il soupçonnait d'être un ulcère, Bernard avait quitté la maison et foncé vers son bureau. Sa femme n'allait pas tarder à se lever, or il ne pensait pas pouvoir se retenir de tout lui raconter. Et donc il était parti pour l'agence, espérant s'absorber dans les problèmes immobiliers. Puis Julie avait déboulé et annoncé le suicide d'un gars du coin.

Pete Ferris.

Allez savoir pourquoi, il n'avait jamais figuré dans l'inventaire des personnages suspects de Bernard. Peut-être que le nom du braconnier ne lui était pas venu à l'esprit parce qu'il habitait à Selside et ne faisait que rôder aux alentours de Bruncliffe. Tout à coup, il se retrouvait en pleine lumière, ses joues creuses et son regard sournois, parfaitement nets.

Pete Ferris. Le braconnier. Tout le monde savait qu'il rôdait dans les collines qui environnaient la ville, du côté de Henside Road, en particulier. Qui mieux que lui aurait pu se trouver au bon endroit au mauvais moment et surprendre le maire et le célèbre promoteur immobilier mouillés jusqu'au cou dans une histoire de corruption ? Et ensuite essayer de retourner la situation à son avantage personnel plutôt que de filer prévenir les autorités ? D'une façon ou d'une autre, Rick Procter avait fait le lien. Et l'avait rapidement tranché.

Sur la route du Mill, Bernard Taylor avait essayé de se convaincre qu'il se trompait. Mais du fond de ses entrailles en feu, il savait qu'il avait vu juste. Comment, sinon, expliquer le sang-froid de Rick, la veille au soir ? Un homme d'affaires qui ne tolérait pas le n'importe quoi et ne paraissait pourtant pas démesurément perturbé par le soudain silence de celui qui tenait leur destin entre ses mains.

Parce qu'il connaissait la raison de ce silence.

À présent, l'homme était assis dans son bureau cossu et rivait sur Bernard son habituel regard calculateur, son front légèrement plissé. Comme s'il calait sur une grille de mots croisés et pas comme s'il se trouvait accusé d'un acte odieux.

— Je n'ai jamais signé pour participer à ce genre de chose !

Bernard avait conscience d'élever la voix. Mais la peur le tenaillait.

— Vous aviez dit que nous allions remettre l'argent et que ce serait fini !

— Je ne comprends pas ce que vous racontez, répliqua Rick.

— Pete Ferris. Il est mort.

— À ce qu'il paraît.

Un haussement d'épaules ; un sourcil haussé en signe d'interrogation. C'en était trop pour Bernard.

— Vous êtes allé trop loin. C'est un meurtre. Je ne veux plus en être.

Rick s'appuya au dossier de sa chaise, les mains sur son bureau, les doigts bien écartés, la voix aussi sereine que le lac de Malham Tarn par une belle journée d'été.

— Il faut vous calmer, Bernard, dit-il.

Puis il ajouta, en verrouillant son regard sur le maire :

— Dans votre propre intérêt.

La menace, absente des mots, était traduite par le regard perçant et le sourire carnassier. Sous ses cheveux blonds et sa beauté indéniable, l'homme était un démon.

Le maire de Bruncliffe fit un pas en arrière, bouche bée, muet, la chair molle de son menton tremblotant.

— On se comprend, tous les deux ? murmura Rick.

Un hochement de tête silencieux fut la seule réponse que Bernard réussit à fournir.

— Parfait. Alors je vous suggère de retourner au travail. Nous avons une affaire à diriger.

Bernard Taylor se retourna et quitta la pièce. Plus terrifié qu'il ne l'avait jamais été de sa vie.

— Vous connaissiez Pete Ferris ?

Debout dans la clairière, devant la première des deux roulottes, le sergent Clayton adressait sa question au dénommé Manfri, mais il ne quittait pas des yeux son frère Leon, qui avait l'un des visages les plus fuyants que le policier ait jamais vus. Il était assis sur un tabouret, près du feu de camp, un mug de café dans les mains, le regard perdu dans les flammes. Quand le constable Bradley avait exposé la raison de leur visite, expliquant que leur plus proche voisin était mort pendant la nuit, Leon s'était interrompu une fraction de seconde pour couler un regard en direction de son frère, puis il avait recommencé à regarder le feu.

— Pas vraiment, répondit Manfri. Nous nous sommes parlé une fois, quand nous sommes arrivés. C'est tout.

— Parlé de quoi ?

— Nous lui avons demandé si nous pourrions nous installer ici pour quelques nuits. Il n'y voyait pas d'inconvénient.

— Et donc, en dehors de cela, vous n'avez eu aucun échange avec lui ?

Manfri secoua la tête.

— Vous ne l'avez pas vu du tout la nuit dernière ?

— Non.

— À propos de la nuit dernière, reprit le sergent, nous enquêtons sur des vols de moutons, dans la région. Il se trouve qu'il y en a encore eu un la nuit dernière. Notre enquête nous porte à croire qu'un camion de transport de bétail serait utilisé pour commettre ces larcins.

Un profond soupir émana du frère renfrogné assis près du feu. Suivi d'un juron marmonné. Que le sergent Clayton décida d'ignorer.

— J'imagine qu'aucun de vous trois n'est au courant de quoi que ce soit à ce sujet ? continua-t-il en promenant son regard sur les deux frères et la sœur, perchée sur les marches de la caravane.

— Non, répondit Manfri, parlant pour eux tous.

— Vous avez utilisé la bétaillère, hier ?

— Non.

— Et vous avez passé toute la soirée ici ?

— Oui.

Manfri croisa les bras, les yeux brillants au-dessus de l'ébauche d'un rictus moqueur. Comme si tout cela l'amusait profondément.

— Quelqu'un peut le confirmer ? insista le sergent. Parce que nous avons un témoin qui dit avoir vu votre camion sur la route, à peu près à l'heure du vol. Avec vous et votre frère dedans.

— Je me porte garante pour eux.

La sœur, les cheveux bouclant sur les épaules, faisait écho au sourire de son frère. Elle était sublime. Pas difficile de comprendre que le constable Bradley s'en soit entiché.

— Nous avons passé une soirée tranquille ici, vu le déluge.

— D'accord. Ça vous ennuie si je jette un coup d'œil au camion ?

Le sergent Clayton s'en approchait déjà. Danny était toujours planté auprès des roulottes, ne sachant où poser le regard.

Le pauvre garçon était très mal à l'aise.

— Je vous en prie, dit Manfri. Il n'est pas verrouillé.

Le sergent s'approcha de la portière côté conducteur, l'ouvrit et jeta un rapide coup d'œil dans la cabine. Elle était immaculée. Pas un reçu par terre. Pas d'emballages de sandwich coincés entre le tableau de bord et le pare-brise.

Il gagna l'arrière du véhicule et abaissa le hayon. À l'intérieur, le métal étincelant brillait comme un miroir. Il était plus propre que la salle de bains du poste de police après le passage d'Ida Capstick. Ce qui n'était pas peu dire. S'il avait contenu des moutons la nuit précédente, toute trace de leur présence en avait été effacée.

Le sergent Clayton remit le hayon en place et se gratta le menton. Contrairement à beaucoup de monde, il ne croyait pas aux stéréotypes – dans sa vie de policier à la campagne, il avait vu nombre de gens sortir de la case où la population les aurait rangés. Un curé qui avait détourné l'argent de l'église. Une grand-mère qui faisait pousser du cannabis. Et même ce matin – un braconnier qui avait téléphoné pour signaler un crime. Et donc, à l'inverse des autres, le sergent n'était pas du genre à enduire les Gipsys de goudron et de plumes. Mais il y avait quelque chose de pas clair dans ceux-là, il ne pouvait pas dire le contraire.

Il se dirigea de l'autre côté du camion qui se trouvait à la lisière de la clairière, devant un épais bosquet d'arbres. Sur sa gauche, deux chevaux paissaient, de belles bêtes. Près du feu, les trois Gipsys et le constable Danny Bradley, au téléphone. Et tous le regardaient.

Pourquoi ? Une chose qu'ils avaient dite ? Ou pas dite ? Il essaya de faire le vide dans son esprit, tâchant de retrouver l'idée qui lui échappait. Mais il n'en avait qu'une en tête : un énorme sandwich de la *Pâtisserie des Monts*, suivi d'une bonne tranche de cake. Son estomac gargouilla son approbation.

— Sergent ?

Danny Bradley, l'air excité, le hélait en lui montrant son téléphone.

— C'est pour vous.

— Qu'y a-t-il, Danny ? demanda-t-il en se précipitant vers lui.

— C'est l'inspecteur-chef Thistlethwaite, de Leeds, dit le constable en lui tendant l'appareil. Ils ont retrouvé Adam Slater.

27

Rick Procter avait commis une erreur. Deux, en fait. Ce n'était pas les premières de sa vie. Mais potentiellement, elles risquaient de lui coûter très cher.

Le plan était simple : attendre que Pete Ferris indique au maire où déposer l'argent du chantage – information que ledit maire devait aussitôt transmettre à Rick avant de se mettre en route pour l'endroit désigné. Dès que le braconnier avait raccroché, l'expédier *ad patres* par la grâce d'une overdose d'héroïne, les précieux lurchers de l'individu ayant été déjà neutralisés au moyen d'un bout de viande assaisonné. Cela fait, Rick devait retourner à Bruncliffe récupérer l'argent. Le maître-chanteur ne se manifestant plus, Bernard Taylor – qui ignorait ce qui s'était réellement passé – aurait présumé que, satisfait de leur avoir extorqué deux cent cinquante mille livres, le maître-chanteur était allé se faire pendre ailleurs. Et Rick Procter aurait conservé l'intégralité de la somme, engrangeant un joli bénéfice au passage.

Ç'aurait dû être du tout cuit – quoique pas la plus plaisante des affaires. En réalité, Rick n'avait jamais eu à se salir vraiment les mains jusque-là. Mais il n'avait pas le choix, il ne pouvait pas se permettre que les gens pour qui il travaillait aient vent de quoi que ce soit. D'ailleurs, tout s'était magnifiquement bien déroulé

– même s'il devait avouer que ses mains avaient légèrement tremblé avant de passer à l'acte. Il avait même pensé à prendre le mobile du braconnier sur lequel étaient stockées les photos qui l'incriminaient – un smartphone bon marché fort commodément posé bien en vue sur le canapé crasseux. Mais alors que Rick se fondait à nouveau dans la nuit, les choses avaient commencé à prendre un mauvais tour.

Depuis la rivière en contrebas, un véhicule était arrivé, ses phares illuminant le ciel d'encre.

Il avait dû galoper jusqu'à sa Range Rover cachée dans un champ, plus haut sur le chemin de terre cahoteux, et partir sur les chapeaux de roues en direction de la route principale, à Selside. Il avait eu le réflexe de prendre à droite à l'embranchement, vers Ribblehead, espérant leurrer ceux qui auraient aperçu ses feux arrière. Puis, le cœur encore battant, il était retourné vers Bruncliffe en faisant le grand tour par le haut, par le viaduc et Ingleton.

Il était arrivé en ville sur un petit nuage. Tout cela avait été si facile. Problème résolu. Il n'y avait plus qu'à récupérer l'argent, et la soirée serait un succès complet.

Il s'était arrêté dans l'allée de son garage, avait coupé le moteur et pris son mobile. Trois textos ; tous de Taylor. Rick lut le premier et son exaltation se mua en peur bleue.

L'extorqueur ne l'avait pas contacté à dix heures, comme prévu. Il était bientôt onze heures, il n'avait pas encore appelé, et ce silence inexplicable affolait Taylor. Il voulait savoir quoi faire. Qu'est-ce que ça voulait dire ? Les photos seraient-elles diffusées quand même ?

Déconcerté, Rick était resté assis dans sa Range Rover en réfléchissant aux événements de la nuit. Il avait vu le braconnier passer le coup de fil. Ou du moins *un* coup de fil...

Il avait fouillé dans sa poche et récupéré le mobile de Pete Ferris. Pas besoin de mot de passe, Dieu merci. Il avait tapoté sur l'écran, étonné du petit nombre d'applis présentes, et affiché les appels récents. Un seul numéro était apparu, plusieurs fois – celui de Bernard Taylor. Mais le dernier appel remontait à l'après-midi.

Alors, bon sang, qui Ferris avait-il appelé à dix heures ? Et pourquoi cela n'apparaissait-il pas sur l'historique ?

C'est alors que la lumière s'était faite dans son esprit, et Rick Procter avait été pris de nausées.

Les doigts tapotant l'écran, il avait vérifié l'appli photos. Vide. Pas une seule. Rigoureusement aucune image qui aurait pu servir de base à un chantage.

Et merde ! De rage, il avait frappé violemment son volant.

Pete Ferris avait un putain de téléphone à usage unique, exclusivement réservé à sa tentative d'extorsion, et il était maintenant sur les genoux de Rick. Son vrai téléphone devait encore être dans la caravane.

À cet instant, deux choses avaient sauté aux yeux de Rick Procter. Son plan magnifique, qui reposait sur le fait que Bernard Taylor croie que le maître-chanteur avait pris l'argent et fui sous d'autres latitudes, venait de dérailler. Et donc le maire de Bruncliffe posait un vrai problème. Mais – et c'était encore plus préoccupant – un deuxième téléphone se baladait dans la nature, rempli d'images qui pouvaient détruire la vie de Rick.

Il était entré en mode gestion de crise, disant par texto à Taylor de ne pas paniquer, que le maître-chanteur avait dû se dégonfler, tout cela le cerveau en ébullition, cherchant frénétiquement le moyen de s'en sortir. Mais il était allé se coucher sans trouver d'issue.

Douze heures plus tard, Rick en était plus fiévreux encore. Il avait réussi à rester impavide pendant la brève visite de son partenaire paniqué. Mais pendant tout ce temps, il n'avait pensé qu'à ce deuxième téléphone. Où étaient probablement stockées les preuves qui pouvaient encore l'anéantir si elles tombaient entre de mauvaises mains.

N'importe quelles mains.

Que faire ? Il ne pouvait pas retourner le chercher dans la caravane. Pas si vite après la découverte du corps.

Alors il n'avait plus qu'à attendre. En espérant que personne ne tomberait sur le téléphone. Parce que celui qui découvrirait ces photos pourrait se révéler moins facile à éliminer que Pete Ferris.

Facile, vraiment ?

L'esprit de Rick revint à l'intérieur de la caravane, la nuit précédente. L'aiguille. Ses mains tremblantes. Et cette fois-ci, la nausée eut raison de lui et il partit vomir.

Samson ne réussit à mettre la main sur Mme Knowles qu'en fin d'après-midi. Le marché aux enchères ne tenant pas sa vente du samedi habituelle – toutes les opérations étant suspendues jusqu'à la conclusion de l'enquête sur la mort de Ron Watson –, il avait été surpris d'entendre la voix tendue et surmenée de la directrice administrative. Cela dit, malgré sa fatigue évidente, elle était toujours aussi affûtée, et elle voulut savoir pourquoi Delilah avait besoin d'accéder aux ordinateurs du bureau. Samson avait improvisé, lui racontant que sa collègue avait peut-être trouvé un moyen de retrouver les images de vidéosurveillance manquantes.

Il n'avait parlé ni des traceurs GPS, ni des moutons volés.

Cela avait suffi à convaincre Mme Knowles, et elle leur avait dit de venir à six heures et demie, quand les lieux leur appartiendraient, avant de souligner que le bureau aurait aussi bien pu être définitivement fermé, vu qu'elle était la seule à y venir, ces jours-ci.

Samson lui avait demandé ingénument ce qu'elle voulait dire, déclenchant une tirade.

D'après elle, Harry Furness ne s'était pas pointé au boulot ce matin. Il avait appelé pour dire qu'il prenait sa journée. Quant à M. Butler, il était en arrêt maladie depuis deux jours, pour cause de stress. Et comme Ron était mort et Adam Slater en fuite, les responsabilités qui pesaient sur Mme Knowles ne faisaient que s'accroître. Elle avait ronchonné encore un moment sur l'absence des membres de la direction et ses conséquences sur le moral de tous, particulièrement sur la jeune Megan Gifford – l'apprentie qu'on disait sur le point de démissionner à cause de l'ambiance qui plombait le marché.

405

— Et elle ne sera pas la seule, avait conclu Mme Knowles sur un ton menaçant. Plus vite on saura ce qui est vraiment arrivé à Ron, mieux ça vaudra.

Promettant qu'ils allaient faire de leur mieux pour tirer l'affaire au clair le plus vite possible, Samson avait raccroché. Ses inquiétudes pour l'avenir du marché aux enchères monopolisant son esprit, il avait eu beaucoup de mal à s'intéresser aux factures de l'Agence de Recherche. À l'étage, Delilah visionnait les images de vidéosurveillance de la boutique de Mme Hargreaves tout en apportant les dernières touches à un nouveau site Web pour l'Agence immobilière Taylor. À six heures, il repoussait son fauteuil et s'étirait quand il entendit claquer la porte de derrière, puis une grosse voix s'annoncer. Quelques secondes plus tard, Will Metcalfe entrait dans son bureau, l'air à cran. Et épuisé.

— J'ai appris, pour Pete Ferris, dit-il en tirant un fauteuil devant le bureau de Samson et en s'y laissant choir. Nathan est dans un sale état. Je ne l'avais pas vu aussi mal depuis la mort de Ryan. Il nous a dit que c'était Pete qui l'avait aidé à redescendre des collines, le mois dernier. Tu étais au courant ? demanda-t-il, et la question avait quelque chose d'accusateur.

— Ah zut ! s'exclama Samson avec une grimace de regret. Oui, désolé. Pete nous avait fait jurer le secret. Il ne voulait pas qu'on lui demande ce qu'il fabriquait là-haut avec ses chiens. On aurait dû penser à appeler Lucy pour la prévenir qu'il était mort, ajouta-t-il en secouant la tête. Pauvre Nathan…

— Bon sang, oui. Désolée, Will.

Ayant entendu la voix de son frère, Delilah était

aussitôt descendue et s'était perchée sur le bureau de Samson, un mug de thé à la main.

— On n'en est pas encore remis nous-mêmes. Enfin, on aurait dû penser à mettre Nathan au courant.

Will secoua la tête.

— Vous n'y êtes pour rien. Le gamin aurait bien fini par l'apprendre, de toute façon. Ce qui est bizarre, ajouta-t-il avec un sourire attristé, c'est qu'il y a deux mois, ç'aurait été une nouvelle parmi tant d'autres, et voilà tout. Vous savez, Pete, c'est à peine si on le connaissait. Mais après la façon dont il vous avait aidés pour votre dernière affaire, et maintenant qu'on sait ce qu'il a fait pour Nathan – s'il n'était pas tombé sur lui, dans ces collines…

Les explications étaient superflues. Samson et Delilah n'étaient que trop conscients de la situation périlleuse dans laquelle Nathan s'était retrouvé en mars dernier, quand il avait fugué.

— Apparemment, le gamin s'était plus ou moins attaché à lui, continua Will. Et à ses chiens. Le pire, c'est qu'on n'aura jamais l'occasion de le remercier pour tout ce qu'il a fait.

— Ça s'est passé comme il le voulait, Will, dit Delilah en s'approchant de son frère pour poser la main sur son bras. Pete était catégorique. Il ne voulait pas qu'on sache qu'il avait aidé Nathan.

— D'accord, petite sœur. Il faut respecter les volontés d'un homme. Mais quand même, fit-il avec un profond soupir. S'ôter la vie comme ça. Il faut vraiment que ça aille mal pour en arriver là. Et ne pas avoir de famille vers qui se tourner.

C'était le commentaire d'un individu habitué aux liens familiaux étroits. Pour Samson, le concept était aussi étranger qu'il l'avait probablement été pour Pete Ferris.

— Ce qu'il y a de bizarre, dit Samson, c'est que Pete m'a appelé hier soir pour me laisser un message. Il voulait signaler un crime.

Will eut l'air surpris.

— Ça ne lui ressemble pas. Qu'est-ce que tu crois que c'était ? Une conversion de dernière minute ? Il voulait devenir un bon citoyen respectueux de la loi ?

— Je ne sais pas. On s'est dit que ça avait probablement un rapport avec la conversation qu'on avait eue avec lui, la semaine dernière. Au sujet des vols de moutons.

Le fermier s'avança d'un bond sur son siège.

— Salauds de voleurs ! C'est aussi pour ça que je suis là. Vous êtes au courant qu'un autre pauvre bougre s'est fait voler son troupeau, cette nuit ?

— Danny Bradley nous l'a dit, répondit Delilah.

— *Aye*. Eh bien, je peux vous dire que, du coup, je n'ai pas beaucoup fermé l'œil en sachant que mon troupeau était ciblé. Et je ne crois pas que je dormirai mieux cette nuit. Ton gadget fonctionne toujours ? demanda-t-il en regardant sa sœur.

Delilah posa son mug, prit son téléphone, tapota l'écran et le tourna vers lui.

— Tu vois le point bleu ? C'est tes moutons. Exactement où tu les as mis.

— Vous revenez monter la garde cette nuit ? demanda Will. Tous les deux ?

— Cette nuit, et toutes les autres nuits jusqu'à ce que les voleurs se décident à agir, dit Samson pour le rassurer. Sinon, on trouvera un autre moyen de les démasquer.

— On a une piste à creuser, au marché aux enchères, et on espère que ça nous aidera à élucider l'affaire, expliqua Delilah. Ensuite, on montera directement à Ellershaw, et j'aurai tout le temps ce gadget avec moi. Tu peux me croire, personne n'approchera de tes bêtes sans qu'on le sache.

Will hocha la tête, mais il n'avait pas l'air plus rassuré. Samson compatissait avec cet homme dont les moutons avaient été transformés en leurres dans une version risquée de jeu du chat et de la souris.

— Ce que je ne comprends pas, dit le fermier, c'est ce que le gang peut bien faire de toutes ces brebis. Je veux dire, avec la quantité qu'ils volent, c'est une opération énorme. Comment se fait-il qu'elles s'évaporent comme ça ?

— Harry suppose qu'elles sont emmenées dans un abattoir de fortune, dit Delilah. Il ne voit pas comment on peut en écouler un tel nombre, même au marché noir.

— *Aye*. Eh bien, pour ça, je lui fais confiance. Et qu'est-ce qu'il pense de votre théorie sur la façon dont les moutons sont volés ?

Delilah rougit jusqu'à la racine des cheveux et jeta un coup d'œil à son collègue.

— Nous ne lui avons pas tout dit, expliqua Samson. Il n'est pas au courant pour les traceurs GPS.

— Pourquoi ça ?

409

Delilah étudiait attentivement son téléphone, à présent. Le visage écarlate. Laissant Samson se dépatouiller.

— C'est une question de confiance, répondit-il. Nous savons que quelqu'un, au marché, est mouillé…

Il n'alla pas plus loin. La mâchoire de Will Metcalfe s'affaissa et il partit d'un grand éclat de rire qui fit sursauter sa sœur.

— Vous plaisantez ? demanda-t-il, le regard allant de l'un à l'autre des deux détectives.

Et comme ils ne répondaient pas, il secoua la tête, incrédule.

— Toi, je peux le comprendre, dit-il en pointant le doigt sur Samson. Tu as vécu si longtemps parmi les criminels que tu es probablement prêt à croire le pire de tout le monde. Mais toi, petite sœur ? fit-il en se tournant vers Delilah. Tu connais Harry Furness depuis toujours. Tu penses vraiment qu'il pourrait tremper dans une magouille de ce genre ?

Delilah secoua la tête, les yeux rivés au sol.

— *Aye*. Eh bien, continue à travailler dans ce secteur d'activité et tu penseras bientôt que Bruncliffe tout entier n'est qu'un repaire de voyous.

Will se leva, secouant toujours la tête.

— À tous les coups, je choisis l'élevage, avec ses épreuves et ses vicissitudes. Au moins je vois ce qu'il y a de bon en ce monde.

Sur un vague salut, il repartit dans le couloir, et la porte de la cour claqua derrière lui, laissant Samson et Delilah assis là, comme des enfants qui viendraient d'essuyer une remontrance.

— Il a raison, marmonna Delilah. Harry est un bon gars.

Samson ne répondit pas. Il réfléchissait à ce que l'aîné des frères Metcalfe venait de leur dire. À la justesse de ses propos. Une vie passée les pieds dans la terre était bien meilleure pour l'âme. Les souvenirs de la ferme Twistleton lui revinrent à l'esprit, les champs qui épousaient les courbes de la colline, la satisfaction d'avoir passé une dure journée au grand air. C'était une vie à laquelle il avait renoncé en pensant qu'elle serait toujours là, à l'attendre. Mais ce n'était pas vrai. La ferme avait été vendue. Et la carrière pour laquelle il l'avait abandonnée était en grand péril.

— Il faut qu'on y aille, dit Delilah, n'osant croiser son regard. Il est plus de six heures, et on doit être au marché à la demie. Je monte éteindre mon ordi.

Encore piqué par les reproches justifiés de Will, Samson se leva et prit sa parka sur le dossier de sa chaise. La pluie de la nuit avait apporté une fraîcheur qui légitimait un vêtement plus chaud. Il s'apprêtait à récupérer le téléphone que lui avait donné l'inspecteur principal Warren et qui était resté toute la journée dans le tiroir de son bureau lorsque son propre mobile bipa. Un texto.

Il jeta un coup d'œil à l'écran. Le visage d'Harry Furness s'afficha. Will l'avait-il déjà contacté ? Lui avait-il fait part de leurs soupçons ?

Samson ouvrit le message avec une certaine appréhension.

— C'est Harry ! s'écria-t-il en se précipitant dans le couloir alors que Delilah était encore au milieu de l'escalier. Il a trouvé l'abattoir ! Allez, il faut qu'on y aille !

Le texto était laconique, mais précis. Sa géolocalisation, et les instructions pour le rejoindre aussi discrètement que possible. Ces coordonnées emmenèrent l'équipe de détectives hors de Bruncliffe et le long de Horton Road. Vers Selside.

— Je n'arrive pas à croire que nous ne lui faisions pas confiance, dit Delilah en conduisant si vite que les murets de pierre grise qui défilaient le long de la route étaient flous. Harry, enfin, franchement !

— En tout cas, il a mis dans le mille. Quoi qu'il ait découvert, c'est le long de la rivière, en aval du campement de ces satanés Gipsys, marmonna Samson en regardant la carte sur son mobile.

— C'est loin après Horton ?

— Pas très. On cherche un chemin de terre qui traverse la rivière.

Delilah ralentit en arrivant en vue de Horton et traversa le village, empruntant la chicane des ponts avant de ressortir de l'autre côté du bourg, Samson cramponné au tableau de bord et Calimero vautré sur la banquette arrière. À la sortie de Horton, elle accéléra à nouveau et gravit la colline à fond de train, la petite voiture rouge filant sur la route étroite.

— Ralentis ! C'est quelque part par là, l'avertit Samson avant d'indiquer une entrée de champ sur la droite. Là !

Dans un grincement de freins, Delilah quitta la route et entra dans le champ. Une piste de terre battue

412

disparaissait dans le lointain, vers la voie de chemin de fer, la rivière et la masse de Pen-y-ghent tout au fond.

— Prends le tunnel qui passe sous le chemin de fer, dit Samson en zoomant sur la carte. Et tourne à droite. On trouvera bien un endroit où laisser la voiture, et on continuera à pied.

Delilah se mit à rouler doucement sur le terrain accidenté, présentant des excuses muettes à la pauvre Micra qui progressait par embardées. Très vite, les champs firent place à des arbres et la piste plongea sous la voie ferrée. Quand ils ressortirent de l'autre côté du tunnel, l'horizon était bouché par une épaisse forêt de conifères qui les entourait.

Suivant les directives de Samson, Delilah prit à droite.

La récente pluie avait ravagé la terre, et les pneus glissaient et dérapaient dans la boue. Du côté conducteur, le muret gris d'un champ courait parallèlement au chemin avant de décrire un angle droit.

Un petit van était rangé le long du mur. Le logo du marché aux enchères de Bruncliffe en ornait l'arrière.

— C'est celui d'Harry ! dit Samson.

Delilah braquait déjà en direction du champ afin de se garer devant le van.

— Et Calimero ? demanda-t-elle en se tournant vers son chien qui somnolait, roulé en boule sur le siège arrière.

Elle lui caressa les oreilles et reçut, en retour, un soupir de ravissement.

Samson secoua la tête.

— Pas cette fois. Il vaut mieux qu'il reste ici, c'est plus sûr. Et on ferait bien d'éteindre nos portables...

Un bip sonore l'interrompit. Le téléphone de Delilah s'alluma, donnant raison à Samson.

— Désolée ! fit-elle en regardant l'écran.

Elle vit s'inscrire le nom de Frank Thistlethwaite, ainsi que les premiers mots d'un texto – assez pour que ses joues s'embrasent – avant d'éteindre précipitamment son appareil et de le fourrer dans sa poche.

— Quelque chose de plus important à faire ? demanda sardoniquement Samson.

— Non, non, rien de spécial...

Juste un inspecteur-chef de Leeds qui lui proposait de sortir avec lui. Encore. Elle n'avait pas besoin de ça en ce moment. Elle était déjà assez tendue.

— Tu crois qu'ils sont là ? Les voleurs ? demanda-t-elle.

— Harry ne l'a pas dit. Mais le fait qu'il ait envoyé un texto au lieu d'appeler m'incite à le penser. Il est peut-être en train de les surveiller, tapi dans un coin.

Le cœur battant, Delilah descendit de voiture, referma la portière aussi silencieusement que possible, Samson faisant de même. Entrouvrant la vitre de son côté pour Calimero, elle laissa la Micra sans la verrouiller et suivit Samson en rasant le mur, repartant par où ils étaient venus.

Devant eux, les épaisses frondaisons obscurcissaient prématurément le ciel de l'après-midi finissant.

Adam Slater ne parlait pas. Le grand bouvier du marché aux enchères était assis, le dos rond, dans la cellule du poste de police de Bruncliffe et refusait de dire un mot. Même pas à l'inspecteur-chef Frank Thistlethwaite qui l'avait ramené de Leeds.

— On va le laisser mariner un peu, suggéra celui-ci en prenant place face au sergent Clayton dans le petit bureau du fond, le sergent dégageant précipitamment un espace entre les piles de paperasse pour le café et le cake que le jeune Danny venait de rapporter de la *Pâtisserie des Monts*.

— Désolé pour le désordre, marmonna le sergent, rendu gauche par la présence dans son humble domaine de cet aristocrate de la police.

Ce n'était pas souvent qu'un inspecteur-chef honorait leurs locaux de sa présence. Et encore moins un inspecteur-chef qui avait des liens avec les gens du coin, et un père – jeune retraité – qui avait été l'un des meilleurs flics de la région. Il n'était pas fréquent non plus qu'un inspecteur-chef fasse le taxi pour un repris de justice.

C'était surtout ça qui troublait le sergent.

— Si je puis me permettre, commença-t-il en déposant un café et une tranche de cake au citron devant son invité, comment se fait-il que ce soit vous qui nous rameniez Adam Slater ? Un homme comme vous a sûrement des choses plus importantes à faire ?

Frank Thistlethwaite eut un sourire.

— Officiellement ? Je dirais que c'est dans le cadre d'une initiative visant à maintenir les officiers de haut rang au contact des réalités du terrain.

— Et officieusement ?

Le sourire s'évanouit.

— Samson O'Brien.

En entendant ce nom, le sergent Clayton eut toutes les peines du monde à étouffer un gémissement. O'Brien, encore lui. L'homme attirait les complications comme un aimant les trombones. Il était de notoriété publique qu'il avait été arrêté le mois précédent en lien avec un meurtre commis à Leeds. Puis on avait entendu des rumeurs concernant son passé d'agent infiltré, et les questions abondaient sur de grosses quantités de drogue qui auraient disparu des pièces à conviction. La brebis galeuse de Bruncliffe marchait sur le fil du rasoir, légalement parlant.

— Quelque chose de spécifique sur lui ? demanda le sergent avec un sourire crispé.

— C'est le problème. Trouver quelque chose de spécifique sur lui.

L'inspecteur-chef poussa un soupir et tendit la main vers son café.

— Comme vous le savez, nous avons un meurtre non élucidé dans ma juridiction, et le blouson d'O'Brien joue un rôle crucial dans l'affaire, bien qu'il prétende ne rien savoir à ce sujet. Et puis il y a toutes les rumeurs concernant sa suspension, et les accusations portées contre lui. Là-dessus, on appréhende un homme qui est recherché à Bruncliffe, et devinez quoi ? Quand je pose des questions sur l'affaire, le nom d'O'Brien apparaît à nouveau.

— Il a été embauché pour enquêter sur le décès du contremaître du marché, sous l'angle hygiène et sécurité.

Frank Thistlethwaite éclata de rire.

— La sécurité. Une notion qu'il ne me viendrait pas à l'idée d'associer à O'Brien. Je devine que ce n'est pas aussi simple que cela. Pas alors que quelqu'un se languit dans votre cellule.

— Pas tout à fait, admit le sergent avant de mettre l'inspecteur au courant du dossier.

Lorsqu'il eut fini de relater les circonstances de la mort de Ron Watson, la présence du couteau ensanglanté et la disparition d'Adam Slater, son invité secoua la tête et marmonna :

— Toutes les caractéristiques d'une enquête à la O'Brien. La mort et le chaos.

— Et un mort de plus ce matin, confia le sergent. Un suicide. Un braconnier du nom de Pete Ferris. C'est O'Brien qui a découvert le corps. Il a l'air de penser que la victime aurait pu être liée à un gang de voleurs de moutons sur lequel son agence enquête.

L'inspecteur-chef Frank Thistlethwaite prit une gorgée de son café en regardant le sergent par-dessus le bord de sa tasse. Celui-ci se sentit jaugé. Quand l'inspecteur-chef reposa sa tasse et se pencha légèrement au-dessus du bureau, le policier le plus gradé de Bruncliffe sut qu'il avait vu juste.

— J'ai besoin de votre aide, dit l'inspecteur-chef. Voilà la véritable raison de ma présence.

— À cause d'O'Brien ?

L'inspecteur-chef acquiesça.

— Je voudrais que vous le gardiez à l'œil. Et que vous me teniez au courant de ses avancées.

— C'est officiel ?

Un sourire désarmant répondit à la question.

— Disons juste que je m'intéresse beaucoup à lui. Et à ses faits et gestes.

Le sergent Clayton inclina la tête en signe d'acquiescement. Quel choix avait-il ?

— Nous vous tiendrons au courant, mon constable et moi, répondit-il solennellement.

Et au fond de la pièce, il surprit l'expression torturée du jeune Danny Bradley. Le gamin venait de recevoir l'ordre d'espionner son idole.

28

Ils étaient dans le bois, le sol détrempé et boueux sous leurs pieds à cause de la pluie torrentielle de la nuit. Et la lumière déclinait vite.

— Tu sais où tu vas ? chuchota Delilah.

Ils se déplaçaient sans bruit, pliés en deux. De grosses ronces s'accrochaient à leurs vêtements, le sol aspirait leurs chaussures.

Samson hocha la tête et tendit le doigt devant lui. Vers un autre bosquet.

— Harry est quelque part par là, murmura-t-il.

Il prit son mobile pour jeter un dernier coup d'œil à la carte. Il était trop près à présent pour risquer de faire le moindre bruit. Pas de réseau. Il éteignit son portable, remarquant qu'ils se rapprochaient du campement Gipsy. Était-ce une coïncidence ?

— Tu es sûr ? fit un murmure, derrière lui, alors qu'ils s'enfonçaient toujours plus profondément entre les arbres.

Ils progressaient péniblement dans le sous-bois.

— Oui, j'en suis sûr, répondit Samson.

Sauf que ce n'était pas vrai. Parce que ce n'était pas vraiment le genre de terrain où il se serait attendu à trouver un abattoir illicite. Ou du moins, ça ne l'était pas jusqu'à ce qu'il entrevoie des pierres grises entre les troncs d'arbres. Un bâtiment, quel qu'il soit.

Levant la main derrière son dos pour avertir Delilah, il porta un doigt à ses lèvres et alla se cacher derrière un gros pin. Delilah s'arrêta juste à côté de lui.

— Tu le vois ? murmura-t-il, son visage si près du sien qu'il sentait la chaleur de sa joue.

— C'est ça ?

Elle scrutait entre les arbres, essayant de comprendre ce qu'ils apercevaient dans la lumière déclinante.

Un grand mur, de près de deux étages de hauteur – pas de fenêtres pour trouer la masse de pierre, juste une porte en bois, tout au bout, qui donnait l'impression d'être vermoulue –, se dressait dans une clairière de belle taille. Au-dessus, un toit défoncé.

— Je ne suis pas sûr.

Samson se déplaça doucement vers sa gauche en restant sous le couvert des arbres, Delilah sur ses talons, et tourna au coin du bâtiment dans l'espoir de mieux voir à quoi ils avaient affaire.

C'était une vaste grange typique de la région : un seul niveau sur le devant et un toit descendant très bas sur le côté, ce qui lui donnait l'air de guingois. La grande arche de l'entrée était habillée de deux portes entrebâillées qui ne révélaient rien de l'intérieur. Sous cet angle, la construction semblait encore plus délabrée, les trous des ardoises manquantes criblant la grisaille des tuiles. Une vaste trouée exposait les poutres aux intempéries.

Difficile d'imaginer que cet endroit jouait un rôle clé dans une entreprise criminelle.

— Regarde ! fit Delilah en lui donnant un coup de coude.

Elle lui indiquait une zone de la clairière juste devant le bâtiment : des enclos temporaires. Du genre dans lesquels on parquait des moutons.

— C'est ça, c'est certain, murmura-t-elle. Harry avait raison.

— À propos…, fit Samson en scrutant les environs, qui s'obscurcissaient. Où diable peut-il bien être ?

— Il est peut-être entré à l'intérieur ?

Samson secoua la tête. Il se sentait mal à l'aise.

— J'en doute. Il nous aurait attendus.

Il effleura sa poche, sentit la forme rassurante de son mobile. Pouvait-il prendre le risque d'envoyer un texto ? Et si les voleurs étaient dans la grange, et Harry aussi, en train de les espionner ? Un message pouvait mettre la vie du commissaire-priseur en danger. Puis il se souvint. Pas de réseau.

Pas de réseau… Pourtant, Harry leur avait envoyé un SMS d'ici…

— Tu sais quoi ? fit Delilah en regardant autour d'elle pour se repérer. On doit être à distance de marche du campement gipsy. Tu penses que c'était eux depuis le début ?

Samson ne répondit pas. Il détestait les clichés attachés aux gens du voyage. Mais ça se présentait mal. Ils avaient un camion de transport de bétail. On les avait vus en train de lorgner le troupeau de Clive. Et maintenant, il y avait ce qui était peut-être un abattoir clandestin tout près de leur campement.

N'importe quel jury les condamnerait pour moins que cela.

— On devrait entrer, continua Delilah en indiquant la grange. Jeter un coup d'œil.

C'est ce que Samson aurait fait s'il était seul. Et bille en tête. Mais Delilah était avec lui, et sa présence le rendait deux fois plus prudent. Même si elle n'avait pas peur. En outre, il y avait quelque chose qui clochait dans toute cette histoire.

— J'y vais, dit-il. Toi, attends-moi ici. Si je ne suis pas revenu dans cinq minutes, tu remontes dans la voiture et tu appelles le sergent Clayton. D'accord ?

Elle le dévisagea, le menton levé, les paupières étrécies.

— Sérieusement ? C'est ça, ton plan ? Laisser la femme toute seule dans les bois ? Et si les Gipsys se pointent ? Tu voudrais que je me retrouve en tête à tête avec eux ?

Samson soupira. Il savait qu'elle le manipulait. En même temps, elle n'avait pas tort. Serait-elle vraiment plus en sécurité ici qu'à l'intérieur, avec lui ?

— Alors, pas d'imprudences, hein ? marmonna-t-il. Promis ?

Elle lui rendit son sourire, son visage clair dans l'ombre. Il fallait qu'ils fassent vite. Il ferait bientôt nuit.

Espérant qu'il ne le regretterait pas, Samson se dirigea lentement vers la clairière, Delilah le suivant de près. Avançant d'arbre en arbre, il couvrit bientôt la distance, s'arrêtant quand il n'y eut plus que quelques troncs entre lui et le terrain dégagé qui le séparait de la grange.

Il se retourna et vit Delilah quasi collée à son dos.

422

— Prête ? murmura-t-il.

Elle hocha la tête, les yeux écarquillés, une traînée de boue sur le front. Il n'avait jamais eu aussi envie de l'embrasser.

— Alors, après moi ?

Autre hochement de tête.

C'est alors qu'il vit derrière elle une silhouette émerger du couvert d'un arbre. Dans la lumière du crépuscule, il crut une fraction de seconde que c'était Harry. Et puis il remarqua le fusil.

— Cours ! s'écria-t-il, poussant Delilah loin de lui. Loin du fusil.

Il l'entendit trébucher, et courir. Vers la clairière. Vers ce qu'ils espéraient être la sécurité.

Elle l'avait vu. Quand elle s'était brièvement retournée pour voir ce qui avait fait si violemment sursauter Samson. Un homme de haute taille, vêtu de noir, le visage masqué par une cagoule, et qui épaulait un fusil.

Aussitôt, Samson l'avait poussée vers la clairière, alors elle s'était mise à courir, trébuchant sur une racine avant de reprendre son équilibre et que ses jambes se mettent à accélérer. Elle était à découvert, à présent, et fonçait vers l'extrémité de la grange dans l'espoir de mettre une distance suffisante entre le fusil et elle, et de retrouver le réseau pour appeler à l'aide.

Arrivée au milieu de la clairière, elle n'osa pas regarder derrière elle. Droit devant, les enclos à moutons. Elle prit vers la gauche pour les éviter. Et c'est là qu'elle aperçut un second homme, plus trapu que le premier, qui émergeait des arbres. Encore une cagoule surmontant des vêtements noirs. Un couteau dans une main. Il lui coupait la route. Elle ne pouvait pas passer devant lui. Elle ne pouvait pas faire demi-tour.

Elle n'avait qu'une seule possibilité.

Elle changea brusquement de direction, visant les portes de la grange entrouvertes qui semblaient l'inviter. Elle pensa au mur noir qu'elle avait vu depuis la forêt, à la porte de bois ouverte, qui avait l'air en partie pourrie. Si elle pouvait arriver jusque-là...

Delilah fonça à l'intérieur.

Il y faisait encore plus sombre que dehors, dans les bois. Mais la maigre lumière filtrant par le trou dans le toit permettait de voir qu'ils avaient trouvé ce qu'ils cherchaient. C'était un vaste espace dans lequel étaient ménagés d'autres enclos temporaires, devant une sorte d'estrade. Même dans la pénombre, dans l'air fétide et chargé de la puanteur de la mort, elle comprit à quoi elle avait servi.

Elle se précipita dans l'abattoir improvisé en hoquetant, essayant de respirer par la bouche. Courut vers le fond du bâtiment, vers une embrasure derrière laquelle il n'y avait qu'un vide noir.

Elle marqua une pause. Pensa à son mobile et à son appli torche. Mais son appareil était éteint. Dehors dans la clairière, l'homme encagoulé se rapprochait à toute vitesse. Il avait presque atteint la grange. Elle n'avait pas le temps d'attendre. Elle plongea dans le noir.

L'odeur y était plus épouvantable encore. De la terre détrempée mélangée à... Elle ne voulait pas y réfléchir. Elle se plaqua une main sur le nez, le sang battant à ses oreilles ; elle s'efforça de distinguer quelque chose, n'importe quoi. Elle reprit sa progression à l'aveuglette. Avançant d'un pas incertain sur le sol inégal, sa main libre tâtonnant devant elle, elle se dirigea vers l'extrémité de gauche. C'était là que devait se trouver une issue.

Elle entendit une porte claquer sur la façade. Elle n'était plus seule. Un bruit de bottes sur le sol. Un juron. Puis une respiration haletante, essoufflée, sur le seuil.

Instinctivement, elle s'accroupit, se fit toute petite, bénissant l'obscurité, et jeta un coup d'œil derrière elle. Elle distinguait un vague contour à l'entrée de la pièce. Une tête bizarrement difforme tournait sur elle-même, scrutant les ombres. Enfin la forme bizarroïde se détacha. Vint droit vers elle.

Comment… ? Il faisait noir comme dans un four et pourtant l'individu, quel qu'il soit, savait où elle était…

Le contour bizarroïde… des lunettes à visée nocturne ! Comme celles des voleurs de Clive Knowles. Auquel cas il était vain de vouloir se cacher. L'obscurité n'était plus son alliée. Et elle n'avait aucune chance d'atteindre la porte du fond.

Elle se laissa tomber à quatre pattes, chercha une arme à tâtons. Mais elle ne sentait que le sol détrempé.

Là. Quelque chose, juste devant elle. Ses doigts se refermèrent dessus, reconnurent immédiatement ce que c'était. Un téléphone portable. Et derrière… le contact de la chair. Mais froide. Inerte. Delilah Metcalfe sut qu'elle touchait un corps sans vie.

Elle retira sa main précipitamment, le souffle haletant, saccadé, et repoussa le mobile sur le sol. Il y eut un éclair de lumière, agressif pour ses yeux accoutumés aux ténèbres. L'écran s'était allumé sur une photo qui la regardait en souriant.

Harry Furness. Qui regardait l'objectif, hilare.

Une fraction de seconde de stupéfaction, puis elle comprit.

Sa gorge laissa échapper un cri avant même que deux mains jaillissent de l'obscurité et s'emparent d'elle.

Dans la clairière, Samson l'entendit. Un cri brutalement interrompu.

Delilah ! Terrorisé comme il ne l'avait jamais été, il voulut s'élancer à son secours.

— N'y pense même pas.

L'ordre, étouffé par une cagoule, était étayé par le canon d'un fusil qu'on lui enfonçait dans la colonne vertébrale.

Un homme imposant, dont les biceps tendaient le tissu de son blouson noir, aux mains comme des pelles, avait jailli du bois. Samson ne pouvait pas faire grand-chose. Même sans fusil, son assaillant aurait été un adversaire redoutable. Enfin, au moins, Delilah avait réussi à s'enfuir. Du moins, c'est ce qu'il pensait.

Le fusil dans le dos, Samson avait été poussé vers la clairière, à temps pour la voir s'engouffrer dans la grange, un second homme aux trousses.

Et maintenant...

— Avance.

Une poussée avec le canon du fusil suffit à remettre Samson en marche. Vers la grange. Et pendant tout ce temps, il se demandait une chose.

Où diable était passé Harry ?

Avec un peu de chance, il les observait d'un endroit sûr, et il appelait les renforts. Mais Samson soupçonnait que ce n'était pas le cas. Les deux hommes s'étaient cachés pour les attendre. En réalité, la situation ressemblait fort à un traquenard, déclenché par un texto envoyé d'un endroit où il n'y avait pas de réseau.

Déclenché par Harry Furness.

Furieux de s'être laissé piéger et d'autant plus qu'il avait entraîné Delilah dans ce guêpier, Samson entra dans l'obscurité de la grange. Et ce qu'il vit lui fit craindre pour leur vie à tous les deux.

Des enclos devant un poste de travail rudimentaire, un sol constellé de taches sombres. Sur la gauche, un mur d'un blanc sale qui montait presque jusqu'à la jonction avec le toit, et dans lequel s'ouvrait une large porte. À l'aspect industriel. Une grande chambre froide, d'après le bourdonnement qui en émanait.

C'était une installation professionnelle. Trop professionnelle pour que quiconque soit autorisé à y fourrer son nez.

Un bruit de pas retentit dans l'obscurité derrière la porte ménagée dans le mur du fond, et deux silhouettes apparurent. Delilah, les yeux écarquillés par la panique, était poussée dans la pièce, une main plaquée sur sa bouche, un couteau pressé sous sa gorge.

L'homme n'était pas si grand que ça, mais il était fort comme un taureau. Quand il l'avait saisie par-derrière, elle avait essayé de se débattre, mais la main qui lui couvrait la bouche était attachée à un bras gros comme une cuisse. Lui enfonçant vainement ses doigts dans les muscles, Delilah avait réussi à lui flanquer quelques coups de pied vicieux dans les tibias, mais elle avait abandonné la lutte quand elle avait senti la pointe de métal froid percer la peau sous son menton.

Le couteau étant encore trop proche de sa gorge à son goût, elle se laissa à moitié pousser, à moitié tirer hors du noir et ramener dans la salle principale, où un second homme attendait, un fusil braqué sur Samson. Même avec la cagoule qui lui masquait le visage, il ressemblait étrangement à Manfri, le Gipsy. Il n'y avait pas de jeu de séduction, à présent – l'homme n'était que menace.

Respirant péniblement, Delilah sentit la panique l'envahir. Elle ferma les yeux. Essaya de se calmer. De ne pas penser au pauvre Harry…

L'homme au fusil émit un murmure guttural et elle fut relâchée, la main libéra sa bouche, le couteau disparut de son cou. Elle rouvrit les yeux.

— Ça va aller.

Samson était à côté d'elle et lui murmurait des paroles rassurantes dans une situation qui ne l'était pas du tout.

Mais il ne venait pas de tomber sur le cadavre de leur ami, lui.

Des lunettes à vision nocturne. Si l'installation de l'abattoir n'avait pas suffi à convaincre Samson qu'ils avaient affaire aux hommes responsables des vols de moutons, le dispositif qui couronnait la tête de l'homme qui s'était saisi de Delilah y serait parvenu.

Ce qui prouvait à quel point le gang était organisé. Et dans quel chaos il avait entraîné Delilah. Et il ne pouvait s'empêcher de remarquer que le plus grand des deux hommes ressemblait de façon frappante au Gipsy qu'ils avaient rencontré deux jours plus tôt.

— Videz vos poches, ordonna le plus petit des deux hommes, le râblé, au regard farouche derrière sa cagoule. Laissez tout tomber par terre.

Samson sortit prudemment son mobile et son porte-feuille, évitant tout mouvement brusque susceptible d'être mal interprété. Il vit Delilah faire de même, son téléphone et ses clés de voiture claquant sur le sol de béton maculé de taches.

— Ça aussi, fit l'homme en indiquant le poignet de Delilah.

La montre connectée n'avait pas échappé à son attention.

Elle la lâcha par terre. Puis le talon d'une botte s'écrasa sur les deux appareils et sa montre, qui furent envoyés d'un coup de pied glisser sur le sol, et dispa-rurent par les doubles portes, dans la clairière.

— Toi !

Le plus grand des deux types fit signe à Samson avec son fusil et lui indiqua d'un mouvement de tête la large porte blanche sur la gauche.

— Ouvre-la.

Samson souleva le levier et ouvrit la porte. Il fut accueilli par un souffle d'air glacé. Une chambre froide, comme il le soupçonnait.

— À l'intérieur. Tous les deux.

Le fusil se braqua sur Delilah, esquissa un mouvement impatient en direction de la porte.

— Allez, et que ça saute !

— Et l'autre ? demanda le plus petit, la tête tournée vers la porte sombre qui menait vers le fond de la grange.

— Pas besoin, répondit le premier, et un rire retentit derrière la cagoule. Il a joué son rôle. Il n'ira plus nulle part.

Le froid qui coulait par la porte ouverte fit écho au froid qui s'emparait de Samson. Il y avait quelqu'un dans l'autre pièce. Mort. Il jeta un coup d'œil à Delilah, lut la détresse dans ses yeux, le léger hochement de tête alors qu'elle articulait quelque chose à son intention.

Harry.

Samson la regarda fixement. Pensant s'être trompé. Puis il vit une larme rouler sur sa joue.

Harry Furness – c'était lui qui était dans la pièce à côté. Mort.

Et ils étaient sur le point d'entrer dans une chambre froide.

Ce n'était pas une mesure de rétention temporaire, pour laisser le temps aux voleurs de s'enfuir ; la pièce aux murs blancs, en face de Samson, était une solution définitive. Ils n'en ressortiraient pas. Pas vivants.

— Allez !

L'ordre du grand balèze fut accompagné par une rotation du fusil qui vint se poser sur la poitrine de Delilah, comme s'il avait senti que Samson était pris de l'envie croissante de résister.

— Entrez là-dedans.

Delilah émit un hoquet, réprima un cri, les traits crispés par la terreur. Samson tendit la main, prit sa paume toute chaude dans la sienne et la conduisit dans la chambre froide. S'ils devaient mourir, au moins, ce serait ensemble.

29

Ce samedi-là, en fin d'après-midi, un léger crachin tombait sur Bruncliffe. Le ciel s'assombrissait tranquillement. Ida Capstick rentrait chez elle après une longue journée de ménage. Elle pédalait sur la place du marché quand une voiture de sport, grise, profilée comme un requin, s'arrêta brusquement devant elle dans un ronflement de moteur.

Ida n'était pas du genre à jurer. Mais quand elle s'arc-bouta sur ses freins, ses roues dérapèrent sur les pavés humides et elle étouffa une imprécation.

— Maudits touristes !

La portière de la voiture s'ouvrit, côté conducteur, et Ida s'apprêtait à invectiver l'*offcumden* quand une femme élégamment vêtue en descendit. Pas une touriste. Pas l'occupante d'une résidence secondaire. Une concitoyenne.

Ruth Knowles, la directrice administrative du marché aux enchères, et l'épouse du plus jeune des Knowles de Mire End. Elle était d'aussi méchante humeur qu'Ida.

— J'essaie de mettre la main sur Samson O'Brien, dit-elle en s'approchant. Vous ne savez pas où je pourrais le trouver, par hasard ?

Ida n'avait pas besoin d'entendre le ton de sa voix pour savoir que la femme n'appréciait pas le jeune

O'Brien. Il n'en fallait pas davantage pour lui hérisser le poil. Elle connaissait le gamin depuis qu'il était tout petit et savait mieux que tout le monde que c'était une belle âme. Si seulement la ville voulait bien lui offrir une nouvelle chance…

— Aucune idée, lâcha-t-elle, les mots enrobés de givre franchissant ses lèvres pincées. Z'avez essayé de l'appeler ?

— Plusieurs fois. On devait se retrouver au marché, mais je l'ai attendu plus d'une heure et il n'est jamais venu. Il ne répond pas non plus au téléphone.

Ruth soupira, secoua la tête comme pour dire qu'il ne fallait pas s'attendre à autre chose de la part du paria de Bruncliffe. Puis ses épaules s'affaissèrent.

— Quelle affreuse semaine !

Ida haussa les épaules, un peu radoucie. Elle était au courant des récents événements et de l'impact qu'ils avaient sur leur communauté.

— Essayez Delilah, dit-elle. Elle saura bien où il est.

Mais Ruth secoua de nouveau la tête.

— Déjà fait. Elle ne répond pas non plus. D'ailleurs, elle doit être avec lui. Ils devaient venir tous les deux, parce que Delilah voulait accéder aux ordinateurs.

— Ils sont sur une affaire ?

Ida n'attendait pas vraiment de réponse, sachant que les rumeurs avaient vite fait de circuler en ville et que Ruth Knowles n'était pas du genre à les alimenter. Mais après une brève réflexion, la directrice administrative se pencha vers elle et dit, tout bas :

— Ils enquêtent sur la mort de Ron Watson.

La mort. Ida fronça les sourcils. C'est un mot qui

collait aux basques du jeune Samson. Et voilà-t-il pas qu'il menait, avec Delilah, une enquête au cours de laquelle ils avaient raté un rendez-vous et ne décrochaient pas le téléphone.

— Bref. Pardon de vous avoir dérangée, continua Ruth. Je vous laisse rentrer chez vous avant que vous soyez trempée.

Ida Capstick regarda Ruth remonter en voiture et s'éloigner. Puis elle fit demi-tour sur son vélo en direction de Back Street. Elle ne savait pas du tout à quoi lui servirait d'aller à l'Agence de Rencontre des Vallons, comme disait Delilah. Mais peut-être que ça calmerait un peu l'inquiétude que Ruth Knowles avait déclenchée en elle.

Au début, ils ne ressentirent pas le froid. Ils étaient trop paralysés par la peur. Une peur qui leur brûlait la peau et leur retournait l'estomac, qui poussait Samson à faire les cent pas dans leur prison et Delilah à tambouriner sur la porte, exigeant qu'on les libère.

— Laissez-nous sortir ! criait-elle en donnant des coups de pied dans le métal, frappant des deux poings la surface glacée. Laissez-nous sortir !

Mais elle ne faisait que se défouler sur la matérialisation de leur captivité et savait que c'était inutile. Les hommes – les Gipsys – n'allaient pas céder. Elle avait déjà constaté jusqu'où ils étaient prêts à aller.

Le cadavre au fond de la grange.

Harry. Son ami.

Elle le connaissait depuis toujours, et voilà qu'il était mort. Manfri et son frère l'avaient assassiné. Cette pensée terrible fut bientôt suivie par une autre – Harry Furness était impliqué dans toute l'affaire. La caméra défaillante, les traceurs dans les bolus, les vols de moutons. Et jusque dans la mort de Ron Watson. Enfin, il avait attiré Samson et Delilah vers l'abattoir clandestin, se rendant coupable de la situation désespérée dans laquelle ils se trouvaient maintenant.

Aussi soudainement que son instinct combatif avait surgi, il s'évanouit, et ses mains glissèrent sur le panneau tandis qu'elle s'effondrait sur le sol en ciment, assommée par l'ampleur de la trahison.

Alors seulement, elle sentit le froid.

Pendant que Delilah cognait sur la porte et interpellait leurs ravisseurs, Samson arpentait la pièce et en scrutait les moindres recoins. Pour une chambre froide, elle était grande. Au moins quatre mètres sur quatre. Le mur de droite disparaissait derrière des étagères en métal où étaient posées quelques boîtes en carton, et sur la gauche, des crochets sinistres pendouillaient à des rails qui couraient au plafond. Sous leurs pieds, le sol était sale, maculé de taches.

Il leva la tête. Au plafond, d'autres panneaux blancs, comme ceux des murs, lisses et isothermes, faits pour conserver le froid. Et empêcher quiconque de sortir. Deux tubes fluorescents y étaient fixés, encore allumés, par bonheur. Leur lumière crue soulignait les angles et faisait miroiter les extrémités incurvées des crochets à viande vides, accentuant la sensation de froid. Finalement, la porte. La poignée intérieure avait été retirée.

C'était bien trouvé, comme prison. Il n'y avait aucun moyen de s'en échapper. Les murs étaient insonorisés et la grange étant perdue dans la forêt, les chances que quelqu'un entende leurs cris de détresse étaient infimes. À cela s'ajoutaient deux menaces mortelles qui pesaient sur les captifs : le froid et l'asphyxie.

Leurs chances de survie étaient minces.

Au moment où Samson parvenait à cette sinistre conclusion, Delilah cessa de crier et s'affaissa par terre.

— Harry, murmura-t-elle. Il nous a trahis. Et les Gipsys l'ont tué.

Elle commençait déjà à grelotter, le froid s'insinuant dans les couches de ses vêtements.

En un clin d'œil, il fut près d'elle, la prit par les bras et la releva.

— Ne pense pas à ça. Pas maintenant. Il faut qu'on mette toute notre énergie à sortir d'ici et pour ça, il ne faut pas qu'on se refroidisse.

Il posa la main sur le visage de Delilah. Il était déjà tout froid, autant à cause du choc que de la température glaciale de la pièce.

— Et comment exactement allons-nous nous y prendre ? demanda-t-elle d'une voix brisée.

Samson n'avait pas de réponse à lui offrir. Il l'entoura de ses bras, l'attira contre lui. Et les lumières s'éteignirent.

Ida laissa son vélo dans la cour, entra dans le bâtiment par la porte de derrière et traversa la petite cuisine du rez-de-chaussée désormais reconvertie en lingerie pour Samson. Elle remarqua au passage la pile de linge

436

plié dans le panier sur le comptoir – rien d'inquiétant. Elle prit le couloir qui menait au bureau du détective et jeta un coup d'œil par la porte.

Une table couverte de papiers, un ordinateur ouvert. Comme quand elle était arrivée plus tôt, le matin, pour faire le ménage. Elle se dirigea donc vers l'escalier et gagna le bureau de Delilah. C'est là qu'elle trouva son premier indice. En faisant le tour de la pièce, elle vit avec étonnement la lumière bleue de l'ordinateur briller dans la pénombre de la fin de journée.

Ida ne savait plus très bien depuis quand elle faisait le ménage pour Delilah – au moins trois ans, quand la jeune femme et ce bon à rien de fils Taylor avaient acheté l'immeuble de bureau et que leur société de conception de sites cassait la baraque. Neil Taylor, à qui l'argent brûlait les doigts, avait décrété qu'ils avaient besoin d'une femme de ménage, et on avait envoyé chercher Ida.

Oui, trois ans, au bas mot. Et pendant tout ce temps, jamais elle n'avait vu Delilah laisser son ordinateur allumé. Pas une seule fois.

Espérant trouver un autre indice qui l'aiderait à localiser le duo de détectives, la femme de ménage se risqua à appuyer sur une touche, et l'écran s'anima. Une photo de Delilah en train de rire, les bras autour de Calimero, et une case qui réclamait un mot de passe. Ida recula comme si un serpent l'avait mordue.

Les mots de passe. Voilà qui la dépassait. Elle jeta un dernier regard à la pièce avant de retourner sur le palier puis dans la cuisine. Elle commença par poser la main sur la bouilloire. Froide. Un sachet de thé dans l'évier. Deuxième anomalie. Delilah rangeait toujours derrière elle. Quand le gars Taylor avait décanillé, faire le ménage des bureaux était devenu un vrai plaisir. Plus de nourriture par terre. Plus de traces de pas boueuses sur les marches d'escalier. Sans parler de la cerise sur le gâteau : la salle de bains… Donc le sachet de thé n'était pas normal. D'autant que Delilah faisait encore plus attention depuis l'année passée, quand Ida avait insisté pour baisser ses gages, consciente que sa patronne avait des problèmes de trésorerie et terrifiée à l'idée qu'elle veuille se débarrasser d'elle. Le bref passage dans la maison de Back Street était devenu le temps fort de sa journée, surtout le moment où Samson O'Brien arrivait et qu'ils prenaient ensemble leur petit thé du matin, moment qu'elle attendait avec impatience dès qu'elle ouvrait les yeux en se réveillant.

Réfléchissant à ses découvertes, Ida redescendit l'escalier. Elle passait devant le bureau de Samson quand quelque chose lui attira l'œil. Depuis l'endroit où elle se tenait, à l'entrée de la pièce, elle apercevait quelque chose derrière l'ordinateur allumé. Elle gagna le bureau. C'est là qu'apparut le troisième indice – peut-être le plus important des trois.

Un mug de thé, encore à moitié plein, abandonné.

Les connaissances en informatique d'Ida étaient peut-être limitées, mais quand il s'agissait de thé, elle était imbattable. Elle prit la tasse, posa la paume de la main sur la céramique, évalua la température. Froide. Comme la bouilloire.

À la manière d'un grand œnologue, elle fit tourner

le liquide en inspirant profondément. Un breuvage fort. Et cette couleur – hmm, beaucoup de lait.

Malgré sa présence dans le bureau de Samson, Ida sut que ce thé était celui de Delilah, un vrai thé à la mode bruncliffienne. Et pourtant, il avait été abandonné sur le bureau de Samson. Pas du tout le genre de Delilah Metcalfe, aussi méticuleuse qu'on peut l'être. Qu'est-ce que cela pouvait bien vouloir dire ?

Un départ précipité ?

Samson et Delilah devaient travailler dans leurs bureaux respectifs quand quelque chose avait poussé Delilah à descendre au rez-de-chaussée, avec la tasse qu'elle venait de se préparer – d'où le sachet de thé dans l'évier. Puis il s'était produit un deuxième événement qui leur avait fait quitter les lieux précipitamment. Assez précipitamment pour qu'ils laissent leurs ordinateurs allumés, une tasse de thé à moitié bue, et qu'ils oublient d'appeler Mme Knowles pour annuler leur rendez-vous.

Ou qu'ils soient dans l'impossibilité de le faire… ?

Quand Ida Capstick ressortit dans le soir, sous une pluie à présent soutenue, la pointe d'inquiétude qu'elle ressentait un peu plus tôt s'était muée en un véritable malaise. Mais que faire ? Elle n'avait rien trouvé qui indique que Samson et Delilah avaient des ennuis, et Ida n'était pas du genre à crier au loup. Elle allait donc rentrer chez elle.

Un bruit de voix passant par la vitre entrouverte tira Calimero d'un rêve agité – on l'avait abandonné sur une immense plage au beau milieu d'une tempête.

Il était sur la banquette arrière de la voiture, la pluie tambourinant sur le toit, la lumière du jour enfuie. Il avait froid, il avait faim et il avait peur. Un mélange très instable chez un braque de Weimar.

Les voix se rapprochaient. Il pointa une oreille et capta le grondement d'une conversation. Deux hommes. Il ne les connaissait pas.

— Tu prends la voiture, je te suis avec le van. On se retrouve au camion et on se fait un feu de joie.

— Et les moutons ?

— Ça ne presse pas. On a tout le temps devant nous maintenant que ces deux-là sont neutralisés.

— T'as raison. On se retrouve au camion.

Des pas traversèrent la terre détrempée, puis une main s'abattit sur la portière, prête à l'ouvrir.

Calimero sauta de la banquette arrière vers les sièges avant en un millième de seconde, aboyant vigoureusement, tous crocs dehors et babines retroussées. Il ne pouvait pas mieux faire pour se donner un air féroce, mais son cœur battait à tout rompre, agressivité et peur mêlées. À travers les vitres ruisselantes de pluie, il vit un homme bondir en arrière et tomber à la renverse dans l'herbe.

— Bordel !

Le second homme, le plus grand des deux, accourut près de la voiture et braqua une torche sur Calimero qui se faisait aussi grand que possible, les pattes avant appuyées sur la portière, le volant enfoncé dans les côtes.

— On fait quoi ? On lui file un coup de fusil ? demanda le plus petit des deux individus.

Calimero continuait d'aboyer à pleins poumons, la truffe collée à l'interstice de la fenêtre, farouchement déterminé à protéger la voiture.

— Pas possible. Quelqu'un entendrait.

— C'est les putains d'aboiements de ce corniaud qu'ils vont entendre si on le fait pas taire.

— Je vais te dire, je le distrais et toi, tu fais le tour.

— Et ensuite ?

— Prends ton couteau.

Les mots n'avaient aucun sens pour Calimero. Il remarqua seulement que le petit homme se relevait tandis que le grand tapait sur le carreau, ce qui le rendit absolument fou. Grognements, aboiements, assauts sur la portière. Il ne vit pas l'homme faire le tour de la voiture par l'arrière.

Mais c'était un chien. Doté d'une ouïe que les humains ne pouvaient pas même imaginer. En dépit du vacarme qu'il faisait, il entendit que l'on actionnait la poignée de la portière, et en un prompt mouvement – admirable, vu la taille de la bête, et celle de la Micra –, le braque pivota sur lui-même et bondit sur la portière côté passager au moment précis où l'homme allait l'ouvrir.

Il se produisit deux choses.

L'homme fit un bond en arrière, de peur. Et les pattes avant de Calimero heurtèrent le panneau avec tant de force que la fenêtre défaillante chuta dans un bruit sourd.

Calimero jaillit alors du véhicule et visa l'homme. Qui courait à toutes jambes dans l'herbe humide en

direction du van garé près du mur, et criait à son aco-
lyte d'ouvrir les portières.

Il y eut un déclic de serrures qu'on débloquait,
puis le petit homme plongea se mettre à l'abri dans le
véhicule, claquant la portière au moment où Calimero
l'atteignait.

Le chien haleta contre le carreau, frustré, effrayé,
enragé, aboyant furieusement à la face qui le regardait
derrière la vitre.

Une deuxième portière claqua. L'autre personnage
venait de rejoindre son ami, puis le moteur rugit et
deux phares trouèrent la nuit. Calimero en connaissait
suffisamment sur les voitures pour savoir qu'il devait
vite s'en écarter, et le van fit un rapide demi-tour avant
de filer cahin-caha sur l'herbe, jusqu'au chemin. Il
continua un moment de les engueuler de loin. Mais
pas longtemps. Il était trop inquiet. Tandis que le van
disparaissait sous le tunnel de la voie ferrée, il se tut
et se tourna vers la voiture vide.

Où était-elle ? Sa maîtresse ?

La truffe collée au sol détrempé, Calimero tâcha de
trouver une odeur susceptible de l'amener jusqu'à elle.

Dire qu'ils gelaient était un euphémisme. Dans leur
prison plongée dans le noir complet, Delilah se tenait
les bras croisés, les mains enfoncées dans ses manches,
en s'efforçant d'ignorer la morsure du froid sur son
visage malgré la capuche qu'elle avait relevée sur sa
tête. Bizarrement, l'obscurité ne semblait qu'aggraver
la situation. Le froid était un assassin qui vous poi-
gnardait dans le noir.

Du côté opposé de la chambre froide lui parvint un bruit de déchirure.

— Qu'est-ce que tu fabriques ? demanda Delilah, ses lèvres engourdies ralentissant son élocution.

Elle se demanda distraitement si elle s'était déjà trouvée dans un endroit aussi sombre. Même la nuit, même plongées dans un hiver nébuleux, les collines offraient quelques nuances de noir. Ici, les ténèbres étaient monochromes. Une masse de néant. Ils allaient mourir dans un vide intersidéral glacé.

— Il faut qu'on se protège du froid, vint la réponse soufflée dans un claquement de dents.

Elle réprima un ricanement. Samson ne faisait qu'énoncer une évidence.

Encore un bruit de déchirure, puis des pas qui s'approchaient d'elle, raclant à tâtons le sol de ciment, et une main lui attrapa le bras.

— Enlève ton manteau.

— Arrête tes conneries, hoqueta Delilah, le souffle glacé.

— Ne discute pas.

Elle entendit un bruit de fermeture éclair. Il enlevait sa parka. Elle se mit à batailler avec les boutons de son duffle-coat, maladroitement, les doigts gourds, et l'ôta, consciente de la maigre chaleur qui s'échappait d'elle.

— Retourne-toi.

Il lui appuya quelque chose contre le dos. Du carton, expliqua-t-il, celui des boîtes vides sur les étagères. Ça servirait d'isolant. Il l'aida à remettre son manteau puis lui tendit un autre morceau.

— Pour le devant. Celui-là, je te laisse le mettre.

Même dans le noir, même dans leur situation délicate, elle savait qu'il souriait.

Les deux bouts de carton en place, elle reboutonna son duffle-coat puis aida Samson à ajouter la protection improvisée sous sa parka.

Elle se retint de lui demander à quoi tout cela pourrait bien servir. D'évidence, ils ne faisaient que retarder l'inévitable.

— Il nous reste combien de temps, tu crois ? demanda-t-elle tandis que Samson remontait sa fermeture éclair.

Dans le noir d'encre monta une réponse franche.

— Six heures. Peut-être un peu plus si on arrive à résister à l'envie de s'allonger.

Six heures. Delilah réfléchit à sa vie. Pas qu'au passé, à tous les instants qui s'étendaient devant elle et qu'elle ne vivrait probablement jamais. Elle sentit planer le désespoir. Songea combien il serait plus facile de simplement baisser les bras.

— Essayons de bouger un peu, proposa Samson. Sans brûler trop d'énergie. On ne peut pas se permettre de consommer trop d'oxygène.

Il lui prit la main et ensemble, ils se mirent à faire le tour du périmètre de leur cercueil de glace.

30

Calimero était un excellent, un redoutable limier. Normalement. La tête tendue devant lui, la truffe au sol, il s'éloigna de la voiture et s'engagea dans l'étendue noire du champ, saisissant son odeur. Qu'il reperdit. Ce qui le fit s'arrêter et tourner en rond avant de repartir.

C'était la pluie. Elle tombait dru, à présent, et formait des mares, masquant les odeurs qui imprégnaient la terre. Il fit une pause, colla sa truffe plus près du sol, se tourna d'un côté, puis de l'autre, l'herbe humide lui chatouillant le nez.

Là ! Une odeur discrète. Il avança, conscient que le terrain changeait de nature, que les champs cédaient la place aux arbres. Le sol n'était plus aussi détrempé à cet endroit. Enhardi par ses progrès, il se mit à trotter. Sans faire vraiment attention à son environnement. Pas avant de marquer un nouvel arrêt. Cette fois, quand il voulut regarder autour de lui, il eut du mal à distinguer quoi que ce soit. Il était cerné par des troncs épais. Des branches au-dessus de sa tête. La lumière de la lune était éteinte par les nuages.

Calimero était un fameux chien de chasse. Mais il était nul dans le noir. Surtout s'il était tout seul. Un petit gémissement d'angoisse se coinça dans sa gorge.

Puis il pensa à elle. À sa douce main sur sa tête. À ses jambes, sur lesquelles il s'appuyait. Aux biscuits pour chien qu'elle semblait sortir de nulle part... Il devait la retrouver.

Luttant contre le désespoir qui lui serrait le poitrail, Calimero repartit, la truffe au ras du sol, s'enfonçant plus profondément dans les bois.

Dans le petit cottage situé à l'entrée de Thorpdale, assise à la table de sa cuisine, Ida Capstick chipotait dans son assiette.

Elle n'avait pas d'appétit. Même pour son propre ragoût d'agneau et ses boulettes de pommes de terre. Elle ne pensait qu'au mug de thé froid abandonné sur le bureau de Samson. Et au coup de fil qu'elle avait passé à la police.

Quand elle était arrivée chez elle, trempée comme une soupe, elle n'avait pas pris le temps de se changer. Convaincue qu'il était arrivé quelque chose d'épouvantable à la jeune Metcalfe et au jeune O'Brien, elle avait décidé de braver le ridicule et de demander de l'aide.

Le sergent Clayton venait juste de terminer son service, il était fatigué et bougon. Il lui avait répondu qu'il prenait bonne note de ses craintes mais avait ajouté que connaissant le couple en question, ils étaient probablement en planque quelque part, avaient éteint leurs portables, et qu'il était peut-être un peu prématuré de faire donner la cavalerie. Il n'avait pas tort. Ida avait raccroché, un peu penaude. Pourtant, l'angoisse ne la quittait pas, l'empêchant de savourer son dîner.

À l'inverse de George, son frère. Assis en face

d'elle, il avait fini son repas, couteau et fourchette parfaitement parallèles dans son assiette vide. Il commençait à s'agiter, percevant le malaise de sa sœur, grâce à ses antennes personnelles qui semblaient capter les moindres perturbations de l'atmosphère. Elle se demandait parfois si c'était pour cela qu'il était incapable d'interagir avec les autres de la manière qu'ils attendaient ; parce que ses sens étaient tellement saturés par les émotions des autres que sa seule façon de se protéger était de se fermer comme une huître pour s'isoler.

— Je n'ai pas faim, dit-elle en guise d'explication.

Il ne répondit pas. Il ne savait pas comment se comporter face au mensonge.

Elle soupira. Reposa soigneusement ses couverts, bien alignés. Elle ne voulait pas ajouter à son stress. C'était le signal qu'il attendait pour se lever, la permission qu'elle lui donnait de quitter la table et retourner dans son atelier où il bricolerait ses tracteurs anciens chéris jusqu'à la tombée de la nuit.

Pas ce soir. Sa tête oscilla. Comme s'il réfléchissait à quelque chose. Puis il lâcha quelques mots :

— Tu as des soucis.

Il la regardait en clignant des yeux au ralenti, comme s'il ne pouvait appréhender le vaste monde que par petits bouts.

— Oui, répondit Ida.

Et elle se surprit à partager avec George l'inquiétude qui la tenaillait.

Elle lui parla plusieurs minutes de Samson et Delilah, du bureau, des ordinateurs allumés, du mug

447

de thé et du rendez-vous raté avec Mme Knowles. Elle lui raconta aussi le coup de fil humiliant qu'elle avait passé à la police. Puis elle se tut, ignorant comment son frère allait réagir, avec sa façon si particulière de voir le monde.

Elle ne s'attendait sûrement pas à le voir se relever d'un bond et montrer la porte.

— Moteur Perkins diesel trois cylindres deux point quatre tu dois y aller, dit-il, parsemant son intervention de données sur les tracteurs débitées d'une traite et sans ponctuation, égrenant un chapelet personnel, comme chaque fois qu'il était stressé. Voir la police.

Se sentant coupable d'avoir partagé ses inquiétudes avec son frère si facilement déstabilisé, Ida jeta un œil par la fenêtre. L'obscurité qui tombait sur Thorpdale ne rendait pas particulièrement attrayante l'idée de retourner en ville à vélo. Il avait cessé de pleuvoir, mais ses vêtements venaient tout juste de sécher. Pourtant, George devait avoir raison. Peut-être qu'une visite en chair et en os au poste de police l'aiderait à apaiser son esprit et les persuaderait de la prendre au sérieux.

— Tu peux sortir mon vélo de l'abri pendant que je me change ? demanda-t-elle, se levant de table.

Mais George avait une autre idée. Il sourit, excité à présent, sautillant d'un pied sur l'autre.

— Continental deux litres essence on peut prendre le Little Grey Fergie.

Et c'est ainsi que, dix minutes plus tard, Ida Capstick se retrouva assise derrière son frère sur un tracteur Massey Ferguson TE20, roulant dans la nuit vers les lumières de Bruncliffe qui brillaient au loin.

Ils commençaient à fatiguer. Laminés par le froid mordant qui transperçait leurs manteaux et s'insinuait dans leurs os, leurs déplacements incessants dans l'obscurité de la chambre froide devenaient de plus en plus pénibles. Et vains.

Personne ne savait qu'ils étaient là. Personne ne viendrait à leur secours.

— On ne pourrait pas s'arrêter ? demanda Delilah, en claquant des dents, les doigts douloureux, le nez gelé.

Tandis qu'ils marchaient péniblement en rond, son bras glissa au creux de celui de Samson, sa manche tirée sur sa main nue, l'autre profondément enfoncée dans sa poche. Elle avait de plus en plus de mal à mettre un pied devant l'autre. Elle commençait à tituber, comme un habitué de la *Toison* après la fermeture.

— S'il te plaît ?

— Si on s'arrête, on aura encore plus froid.

— M'en fiche.

Samson s'arrêta. Elle savait qu'il regardait dans sa direction. Ou qu'il essayait, en tout cas. Puis elle sentit sa main sur sa joue. Elle aurait dû en sentir la chaleur. Mais elle n'éprouva qu'une légère pression sur sa peau gelée.

— Accroche-toi, murmura-t-il, son visage tout près du sien, son souffle sur son front. Je t'en supplie, accroche-toi.

— Mais personne ne viendra…

Elle perçut la fêlure dans sa propre voix, sut qu'elle allait éclater en sanglots et pensa distraitement que ses larmes gèleraient avant de pouvoir couler.

— On n'en sait rien. La vie est pleine de surprises. Elle grogna, il rit. Puis demanda :

— Que pourrais-je dire pour te remettre en marche ?

Et soudainement, elle se dit qu'elle aimerait savoir. Connaître les détails de sa suspension qu'elle était si réticente à entendre jusque-là. Comme si c'était leur dernière chance d'être ensemble et que ce qu'il avait fait importait peu. Samson O'Brien était la personne avec qui elle allait passer ses dernières heures sur terre. Autant qu'elle en sache le plus possible sur lui.

— Raconte-moi ce qui s'est passé, dit-elle. Qu'est-ce qui t'a fait revenir à Bruncliffe ?

Elle cala son bras sous le sien et reprit sa marche. Et il se mit à parler. De sa vie d'avant…

Il tournait en rond dans le noir d'encre des bois, trouvait la piste pour mieux la reperdre, la pluie tombant toujours, son estomac criant famine.

Calimero commençait à désespérer.

Il geignait doucement. Il était trempé et il avait froid. Il voulait se réchauffer, il voulait être au sec, la tête posée sur un giron accueillant, sa maîtresse lui gratouillant les oreilles. Le geignement monta en intensité, se fit gémissement. La truffe collée à la terre du sous-bois détrempé, il continuait d'avancer sans jamais cesser de gémir. Et cette fois, il capta une senteur plus forte qui l'entraîna hors des bois, à travers une étendue herbeuse mouillée, en direction de…

Il pila devant la grande maison qui surgissait devant lui dans la nuit noire. Des vieilles pierres, devant son nez. Et une odeur d'animaux. Morts. Le chasseur qui était en lui l'identifia. Et même un peu trop, car elle chassa celle plus ténue qu'il avait patiemment cherchée dans les bois. Dérouté, il flaira la base du mur qui lui faisait face et longea celui-ci vers sa gauche, suivant la nouvelle piste. Elle l'emmena au bout du bâtiment, où elle se fit plus intense que jamais, et il tourna vers la droite, au coin de la bâtisse, espérant retrouver la trace de la personne qu'il cherchait.

Mais il ne sentait que l'odeur du sang.

Il s'éloigna légèrement de l'édifice, s'avança dans la clairière, mais son odorat était saturé de l'odeur métallique de la mort. Puis il posa la patte sur quelque chose.

Un objet dur, froid, invisible dans le noir. Pourtant, Calimero n'avait pas besoin de le voir. Il n'avait pas besoin de savoir ce que c'était. Tout ce qui l'intéressait, c'était que quand il avait marché dessus, la chose avait libéré une très forte senteur. La sienne, à elle. C'était la piste la plus sérieuse qu'il ait relevée jusque-là.

Il tourna rapidement la tête d'un côté et de l'autre, dans l'espoir de la voir malgré l'obscurité. Les formes indéfinies des arbres et l'ombre plus marquée du bâtiment, c'était tout ce qu'il arrivait à distinguer. Dégoûté, il baissa la truffe et flaira. Pas de doute, c'était elle et... autre chose, dans l'herbe, de la même taille à peu près, mais dégageant une odeur plus forte. Lui ! Les deux. Là, par là. Quelque part.

Calimero releva la tête et poussa un aboiement.

Puis il s'assit sur son arrière-train. Il ne ferait pas un pas de plus. De crainte de perdre cette piste au milieu des effluves de mort, plus fortes, et de ne plus jamais la retrouver. Angoissé et impuissant, il laissa échapper un nouveau gémissement. Cette fois-ci, il le laissa monter en puissance, la tête bien en arrière, la gorge tendue, un long ululement qui rebondit sur les murs du bâtiment derrière lui, emplissant les ténèbres.

Elle était hypnotisée. Il ne pouvait pas la voir, mais Samson savait que Delilah buvait ses paroles alors qu'il lui racontait sa vie d'agent infiltré. Leurs deux têtes toutes proches, capuche contre capuche, elle l'écoutait en silence tandis qu'ils arpentaient la chambre froide plongée dans le noir. Les lèvres engourdies, il luttait pour former ses mots, trébuchant sur les sons, zozotant sur des phrases, mais cela ne faisait qu'ajouter à l'intensité du récit.

Il avait démantelé des cartels de drogue. Infiltré des gangs criminels. Passé des semaines à planquer pour des opérations de blanchiment d'argent… Samson avait conscience que le récit de sa vie passée à l'Agence nationale de lutte contre le crime ne suffirait pas à l'empêcher de ressentir le froid qui allait la tuer. Mais pendant ce temps, elle pensait à autre chose.

— Et après ? Que s'est-il passé ? demanda-t-elle lorsqu'il se tut.

— Après, tout est parti en eau de boudin.

Il prit une profonde inspiration et l'air glacé lui brûla les poumons. Il était fatigué de réfléchir à la façon de présenter les choses et en même temps désireux de s'expliquer maintenant qu'elle lui avait donné une chance de rétablir la vérité. Mais son cerveau était ralenti, comme ses gestes, ses pensées trop apathiques pour s'organiser. Alors il se contenta de parler.

— J'étais en solo sur une affaire, en tant qu'agent infiltré dans un gang qui importait de la drogue d'Europe de l'Est. J'ai eu vent de la date d'une importante livraison et je m'apprêtais à tout exposer au grand jour quand tout à coup le boss m'a fait appeler et ordonné de quitter Londres d'urgence. Ma vie aurait été menacée.

— Par le gang ?

Samson repensa aux hommes qui l'attendaient devant son appartement londonien et lui avaient fait passer un message à coups de poing et de botte.

— Paradoxalement, non. L'inspecteur principal Warren n'avait pas toutes les cartes en main, mais il avait appris d'un de ses indics qu'il y avait un contrat sur ma tête. Alors je suis parti. Revenir à Bruncliffe m'a paru être le choix le plus sage.

Delilah s'étrangla de rire, le percuta alors que ses jambes vacillaient, et il regretta de tout son cœur de ne pas être resté à Londres pour affronter ces malfrats. Même au prix de sa vie. Parce qu'au moins, il ne se serait pas retrouvé là, piégé dans ce tombeau de glace, sachant qu'il serait aussi responsable de la mort de Delilah.

— Et après ? Que s'est-il passé ? La suspension…

— Apparemment, il y avait une enquête parallèle, sous couverture aussi, sur la disparition d'héroïne et de cocaïne de la réserve des pièces à conviction. Quelqu'un récupérait la drogue des saisies et la revendait dans les rues par le biais de réseaux criminels. Un indic m'a désigné comme étant lié au trafic. La police a débarqué chez moi, n'a rien trouvé, mais ça n'a pas suffi à me dédouaner. Alors j'ai été suspendu.

Pour le reste… je crois que tu es au courant. Je suis revenu pour me mettre en sécurité, parce que ça aurait bien arrangé les coupables de me rayer définitivement de la carte. Maintenant, je dois attendre que l'enquête officielle, conduite à l'allure d'une tortue, arrive à sa conclusion pour pouvoir retourner bosser. Enfin, conclut-il avec un haussement d'épaules. Comme si ça avait la moindre importance, à présent.

— C'est important pour moi, murmura Delilah.

Elle s'arrêta, le fit se retourner vers elle dans le noir.

— Je suis désolée de ne pas t'avoir cru. J'aurais dû te donner une chance de t'expliquer.

Il ne pouvait pas parler. Ce n'était pas la température glaciale. C'était son cœur. Il battait vite et fort malgré le froid qui, lentement, gelait son corps. Face à la mort, il fut surpris de voir combien l'opinion qu'elle avait de lui comptait.

— Tu veux bien me pardonner ?

Elle n'attendit pas la réponse, avança d'un pas, passa ses bras autour de sa taille et posa sa tête sur sa poitrine.

— Tu as dit qu'il fallait qu'on se tienne chaud, murmura-t-elle dans sa parka, en grelottant.

Et il sut qu'elle rougissait.

Il referma les bras autour d'elle et regretta de ne pas pouvoir la sauver. C'est alors que, du dehors, monta un gémissement haut perché. Un ululement lugubre, débordant d'angoisse et de détresse.

— Calimero ! (Delilah redressa vivement la tête, la voix soudainement enjouée.) C'est Calimero ! Il est là !

Désorientés par l'absence de lumière, ils s'aventurèrent

dans la direction où le hurlement était le plus fort et se mirent à taper sur les murs.

Entre deux gémissements, quand il se taisait, il les entendait. Des coups sourds et répétés, et ce qui ressemblait à des voix. Étouffées. Très faibles. Mais Calimero était un chien à l'ouïe surnaturelle. Il dressa les oreilles, capta l'origine du son, et trotta dans cette direction.

Un bâtiment se dressait devant lui. Un mur de pierre sans ouverture. Pas moyen d'entrer.

De l'autre côté, les cris continuaient. Indistincts. Mais il était sûr que c'était elle. Il aboya. Fort. Et plus fort, en y mettant tout son cœur, pour qu'elle sache qu'il était là. Il la trouverait. D'une manière ou d'une autre.

Il se remit à longer le mur. Il y avait forcément un passage vers l'intérieur. Et il allait le trouver.

Le constable Danny Bradley était épuisé à l'idée des longues heures de garde qui l'attendaient cette nuit-là, au poste, mais le teuf-teuf d'un tracteur entrant dans le parking le ragaillardit instantanément. Il ouvrit la porte d'entrée et regarda le Little Grey très proprement garé à côté de sa voiture de police, et Ida et George Capstick qui en descendaient.

Ils se précipitèrent vers lui, l'air aussi inquiet l'un que l'autre. Ce qui, pour des Capstick, était déjà un exploit vu qu'ils n'étaient pas du genre à s'émotionner pour un rien. Ou à dramatiser.

Et leur arrivée avait été carrément théâtrale.

Danny comprit que la soirée était partie pour être intéressante.

Ils avaient tapé sur le mur jusqu'à ce que leurs mains engourdies les élancent. Et ils avaient été récompensés par un aboiement féroce. Mais ensuite, le silence était retombé.

Vidés de toute énergie, ils s'étaient tus aussi, l'imagination de Delilah s'emballant dans le noir. Qu'était-il arrivé à Calimero ? Les Gipsys étaient-ils toujours dehors ? Avaient-ils éliminé la menace que son magnifique chien représentait ? Parce qu'elle connaissait son braque – il ne l'abandonnerait jamais. Pas à partir du moment où il avait compris qu'elle était ici, à l'intérieur. Donc, s'il s'était tu, il n'y avait qu'une explication…

Pour Delilah, c'était la goutte de trop. Les épaules affaissées, elle tourna le dos au mur et s'y appuya. Elle savait qu'elle n'aurait pas dû, que la surface glacée allait lui voler sa chaleur corporelle à un rythme effrayant. Mais elle était au-delà de ça. Tout ce qu'elle voulait, c'était s'allonger et dormir.

— Allez, dit Samson, à côté d'elle, cherchant son bras. Continuons à marcher.

Il n'essayait même pas de faire comme si tout allait bien à l'extérieur de la grange, comme si Calimero avait sûrement eu une bonne raison de se taire.

— Je ne veux plus marcher.

Delilah entendait les mots dérailler sur ses lèvres engourdies, comme si elle les avalait. Elle était tellement fatiguée, tout à coup.

— Il le faut, insista Samson.

Mais Delilah n'écoutait pas. La main de Samson toujours sur son bras, elle se laissa glisser par terre, s'assit dos au mur, les fesses sur le ciment glacé. Elle renversa la tête en arrière et ferma les yeux.

Elle avait sa dose.

— Désolé, sergent, bredouilla Danny qui se tenait sur le seuil de la maison adossée au collège de Bruncliffe. Je crois que vous devriez entendre ça.

Gavin Clayton, qui n'était pas en service, regardait au-delà de son constable. Le Little Grey Fergie garé dans la rue, sa peinture étincelante sous la lumière d'un réverbère, George Capstick assis au volant et Ida Capstick debout à côté de Danny sur le pas de sa porte.

Danny lui indiqua le tracteur.

— Il n'a pas voulu le laisser au commissariat. Il dit qu'on pourrait le lui abîmer.

Le sergent Clayton prit une bonne inspiration et posa la question dont il avait l'horrible impression de connaître déjà la réponse. Parce qu'il n'y avait pas grand-chose qui puisse extraire les Capstick de leur petit cottage douillet un soir de pluie.

— Cela concernerait-il O'Brien, par le plus grand des hasards ?

Danny hocha la tête. Et son sergent lâcha un soupir. La soirée n'avait pas été des plus reposantes ; il avait été déstabilisé par le coup de fil d'Ida, qu'il avait envoyée promener. Puis il y avait le petit détail de la déposition consécutive au suicide de Pete Ferris que Samson et Delilah étaient censés faire au poste, or ils ne s'étaient pas présentés. Et O'Brien avait peut-être bien des défauts, mais ce n'était pas son genre.

— Allez, entrez, dit le sergent Clayton. Je vais mettre mes chaussures pendant que vous me racontez ce qui se passe.

Calimero avait fait deux fois le tour du bâtiment, et chaque fois il s'était retrouvé à son point de départ, là où l'odeur était la plus forte. Mais il n'arrivait pas à trouver un chemin pour la rejoindre.

Il laissa échapper un petit gémissement. L'angoisse étreignait son large poitrail. Que faire ?

Il s'assit devant la porte de la grange. Il ne se rendit pas compte tout de suite que la pluie avait cessé, tant il était inquiet. Mais il ne pleuvait plus. Les nuages s'effilochaient, la lune s'y frayait un chemin et la campagne avait pris une teinte anthracite. L'air était plus léger, aussi, une brise s'était levée, venant du nord-ouest et charriant d'autres odeurs jusque-là étouffées par l'humidité. Une en particulier attira l'attention du chien.

Il leva la truffe vers le ciel et huma l'air. Encore et encore. C'était subtil. Mais il l'identifia.

Une odeur de fumée. De saucisses. Et de tabac.

Il se remit sur ses pattes et trotta vers les bois, s'éloignant de la grange. D'une manière ou d'une autre, il savait que c'était sa seule chance de la retrouver.

31

Partant du principe que trois cerveaux valaient
mieux qu'un – surtout quand l'un d'eux était particulièrement performant –, le sergent Clayton insista
pour que Danny aille chercher l'inspecteur-chef Frank
Thistlethwaite, qui avait projeté de passer la soirée en
ville avec son cousin Matty. On les trouva à la *Toison*,
et fort heureusement, ils n'en étaient qu'à leur deuxième
pinte. Quelques mots du constable de Bruncliffe, et
l'inspecteur-chef s'excusa auprès de Matty puis attrapa
son manteau. Mais tandis que Danny se garait devant
le poste de police, à côté d'un petit tracteur gris, Frank
Thistlethwaite continuait de se demander pourquoi on
lui avait gâché sa soirée.

— Bien. Ai-je raison de penser, demanda-t-il en
fronçant ses épais sourcils, lorsqu'il arriva au poste
de police où l'attendait le sergent Clayton, que vous
m'avez arraché à la taverne parce qu'une femme de
ménage s'en fait pour sa patronne ? Et tout ça, à cause
d'une tasse de thé froid ?

— En gros, oui, avoua le sergent. Mais ce n'est pas
n'importe quelle femme de ménage. C'est Ida Capstick.

Il indiqua d'un geste la femme à la mine renfro-
gnée perchée sur une chaise dans un coin, et qui rivait
sur eux un regard peu amène. Près d'elle se tenait un

homme, son frère visiblement, qui semblait très mal à l'aise, son regard dérivant constamment vers le parking, les jambes et les mains animées de soubresauts tandis qu'il récitait ce qui ressemblait à des litanies de statistiques sur les tracteurs.

Aux yeux du détective, aucun de ces deux-là n'avait l'apparence de témoins fiables. Mais il n'était pas de Bruncliffe, alors…

— Autre chose ? demanda-t-il, peu convaincu.

— On pense que c'est en lien avec le décès de Ron Watson.

— C'est Samson O'Brien qu'on cherche ?

— Et Delilah Metcalfe, ajouta Danny Bradley.

Frank fit pivoter sa chaise pour regarder le constable.

— Delilah est avec lui ?

— Oui, c'est ce qu'on pense.

— Je le *sais*, affirma Ida d'une voix forte depuis l'autre bout de la pièce, les bras croisés sur la poitrine. Y sont sur une affaire. Et quèque part, ça a dû tourner vinaigre.

— Bon sang !

L'inspecteur-chef se passa la main dans les cheveux, puis hocha la tête en direction de la cellule de détention provisoire.

— Sortez-le de là. Voyons ce qu'on peut en tirer.

Quelques minutes plus tard, Adam Slater était assis en face de l'inspecteur qui l'avait ramené à Bruncliffe, et du sergent Clayton, le constable Bradley debout à ses côtés. Et sauf erreur, la femme qui le dévisageait depuis la porte n'était autre qu'Ida Capstick. Il ignorait ce que tout cela signifiait, mais il sentait qu'il était dans le pétrin.

Samson n'avait aucune idée de l'heure. Il ne portait pas de montre et celle de Delilah, une toquante high-tech, était actuellement à l'état de pièces détachées, quelque part devant la grange. Cela étant, il n'avait pas besoin d'horloge pour savoir que le temps leur était compté. L'air s'épaississait, exacerbé par la frénésie de leur réaction quand ils avaient entendu Calimero aboyer dehors, et plus ils s'agitaient, plus leur respiration s'accélérait, brûlant davantage d'oxygène et rejetant davantage de gaz carbonique dans l'espace confiné. Ils avaient autant de chances de mourir asphyxiés que congelés.

Déjà il constatait que ses processus de pensée ralentissaient, qu'il était gagné par une léthargie bien plus meurtrière que le froid. Delilah aussi s'épuisait. L'excitation d'avoir entendu Calimero avait brûlé beaucoup de ses réserves et à présent, elle était avachie sur le sol, appuyée contre le mur au lieu de tambouriner dessus.

Dehors, c'était le silence. Pas de gémissement. Rien pour indiquer que le braque était toujours là. Et s'il était là, s'il était encore en vie.

N'y pense pas. Concentre-toi sur ta survie.

Le doux bruit de la respiration de Delilah lui rappela ce qu'il avait à faire. Il s'éloigna d'elle, traversa la pièce à tâtons, pris de gros frissons. Ils n'en avaient plus pour longtemps. Les mains tendues devant lui, il palpa le métal des étagères. Ni chaud ni froid. Il avait les doigts trop gourds pour ressentir quoi que ce soit.

461

Il les fit glisser le long du métal, jusqu'aux dernières boîtes de l'étagère qu'il tira à lui, les mains agrippées au carton. Le déchirer n'allait pas être simple. Pas alors que les engelures s'installaient. Il posa un carton par terre, monta sur l'un des côtés et tira en faisant levier avec son pied. Il eut l'impression de fournir un effort surhumain, avec ses mains qui glissaient sur la surface, lui faisant perdre l'équilibre, l'obligeant à recommencer. Finalement, il tomba à la renverse dans un grand bruit de déchirure, tituba alors qu'un gros morceau se détachait de la boîte. Encore deux fois, et il aurait ce qu'il voulait. Cartons sous le bras, il repartit en sens inverse, jusqu'à ce qu'il atteigne le mur.

Était-ce celui où il avait laissé Delilah ?

Il pensait que oui, mais il ne pouvait pas l'affirmer. Il tâtonna au niveau du sol. Rien qu'un air glacé. Pris de panique, se maudissant de l'avoir laissée toute seule, il longea le mur de gauche aussi vite que possible.

Elle n'était pas là.

Il revint sur ses pas en traînant les pieds, une main sur la paroi, priant d'avoir la chance de…

Il trébucha sur elle, lâchant ses cartons en s'étalant par terre.

— Pardon, murmura-t-il.

Elle ne répondit pas. Il la secoua. Pas de réponse, juste une respiration saccadée. Combien de temps avait-il mis à la rejoindre ? Cinq minutes ? Vingt ? Une heure ?

C'était impossible à dire. Mais il savait qu'elle était en train de lui échapper. Et vite.

Il étendit un morceau de carton sur le sol, un

deuxième qu'il plaqua contre le mur pour créer une couche protectrice, s'assit dessus et attira Delilah à lui, la hissa sur ses cuisses. Il défit sa parka, retira le carton placé dessous et emmitoufla la jeune femme dans sa parka, plaçant l'isolant sur sa poitrine. Sa tête était nichée sous son menton et il l'entoura de ses bras.

Ses mains se retrouvaient exposées, les manches de sa veste trop courtes pour les couvrir. Mais c'était le seul moyen de la garder serrée contre lui, lui donnant le plus de chaleur corporelle possible. Avec de la chance, cela suffirait à la sauver. Même s'il savait que personne ne viendrait à leur rescousse.

Il l'embrassa sur la tête, les cheveux de la jeune femme caressant ses joues gelées. Puis il ferma les yeux et s'imagina qu'ils étaient dans cette position sur son canapé, dans son petit cottage sur les hauteurs de la ville, les lumières de Bruncliffe brillant sous leurs yeux, Calimero couché sur le tapis devant le feu.

Ses lèvres engourdies bougeaient toutes seules, murmurant trois mots très courts comme si, dans l'obscurité de ce qui serait probablement leur tombeau, Samson avait finalement trouvé le courage de dire à Delilah Metcalfe qu'il l'aimait.

*

— Où sont-ils ? tonna Frank Thistlewaite, en abattant son poing sur la table. Je me fous de ce que tu as fait. Les détails ne m'intéressent pas. Je veux juste les retrouver !

Adam Slater eut un mouvement de recul devant la

fureur du détective. On ne l'avait jamais interrogé de cette manière, avant. Il avait la sensation que l'élégant flic était capable de le tuer, et qu'aucune des trois autres personnes présentes dans la pièce ne l'en empêcherait.

— Delilah Metcalfe et Samson O'Brien ! Allez !

Un autre coup de poing fit trembler la table.

— Qui les a enlevés ? Tu vas parler, mon gars, de gré ou de force !

— Je ne sais pas… Comment j'aurais pu… J'étais dans la cellule, bredouilla Adam.

— C'est lié à la mort de Ron Watson, intervint le sergent Clayton, l'air tout aussi menaçant que l'inspecteur-chef. Et on sait que tu es impliqué, d'une manière ou d'une autre.

— Non… Je n'ai pas…

— Épargne ta salive ! Dis-nous seulement où les chercher.

Adam se mordilla la lèvre. La mort de Ron – tant de strates. Beaucoup de danger. Mais il était en danger ici aussi. Ces gars-là ne plaisantaient pas.

— Terminé. On t'a laissé ta chance.

Frank Thistlethwaite se leva, le sergent tendit une main pour l'arrêter, mais l'autre, plus jeune, se dégagea, le regard lançant des éclairs, et passa de l'autre côté de la table.

Adam Slater se mit à parler.

Calimero trouva les deux hommes à la lisière du bois, un grand et un trapu, une cigarette à la main. C'est l'odeur qui l'avait conduit jusqu'à eux. Et à l'arrière-plan, derrière les chevaux et les roulottes, un feu et le délicieux fumet de saucisses grillées.

Il les reconnut. Il aboya donc, faisant sursauter le plus petit des deux hommes qui en lâcha sa cigarette.

— C'est quoi ce bordel ?

Un éclat métallique, à présent dans la main qui avait tenu la cigarette. L'homme s'avança vers l'ombre grise qui s'était matérialisée à découvert.

Le plus grand des deux le retint.

— Du calme, Leon ! Vas-y mollo.

Calimero hésita. Il pensait avoir affaire à des amis. Mais là…

— Salut, mon tout beau !

Une voix plus douce, féminine, s'approchait de lui. Elle lui tendait quelque chose. Calimero ne voyait pas ce que c'était dans la lumière du feu. Mais son estomac vide reconnut l'odeur. *Saucisse.*

Il n'y avait que des amis pour offrir des saucisses. Il trotta vers elle.

Frank Thistlethwaite n'arrivait pas à croire ce qu'il entendait. Un trafic de vol de moutons qui utilisait des traceurs dans des bolus pour localiser et voler des bêtes de premier choix, toutes achetées aux enchères, à Bruncliffe. C'était brillant. Et implacable. Un mort, déjà, et deux disparus, peut-être en danger de mort.

— Et on est censés croire que tu n'as rien à voir avec tout ça ? demanda-t-il.

Adam Slater hocha la tête. Avala la boule qu'il avait dans la gorge. La peur ciselait encore davantage ses traits anguleux.

— Et ton couteau ? On l'a retrouvé sur la scène du crime, couvert de sang, dit le sergent Clayton, également choqué par les révélations. Ça t'ennuierait d'expliquer ?

— On m'a piégé. Rien de mieux qu'un ex-détenu pour porter le chapeau.

— Alors pourquoi n'es-tu pas venu tout nous raconter ?

Le bouvier regarda la table, la gorge serrée.

— J'avais peur. Et j'étais pieds et poings liés, dit-il en relevant les yeux, le regard vide. Quand ils ont compris que j'avais deviné, ils m'ont menacé. Ils ont dit qu'ils pourraient me mouiller jusqu'au cou. Que je serais de retour derrière les barreaux en moins de temps qu'il n'en faut pour le dire. Alors j'ai fait profil bas. J'ai essayé de rester en dehors de tout ça.

— C'est pour ça que tu t'es enfui ?

— Je me suis enfui parce que je savais ce qui était arrivé à Ron, répondit Adam avec une grimace. C'était pas un accident. Je m'entendais pas toujours avec ce vieux salopard, mais il n'aurait jamais été assez bête pour rentrer dans un corral avec des taureaux furieux. Je me suis dit que si les hommes qui étaient derrière tout ça étaient prêts à se débarrasser de lui en plein milieu d'une vente, ils n'hésiteraient pas à organiser un deuxième accident pour moi. Surtout à partir du moment où O'Brien et Delilah Metcalfe ont commencé à fourrer leur nez dans cette affaire et à remuer la boue. Quitter la ville m'a paru la solution la plus sûre.

— Et ton couteau ? Comment l'ont-ils obtenu ? demanda Frank.

— Il était dans mon casier au marché aux enchères. Tout le monde le savait. Je l'utilisais tout le temps, pour plein de trucs.

Frank Thistlethwaite s'adossa sur sa chaise et contempla ses notes posées devant lui. Un nom. Bien connu en ville, d'après le sergent Clayton. Pouvaient-ils se fier à la parole d'Adam Slater, un homme avec un casier judiciaire, pour agir ?

Il pensa à Delilah Metcalfe. Qui était peut-être en danger, quelque part. Cette pensée était suffisamment dérangeante pour le faire se lever.

— C'est l'heure d'une petite visite, dit-il. Vous venez avec moi ?

La question s'adressait au sergent Clayton. Mais à la surprise de Frank Thistlethwaite, le constable Danny Bradley ainsi qu'Ida Capstick faisaient déjà mouvement vers la porte. Ils quittèrent la pièce en file indienne, remettant Adam Slater dans sa cellule au passage, et lorsqu'ils quittèrent le poste en convoi, deux voitures de police et un tracteur vintage, l'expression qu'affichait l'inspecteur-chef fit sourire le sergent.

— C'est Bruncliffe, mon vieux, dit-il. Vous vous y ferez.

Samson déclinait très vite. Il avait essayé de rester conscient, se récitant des paroles de chanson et des passages de la Bible que sa mère lisait les jours de catéchisme. Mais un brouillard gris tombait sur lui, obscurcissait ses pensées, l'entraînait vers un néant béni où ses mains ne le faisaient plus souffrir, où son visage ne le brûlait plus. Où il sentait la chaleur de la femme qu'il tenait dans ses bras.

— Delilah, murmura-t-il, en la secouant doucement.

La tête de la jeune femme retomba sur la poitrine de Samson et le carton qui la protégeait tomba sur le sol. Mais elle ne dit rien. Il tâtonna dans le noir de son bras gourd dans l'espoir d'entendre le frôlement du carton égaré, même si ses doigts ne pouvaient pas le détecter. Sa manche en effleura le coin mais le chassa encore un peu plus loin. Trop loin pour que son corps gelé puisse l'atteindre.

Et soudain, il en eut assez. Il avait essayé de la sauver. À présent, il savait que c'était trop tard. Toute énergie l'avait abandonné.

Il pencha la tête, enfouit son visage dans les cheveux de Delilah et déposa un baiser sur sa joue. Au coin de ses yeux fermés perla une unique larme. Puis ses pensées se mirent à dériver, dans un rêve tourmenté où il se tenait dans la chapelle méthodiste de sa jeunesse, le sergent Clayton assis sur l'un des bancs, vêtu d'une chemise à imprimé léopard tandis que Will Metcalfe, au pupitre, délivrait un sermon sur l'amitié. Près de Samson, Delilah se penchait vers lui et lui chuchotait quelque chose à l'oreille. Il sentait son souffle chaud sur son visage. Puis une lumière divine inonda la scène et une voix dure l'appela de très loin.

— Ils sont morts ?

Une vraie voix. Qui venait du seuil de la chambre froide. Samson ouvrit les yeux, les referma à moitié, ébloui par la lumière des néons blafards qui brillait sur les murs blancs, éclatants. Il plissa les paupières.

Tenta de voir malgré ses yeux qui lui faisaient mal. Il essaya de reconnaître leurs sauveurs.

Cela lui prit une minute ou deux. Des formes floues, l'une imposante, l'autre trapue. L'aboiement d'un chien et une truffe chaude sur son visage. Puis ils furent près de lui et il les reconnut.

Les Gipsys. L'un d'eux armé d'un couteau.

Au-dessus de la ferme Ellershaw, dans un champ proche du chemin, la nuit était tombée sur les moutons de Will Metcalfe. L'occasionnel bêlement d'un agneau troublait le silence, accompagné du ululement spectral d'une chouette qui chassait son dîner. En dehors de ces bruits nocturnes, tout était calme. Même les deux balises qui envoyaient des coordonnées depuis le champ n'étaient pas audibles par un être vivant. Les capter nécessitait une certaine technologie. Comme le téléphone portable que tenait le passager de la bétaillère qui remontait le vallon.

— Tourne ici, murmura l'homme.

Les phares du camion balayèrent la ferme isolée qui apparut après l'intersection. Pas signe de vie dans la maison.

Le passager se fendit d'un sourire. Ça allait être trop facile. Le premier lot de moutons pour le nouvel abattoir. Et rien ne pouvait se mettre en travers de leur chemin.

32

Leon prit Delilah et la porta hors de la grange pendant que Manfri aidait Samson à se remettre debout. Le détective poussa un cri rauque quand il se tint sur ses jambes engourdies et il se serait écroulé si le grand Gipsy n'avait pas passé son épaule sous son bras, le soulevant quasiment de terre. À moitié trébuchant, à moitié traîné, il réussit à traverser la chambre froide jusqu'à la porte ouverte. Puis il laissa le froid derrière lui, inspira l'air chaud. Il était vivant.

— Delilah ? demanda-t-il, la voix cassée.

Elle était allongée sur le sol, et Calimero lui tournait autour. Leon, accroupi près d'elle, lui avait passé son manteau autour des épaules. Il leva les yeux vers Samson.

— Il faut qu'on vous amène aux urgences tous les deux, et qu'on vous trouve des couvertures, dit-il.

— Je vais appeler Kezia. Je vais lui demander de venir avec le camion, dit Manfri tandis que Samson s'appuyait au mur de la grange, pensant que s'il s'asseyait, il ne se relèverait jamais.

— Qu'est-ce qui s'est passé, bon sang ? demanda Leon alors que Manfri s'écartait pour téléphoner.

— C'est une longue histoire, marmonna Samson. Comment vous nous avez trouvés ?

Le Gipsy fit un signe de tête en direction de l'ombre grise qui s'était allongée de tout son long contre Delilah, le plus près possible de son corps, la tête posée sur ses cuisses.

— Le chien. Il a surgi de nulle part à notre campement. On ne savait pas ce qui se passait. Et puis il s'est mis à hurler comme une putain de sirène antiaérienne, fit Leon en secouant la tête et Samson tenta de sourire, mais ses lèvres ne voulaient pas s'incurver. On n'arrivait pas à le faire taire. Et c'est là que Manfri a pigé que le clebs essayait de nous dire quelque chose. On l'a suivi et il nous a conduits ici.

Leon regardait les alentours, contemplant l'horreur de l'endroit, braquant une torche dans les recoins les plus sombres. L'odeur le faisait grimacer.

— C'est quoi, ça ? Une espèce d'abattoir ?

Samson hocha la tête.

— Comment on entre là-dedans ?

— Par la porte pourrie sur l'arrière, dit Manfri qui les rejoignait.

Il eut un rictus de dégoût en jetant un œil par-dessus son épaule en direction de la porte qui menait au fond de la grange.

— Vous saviez qu'il y avait un corps, à l'intérieur ?

Samson hocha de nouveau la tête. C'était plus facile que d'articuler des mots.

— Vous le connaissez ?

Nouveau hochement de tête.

— Merde. Qu'est-ce que c'est que ce bordel ?

— Des moutons volés, répondit Samson.

Dans le lointain, ils entendirent le moteur d'un

camion qui descendait le chemin. C'était un bruit ami. Mais plus réjouissant encore était le gémissement de douleur qui montait du sol.

Delilah Metcalfe reprenait connaissance.

Une bétaillère remplie de moutons. Chargée, et sur la route en un temps record. De l'argent facile. Un court trajet, et le nouvel abattoir serait étrenné. C'était une nuit de boulot à marquer d'une pierre blanche. Les deux détectives éliminés de l'équation. Le détail à régler était définitivement réglé. Et le business repartait de plus belle.

Plus d'accrocs. Plus de problèmes.

En redescendant la piste, laissant derrière eux les contours sombres de la ferme Ellershaw, les voleurs se félicitaient d'un système qui leur avait permis d'accumuler une jolie somme tout au long de l'année. Le passager consulta son téléphone et sourit en voyant le point bleu qui suivait leur déplacement. Il ferma l'appli. Ils n'en avaient plus besoin pour cette mission. Le troupeau avait été pisté à mort. Littéralement.

Ils conduisirent dans la nuit, ignorant l'existence d'un second signal également matérialisé par un point bleu. Encore aurait-il fallu que quelqu'un soit là pour l'observer.

Delilah mit un moment à reprendre tout à fait conscience, assise dans la cabine de la bétaillère, moteur tournant et chauffage en marche. Sa tête bringuebalait d'un côté et de l'autre, comme celle d'une ivrogne.

472

— Il faut l'emmener à l'hôpital, murmura Kezia en couvrant les épaules de Delilah d'une deuxième couverture. Et vous aussi !

Samson n'avait pas l'énergie de lui expliquer pourquoi c'était impossible. Que sa collègue l'étriperait si elle se réveillait dans un lit aux urgences plutôt que n'importe où pourvu qu'il y ait un téléphone. Et une appli.

— Attendez cinq minutes, bredouilla-t-il, l'élocution encore approximative.

Il était à l'agonie. Il avait l'impression que ses extrémités étaient lardées de millions de coups de couteau. Sauf ses mains, encore engourdies. Il se fit la réflexion que ce n'était pas une bonne nouvelle.

Ils étaient tous dans la bétaillère. Manfri, Kezia, Delilah et Samson à l'avant. Leon et Calimero, à l'arrière, la tête du chien appuyée au dossier du siège. Samson savait que le chien ne les quitterait pas d'une semelle au cours des prochains jours. Le sentiment était réciproque : une fois de plus, Calimero lui avait sauvé la vie. *Leur* avait sauvé la vie. Il pencha la tête sur le côté, entra en contact avec le museau tout chaud du chien qui appuya sa truffe contre lui avec un petit gémissement affectueux.

— Calme… ro…

Les paupières de Delilah papillotaient. Elle cligna des yeux plusieurs fois dans la lumière de la cabine. Puis elle fut totalement réveillée. Enfin, presque.

— Calme… ro

— Il est là, dit Samson. Il est venu nous chercher.

Calimero gémit encore, se déplaçant pour coller sa

truffe sur Delilah. Elle tourna la tête vers lui et vit Manfri assis près d'elle. Elle eut un tressaillement de surprise et un cri mourut dans sa gorge sèche.

— Tout va bien. Ce n'étaient pas eux, expliqua rapidement Samson. Ce ne sont pas nos voleurs.

Manfri sourit, dents blanches sur peau bronzée. Beau à pleurer.

— Et donc, vous voulez bien vous enfuir avec moi ? demanda-t-il, l'œil coquin.

Delilah cligna des yeux, encore. Puis tenta d'étirer ses lèvres en un sourire. Et Samson sut qu'elle s'en sortirait. Dix secondes plus tard, ses espoirs étaient confirmés.

— Té… lé… phone, grommela Delilah, sur un ton pressant cette fois. Besoin té… lé… phone. Mou hons Will !

Les Gipsys regardaient Samson qui souriait. Ou qui essayait, du moins, la bouche pas encore tout à fait opérationnelle.

— Qu'est-ce que vous attendez ? Donnez un putain de téléphone à la dame !

*

Ils déchargèrent les moutons dans le champ, loin des routes fréquentées, près de la grange qui se dressait dans un coin.

Une vieille grange précipitamment reconvertie à peine quelques jours plus tôt, quand ce fouineur de détective et sa collègue s'étaient rapprochés d'un peu trop près de l'installation précédente.

Pendant près d'un an, le business avait tourné à Selside sans que personne ne soupçonne quoi que ce soit. Mais il était sûrement plus prudent de déménager. Surtout maintenant que le patron avait dégagé un membre clé de l'équipe. Un complice de l'intérieur. Et « dégagé » était un euphémisme.

Continuer avec le même système serait compliqué. Compliqué. Mais pas impossible.

Une longue nuit de travail attendait les deux hommes. Ils entrèrent dans la grange. Les lumières étaient déjà allumées, la chambre froide ronronnait dans un coin, le boucher lisait les nouvelles, perché contre le nouveau poste de travail. Il se leva en les voyant entrer, lâcha son journal et alluma le banc de scie à l'extrémité de la chaîne de découpage. Le moment était venu de se mettre au boulot. Au matin, les trois hommes auraient abattu tout le troupeau et seraient repartis sur la route avec un van rempli de viande destinée à des clients trop contents d'acheter des morceaux de qualité au marché noir, sans poser de questions.

— On traverse Horton ! cria Kezia l'œil rivé sur son téléphone au moment où Manfri lançait la bétaillère dans le virage brusque des ponts jumeaux.

Samson fut projeté contre le côté du camion et il pensa aussitôt à la conduite de Delilah tandis qu'une douleur cuisante transperçait son épaule à vif. Il regarda sur sa droite et la vit grimacer aussi, coincée entre le frère et la sœur, sa peau aussi sensible que celle de Samson.

Kezia avait raison. Ils n'étaient pas en état de

pourchasser des voleurs à travers le pays. Mais ils n'avaient pas le choix. Une fois que Delilah eut montré à Kezia comment télécharger l'appli – ses doigts à elle ne pouvant manipuler son téléphone – et que le point bleu apparut sur l'écran, il y eut un moment de panique. Parce que le signal n'était pas émis d'Ellershaw. Il se déplaçait rapidement vers le sud.

Ils se lancèrent à sa poursuite sans prendre le temps de prévenir la police, Leon tâchant de contacter Will. Une fois Selside passée et sur la route de Horton en direction de Bruncliffe, Manfri, démontrant des talents de conduite qu'aurait pu lui envier Delilah, maintint la vitesse sur la route sinueuse sans tenir compte du confort de ses passagers. Samson jeta un coup d'œil derrière lui et vit Leon les bras passés autour de Calimero, sur la plateforme vide du camion, s'efforçant de parer aux déplacements les plus brutaux, le téléphone vissé à l'oreille.

— Des nouvelles de Will ? demanda Samson.

Leon secoua la tête négativement. Puis Kezia jura.

— Quoi ? demanda Samson.

Kezia leva ses yeux de l'écran.

— Il ne bouge plus. Le point ne se déplace plus.

— Il est où ?

— Sur une petite route, à l'ouest de Wiggles… Wigglesworth ? fit-elle en scrutant son écran.

Delilah lança un regard inquiet à Samson. C'était un village à dix kilomètres au sud de Bruncliffe. À bien une demi-heure de l'endroit où ils se trouvaient à cet instant. Tant que les voleurs étaient sur la route, les moutons de Will ne craignaient rien. Maintenant qu'ils étaient arrivés à destination, ils étaient en danger de mort.

— Demande à Leon d'appeler Danny, marmonna-t-elle. Des renforts.

Samson acquiesça. Puis il se souvint qu'il n'avait plus son téléphone. Et aucune idée du numéro de Danny.

— Je ne connais pas son numéro. Il va falloir qu'on appelle les renseignements.

Delilah secoua la tête, batailla avec son manteau pour enfoncer ses mains inutiles dans ses poches. Elle parvint à en extraire ce qui ressemblait à une carte de visite professionnelle, qu'elle tint maladroitement entre ses doigts enflés.

— Essaie ça.

Elle tendit la carte à Leon et Samson aperçut le nom inscrit dessus. Inspecteur-chef Frank Thistlethwaite. Que faisait Delilah avec cette carte dans la poche ? Samson porta son regard sur elle, elle détourna le sien, et Leon passa l'appel.

— Personne, dit Danny devant la porte en parcourant du regard la façade de la maison.

Les rideaux étaient ouverts, mais nulle lumière ne filtrait et ils eurent beau sonner et frapper à coups redoublés sur la porte, personne ne se présenta sur le seuil. Et comme l'allée était déserte, l'affirmation du constable semblait se vérifier.

— Que fait-on, maintenant ? demanda le sergent Clayton à l'inspecteur-chef Thistlethwaite.

Frank réfléchissait. Conscient que le temps filait et

que c'était une question de vie ou de mort pour Delilah et Samson. Il montra la porte d'un geste qui trahissait sa frustration.

— Il n'y a personne qui puisse savoir où il se trouve ?

— Ruth Knowles devrait avoir son numéro de mobile, dit Ida Capstick.

— La directrice administrative du marché, expliqua Danny à l'inspecteur, perplexe. Elle habite à moins de deux kilomètres plus bas dans la rue. Mais il est presque minuit. C'est un peu tard pour débarquer comme ça…

Le téléphone de Frank se mit à sonner. Il s'écarta pour répondre, mais dans le silence de la nuit, le groupe put entendre chacun des mots qu'il prononçait.

— Samson O'Brien ? demanda-t-il sur un ton surpris. Il va bien ? Et Delilah ?

Quelle que soit la réponse qu'il obtint, les autres ne l'entendirent pas, mais le détective leva le pouce vers eux. Puis il se rembrunit.

— D'accord. On arrive, dit-il en rangeant son téléphone et en se hâtant de les rejoindre. On y va ! Samson a localisé le gang de voleurs de moutons ! En se dépêchant, on arrivera à les coincer !

Frank Thistlethwaite prit la tête de son escadron peu orthodoxe et ils regagnèrent leurs véhicules garés sur la route. À leur approche, le tracteur gris se mit à vrombir.

— La cavalerie arrive, annonça Leon.

Delilah voulut regarder sa montre. Se rappela où elle se trouvait. Ce qu'ils avaient traversé. Et fut prise d'une vague nausée. Elle n'était pas sûre que son corps puisse en supporter davantage. Puis Manfri propulsa la bétaillère dans un nouveau virage, la jeune femme recevait des décharges électriques dans les bras et les jambes alors qu'elle tentait de garder son équilibre.

— Vite, murmurait Samson. On en est encore à vingt minutes.

Delilah pensa aux moutons de Will. Les moutons qu'elle l'avait persuadé d'utiliser comme appâts. S'il leur arrivait quoi que ce soit...

La traversée de Bruncliffe se fit dans un brouillard de maisons et de lampadaires. Ils prirent ensuite à gauche sur l'A65 puis la quittèrent très vite pour rejoindre la route sinueuse qui menait à Wigglesworth.

— Des voitures de police, marmonna Manfri en indiquant les feux arrière qui disparaissaient dans un virage juste devant eux. Y a plus qu'à espérer que ce sont vos amis, vu la vitesse à laquelle je roule.

Le convoi de véhicules fonçait à toute allure à travers la campagne. Ils approchaient. Mais pas assez vite.

Delilah ferma les yeux et se demanda comment elle allait annoncer la nouvelle à son frère.

Pas de sirènes. Pas de gyrophares. Pas de tracteur non plus. Peu adapté à une course folle dans le vallon, il avait été laissé à Bruncliffe en compagnie de son excentrique propriétaire, pendant qu'Ida avait choisi de monter avec Danny Bradley. Les deux véhicules de police traversèrent à vive allure un village constitué d'une poignée de maisons endormies, puis les champs reprirent le dessus.

Depuis la voiture de tête, Frank Thistlethwaite

observait le paysage sombre, les murets, les collines et les moutons indiscernables dans ce néant noir, et il se demanda combien de temps il mettrait à s'adapter à cet endroit s'il devait y vivre. Il était né et avait grandi à Leeds, et l'immobilité de la campagne au cœur de la nuit lui semblait bien plus menaçante que l'agitation des rues de la ville.

— C'est encore loin ? demanda-t-il.

— Dix minutes max, répondit le sergent Clayton, écrasant l'accélérateur dans un virage à droite, puis dans une pente raide, sur un pont étroit, et une montée de l'autre côté, le tout à une allure que seul un habitant du coin était capable de maîtriser. D'un mouvement de tête, il indiqua le rétroviseur.

— On a de la compagnie. Un camion.

— O'Brien.

Frank regarda par-dessus son épaule. Les phares de Danny Bradley étaient juste derrière eux, et à leur suite, une deuxième paire de phares comblait son retard. Le conducteur du camion, quel qu'il soit, réussissait à ne pas se laisser semer, et pourtant, même en plein jour, la route lui aurait donné du fil à retordre.

Il se retourna juste à temps pour voir deux panneaux indicateurs apparaître dans un miroitement de reflets de phares.

Wigglesworth. 60 km/h.

Bafouant la limitation de vitesse, le sergent Clayton continua d'appuyer sur le champignon tout au long de leur traversée du bourg avant de piler, à la sortie, pour emprunter un virage sur la droite.

C'était plus un chemin qu'une route, et le sergent ne

put faire autrement que de ralentir quand le véhicule se mit à rebondir dans les virages de la colline plongée dans l'obscurité. Aux yeux de l'inspecteur de Leeds, la civilisation était à des années-lumière.

Puis dans un champ sur la gauche, Frank aperçut des lueurs qui trouaient la nuit environnante. Il n'avait pas besoin de prévenir le sergent. La voiture tournait déjà sur un chemin boueux qui les mena jusqu'à une barrière ouverte.

Manfri suivit les deux voitures le long du sentier, les roues de la bétaillère rebondissant dans les ornières. Les membres à la torture, Delilah se retenait de crier. Elle regardait droit devant elle, tâchant de deviner ce qui se passait devant les véhicules de police qui les précédaient. Étaient-ils arrivés à temps pour sauver les moutons de Will ?

Manfri se gara près de Danny, et les phares du camion percèrent l'obscurité du champ…

Scrutant les ténèbres, Delilah s'efforça de comprendre ce qu'elle voyait.

C'était une belle pagaille. Des cris et des hurlements. Des claquements de portières. Les bêlements frénétiques des moutons paniqués. À côté d'elle, Manfri sauta de la cabine du camion, Leon enjamba les sièges à sa suite, Calimero sur ses talons, tandis que Samson voulut les imiter mais s'affala rapidement dans l'herbe, trahi par ses jambes, et que Kezia manquait trébucher sur lui en se mettant à courir pour rattraper ses frères.

Pendant que les voitures de police se vidaient de leurs passagers, ajoutant à la scène le sergent Clayton,

Frank Thistlethwaite, Danny Bradley et Ida Capstick, Delilah marqua un temps d'arrêt.

Tous couraient vers la grange qui se dressait à l'extrémité du champ.

Pas Delilah. Elle resta assise sur place. Des larmes brûlantes coulaient sur ses joues encore gelées alors qu'elle contemplait la scène.

— Tu ne sors pas ? demanda Samson, debout à présent, grimaçant sous l'effort que cela lui coûtait. Allez, viens. Tu peux t'appuyer sur moi.

Elle s'avança maladroitement sur le siège et se laissa à moitié glisser, à moitié tomber de la cabine. Elle atterrit sur ses pieds.

La douleur l'aveugla.

— Prends ton temps, lui conseilla Samson.

Et ensemble, comme des retraités avant l'heure, ils progressèrent à pas lourds dans le champ en essayant de trouver un sens à ce qu'ils avaient sous les yeux.

D'abord, ils virent les moutons. Ils bêlaient nerveusement, mais sinon, ils étaient indemnes, juste parqués dans une série d'enclos devant une vieille grange. Ensuite, ils virent les trois hommes agenouillés dans l'entrée en forme d'arche. Un homme imposant. Un homme trapu. Et un autre, qui portait un tablier taché. Tous trois avaient les mains dans le dos. Et pour finir…

C'était le plus surprenant. Will Metcalfe les tenait en joue, un fusil dans les mains, le père de Delilah à ses côtés, armé lui aussi d'un fusil, tandis que Lucy Metcalfe était occupée à attacher les mains des gars dans leur dos à l'aide du ruban de la *Pâtisserie des Monts* généralement utilisé pour ficeler les gâteaux. Et posté sur le côté, Nathan. Souriant. Agitant son mobile en direction de Delilah qui approchait.

— J'ai téléchargé l'appli ! cria l'ado. On les a attrapés !

Delilah esquissa un sourire, puis une deuxième silhouette sortit de la grange, un fusil calé dans le creux des bras.

— Y a personne d'autre, là-dedans, cria-t-il. On a tout le paquet !

Même dans l'ombre, elle le reconnut. Harry Furness. Le commissaire-priseur. Son ami. Ressuscité d'entre les morts.

— Harry !

Au cri de Delilah, Will se retourna. Puis il jeta son fusil à Frank Thistlethwaite et se rua sur sa petite sœur. Il la rattrapa juste avant qu'elle s'effondre.

33

— Alors vous avez cru que j'étais impliqué ! Je n'arrive pas à le croire !

Harry Furness était l'image même de l'indignation. Samson venait d'achever le bref compte rendu de l'enquête de l'Agence de Recherche des Vallons sur la mort de Ron Watson et ce que ce décès avait permis de révéler au grand jour. Le commissaire-priseur regarda Delilah par-dessus la table.

— Tu as vraiment cru que j'aurais pu m'en prendre à toi ?

— Désolée, marmonna-t-elle. Mais il y avait beaucoup d'indices qui pointaient en ce sens.

Dans la chaleur douillette de la *Pâtisserie des Monts*, enroulée dans un monceau de couvertures, la tête de Calimero sur les genoux et Samson tout près d'elle, elle avait fini par arrêter de grelotter. Elle n'avait pas cédé aux injonctions conjuguées d'Ida et de Lucy d'aller à l'hôpital. Il se passait trop de choses.

Le sergent Clayton avait appelé des renforts et les trois voleurs étaient déjà en chemin pour la première des nombreuses nuits qu'ils passeraient derrière les barreaux. Will et Ted Metcalfe avaient chargé le troupeau dans leur bétaillère, et Ted l'avait ramené en sécurité à la ferme Ellershaw. Quant à Danny Bradley, il avait été dépêché avec les équipes scientifiques à l'abattoir au milieu des bois. Comme il lui faudrait interroger une foultitude de gens, que Samson et Delilah tenaient à peine debout et ne pouvaient plus rester dehors beaucoup plus longtemps, il avait pris la décision de ramener tout ce beau monde au poste de police. Jusqu'à ce que Lucy propose son salon de thé, bien plus vaste – et plus proche d'un bon café et d'excellents gâteaux. L'aube approchait, et le sergent ainsi que Frank Thistlethwaite essayaient d'accoucher d'un compte rendu officiel des événements de la nuit en interrogeant les témoins rassemblés autour des tables qu'on avait rapprochées. Une tâche difficile, quand les témoins se nommaient Samson O'Brien, Harry Furness, Delilah, Will, Lucy et Nathan Metcalfe, Ida Capstick et les trois Gipsys, Manfri, Kezia et Leon, et que tous parlaient en même temps. Le sergent Clayton avait donc suggéré que Samson commence et informe tout le monde de ce qu'il savait du gang de voleurs de moutons, de leur façon de procéder, et des dramatiques événements qui s'étaient ensuivis.

— Donc, si Harry n'est pas mort, à qui appartient le cadavre de l'abattoir ? demanda Delilah, se rappelant avec un frisson le contact avec cette chair froide dans le noir.

— C'est Martin Butler, répondit le sergent Clayton. Danny vient de nous prévenir, ils l'ont identifié.

En entendant le nom de son collègue, la mâchoire d'Harry s'affaissa.

— Martin est mort ?

Le sergent acquiesça.

485

— Ils ont essayé de faire croire à un suicide. On pense qu'ils voulaient lui faire porter le chapeau de toute l'opération, après qu'il aurait appelé Samson et Delilah pour les attirer à l'abattoir.

— Il était dans le coup ? s'exclama Harry qui n'arrivait pas à intégrer l'information. Il était au courant pour les traceurs ?

— Non seulement il était au courant, mais d'après Adam Slater, il était mouillé jusqu'au cou.

Ils écoutaient en silence le sergent leur raconter ce que le bouvier leur avait révélé au sujet du racket qui avait vu les moutons vendus aux enchères à Bruncliffe devenir des proies pour les voleurs de bétail. Un directeur cupide, approché par des criminels, trop content de leur donner un coup de main en sélectionnant les bêtes qui valaient le coup d'être enlevées. De beaux spécimens. Des fermes isolées. Tout ce que Martin avait à faire, c'était de s'assurer que la caméra de surveillance était hors service et d'insérer les traceurs. En retour, il recevait une jolie somme, tous les mois. De l'argent facile.

Jusqu'à ce que Ron découvre l'arnaque.

Il avait des soupçons. Tant et si bien qu'il était venu trouver Adam Slater le matin de la vente tragique pour lui demander de l'aider à démasquer le coupable. Dans son esprit, un ancien prévenu en liberté conditionnelle ne pouvait pas être mêlé à cette affaire. Son raisonnement était presque juste. En vérité, Adam Slater était déjà au courant de ce qui se passait, mais Martin Butler le faisait chanter. S'il soufflait un mot de l'opération aux autorités, les autres le chargeraient. Il retournerait directement en prison.

— Du coup, il s'est tu et a fait profil bas. Jusqu'à ce que Ron l'approche, poursuivit Harry.

— La dispute que Mme Knowles a entendue ce matin-là, intervint Delilah. C'était donc de ça qu'il était question.

Le sergent Clayton confirma.

— Adam a refusé de l'aider. Puis, au cours de la vente, Ron est tombé sur une preuve : il a photographié le moment où on administrait un traceur à un mouton. En tout cas, il a essayé. Pour la suite...

Le sergent fit une grimace.

— Je pense que nos amis de l'abattoir seront en mesure de nous aider à y voir clair, déclara Frank Thistlethwaite. Il va sans dire que nous sommes pratiquement certains que la mort de Ron n'était pas accidentelle.

Delilah frémit, jetant un regard à Samson qui n'avait pas parlé depuis l'arrestation des voleurs. Il avait l'air mal en point, avec sa peau rouge, à vif. Il était stupéfiant de penser qu'à peine quelques heures plus tôt, ils étaient sur le point de mourir.

— Et j'en ai rajouté en demandant à quelqu'un de creuser un peu. Je suis tellement désolé, gémit Harry. Si j'avais su que ce serait aussi dangereux...

Il jeta un regard contrit au duo de détectives des Vallons, tous les deux blottis sous des couvertures, tous les deux donnant l'impression qu'ils auraient été mieux à l'hôpital. Surtout Samson, avec ses mains et son visage qui commençaient à cloquer.

— En effet, répondit sèchement le sergent Clayton. Qui aurait pu deviner que mettre ces deux-là sur une affaire déclencherait une kyrielle de complications ?

Des rires fusèrent dans la pièce, puis il poursuivit :

— L'enquête était censée porter sur l'aspect hygiène et sécurité, mais Adam Slater a flairé la menace malgré tout. Conscient qu'il ferait un excellent bouc émissaire – surtout s'il était mort –, il s'est enfui. Et c'est à peu près tout ce qu'on sait pour l'instant.

— Alors c'est Martin qui a planqué le couteau près des poubelles ? demanda Harry.

— Lui, ou l'un des voleurs. Quant au sang sur la lame, il faudra qu'on attende des analyses plus poussées, mais il est possible que ce soit celui de l'un d'eux, et qu'ils aient fait ça pour parfaire le leurre. Et incriminer Adam.

— Et quand Martin a commencé à poser un problème parce que Samson et Delilah se rapprochaient un peu trop de la vérité, ils l'ont tué, ajouta Frank Thistlethwaite.

— Bon sang de bois, fit le commissaire-priseur en fronçant les sourcils. Ces salauds sont sans pitié.

— Au point d'utiliser ton téléphone pour attirer Samson et Delilah vers une mort certaine.

Un téléphone volé. Delilah n'en revenait pas de la facilité avec laquelle ils s'étaient laissé piéger. Et combien leur sauvetage avait été miraculeux. Elle posa la main sur la tête de Calimero, sentit la chaleur qui émanait de lui et se transmettait à ses doigts glacés, douloureux, et ses yeux se remplirent de larmes.

Samson lui sourit. Hocha la tête. Partageant l'amour et l'émerveillement pour ce chien si particulier.

Elle se détourna et posa son regard sur la fratrie, Manfri, Leon et Kezia. Si souvent victimes de préjugés qu'ils avaient été considérés comme des suspects dans cette affaire par toutes les personnes concernées. Et pourtant, s'ils n'avaient pas été là...

Delilah articula silencieusement un « merci » et Leon et Kezia répondirent à son sourire. Manfri lui décocha un clin d'œil. Un clin d'œil d'invite. Delilah baissa la tête et ses lèvres esquissèrent un sourire.

Manfri s'était expliqué sur leur bétaillère au cours du trajet de retour vers la ville, faisant jurer le secret à Samson et Delilah.

Elle était destinée aux chevaux. Les magnifiques cobs adulés par leur communauté. La fratrie se promenait dans tout le pays et achetait les plus beaux spécimens qu'ils pouvaient trouver, dans l'idée de commencer un élevage et de les commercialiser. La demande pour cette race exceptionnelle était plus forte que jamais : des acheteurs en Amérique seraient prêts à allonger des sommes à cinq chiffres pour de bons spécimens, et la fratrie avait bien l'intention de s'engouffrer dans cette voie jusque-là négligée. Mais ils étaient sur leurs gardes. Si le bruit courait qu'ils montaient leur propre business, leurs amis Gipsys commenceraient à exiger des sommes plus importantes pour les bêtes qu'ils convoitaient et leur affaire ne décollerait jamais. Ils opéraient donc en toute discrétion, installant leur campement à l'extérieur de Selside et faisant le voyage pour aller chercher la nuit les chevaux qu'ils achetaient, et qu'ils gardaient à l'abri des regards, dans les bois, derrière le campement.

Ce qu'ils ignoraient, c'est qu'ils étaient tout près d'un abattoir clandestin – heureusement pour Samson et Delilah.

Will, le teint livide, commençait à prendre la mesure des événements de la soirée.

— Bon sang, sœurette ! Quand je pense que je t'ai maudite parce que tu ne répondais pas au téléphone, ce soir, et que pendant ce temps-là, tu étais enfermée dans une putain de chambre froide !

Le sergent Clayton se tourna vers lui.

— Je ne sais toujours pas comment vous vous êtes retrouvés dans ce champ.

— C'est grâce à ce brillant jeune gars.

Will asséna une claque dans le dos de Nathan, lequel rayonnait.

— Tu avais la même appli que Delilah ? demanda Frank. Tu pouvais suivre les moutons ?

L'adolescent hocha la tête.

— Je m'étais dit que ce serait cool de regarder ce qui se passait, et du coup, je l'ai téléchargée.

— Mais comment as-tu fait pour accéder à mon compte ? demanda Delilah.

— J'ai vu ton mot de passe quand tu as montré à oncle Will comment s'en servir.

Delilah ne regarda pas Samson. Elle savait qu'il riait sous cape.

— Et ensuite ? demanda Frank.

Nathan haussa les épaules.

— Je le regardais tout le temps. La première nuit, il

ne s'est rien passé. Mais ce soir, le point bleu s'est mis à bouger. J'ai réveillé maman et on a appelé à la ferme.

— Et moi qui vous ai appelés tous les deux, pour être sûr que vous faisiez bien votre boulot…, continua Will, jetant à Samson et Delilah un regard chagriné. Je ne pouvais pas imaginer dans quel terrible piège vous étiez tombés. Comme vous ne répondiez pas, j'ai décidé de les pister moi-même. Avec un peu d'aide. Lucy et Nathan étaient déjà en chemin avec le traceur, alors j'ai réveillé le père et on a pris tous les deux nos fusils. Et puis j'ai pensé à Harry…

— Ravi d'entendre que tout le monde ne me prenait pas pour un criminel, intervint le commissaire-priseur avec un sourire destiné à Samson.

— Comme je n'arrivais pas à le joindre sur son mobile professionnel, j'ai essayé sur le sien et on s'est mis d'accord pour que je passe le prendre en ville…

— Avec son fusil ! précisa Nathan.

Frank Thistlethwaite secoua la tête. Il avait croisé plus d'armes en une nuit de boulot dans la prétendue paisible campagne qu'en plusieurs décennies dans les rues de Leeds.

— La suite, vous la connaissez, conclut Will en assénant une nouvelle claque dans le dos de son neveu. Sans toi, mon garçon, on pouvait dire adieu au troupeau. Et finalement, on n'a pas perdu une seule bête.

— Et vous avez coincé les voleurs par la même occasion, ajouta le sergent Clayton. On peut dire que c'était une nuit fructueuse.

— Alors ça y est ? Z'avez fini de discutailler vous aut' ? On dirait le curé qui ferait un mauvais sermon.

Ces deux-là z'ont b'soin d'aller à l'hôpital, lança Ida Capstick qui s'exprimait pour la première fois.

Il y eut un éclat de rire général et tout le monde se leva pour partir. Sauf Samson.

Frank Thistlethwaite l'observait attentivement.

— Tu veux qu'on te porte, O'Brien ? Ou tu réfléchis ?

Samson leva la tête et acquiesça. Lentement. Des embryons d'idées…

— Les deux, répondit-il. Parce que je crois qu'on fait complètement fausse route.

Personne ne rentra chez lui. Au lieu de cela, Lucy sortit l'ordinateur qui était derrière le comptoir et Harry s'installa aux manettes, suivant les indications de Delilah qui avait trop mal aux mains pour pianoter. L'ambiance était lourde dans le salon de thé, tandis qu'Harry s'escrimait sur le clavier. Pas de papotages. Pas de rires. Tous les yeux étaient rivés sur l'écran.

— Là, fit Delilah en indiquant une longue liste de dossiers. Troisième ligne vers le bas. Clique dessus.

— Si tu le dis, marmonna Harry en secouant la tête.

À part qu'il venait d'accéder aux fichiers du marché aux enchères, il n'avait strictement aucune idée de ce qu'il était en train de faire. Ni pourquoi.

L'image tremblota puis des images de vidéosurveillance se lancèrent. La zone des enclos, un jour de vente à forte affluence, des moutons dans tous les corrals…

— Mets sur pause ! s'écria Delilah.

Et il était là. L'extrait supprimé du jour où Colin Briscoe avait acheté ses moutons. Le troupeau qui avait été volé deux nuits plus tôt, quand Samson et Delilah étaient en planque au-dessus de la ferme Ellershaw. Dans un enclos juste en face de la caméra, une silhouette se penchait sur une brebis Beltex, un éclat de lumière se reflétant sur un pistolet à bolus.

Harry relança la lecture et ils regardèrent en silence l'insertion du bolus et la silhouette qui se retournait, dévoilant ses traits.

— Bon sang ! s'exclama le sergent Clayton, et sa surprise trouva son écho dans l'agitation qui monta dans le salon de thé, alors que chacun essayait de comprendre ce qu'il voyait.

— Merde, murmura Samson, voyant ses soupçons se confirmer.

Il avait espéré au plus profond de lui-même qu'il se trompait.

Si Ruth Knowles fut surprise de trouver la petite troupe sur son paillasson dès potron-minet en ce jour dominical, elle n'en montra rien. Cela étant, ils ne l'avaient pas réveillée en sursaut, la lumière dans le salon était allumée et elle portait un jean et un sweat-shirt, preuve qu'elle était déjà levée.

— En quoi puis-je vous aider ? demanda-t-elle.

— Nous venons vous parler de la jeune Megan Gifford, dit le sergent Clayton. C'est en rapport avec les événements au marché aux enchères.

Elle ouvrit grand la porte au sergent, à Harry Furness et à un homme qu'ils lui présentèrent comme l'inspecteur-chef Thistlethwaite, et les invita à entrer puis à passer au salon. Ils avaient tous l'air épuisé.

Elle les suivit dans la pièce où les lampes projetaient une lumière tamisée sur les lourds rideaux en velours.

— Asseyez-vous, offrit-elle, désignant les deux canapés tandis qu'elle se perchait sur l'accoudoir d'un fauteuil.

— Pardon de vous déranger à une heure aussi indue, commença le sergent Clayton. Mais la nuit a été longue. Et j'ai bien peur d'avoir à vous annoncer que nous avons retrouvé Martin Butler, mort. Il a été assassiné.

Elle hoqueta de surprise et, se couvrant la bouche de la main, se tourna vers Harry Furness.

— M. Butler ? Vous êtes sûrs ?

— Sûrs et certains, dit Harry sombrement. Apparemment, il fricotait avec un gang de voleurs de moutons. Nous pensons qu'ils sont responsables de sa mort. Et peut-être de celle de Ron.

— Par tous les saints... Je ne peux pas croire que...

Elle fouilla dans sa poche, prit un mouchoir en papier et se tamponna les yeux.

— Désolé d'avoir à vous l'annoncer comme ça, madame Knowles, reprit le sergent Clayton. Mais nous souhaiterions vous parler de Megan.

— Vous pensez qu'elle est impliquée là-dedans ?

— Nous avons des raisons de le croire, en effet. Nous espérons rassembler plus de preuves. Apparemment, Delilah Metcalfe a retrouvé des dossiers numériques qui incrimineraient la demoiselle Gifford, mais malheureusement, Samson et Delilah étaient...

Il s'interrompit, son téléphone se mettant à sonner.

— Excusez-moi une minute.

Le sergent se leva et se rendit dans l'entrée où il eut une conversation à voix basse. Quand il revint dans le salon, il émanait de lui une certaine tension.

— Ils ont trouvé une preuve, annonça-t-il aux deux autres hommes présents. Sur l'ordinateur de Delilah Metcalfe. C'est codé. Mais un expert en informatique va arriver. Dans moins d'une heure, normalement.

— Merci, mon Dieu, soupira l'inspecteur-chef Frank Thistlethwaite en passant une main sur son visage las. Il nous reste une chance de coincer ces salopards. Désolé, madame Knowles, pardon pour mon langage peu châtié, ajouta-t-il avec un regard contrit à leur hôtesse. Mais comme mon collègue vous l'a dit, la nuit a été longue.

Ruth Knowles était née et avait grandi à Bruncliffe. Elle savait s'occuper de son prochain. Elle se leva et sourit.

— Vous savez quoi ? Et si je mettais la bouilloire à chauffer ?

— Vous êtes un ange ! s'exclama Harry Furness.

Elle sortit du salon, souriant toujours, et partit en direction de la cuisine située à l'arrière de la maison. Elle attrapa la valise déjà prête qui attendait sous le comptoir et passa sans s'arrêter devant la bouilloire pour rejoindre la porte de derrière. Elle tourna la clé. Sortit.

Et poussa un cri.

— On va quelque part, madame Knowles ?

Samson O'Brien et Delilah Metcalfe se tenaient dans son jardin, un chien à l'air féroce à leurs pieds.

34

Le lundi matin n'était pas un jour de vente, mais la clientèle locale du marché aux enchères de Bruncliffe était en effervescence, et le café était rempli de fermiers avides de connaître les dernières nouvelles du week-end. Nouvelles un peu dures à avaler, il fallait bien le reconnaître.

Martin Butler, le directeur général du marché aux enchères, assassiné ; Ruth Knowles, la directrice administrative, arrêtée ; et Adam Slater, renvoyé en prison pour avoir violé sa conditionnelle. Tous trois complices d'un réseau de vols de moutons qui opérait d'un bout à l'autre de la contrée. Et les deux personnes qui avaient résolu l'affaire n'étaient autres que les enfants du pays, Samson O'Brien et Delilah Metcalfe.

Sentant que, vu les nouvelles, les fermiers allaient passer leur journée au café, derrière le comptoir, les femmes étaient au téléphone et passaient frénétiquement des commandes aux fournisseurs. Ayant été elles-mêmes élevées dans des fermes, elles savaient que les conversations se devaient d'être accompagnées de mets roboratifs et d'un thé costaud, et elles étaient déterminées à en fournir autant que nécessaire pour aussi longtemps qu'il le faudrait.

À l'étage supérieur, donnant sur un couloir

mortellement calme maintenant que deux des pièces étaient inoccupées, Harry Furness était à son bureau. En face de lui, les héros du jour, Calimero inclus.

— L'hôpital vous a délivré une autorisation de sortie ? demanda le commissaire-priseur en regardant les mains bandées, les joues cloquées et l'air peu fringant de ses deux amis.

Samson hocha la tête.

— Oui, avec un stock d'antidouleurs.

— Bon sang de bois ! s'exclama Harry en secouant la tête. Vous avez eu de la chance de ne pas y laisser un seul membre. Ou pire !

Delilah changea de position sur sa chaise, et pas seulement parce qu'elle ne savait pas où se mettre ; elle avait mal partout. Aussi parce que la pensée de la nuit qu'ils avaient passée dans la chambre froide lui faisait horreur. Chaque fois qu'elle fermait les yeux, elle se retrouvait là-bas, dans le noir complet, avec pour seule compagnie la voix de Samson qui l'empêchait de baisser les bras.

— Bon, reprit Harry, sentant qu'il valait mieux laisser ce sujet de côté. Je vais vous donner les dernières nouvelles. La bonne d'abord. Il y a eu d'autres arrestations pendant que vous étiez tous les deux en train de feignasser à l'hôpital, la plus grande partie de la journée d'hier.

— Ruth Knowles a parlé ? demanda Delilah.

— Pas un mot, grogna Harry. Mais l'un des trois hommes qu'on a attrapés à Wigglesworth chante comme un canari. Il avait été embauché pour abattre les moutons et quand il a compris qu'il risquait une accusation de complicité de meurtre, il ne s'est pas fait prier pour révéler l'emplacement de plusieurs autres abattoirs illégaux. Apparemment, le plan diabolique que vous avez dévoilé se déploie dans tout le pays. Grâce aux dossiers de Ron, la police a une petite longueur d'avance, mais quand même, les polices locales vont être plutôt occupées pendant les jours qui viennent.

— J'espère qu'ils vont réussir à mettre Ruth à l'ombre pour un bon moment, murmura Delilah.

— C'est déjà fait, grâce à vous deux, répondit le commissaire-priseur en se tournant vers Samson. Je n'arrive pas à comprendre comment tu as tout deviné.

Samson sourit. Il ne se l'expliquait pas tout à fait lui-même. Le sergent Clayton et Frank Thistlethwaite lui avaient posé la même question – comment avait-il su que Ruth Knowles était impliquée ? Il aurait été tentant de mentir, de prétendre à une omniscience qu'il ne possédait pas. Mais en vérité, il ne l'avait pas compris. Pas avant le tout dernier moment.

Comme tout le monde, il s'était fié à la directrice administrative sur sa bonne mine. Une femme qui travaillait dur, se souciait de ses employés et adorait son boulot. Après tout, elle s'était donné beaucoup de mal pour aider les détectives des Vallons dans leur enquête, leur fournissant les bandes des caméras de surveillance des enclos et des informations sur les employés. Elle était même allée jusqu'à retourner à son bureau tard dans la nuit pour leur procurer un compte rendu des ventes que Samson lui avait demandé.

Qui aurait pu soupçonner qu'elle était étroitement

mêlée aux actes criminels qu'elle se donnait tant de mal, apparemment, à révéler au grand jour ?

Quelqu'un qui avait passé la nuit dans une chambre froide, avait failli en mourir et avait eu le temps de réfléchir. Ou de rêver, plutôt. Des images bizarres avaient jailli du cerveau de Samson au moment où la porte de la chambre froide s'était rouverte et que les Gipsys étaient apparus, et dans un étrange clin d'œil du destin, un commentaire acerbe d'Ida Capstick au moment où le sergent Clayton finissait son exposé des faits les avait fait remonter à la surface.

Une chapelle méthodiste, le sergent vêtu d'une chemise à motifs léopard, Will qui délivrait un sermon sur l'amitié, Delilah qui chuchotait à l'oreille de Samson...

Le scénario était original. Et quand, dans le salon de thé, tout le monde s'apprêtait à repartir, croyant l'affaire résolue, Samson s'était soudain rappelé son rêve, et l'une des devises favorites du sergent Clayton lui était revenue :

Le léopard ne peut pas modifier ses taches.

D'une manière générale, Samson ne partageait pas vraiment le cynisme du sergent. Mais dans le cas de Ruth Knowles, il commençait à se poser des questions. Qu'avait dit Delilah à son sujet quand ils avaient décidé qui approcher pour obtenir l'autorisation de consulter les ordinateurs du marché ? Que Mme Knowles était le meilleur choix, parce qu'elle les aidait, bien qu'elle ait peu de sympathie pour Samson. Et ça devait compter pour quelque chose, non ?

Peut-être. Ou peut-être que ce n'était qu'une posture. Quoi qu'il en soit, assis à la *Pâtisserie des Monts*, le cerveau et le corps en train de dégeler, il y avait réfléchi. Qui savait qu'ils approchaient de la vérité ? Qui était dans la position idéale pour orienter l'enquête ? Qui avait été la première à faire allusion à Adam Slater et à son passé trouble ? À les mettre au courant de l'antipathie entre le bouvier et Ron Watson ?

La même personne qui avait braqué le projecteur sur Harry Furness. Leur avait parlé de la caméra de surveillance. Dit qu'Harry savait qu'elle dysfonctionnait. Qu'il avait refusé d'engager des frais pour la faire réparer. Elle avait même fait allusion aux problèmes financiers du marché aux enchères, fournissant ainsi un mobile à une éventuelle activité criminelle.

La directrice avait manipulé Samson avec brio, le faisant douter de chacun, à part d'elle-même, se servant des traits de caractère que Will Metcalfe avait identifiés chez Samson pour les retourner contre lui. En réalité, Samson avait été si prompt à penser du mal de tout le monde qu'il avait été prêt à voir le meilleur chez quelqu'un qui l'avait toujours détesté.

Le léopard ne peut pas modifier ses taches.

Puis il avait repensé au téléphone d'Harry. Le vendredi matin, quand le commissaire-priseur s'était pointé à l'improviste à l'Agence, il avait son téléphone professionnel, sur lequel il avait reçu un texto du service d'Hygiène et de Sécurité. Ce même téléphone que Martin Butler avait prétendument volé pour les attirer à l'abattoir. Pourtant, l'après-midi suivant, tandis qu'elle rouspétait sur l'accroissement de sa charge de travail administratif, Ruth Knowles avait elle-même dit à Samson que Martin Butler était en arrêt maladie pour deux jours, pour cause de stress.

Et donc, comment Martin Butler avait-il récupéré le téléphone professionnel d'Harry ?

Cela avait suffi à convaincre Samson qu'ils devaient retrouver la vidéo supprimée que Delilah soupçonnait de toujours exister. Puis il avait persuadé la police de jouer le jeu chez Ruth Knowles, pariant sur le fait qu'elle essaierait de s'enfuir si elle pensait qu'une preuve risquait de l'incriminer.

— Tu crois que c'était elle, le cerveau de l'opération ? demanda Delilah.

— Pas au début, répondit Harry. D'après ce que la police a établi, c'est Martin Butler que le gang a approché en premier, pour tester leur système de traçage. Ils avaient bien choisi, puisqu'il détournait déjà l'argent des ventes aux enchères depuis quelques années, sans se faire repérer, enseveli qu'il était sous les emprunts immobiliers et autres prêts personnels. Il a vu cette combine comme une planche de salut, utilisant les sommes que le gang lui reversait pour couvrir ses arrières et rembourser l'argent qu'il avait volé.

— Et Ruth Knowles ? Comment s'est-elle fait entraîner dans la combine ? demanda Samson.

— On n'en est pas très sûrs, puisqu'elle nie tout en bloc, répondit Harry avec une moue sinistre. Mais d'après ce que la police a réussi à reconstituer, Martin s'y prenait plutôt mal pour remettre l'argent sur le compte de l'entreprise. Ils pensent que Ruth a repéré des versements inhabituels, lui a demandé des explications et qu'il a tout avoué. Et c'est là qu'il lui a proposé de l'associer à leur combine.

— Tu parles d'une associée, murmura Delilah. Elle a fini par le faire assassiner.

— Tout comme Ron Watson. Un des gars de l'abattoir a confirmé qu'elle les avait contactés un jour de vente, cette semaine. Elle avait entendu Ron demander à Adam de l'aider à découvrir ce qui se tramait, et les voleurs avaient reçu comme mission de s'occuper de lui.

— Quelle satanée bonne femme !

— Ce n'est pas tout. Elle a fait en sorte que tout retombe sur Martin. La mort de Ron, la vôtre, rigoureusement expliquées par le fait qu'il volait dans la caisse de son entreprise et s'était fait choper. Et que, complètement dévasté, il avait mis fin à ses jours.

— Une fois le corps de Martin Butler retrouvé, Ruth Knowles aurait sans doute révélé ses détournements, avança Samson.

— Et pendant ce temps-là, elle se créait un alibi de toutes pièces en manipulant Ida Capstick, ajouta Harry.

Samson eut un large sourire.

— Là, c'était une erreur. Elle pensait qu'il lui suffirait de mentionner notre rendez-vous manqué. On vérifierait ses allées et venues, qui l'avaient emmenée loin de l'endroit où nous aurions trouvé la mort. Elle avait seulement oublié de prendre en compte l'obstination d'Ida.

— Ou ses analyses scientifiques des scènes de thé ! s'exclama Delilah en riant.

C'était l'une des rares choses qui arrivaient à le faire

sourire dans cette affaire – Ida volant à leur secours sur le Little Fergie avec son frère George.

— On peut lui reconnaître une chose, à cette Ruth Knowles : c'était loin d'être idiot, continua Samson. Si tout s'était déroulé selon ses plans, ils auraient pu continuer leur combine de vols de moutons et tout le monde n'y aurait vu que du feu.

— Et elle aurait pu conserver son standing extravagant – l'Audi flambant neuve, les voyages sous les cocotiers, les soirées au théâtre à Londres, et tout ce qui s'ensuit. Sans les images effacées…

Harry ne se faisait toujours pas à l'idée que sa directrice administrative avait été très près de s'en tirer, la seule preuve qui l'incriminait venant d'une négligence, une caméra qui tournait alors qu'elle n'aurait pas dû.

— Et l'abattoir clandestin ? Il n'aurait pas fini par soulever des questions ? demanda Delilah.

Harry secoua la tête.

— C'est là que les voleurs avaient prévu de se rendre après en avoir fini avec les moutons de Will. Le plan était de retourner dans les bois, de tout nettoyer et d'éliminer les corps.

Delilah pâlit, mal à l'aise à la pensée de ce qui aurait pu arriver.

— Bon sang, quel bordel, soupira Harry en secouant de nouveau la tête. La direction fait de son mieux pour nous soutenir, mais avec deux membres du personnel tués et deux autres en prison, je ne sais pas comment cet endroit va s'en remettre.

— Adam est retourné en prison, alors ? demanda Samson.

— Oui. Pour le moment. Il est en détention préventive en attendant que les autorités décident de la suite. Apparemment, bien qu'il ne soit pas activement impliqué dans les vols de bestiaux, il a tout de même violé sa conditionnelle en s'enfuyant. D'accord, il se sentait menacé, mais tout de même. C'est vraiment triste. Quand il a appris que Martin était mort, il s'est confié à moi. Il ignorait totalement le rôle de Ruth dans l'affaire. Quant aux menaces proférées contre lui quand il a découvert ce qui se tramait, il n'avait pas seulement peur de se retrouver en prison pour sa prétendue implication dans la combine, ils avaient aussi utilisé le fait qu'il en pinçait pour Megan pour le contraindre au silence.

— Comment cela ?

— Martin a raconté à Adam que le contrat d'apprentissage de Megan serait annulé s'il parlait à qui que ce soit des traceurs. Entre ça et risquer un nouveau séjour en prison, ça a suffi à le rendre muet.

— Pauvre bonhomme. Il était pris entre le marteau et l'enclume, murmura Delilah. Alors, c'est vraiment fini, maintenant ?

— Notre rôle, en tout cas, oui, répondit Harry. Mais mon téléphone n'arrête pas de sonner depuis vingt-quatre heures. Les autres marchés aux enchères s'inquiètent que le même genre de combine se déroule chez eux. J'ai bien peur que l'histoire ne soit pas terminée. À propos de quoi, ajouta-t-il en se tournant vers Samson, plus nous en apprenons, moins il paraît vraisemblable que Pete Ferris ait été impliqué dans ces événements.

— C'est bien ce qu'il semble, acquiesça Samson sur

un ton léger, ne voulant pas mettre la puce à l'oreille de sa partenaire.

Parce qu'il avait bien réfléchi au prétendu suicide du braconnier. Il avait essayé d'identifier ce qui lui avait paru bizarre sur les lieux de son décès.

Mais Delilah s'était déjà redressée dans son fauteuil, et elle fronçait les sourcils.

— Et si Pete ne s'était pas…

Elle fut interrompue par un discret toc-toc frappé à la porte, préludant à l'entrée de Megan Gifford.

— Vous auriez une minute, Harry ?

— Bien sûr, de quoi s'agit-il ?

La jeune fille entra dans la pièce avec un sourire crispé, et salua sa cousine et Samson d'une inclinaison de tête.

— Je me demandais si je ne pourrais pas intercéder en faveur d'Adam.

— Que veux-tu dire ?

— Pour sa liberté conditionnelle. Est-ce que j'aurais le droit de plaider en sa faveur ? Je veux dire, comme témoin de moralité ou quelque chose comme ça ? J'ai appris ce qu'il a fait… et pourquoi il l'a fait… Ce n'est pas juste qu'il retourne en prison pour ça.

Elle s'interrompit, les larmes aux yeux.

— C'est une bonne idée, Megan, approuva Harry. Je vais dire deux mots à son avocat, et on verra ce qu'on peut faire.

— On va vous laisser, dit Samson en se levant, ravi de cette interruption qui avait détourné l'attention de Delilah. Il faut qu'on y aille.

Samson et Delilah furent dispensés de poignées de

main, eu égard à l'état des leurs, puis ils laissèrent la jeune apprentie avec son patron et se dirigèrent vers l'escalier.

— Je pense que l'endroit s'en remettra, dit Samson alors qu'ils mettaient le cap vers l'accueil. Harry et Megan sont vraiment des gens bien. Avec eux, le marché aux enchères survivra.

Delilah n'eut pas le temps de répondre. Parce qu'un énorme vacarme montait du café. Des fermiers. Des tonnes de fermiers. Qui se levaient avec ensemble. Et applaudissaient en voyant Samson et Delilah venir dans leur direction. Une standing ovation de la part d'une communauté qui avait beaucoup de raisons de remercier l'Agence de Recherche des Vallons.

— Bon sang, grommela Will Metcalfe, cerné par les acclamations qui retentissaient autour de lui à l'entrée du café où il attendait dans son rôle provisoire de chauffeur de maître, le duo ne pouvant pas encore conduire. Quel boucan !

Mais les applaudissements allèrent crescendo, et il ne fit rien pour cacher son sourire de fierté.

— Vous deux, dit-il, vous ne serez plus jamais à court de boulot. À partir d'aujourd'hui, tous les fermiers dans un rayon de cent kilomètres autour de Bruncliffe vont frapper à votre porte.

Samson regarda Delilah, sachant qu'elle pensait à la même chose que lui – à leur expérience avec un certain fermier de Mire End. Ils éclatèrent d'un même rire.

Alors que la journée arrivait à sa fin et que le calme revenait sur Bruncliffe, les gens faisaient le bilan de ce qui comptait vraiment dans la vie. Des événements comme ceux qui s'étaient déroulés au marché aux enchères étaient susceptibles de faire réfléchir à la question. Dans le soleil qui descendait derrière les collines à l'ouest, la ferme de Mire End ne faisait pas exception à la règle.

Planté à la limite du champ le plus proche, ses moutons rose fluo étincelant dans les derniers rayons du soleil couchant, Clive Knowles s'éclaircissait la voix. La semaine avait été perturbante à bien des égards, avec comme point culminant l'arrestation de sa belle-sœur, en relation avec les vols de moutons qui avaient tant traumatisé la région. Clive ne savait pas trop quoi penser de tout cela. Il n'avait jamais porté Ruth dans son cœur. Mais ça… Son pauvre frère était désespéré. Et honteux. Clive partageait cet opprobre. Comment imaginer qu'un membre de la famille avait pu faire ce dont Ruth s'était rendue coupable ?

Et pourtant, en dépit de l'ombre projetée par l'arrestation de Ruth – ou peut-être grâce à elle, les derniers jours lui ayant fait comprendre à quelle vitesse la vie pouvait basculer – Clive se sentait gonflé à bloc. Et terrifié.

Il s'éclaircit de nouveau la gorge. Et se jeta à l'eau.

— Carol, dit-il en se tournant vers la femme appuyée contre la barrière près de lui et qui admirait la vue. Y s'trouve que j'aimerais vous d'mander quèque chose.

Carol Kirby se tourna vers lui, son habituel froncement de sourcils un peu plus accentué, devinant peut-être la portée de ce qui allait suivre. Parce qu'il flottait quelque chose dans l'air, quelque chose qui ressemblait au soulagement d'avoir sauvé les moutons, que les criminels aient été attrapés, que l'équilibre délicat des Vallons ait été rétabli.

— Voilà, euh…, fit Clive, la voix tremblante. Je m'demandais si…

— Oui.

C'était une affirmation, pas une question.

— Oui ? répéta Clive Knowles en la regardant.

— Je sais ce que vous voulez m'demander. Ma réponse est oui. Mais on va attendre un peu ou les gens vont causer. Ça fait pas bien longtemps que j'ai perdu mon mari, et votre famille vient d'encaisser un sacré choc. Ce serait mal vu qu'on s'mette ensemble aussi vite, j'pense.

Clive hocha la tête. Puis il porta son regard sur ses moutons. Et il pensa à l'enveloppe qu'il donnerait demain à Delilah Metcalfe, et de très bon cœur.

De l'autre côté de la rivière, sous le même soleil couchant, Danny Bradley regardait les vestiges d'un campement. L'herbe écrasée à l'endroit où les roulottes avaient stationné. Les cendres d'un feu éteint. C'était tout ce qu'il restait des Gipsys et de l'ensorcelante Kezia.

Ça n'aurait jamais marché, se dit-il. Vivre sur les routes n'était pas dans ses gènes. En plus, il adorait son boulot. Mais tandis qu'il faisait le tour de la clairière, espérant trouver un souvenir de la femme qui avait volé son cœur, son pragmatisme lui parut une bien maigre consolation.

Après une demi-heure de recherches infructueuses, le cœur brisé, il reprit sa voiture et suivit le chemin, passant devant la caravane qui avait servi de maison à Pete Ferris.

Pete Ferris, dont les deux lurchers séjournaient pour le moment à la clinique vétérinaire du docteur Herriot, à Bruncliffe. Le vétérinaire les avait admis pour les soigner et n'était pas certain de leur sort pour la suite. Ce n'étaient pas des chiens faciles. Ils étaient méfiants et hargneux comme leur maître l'avait été. Inquiet pour leur avenir – et perplexe quant aux raisons qui auraient poussé Pete à donner suffisamment de kétamine à ses bêtes pour s'assurer qu'elles le suivraient dans la tombe et qui pourtant les avait laissées dehors mourir seules – Herriot était en train de fermer pour la nuit quand il entendit une voix qui l'appelait depuis le bas de la rue.

— Attendez ! Herriot ! Attendez !

C'étaient Lucy Metcalfe et Nathan qui se dépêchaient de le rejoindre.

Herriot attendit. Il aurait attendu toute sa vie pour Lucy Metcalfe.

— Les lurchers de Pete, dit Lucy à bout de souffle. Qu'est-ce qui va leur arriver ?

— Je ne sais pas. Ils vont sûrement être envoyés dans un chenil. Et placés dans des familles, avec un peu de chance.

— Et s'ils n'ont pas de chance ?

Le véto ne répondit pas. Il n'avait pas envie de penser à ça.

— On peut les voir ? demanda Nathan.

— Bien sûr.

Herriot déverrouilla la porte et conduisit ses hôtes imprévus dans la clinique.

— Salut les gars, dit Nathan en s'approchant des chiens en cage.

Ce fut un miracle. Les deux lurchers se levèrent d'un bond, remuant la queue, heureux de faire la fête au jeune garçon.

— J'espère que je ne fais pas une bêtise, murmura Lucy en regardant les retrouvailles de son fils avec les lurchers. Mais après ce que Pete a fait pour Nathan, offrir un foyer à ses chiens me semble être le moins que nous puissions faire pour le remercier.

— Si vous avez besoin de quelque chose, dit Herriot, quoi que ce soit, demandez-le-moi. Ce sera avec plaisir.

Vingt minutes plus tard, Nathan et Lucy rentraient chez eux à High Laithe, avec les lurchers. Et une bonne quantité de nourriture qu'Herriot avait tenu à leur donner.

En quittant la ville, ils passèrent devant le terrain de rugby. Dans le nouveau club-house quasiment achevé, une lumière brillait. Harry Furness faisait visiter les lieux à Sarah Mitchell. Ou du moins, tel était le prétexte sous lequel il l'avait persuadée de l'accompagner. Mais quand ils entrèrent dans l'espace réservé au bar, peut-être l'endroit le plus important d'un club-house de rugby, il éteignit les lumières et elle poussa un petit cri de surprise.

Le long comptoir était illuminé de bougies chauffe-plat, entre lesquelles étaient disposés des pétales de roses. Et au milieu du tout, une loutre miniature était perchée qui tenait dans ses pattes une carte.

Veux-tu m'épouser ?

— Moi, pas la loutre, plaisanta Harry tandis qu'elle lisait la carte.

— Oh, Harry ! s'exclama-t-elle, et le commissaire-priseur mit un genou à terre et lui prit la main gauche.

— Alors ? C'est oui ?

— C'est oui !

Il se releva. Rayonnant. Pour une fois, à court de mots. Puis il se rendit compte qu'il avait oublié de lui offrir la bague. Il pêcha la boîte dans sa poche, glissa l'anneau à son doigt et la prit dans ses bras.

— On devrait fêter ça, dit-elle, une fois qu'il eut cessé de l'embrasser.

— *Aye*, mamzelle. J'ai réservé une table au *Rice N'Spice*.

Lorsque Harry et sa fiancée quittèrent le club-house, la nuit était tombée. Sur la place du marché plongée dans les ténèbres, un renard sortit des ombres et se glissa vers la boucherie. La vitrine du *Rice N'Spice* étincelait. M. Hussain faisait le service en salle, comme d'habitude. C'était la meilleure façon de gérer son affaire. Mais ce soir, c'était aussi le meilleur moyen de garder un œil sur sa fille.

Il regarda en direction de la petite zone de réception. Nina était derrière le bureau, officiellement cette fois-ci, effectuant l'un des trois services que son père avait accepté de lui confier, non sans réticence. Elle sourit et le salua de la main. Et il lui rendit un énorme sourire.

Sa petite voleuse. Elle lui cassait les pieds depuis

plusieurs années pour qu'il la laisse travailler au restaurant et il avait toujours refusé. Il voulait qu'elle se concentre sur ses études. Qu'elle profite de la chance qu'il n'avait jamais eue. Mais il n'avait réussi qu'à la frustrer. À la faire se sentir différente à l'école, quand tous ses camarades avaient un job le samedi et l'argent que cela supposait.

Ça n'excusait pas ce qu'elle avait fait. Mais quand il lui en avait parlé, ils avaient eu une vraie discussion et étaient arrivés à un compromis. Nina travaillerait le premier mois gratuitement. Comme punition pour avoir volé. Et lui, père d'une enfant qui ne partageait pas la même culture que lui, il essaierait de voir les choses de son point de vue à elle, de temps en temps. C'était soit ça, avait-elle dit, soit elle irait faire la serveuse à la *Toison* !

La *Toison*. En ce lundi soir, la taverne sur Back Street était aussi bondée que le *Rice N'Spice*. On attendait encore des nouvelles de la demande en mariage du capitaine de l'équipe de fléchettes, mais quand on en aurait, ça ferait une bonne diversion. Parce que toutes les conversations du moment portaient sur les événements du marché aux enchères de Bruncliffe. Rien de plus normal, vu que cela faisait à peine un jour que le ciel leur était tombé sur la tête. Et vu que deux des principaux protagonistes de la résolution de l'affaire de vol de moutons étaient assis à une table dans un coin, riant, plaisantant, appréciant apparemment la compagnie l'un de l'autre.

Ils formaient un super couple, concéderaient les gens plus tard. Vraiment bien assorti.

Delilah Metcalfe attrapa sa pinte des deux mains, et la porta devant le verre de son compagnon.

— Un toast aux histoires qui finissent bien ! dit-elle.

Elle but une gorgée de sa bière, ce qui était peu évident, ses mains bandées lui faisant comme deux grosses pattes. Puis elle consulta discrètement sa montre – une vieille montre analogique qui la dépannerait temporairement – et jeta un coup d'œil en direction de la porte.

— On dirait qu'on nous a posé un lapin, dit Frank Thistlethwaite avec un sourire chaleureux. Samson avait apparemment de meilleurs plans. J'espère que ça ne vous ennuie pas de vous retrouver en tête à tête avec moi ?

Delilah lui rendit son sourire en s'efforçant de dissimuler sa déception.

— Pas du tout. C'est très sympa. Ça fait bien plaisir après ces deux journées éprouvantes.

De l'autre côté de la rue, dans l'immeuble en face, derrière la vitre de la chambre d'amis du dernier étage qui donnait sur la taverne, une ombre se déplaça.

Samson O'Brien regardait Frank et Delilah avec un sourire attristé. Il avait reçu le texto de Frank qui l'invitait à la taverne. Il avait répondu qu'il y serait. S'était assuré qu'il avait proposé la même chose à Delilah. Mais il n'avait aucune intention de les rejoindre.

La nuit passée dans la chambre froide lui en avait appris long sur lui-même. Pour commencer, il avait regardé en face les sentiments qu'il éprouvait pour Delilah. Il s'était aussi dit qu'il préférerait s'arracher le cœur plutôt que de permettre que l'on touche à un seul cheveu de sa tête.

Alors, songeant à l'avertissement du chef Warren, il était arrivé à la conclusion que s'il révélait ses sentiments au grand jour, il risquait de la mettre en danger. Et cela incluait le fait d'en parler à la principale intéressée. Et donc il avait battu en retraite et ne s'était pas présenté à la taverne, pour qu'elle puisse passer une soirée avec le bel inspecteur – l'homme dont la carte de visite traînait comme par hasard dans la poche de sa veste depuis deux mois, depuis qu'ils s'étaient rendus à Leeds pour enquêter dans l'affaire Thornton. Ça, plus le texto qu'elle avait reçu cet après-midi-là, poussaient Samson à soupçonner l'inspecteur-chef Thistlethwaite de nourrir des sentiments autres que professionnels pour Delilah Metcalfe. Et allez savoir, peut-être que les sentiments étaient mutuels, et qu'une soirée passée en tête à tête pourrait déclencher quelque chose. Quelque chose qui l'éloignerait de Samson et la protégerait.

Elle riait maintenant. Il n'entendait pas, mais il la voyait, la tête rejetée en arrière, une expression de pure joie sur le visage. Il se détourna de la fenêtre et quitta la pièce en prenant son mobile pour passer un coup de fil. Il était temps de régler, d'une façon ou d'une autre, le merdier qui pesait sur lui. Même si ça impliquait de collaborer avec l'inspectrice Jess Green. Parce qu'il y avait des limites à ce qu'un homme au cœur brisé pouvait encaisser.

Remerciements

C'est déjà le cinquième tome de cette série et je dois une nouvelle salve de remerciements aux personnes qui ont travaillé à l'amélioration de ce texte – contre mes résistances, parfois ! Que les personnes suivantes soient remerciées d'un pull tricoté par Carol Kirby.

Le premier à se présenter dans le ring est Ted Ogden, commissaire-priseur pour les ventes de bétail et conteur extraordinaire. Merci d'avoir pris le temps de répondre à mes questions et de m'avoir fait tant rire – j'aurais pu écouter vos histoires de ventes aux enchères toute la journée !

Dans un livre qui évoque une culture que je connaissais peu, et afin de décrire au mieux la fratrie Gipsy composée de Manfri, Kezia et Leon, j'ai effectué un travail de recherche approfondi. Par d'abondantes lectures, mais aussi en prenant contact avec John Russel qui anime la page Facebook de Romany Heritage. En plus de m'orienter vers d'autres sources, John a eu la gentillesse de combler mes nombreuses lacunes sur le sujet. J'espère que j'ai réussi à dépeindre le monde auquel il est si fier d'appartenir avec la sensibilité et la justesse qui lui sont dues.

En ce qui concerne l'intrigue et le besoin de faire appel aux connaissances d'un spécialiste, il est étonnant de voir combien de fois j'ai fini par solliciter un ami. Les quatre personnes suivantes en sont de parfaits exemples. Austin Roe, un bon ami de l'Ariège et boucher expert, n'a pas battu d'un cil quand un soir sur Messenger j'ai soudainement entrepris de lui poser des questions sur l'abattage des moutons. Je pense qu'un peu plus tard dans la soirée, il a vérifié que mon mari allait bien… Deux autres amis qui n'ont jamais hésité à répondre à mes demandes parfois un peu étranges sont Catherine Speakman et Harry Carpenter : une série qui met en scène animaux et criminels a fréquemment besoin de la contribution d'un vétérinaire et d'un policier. Pour finir, Rachael Booth, qui elle non plus n'a pas rechigné à répondre à mes questions, parfois de dernière minute, sur la gestion d'une ferme. Merci à vous tous !

Ma famille mérite également d'être citée, ici. Pour nos échanges incessants sur Facebook ; pour leur enthousiasme constant pour mon travail ; leur acceptation de mes silences, quand je suis plongée dans l'écriture et ne trouve pas le temps d'entrer en contact avec eux – merci. Et toute ma gratitude à Claire, pour une première lecture brillante, une fois de plus.

Je suis profondément convaincue qu'aucun livre ne devrait être lancé sur le marché sans être passé entre les mains d'un bon éditeur. Heureusement, sur ce front, je suis deux fois bénie. À Pan Mac, un énorme merci, que j'adresse tout particulièrement à Vicki, Matt, Natalie, Fraser, Mandy et toute l'équipe, qui me poussent toujours à fournir le meilleur de moi-même.

Mes remerciements vont aussi à Emily pour les formidables efforts qu'elle déploie sur le front de la publicité. De l'autre côté de la Manche, je salue Camille, Glenn et l'équipe de la Bête noire, qui ont permis que les Français tombent amoureux du bon peuple de Bruncliffe.

Tout aussi important dans le process de l'édition, le soutien d'un bon agent. Oui, Oli, je parle de toi. Avec tes formidables collaborateurs, tu fais tourner la machine tandis que je garde la tête dans les nuages. Bravo !

Pour conclure, Mark. Tu es toujours le point final de ces remerciements, ce qui n'est que justice puisque mon travail d'écriture commence et finit avec toi.

Cet ouvrage a été imprimé par
CPI Firmin-Didot à Mesnil-sur-l'Estrée
en septembre 2020

Numéro d'éditeur : 2061375
Numéro d'imprimeur : 159751
Dépôt légal : septembre 2020

Imprimé en France